KB041259

❖ 전국시대 일본의 지도

- 도호쿠 東北
- 간토 關東
- 주부 中部
- 긴키 近畿
- 주고쿠 中國
- 시코쿠 四国
- 규슈 九州

주고쿠

오키 제도

긴키

와카사

다지마   단고   오바마

이즈모   호키   이나바

이와미   미마사카   하리마   단바

나가토   아키   빈고   빗추   비젠   히메지   오사카   교토

스오   히로시마   오카야마   사카이   나라   가와치

쓰시마섬   이와쿠니   요시노   야마토

쓰시마해협   이즈미   와카야마

지쿠젠   고쿠라   아와지   기이

마쓰라   후쿠오카   부젠

히젠   지쿠고   분고   다카마쓰   사누키

나가사키   히고   다케다   이요   도쿠시마

가쓰사   구마모토   아와

도사

사쓰마   휴가   시코쿠

오스미   규슈

도호쿠

주부

사도섬

노토

에치고

요네자와

니가타

시라카와

가가

엣추

시나노

고즈케

시모스케

히타치

후쿠이

다카야마

비와
호수

에치젠

히다

무사시

간토

이가

세키가하라

미노

가이

에도

시모우시

나고야

오와리

스루가

사가미

가즈사

이세

오카자키

도토우미

이즈

오다와라

가마쿠라

미카와 ● 요코스카

戰國志

SHINSYO TAIKOUKI
by YOSHIKAWA eiji

전국지 6
풍전등화風前燈火

초판 1쇄 발행   2015년 9월 20일
초판 2쇄 발행   2015년 11월 20일

지은이   요시카와 에이지
옮긴이   강성욱
펴낸이   한승수
펴낸곳   문예춘추사

편 집   김성화, 조예원
마케팅   안치환
디자인   김선영

등록번호   제300-1994-16
등록일자   1994년 1월 24일

주 소   서울특별시 마포구 연남동 565-15 지남빌딩 309호
전 화   02 338 0084
팩 스   02 338 0087
E-mail   moonchusa@naver.com

ISBN   978-89-7604-276-7 04830
          978-89-7604-269-9(전 10권)

*책값은 뒤표지에 있습니다.
*잘못된 책은 구입처에서 교환해 드립니다.

풍전등화 風前燈火

⑥

戰國志

강성욱 옮김
요시카와 에이지 지음

문예춘추사

차 례

❀ 전국지 6권 등장인물

모리 데루모토毛利輝元(1553~1625)
아버지 모리 다카모토毛利隆元의 급사로 집안의 가장이 된다. 오다 노부나가와 대립하지만 빗추 다카마쓰 성에서 하시바 히데요시와 강화를 맺으며, 본원사의 변 후에는 히데요시를 따른다. 고 타이로의 중직에 올랐으나 세키가하라 전투 후 감봉된다. 일족, 가신의 화협에 힘써 모리 가 존속의 기반을 다진다.

시미즈 무네하루清水長左衛門宗治(1537~1582)
처음에는 다카마쓰 성의 성주인 이시카와 히사타카의 가신이었으나 내분을 틈타 성주가 되고 고바야카와 다카카게에 속해 모리 씨의 빗추 평정을 돕는다. 이후 히데요시의 수공을 만나 끝까지 저항하며 모리군의 지원을 받았으나, 노부나가의 죽음을 숨기고 히데요시가 모리와 강화를 맺은 뒤 그 조건에 따라 형 겟쇼 뉴도와 자결하여 성안의 군병을 구한다.

히토쓰야나기 나오스에一柳直末(1553~1590)
통칭은 이치스케市助. 1570년부터 히데요시를 섬기고, 1580년부터 1582년까지 시즈가타케 전투, 고마키·나기쿠데 전투, 기이기 시코쿠 정벌에 참가한다. 1578년에 미노 가루미輕海 성의 성주로 5만 석을 받게 된다. 1587년의 오다와라小田原 공격 때 이즈 야마나카山中 성을 공격하다 탄알에 맞아 전사한다. 그의 죽음을 들은 히데요시는 연일 탄식했다고 한다.

아케치 미쓰하루明智光春(1536?~1582)
통칭은 사마노스케左馬介. 아케치 미쓰히데의 사촌 동생이다. 본능사의 변을 확인한 그는 아즈치 성에서 곧 아케치의 거성인 사카모토 성으로 옮긴다. 하지만 사카모토도 포위되자 부하들을 달아나게 하고 성의 보물을 적장에게 넘긴 뒤 처자를 찌르고 성에 불을 지르고 자결한다.

마나세 도산曲直瀬道三(1507~1594)
아즈치모모야마 시대의 의사. 교토 출생. 호는 스이치쿠인翠竹院, 고세이오益静翁 등. 다시로 산키田代三喜에게서 중국의 의학을 배워 오오기마치 천황과 아시카가 요시테루의 총애를 받는다. 교토에 의학사인 게이테키도啓迪堂을 설립한다. 일본 의학 중흥의 아버지라 불린다.

호리 히데마사堀秀政(1553~1590)
통칭은 규타로久太郎. 호리 히데시게堀秀重의 장남. 오다 노부나가를 섬겼으며 나가하마 성의 성주가 된다. 후에는 히데요시에게 속했으며 오우미 사와야마 성의 성주를 거쳐 에치젠 기타노쇼의 성주가 된다. 시즈가타케 전투 등 여러 전투에 참가했으며 1590년에 오다와라를 공격하던 진중에서 병사한다.

가이센 화상快川紹喜(1502~1582)
가이센 쇼키快川紹喜. 미노에서 태어나 열두 살 때 출가해 미노의 숭복사 주지가 된다. 그 뒤 가이의 다케다 신겐의 초대를 받고 혜림사로 와서 외교승으로 활약하며 신겐과 깊은 교류와 경륜을 나눈다. 혜림사에 숨어 있는 반노부나가 세력을 인도하라는 오다 쪽 요청을 거절하고 승려들과 함께 불에 타 죽는다.

| 일러두기 |

1. 이 책은 일본 고단샤講談社에서 발간한 요시카와 에이지 역사·시대 문고(吉川英治歷史時代文庫) 22~
   32권, 『신서 태합기(新書太閤記)』(전11권, 1990년 4월 23일~1990년 8월 3일)를 저본으로 삼았다.

2. 원서는 총 11권으로 구성되어 있으나 분량을 고려해서 총 10권으로 재편집했다.

3. 가능한 원본에 가깝게 번역했으나 고유명사의 명백한 오류는 바로잡았으며, 원서 내용을 해치지 않는
   범위 안에서 대화와 본문이 연결되는 부분을 일부 수정하여 우리 독자가 읽기 편하게 했다.

4. 원서 문장의 길이가 너무 길어 읽기에 불편한 부분은 내용을 해치지 않는 범위 안에서 문장을 끊어
   번역했다.

5. 한자 표기는 정오正誤에 상관없이 원서를 따랐으나 동일 인물이나 지명의 상반된 표기가 있는 경우에
   는 올바른 한자를 찾아 표기했다.

6. 이 책의 삽화 및 지도는 내용에 맞게 새로 제작한 것이다.

왜구의 후예

히데요시가 오사카의 요노^淀 상에 이르렀을 때었나.

"먼저 도착한 짐은 모두 배에 옮겨 실었고 배 안의 준비도 다 끝났습니다."

구기九鬼 가의 사자였다.

"육로로 가실 예정인 줄 알고 있습니다만, 나니와 항구까지 다른 길로 가신 뒤 그곳에서 배에 오르시면 해로를 통해 히메지로 도착할 때까지 저희가 모시겠습니다."

요도 강 근처의 주막에서 의자를 가져와 일행들과 함께 휴식을 취하고 있던 히데요시는 사자의 말을 듣고 기분이 좋아졌다.

"그것은 구기 님의 호의인가?"

세 명의 사자가 대답했다.

"주인의 명을 받들어 마중을 나왔습니다만, 배편은 아즈치의 노부나가 공께서 급사를 보내 지시한 줄 압니다."

"수고했네."

히데요시는 바로 가신들에게 명했다.

"구기 님의 사자에게 차를 대접하도록 하라."

히데요시는 이미 평정한 반슈와 중앙을 오가는 일을 그다지 위험하게 생각하지 않았다. 하지만 노부나가는 도중에 어떤 이변이 있을지 모른다며 그의 귀환길을 걱정했다. 그리고 갑자기 해상으로 가라고 구기 쪽에 지시한 듯했다.

'이렇게까지 나를 소중하게 여기시다니.'

히데요시는 마음속으로 생각하며 아즈치 방면을 바라보았다.

그날 저녁, 히데요시는 구기 가의 안내를 받아 오사카의 하구에서 배에 올랐다. 배는 일전에 이 연안에서 모리 가의 운송 선단을 격침한 전력을 지니고 있는 군선 중 하나였다. 군선의 의장은 삼엄했고 대철포의 총좌도 설치되어 있었으며 장창과 갈고리창 등도 뱃전에 늘어서 있었다. 또 선루의 한쪽에 흡사 본성에서나 볼 수 있는 방을 그대로 옮겨다놓은 듯, 옷걸이와 병풍을 비롯한 책을 얹는 선반과 북, 화로, 요, 식기와 술잔 등 없는 것이 없었다.

"다행히 해상이 평온하니 사카마 항에 도착할 때까지 편히 쉬도록 하십시오."

얼마 뒤, 구기 가의 가신인 세 명의 무사가 요리를 내왔다.

"배로 가는 것은 편해서 좋구먼."

근신들과 한담을 나누고 있던 히데요시가 술잔을 건네며 물었다.

"이 배는 몇 석이나 실을 수 있는가?"

오다 군의 수군인 구기 가의 가신들은 모두 검게 그을린 얼굴에 숭어와 같은 눈을 하고 있어서 이만 하얗게 보였다. 지금 히데요시를 접대하는 세 명의 무사도 연배는 모두 마흔 이상인 듯 보였지만 기골이 장대하고 군살이 없었다. 거기에 커다란 손을 어색하게 양 무릎에 얹고 있는 모습을 보니 앉아서 이야기를 나누는 일은 익숙하지 않은 듯 거북살스러워하는 것이 역력했다.

"예? 무슨 말씀이신지요?"

한 명이 반문했다. 그들은 육지에서의 정치적인 세력이나 권세가에 대해 무관심했고 아무 영향도 받지 못하는 듯했다. 그래서인지 아첨이나 아부도 할 줄 모르는 무뚝뚝함이 짙게 묻어났다. 히데요시는 그런 세 사람의 무뚝뚝함을 사랑스러운 시선으로 바라보며 다시 한 번 물었다.

"이 배는 대체 몇 석이나 실을 수 있는가? 이 배로 조선까지 갈 수 있는가?"

세 사람은 그저 웃기만 할 뿐 대답하지 않았다. 그러자 히데요시가 다소 발끈해서 물었다.

"왜 웃는 것인가? 내 질문이 우스운가?"

그러자 한 명이 공손히 대답했다.

"이 배는 칠백팔십 석을 실을 수 있는 돛대가 세 개 있습니다. 이 배로 조선까지 갈 수 있는가 하고 물으셨습니다만, 고려와 명나라를 비롯해 안남, 캄보디아, 보루네오, 고사高砂, 여송, 말라카는 물론이고 멀리는 남만에서 희망봉을 돌아 대서양으로 나와 스페인, 포르투갈, 로마 등 어디든 가고자 하자면 가지 못할 곳은 없습니다."

"흐음……."

히데요시는 머쓱해졌다. 그들의 친절한 설명을 듣고 이 배의 능력과 가능한 항해 범위를 알고 자신이 얼마나 유치하고 어리석은 질문을 한 것인지 깨달았기 때문이다.

"남만, 남만 하고 자주 말들을 하는데 대체 그런 나라들을 왜 남만이라고 부르는 것인가?"

"여송, 자바, 보루네오, 안남 부근을 합쳐서 남만제도라고 하며, 말라카에서 고아 등지를 오쿠남만奧南蠻이라고 부르고 있습니다."

"고아는 어디인가?"

"천축을 말합니다만 저희는 인도라고 부르고 있습니다. 고아에는 동인도 총독이 있습니다."

"그곳까지 가는 데 얼마나 걸리는가?"

"나가사키長崎에서 마카오 부근까지 순풍이면 대략 십사오 일이면 닿을 수 있습니다만, 거기서부터는 날씨에 따라 다르기 때문에 날짜를 단정해서 갈 수는 없습니다."

"어째서?"

"폭풍을 만나면 섬으로 피신해야 하고 배가 부서지면 수리해야 하니 담력과 끈기가 필요한 항해이기 때문입니다."

"자네들은 그리 소상히 알고 있는데 남만까지 간 적이 있는가?"

그러자 세 사람은 애매모호한 웃음을 짓기만 하고 입을 다물고 말았다. 서로 대답을 양보하고 있는 듯했다.

"없지는 않습니다만……."

이윽고 한 명이 대답했다.

"그에 대해 자세히 말씀드리면 저희의 소생이 알려지게 되는 것과 같아, 평소 주인인 구기 요시타카 님께서 함부로 자랑하며 발설하면 안 된다고 엄하게 금하셨기 때문에, 다소……."

"그것은 쓸데없이 자랑하는 것을 경계하라는 말일 것이다. 구기 님이 뭐라고 하면 내가 사죄할 터이니 어찌 된 것인지 말해보게."

"그럼 말씀드리겠습니다. 실은 저희는 오랫동안 해랑적海浪賊의 몸이었습니다. 그런데 덴쇼 5년, 노부나가 공께서 세이슈勢州의 구기 우마노스케 님께 명을 내려 오다 가의 수군이 조직될 무렵에 처음으로 구기 님의 부름을 받고 무가 봉공을 하게 되었습니다."

"해랑적이란 무엇인가?"

"그러니까, 그 바다를 떠도는 낭인이라는 것으로……."

"아, 왜구 말인가?"

"예, 그렇습니다."

히데요시는 그들이 바한센八幡船이라고 하는 배를 타고 남쪽의 섬들에서 명나라 연안은 말할 것도 없고, 양자강 천리를 거슬러 올라가서 고려 변경을 경유해 일생의 반을 바다에서 지낸다는 말을 듣자 눈을 크게 뜨며 갑자기 술병을 들었다.

"터무니없는 자들이로군. 자, 들게."

히데요시는 술을 권하더니 다시 말을 이었다.

"아까부터 뭘 그리 우물쭈물하며 말하기 거북해하는가 했더니 출생이 왜구라고 불리는 몸이어서 그런 것이었군. 아니, 그런 작은 배포로 잘도 해적질을 하였구면. 주인인 구기 님도 이해할 수 없군. 바한센, 왜구가 뭐 어떻다는 것인가. 만약 나도 열여섯 무렵에 그대들을 만났더라면 분명 자네들 밑에 들어가 남만에서 명나라와 고려까지 한바탕 구경하고 왔을 것이네. 정말 아쉽군, 아쉬워."

"예?"

세 사람이 머리를 나란히 하며 송구해하자 히데요시가 다시 술병을 내밀며 말했다.

"잔을 들고 한 잔씩 받게. ……잘했네. 잘했어."

세 사람은 무엇을 칭찬하는 것인지 알 수 없다는 표정을 지었다. 그러자 히데요시가 술병을 바닥에 내려놓고 말했다.

"언제부터인지 왜구라는 존재가 해상에서 자취를 감추고 말았네. 안타까운 일이라고는 할 수 없으며, 나 역시 장려하는 것도 아니나, 바한센은 생길만 해서 생긴 것이라고 생각하지 않는가?"

"예?"

"먼 옛날, 진구神功 황후[1]의 거사를 오늘 되돌아보더라도, 그 전후부터 이미 이 나라를 침략하려는 외적들이 얼마나 많았는지 짐작할 수 있네. 그 뒤 여몽연합군의 침공[2] 때만큼 모든 백성들이 분노하고 그것을 어실히 알 수 있었던 때는 없을 것이네. 십만의 원군元軍과 수백 척의 배를 잃고 난 후로 그들은 더 이상 쳐들어오지 않게 됐지만 가마쿠라 이후, 만일 다시 그들이 쳐들어왔다면 더없이 위태로울 시대가 이어졌을 것이네. 예를 들어, 요시노미야吉野之宮 시대, 아시카가 막부 초기, 이어서 오닌의 난, 아시카가 요시미쓰足利義滿와 요시마사義正 등의 무능하고 부패한 장군들이 다스리던 시대 등…… 어떠한가? 만일 그들이 다시 쳐들어왔다면?"

"정말 그렇습니다."

"다행히 고려나 명도 시대에는 예전의 힘을 잃은 듯하지만, 그렇다고 해도 무로마치 막부의 부패함이 그대로 외국에 전해졌더라면 어찌 되었을지 몰랐을 것이네. 그것을 무로마치 장군의 도움도 없이, 또 막부의 지시도 없이 백성들의 의지로 그들의 침공을 미연에 방지한 것은 자네들의 동료들이자 바한센의 힘 때문이라고 할 수 있을 것이네."

"예? 정말입니까?"

"자네들의 시대가 되고서는 이미 바한센도 말기에 접어들어 왜구라는 이름만 남고 그 기백을 잃어버렸을 것이네. 하나 일찍이 자네들의 선조에게는 그 기백과 신념이 있었음이 분명하네. 그렇지 않고서야 어찌 목숨을

---

1) 15대 천황인 오진應神 천황의 어머니로《일본서기》에 따르면 그녀는 오진 천황을 임신한 채 한반도로 출병하여 삼한을 정벌했다고 기록되어 있다. 히데요시가 말하는 본문의 '거사'는 이를 두고 하는 말인데, 이 '삼한 정벌설'은 역사적으로 왜곡 논란을 불러일으킨 사안으로 여기서는 단지 본문의 이해를 돕기 위해 그대로 번역했음을 밝혀둔다.

2) 몽고와 고려의 여몽연합군에 의한 두 차례에 걸친 일본 정벌을 말한다. 일본에서는 1차 원정을 분에이노에키文永の役(1274년), 2차 원정을 고안노에키弘安の役(1281년)라고 하며, 이를 합쳐 겐코元寇라고 한다.

거친 파도에 던질 수 있었겠는가. 그 이래로 이 나라의 백성들은 그런 기백을 잃어버리고, 설사 필부라도 더 이상 목숨을 던지지 않게 되었네. 대명大明과 고려의 각지에 올라가 진귀한 물건과 보물을 약탈해서 가져왔네. 그래서 해적이라고 불렀네. 참으로 애석한 일이지 않은가. 본래 자네들의 선조에게는 더 큰 열정이 있었는데 말일세."

평소 가슴에 품고 있던 말임에 분명했다. 그 뒤에도 히데요시는 왜구의 공적과 기백에 대해 열변을 토했다. 그러자 반평생을 바한센에서 지낸 세 사람은 그저 감탄하며 넋을 잃고 듣고만 있었다. 히데요시는 이윽고 화제를 돌렸다.

"근래는 사정이 크게 달라졌네. 스페인의 야비에라는 선교사가 온 것은 분명 덴분 20년 무렵인데, 노부니가 공이 그들을 포용하고 있으니 남만을 비롯한 서구 각지에서 다양한 물건들이 배로 들어오고 있네. 그런데 야비에는 본국에 서신을 보내 '이 나라만은 병선을 보내지 마라. 문화와 선교사를 보내라'고 했네."

파도가 이는지 배가 다소 요동을 쳤다.

"이제 졸립군. 나는 그만 잘 것이니 자네들은 마음껏 마시도록 하게."

히데요시는 그들에게 들을 만큼 듣고 자신이 하고 싶은 말을 다 한 뒤 별실로 들어가 잠이 들었다. 내해內海라고는 하지만 앞바다 쪽으로 나가자 꽤 거친 파도가 배의 옆면을 때렸다. 히데요시는 꿈속에서 공상의 나래를 펼치고 있는 듯 얼굴에 미소를 띠었다.

'아아, 파도 소리가 들린다. 저 파도는 대명의 기슭과 남만의 섬들, 그리고 서구의 나라들까지 물결칠 것이다. 노부나가 공은 종래의 영웅들과 달리 그 시야가 광대무변한, 일찍이 없었던 문명인이기도 하다. 구태한 것들은 가차 없이 파괴하는 성정을 지니고 있지만 그 이상으로 건설적인 정열을 지니고 있다. 새해에는 마흔아홉이 되니, 아직 이삼십 년은 건재하실

것이다. 그래, 그 이십 년 동안⋯⋯.'

　꿈과 현실을 오가던 히데요시는 입술을 꼭 다물더니 이윽고 깊은 잠에 빠져들었다. 하지만 그를 태운 배는 이제 겨우 산요山陽의 땅을 향해 가고 있었다. 게다가 인생이란 참으로 예측하기 어려운 것이었으니, 이번 상경이 주군인 노부나가와 마지막 만남이 되리라고는 꿈에도 상상하지 못하고 있었다.

백만일심 百萬一心

히데요시는 히메시로 돌아오사마사 어느 누구보다 높은 자리인 구고쿠 총사령관에 올랐다. 반슈, 다지마, 미마사카, 이나바 등지의 점령군의 장수들이 번갈아 히메지를 찾았다. 히데요시는 그들에게 세밑 인사나 예물을 받는 신분이 된 것이었다.

"하나도 남지 않아도 괜찮으니 모두에게 나눠주어라."

히데요시는 아사노 야헤에게 명해서 예물 전부를 부하들에게 나눠주며 한 해 동안의 수고를 위무했다. 그리고 다가올 새해의 각오에 대해 이렇게 말했다.

"내년은 중대한 의의를 지닌 해이자 많은 일이 기다리고 있다는 것은 말하지 않아도 잘 알 것이다. 그 어떤 해보다 천하의 형세가 급격히 변할 것이고 세상의 문화도 달라질 것이다. 어떻게 변해갈 것인가 하면, 구태의 철폐도 일단락되고 싸움을 병행하면서 건설하는 시기에 접어들 것이다. 새로운 문화를 창조하며 오랫동안 도탄에 허덕이던 백성들은 모두 재생의 기쁨을 누릴 것이다. 그렇지 않고서는 노부나가 공의 다년간의 전쟁은 단지 패권을 다투는 싸움에 머물게 되고 진정한 패업이라고 할 수 없을 것이다. 패업이란 개인의 사사로운 업적이 아닌 국업國業이다."

히데요시는 평소의 신념을 밝혔다.

"나는 다가올 해에 모두가 한층 분발하도록 독려할 것이다. 이것은 결코 내가 요구하는 것이 아니고 노부나가 공께서 강요하는 것도 아니다. 천지의 명령이다. 우리는 모두 이 세상, 이 나라의 봉공인이다. 노부나가 공은 단지 그 대임을 짊어진 것이자 나는 그분의 수하 중 한 명이다. 이 지쿠젠, 그 소임을 띠고 이곳 주고쿠에 군사를 이끌고 모리를 침에 있어 모리가 천하의 시세를 안다면 스스로 길을 열고 깃발을 접어 우리에게 합세해야 할 것이다. 하지만 애석하게도 모토나리 이래의 모리는 보수적이고 구태를 고집하며 자국의 안위만을 돌보는 데 여념이 없으니 그것은 모두 개인의 사사로운 업인 사업私業에 지나지 않는다. 해가 밝으면 우리 주고쿠 군사는 즉시 전쟁에 임할 것이다. 모리 역시 이름 높은 강대한 무문으로 무시할 수 없으나 그들은 사업의 병사, 우리는 패업의 군사이니 그 승패는 이미 정해져 있다. 필승의 시기가 멀지 않았으니 새해 삼 일 동안은 마음대로 마시고 쉬며 심신을 재정비하도록 하라."

부장들은 평소부터 히데요시의 달변에 대해 잘 알고 있었지만 그의 입에서 처음으로 나온 패업이라는 말에는 감동하지 않을 수 없었다. 모리 가뿐 아니라 전국 시대 초기부터 할거하기 시작한 군웅호걸들 사이에는 사업만 있을 뿐 패업은 없었다. 그리고 국업을 이상으로 삼은 인물 역시 전무했다.

히데요시가 지금까지와는 달리 휘하의 부하들에게 그렇게 훈시한 것도 이번 아즈치에서 히메지로 돌아오는 도중 배 안에서 크게 깨달은 것이 원인인지도 몰랐다. 그는 해외에 대해 생각하면서 당연히 일본에 대해 생각하게 되었다. 일본을 일본으로밖에 생각하지 못하는 협량한 인물들이 일본 안에서 각축을 벌이고 사사로운 싸움만 되풀이해온 것이 전국의 군웅할거 시대였다고 믿게 되었던 것이다.

덴쇼 9년이 저물었다. 주고쿠 전선은 봄과 함께 다음 단계를 향한 준비에 여념이 없었다. 해가 바뀐 덴쇼 10년 정월이 되자 모리 쪽 진영은 벌써 전의에 불타고 있었다. 산요 방면의 총사인 고바야카와 다카카게는 적의 총사인 히데요시가 의외로 빨리 주고쿠로 돌아오자 그와 노부나가 사이에 뭔가 큰 방침이 정해진 것으로 판단하고 그에 대비하기 위해 각지의 아군들에게 전령을 보내 독려했다.

"지금이야말로 주고쿠의 흥망이 걸린 비상 상황이니 적에게 한 치의 땅도 내어주지 마라."

그리고 1월 말, 그는 다시 격문을 보내 '빈고의 미하라三原로 모이라'며 날짜를 통보했다. 밋추의 나카마쓰의 성주, 미야시宮島 산의 성주, 사무리猿掛 산의 성주인 가모加茂, 히나바日幡, 마쓰시마松島, 니와세庭瀬 등지에 있는 일곱 개의 주요 성의 수장이 미하라로 모이자 다카카게가 그들에게 고했다.

"산인과 산요 방면의 전황은 유감스럽게도 히데요시 정예군의 공세에 눌려 우군 쪽이 승리했다고 말하기 어렵다. 게다가 그의 병력은 날이 갈수록 증강되어 머지않아 십만에 달할 것이다. 그리고 빈고 경계를 공격하는 데 있어 우키다 나오이에가 안내할 것이라는 사실은 예상하기 어렵지 않다. 우키다는 다년간 우리 모리 쪽의 일익을 맡았으나 노부나가에게 투항한 자다. 적에게 무문의 절개를 판 자인 만큼 그에게는 그만한 손익계산이 있었음이 분명하다. 그리고 노부나가와 히데요시는 앞으로도 모든 수단과 계책을 동원해 아군들을 자기네 편으로 끌어들이려고 시도할 것이 분명하다. 하여 나는 지금 분명히 말해두겠다. 노부나가 쪽에 가담하고 싶은 자는 주저하지 말고 이곳을 떠나 그에게로 가라. 고금에 그 예가 없는 일도 아니니 지금이라면 이 다카카게도 그대들을 원망하지 않을 것이다."

평소에는 생각하지도 못한 말이었던 만큼 다카카게의 결의가 얼마나 굳은지 보여주기에 충분했다.

"……."

한동안 침묵을 지키고 있던 일곱 성의 성주 중 한 명이 입을 열었다.

"지금의 그 말씀은 참으로 애통하기 그지없습니다. 오랜 세월 주인의 은혜를 입은 저희를 절의가 없는 자들이라고 생각하고 계신 것입니까?"

다른 사람이 그 말을 이어받아 고했다.

"이러한 시기에 어찌 두 마음을 품을 수 있겠습니까. 중요한 경계를 수호하는 대임을 맡아 설령 죽는 한이 있더라도 그것은 큰 명예라고 각오하고 있습니다."

"고맙소이다."

다카카게는 그렇게 대답한 뒤 그들에게 주연을 베풀었다. 주연 중에도 전략과 전술에 대한 다양한 이야기가 오갔다. 그리고 협의도 끝이 나고 자리도 마무리될 즈음에 다카카게는 일곱 명의 장수에게 각각 한 자루씩 칼을 내렸다.

"이번 봄에는 모든 축하연을 일절 금지하였으니, 이것이 전쟁에 임하기 전의 마지막 축하연일 것이오."

"전쟁에서 승리한 후의 축하연에서 다시 뵙도록 하겠습니다."

일곱 성주는 그렇게 말하고 물러가려고 했다. 그런데 다카마쓰 성의 수장인 시미즈 쵸자에몬 무네하루清水長左衛門宗治만은 다른 이들과는 달리 칼을 받아들고 이렇게 대답했다.

"제가 맡고 있는 구역은 홍수를 직접 막아내는 제방과 같습니다. 적 십만의 노도가 어디를 어떻게 끊을지 모릅니다. 그러한 경우에 저는 제가 맡은 성을 베개 삼아 싸우다 죽을 각오를 하고 있으니, 또다시 지금과 같은 축하연에 참가하리라고는 생각하고 있지 않습니다. 이 하사하신 칼을 그런 의미로 받도록 하겠습니다."

시미즈 쵸자에몬 무네하루는 솔직한 심정을 토로했다. 그렇다고 다른 여섯 명의 장수가 허언을 한 것은 아니었다. 무네하루 이외의 사람들은 단지 진심을 말하지 못했던 것이다. 총사인 고바야카와 다카카게에게뿐 아니라 자기 자신에게 '이번에는 필시 모리 군이 패전을 피하지 못할 것'이라고 말하고 싶지 않았고, 말할 수가 없었던 것이다. 다카카게 역시 그 사실을 잘 아는 위치에 있었다.

'아무리 군사를 모으고 선전한다 해도 아군의 병력은 사만팔천 내지 오만이 전부다.'

그는 속으로 그렇게 계산하고 있었다. 하지만 적은 세쓰의 이타미와 하나구마가 무너지고, 오사카 본원사가 망하고 난 뒤 병력과 운송에 숨통이 트여 이번 봄부터는 십만 이상의 병력으로 공격해올 것이었다. 아니, 지쿠젠노카미 히데요시는 십만이라고 보이고 십삼만, 더 나아가 십오만의 대군으로 공격해올지도 몰랐다.

어느 편이든 병력에 있어서 모리 쪽은 이미 그들의 반에도 미치지 못했다. 거기에 사기의 문제도 있었다. 유감스럽게도 산인과 산요 방면에서는 패전을 거듭하고 있었고 노부나가를 고립시키기 위해 꾀한 연합 계책도 전부 분쇄된 형세였다.

하지만 다카카게를 비롯한 주고쿠 무사에게는 '모토나리 정신'이라고도 부르는 것이 남아 있었다. 모리 모토나리는 본국인 아키의 요시다田田 산에 성을 쌓을 때, '히도바시라人柱[3]는 필요 없고 오직 타마바시라魂柱만 필요하다'고 하며 토대 깊이 '백만일심百萬一心'이라고 새긴 거석을 매장했다. 이 일은 모토나리 재임 시절부터 끊임없이 번의 무사들에게 가훈으로

---

3) 인신공양의 일종. 대규모 건축물을 지을 때 그것이 파괴되지 않도록 빌기 위해 건물이나 그 근방에 살아 있는 사람을 생매장하거나 수중에 빠뜨려 죽이는 풍습을 말한다.

가슴 깊이 각인되어져 있었다.

이 가을, 그런 정신이 바야흐로 주고쿠 흥망의 갈림길에서 얼마나 큰 위력을 발휘할지 시험대에 올랐다. 사실 지자라고 알려진 다카카게도 지금의 상황에서는 더 이상 뾰족한 계책이 없었다. 물밀듯 밀려오는 중앙의 오다 대군과 히데요시의 지휘에 대해 '어차피 작은 계책 따윈 무익하다'고 단념하고 있었다. 최선을 다해 필사의 각오로 싸울 뿐이었다. 그 방법 밖에 없었다. 또 오로지 방어에 전념하는 전략밖에 세울 수도 없었다. 다카카게는 1월, 2월, 3월 계속해서 경계를 게을리하지 않고 다가올 적을 기다리고 있었다.

한편 히데요시 쪽에서도 전비와 전열을 정비하면서 '일거에 빗추로 진격해서 다카마쓰 성을 점령한 뒤 다시 아키의 본성인 요시다 산으로 진격해서 모리로 하여금 항복을 받아낸다'는 방침을 선명하게 밝혔다.

하리마, 이나바, 다지마에 산재해 있는 히데요시 휘하의 군사는 2월 중에 히메지로 집결하라는 명을 받았다. 3월 말에 히메지를 출발할 때, 그 병력은 육만에 달했고 그들은 위풍당당 오카야마岡山 성에 도착했다. 그곳에는 우키다 히데이에의 군사 이만여 명이 있었는데 그들은 선봉에 서라는 명을 받고 즉시 빗추로 진격할 태세를 취하고 있었다.

하지만 히데요시는 성공할 리 없다는 것을 알면서도 하치스카 히코에몬과 구로다 간베를 사자로 삼아 다카마쓰 성의 시미즈 무네하루에게 일단 항복을 권했다. 무네하루는 모리 가의 '백만일심'을 거론하며 공손히 사절했다. 그렇게 주고쿠 전선은 마침내 최후의 단계로 돌입하게 되었다.

세객 歲客

심계를 냈은 군신, 주고구의 히데요시와 아즈치의 노부나가는 헤어진 뒤에도 아침저녁으로 서로의 생각을 나누고 있었다. 히데요시는 여전히 군무 중 하나로 생각하며 아즈치에 매일 소식을 전하고 있었고, 노부나가는 아즈치에 머물면서 모리 쪽 정세를 훤히 꿰뚫어보고 있었다. 노부나가는 히데요시만 있으면 주고쿠 책략은 걱정할 것이 없다며 안심하고 있었던 것이다.

그런 히데요시를 주고쿠에 보낸 뒤, 아즈치에서 새해를 맞은 노부나가는 새봄과 함께 연말보다 더 바쁘게 지냈다. 아니 스스로 바쁜 일들을 만들고 있었다는 게 적절할 것이다.

덴쇼 10년(1582년)인 임오년 정월, 인접국의 다이묘와 소묘와 친족을 비롯한 새해 손님들이 노부나가에게 오로지 새해 인사를 하기 위해 총견사總見寺 산의 넓은 돌계단 길과 정문의 성문을 통해 몰려들었다. 어째서 야단법석한 일이 벌어졌는가 하면 노부나가가 제야 때, 다음과 같이 명한 것이 원인이었다.

"정월 연하객들에게는 누구를 막론하고 한 사람당 백 문文씩 거두도록 하라. 경사스런 새봄을 맞아 오늘 하루도 무사히 지내고 나를 알현하고 새해 인사를 하는 대가로 백 문 정도의 세금을 거둬도 무방할 것이다. 호리 규타로와 가모 우효에 두 사람이 내일 그 일을 맡도록 하라."

그뿐만이 아니라 노부나가는 다시 다음과 같이 명했다.

"세금을 거두는 대신 평소 사람들에게 개방하지 않았던 성안의 비각秘閣과 심전深殿을 열어서 모두 구경할 수 있도록 하라."

며칠 전부터 아즈치의 마을에 숙소를 잡고 기다리던 다이묘와 소묘, 상인, 의원, 화가, 장인 등 계급을 불문한 사람들이 이때를 놓치면 평생 후회할 것이라는 듯 일제히 모여들어 사상자까지 생길 정도로 인산인해를 이루고 있었다. 하지만 사람들은 구경할 만한 가치가 있다며 후회하지 않았다. 먼저 총견사 비사문毘砂門 무대에서 구경을 하고 정문을 통해 세 번째 문으로 들어간 뒤, 흰 모래가 깔려 있는 현관까지 와서 새해 인사를 올리게 되어 있었는데, 인파에 떠밀려 잠시도 서 있을 수가 없어 정작 노부나가의 얼굴이나 모습은 구경조차 할 수 없었다.

"저분이 노부타다 경이다."

"방금 저쪽으로 가신 분이 오다 나가마스織田長益 님이시다."

"이쪽을 보고 웃고 계시는 사람이 기타바타케 노부오키北畠信雄 경이 아닌가?"

사람들은 오다 일문의 사람들을 멀리서 바라보는 것으로도 만족하고 있었다. 거기에 일반 서민들이 만족을 넘어 감격해서 부복한 이유는 아즈치 성안에서 천황이 머무는 방인 '미유키노마御幸の間'를 보았기 때문이다. 일반 서민들은 아즈치에 미유키노마가 있으리라고는 상상도 하지 못했던 것이다.

사람들은 언젠가 이곳에서 천황의 행차를 맞이하고자 준비해온 노부나가의 충성심을 깨닫고 미유키노마의 계단이나 회랑 등을 바라보며 모두 머리를 조아렸다. 사람들이 구경을 마치고 다시 처음에 왔던 곳으로 내려오면 성의 병사들은 돌아갈 통로를 손으로 가리키며 부엌 입구를 통해 가라고 일러줬다. 그런데 뜻밖에도 그곳에 근신들과 함께 서 있던 노부나가가 사람들을 향해 이렇게 외쳤다.

"모두 구경한 값은 놓고 가도록 하라. 백 문씩 사례금을 잊지 마라."

노부나가는 동전을 집더니 뒤를 향해 던졌다. 당연히 노부나가가 혼자서 수많은 군중이 내는 돈을 다 받을 수 없었기 때문에 호리 규타로의 부하와 다른 가신들도 함께 돈을 받아서 뒤편으로 던졌다. 사람들은 노부나가의 손에 직접 백 문의 세금을 건네는 것을 일생의 영광으로 여기며 노부나가 앞으로 몰려들었다.

노부나가의 뒤편에는 눈 깜짝할 사이에 동전의 산이 몇 개나 생겼다. 병사들이 그것을 바로 가마니에 쓸어 담았다. 그리고 동전 가마니를 성 아래에 있는 관청으로 보내 빈민들에게 나눠주었다.

노부나가는 이번 정월에는 아즈치의 마을에서 굶주리는 사람은 없을 것이라며 대단히 흡족해했다. 그러면서 호리 규타로에게 물었다.

"어떠한가? 연하세를 거둔 것은 참으로 잘한 일이라고 생각하지 않는가?"

규타로는 처음에 그 일을 맡았을 때, 천하의 우대신 가와 같은 인물이 그런 사소하고 평민적인 일을 해도 괜찮을까 걱정했지만, 의외로 서민들의 반응은 자신의 걱정과는 전혀 달랐다.

"실로 훌륭한 생각이었습니다. 구경을 온 사람들도 일생의 좋은 이야깃거리라며 크게 기뻐했고 세금을 나눠 받은 빈민들은 이것은 단순한 동전이 아닌 우대신 노부나가 님의 손이 닿은 것이라 함부로 쓸 수 없으니 내년 정월까지 소중하게 쓰겠다고 했다며 관인들까지 크게 기뻐했습니다. 하여 이러한 선정은 내년 정월, 그리고 그다음 해에도 연례로 해도 좋을 듯싶습니다.”

그러자 노부나가는 의외로 머리를 좌우로 흔들며 말했다.

“두 번은 없을 것이네. 빈민들이 이것에 익숙해지면 오히려 위정자의 책이 될 것이네.”

정월 중순, 사자로 파견되었던 란마루가 공무를 마치고 기후 성에서 돌아왔다.

“다녀왔습니다.”

“수고했다.”

“기후의 긴조金藏[4)에 있던 엽전 일만육천 관을 모두 가져왔습니다.”

“그곳에서 돈을 꺼낸 것을 노부타다에게 잘 이야기했는가?”

“예, 말씀하신 취지 그대로 잘 고했습니다.”

노부나가는 만족한 듯 머리를 끄덕였다. 란마루가 오다 노부타다의 기후 성에 사자로 간 이유는 일찍이 그곳 긴조에 넣어둔 거액의 돈을 가져오라고 노부나가가 명했기 때문이다.

“동전을 묶어놓았던 끈도 어느덧 썩었을 테니 모두 새로 묶어서 가져오너라.”

란마루는 흙으로 지은 곳간에 넣어둔 돈을 묶은 끈이 몇 년이면 썩는지 알고 있던 노부나가의 세심한 성격에 ‘사람들은 주군의 무략에 관해 재능만 알고 경제적인 재능은 그다지 인정하지 않지만, 주군에게는 아무것도 숨길 수가 없구나’ 하며 감복했다. 그리고 노부나가의 그런 면모를 확인할 때마다 모친인 묘코니가 저지른 과거의 잘못을 걱정하며, 스즈키 시게유키를 숨겨두고 있는 아케치 미쓰히데의 일거수일투족이 더욱 신경 쓰였다. 그렇지만 그것은 란마루 혼자만의 생각이거나 어림짐작에 불과

---

4) 조정이나 막부에서 어용상인들에게 임시로 부과하던 금전을 납입하는 창고나 곳간.

했다. 그리고 이번 일에서 노부나가의 의도는 전혀 다른 데에 있었다.

란마루가 사자로 온 용건을 들은 사람들은 그다지 달갑지 않게 생각하며 뒤에서 험담을 했지만 그 뒤 거기에 담긴 깊은 뜻을 알게 되자 자신들의 짧은 생각을 부끄럽게 여겼다.

세상에는 노부나가가 호방한 성격과 화려한 모습과는 어울리지 않게 인색하다는 평이 널리 퍼져 있었다. 또 실제로 그런 예는 얼마든지 있었다. 하지만 그 뒤, 그들에게 전해진 소식에 따르면 기후 성에서 가져온 돈은 얼마 뒤 육로와 해상을 통해 이세로 옮겨졌다고 했다.

이세 신궁은 근래 삼백 년 동안 신당이 쇠락하고 국가적인 제의도 끊긴 상태였다. 그래서 노부나가는 신궁 조영을 결심하고 재작년부터 그 일을 착수했던 것이다.

신궁 조영을 맡은 봉행인이 천 관이라는 거액의 예산을 세워 세밑에 고하자 노부나가는 이렇게 말했다.

"얼마 전 모은 야와타의 하치만궁八幡宮의 조영에도 예산이 삼백 관이었던 것이 천 관을 넘었다. 특히 이번 이세 신궁은 그보다 몇 배는 더 필요할 것이니, 비용을 아끼지 마라."

그리고 노부나가는 유사시에 대비해 기후 성에 보관하고 있던 돈을 건넸다.

소년사절단

1월이 절반이 지나고서야 아즈치의 백성들은 깨달았다.

"무슨 일로 날마다 짐을 잔뜩 싣고 배가 나가는 것일까?"

배들은 모두 호남에서 호북으로 가는 것이었다. 그런가 하면 수천 섬의 쌀을 실은 수레의 행렬이 호수의 기슭을 따라 북쪽으로 나아갔다.

아즈치의 활기는 12월과 정월을 지나도 쇠퇴할 기미가 보이지 않았다. 여객의 왕래뿐 아니라 아즈치를 오가는 제후들의 발길도 여전히 끊이질 않았고, 가도에는 사자의 말과 다른 나라의 사신들 모습이 보이지 않는 날이 없었다.

"세베瀨兵衛, 함께 가지 않겠나?"

"어딜 말씀입니까?"

"매사냥 말이네."

"예, 데려가주십시오."

"산스케三助도 오라."

초봄 아침, 노부나가는 아즈치를 나섰다. 함께 가는 이들은 전날 밤에 정해져 있었지만, 마침 돌아온 나카가와 세베와 이케다 가쓰사부로 노부데로의 아들인 이케다 산스케도 동행하게 되었다.

　노부나가는 여덟 명의 매 장인에게 각각 매를 들게 했다. 그리고 가신들과 함께 말을 타고 아이치愛智 강 근처까지 나갔다. 노부나가가 좋아하는 것은 기마와 스모, 그리고 매사냥과 다도였다. 취미라고 하면 한가한 시간에 즐기는 소일거리로 들리지만, 노부나가는 다도를 비롯해 무엇을 하든지 어중간하게 하지 않았다. 예를 들어, 스모만 하더라도 아즈치에서 스모를 보고자 하면 고슈江州, 교토, 나니와를 비롯한 먼 나라에서까지 천오백 명이나 되는 스모 선수를 불러 크게 열었다. 그리고 제후와 군중과 함께 날이 저물도록 구경하다가 마침내는 가신들 중에서도 몇 개의 조를 뽑아 겨루도록 명령하기도 했다.

　그런데 그날, 신슈信川의 기소木曾의 일족인 니에기 규베苗木久兵衛가 시종도 없이 혼자 노부나가를 찾아왔다. 노부나가는 규베가 건넨 서신을 받아들고 일독을 한 뒤 대답했다.

　"요시마사義昌 외 그대들의 뜻은 잘 알겠으나, 응당 그에 맞는 볼모를 아즈치로 보내지 않는 동안에는 가부에 대한 즉답을 하기 곤란하다."

　그리고 노부나가는 그 뒤의 일은 가신인 스가야 구에몬과 잘 의논하라며 자리를 떴다.

　오늘 매사냥은 기소의 사자를 만나는 것이 목적이었던 것이다. 얼마 뒤, 스가야 구에몬이 뒤쫓아오자 노부나가는 그를 안장 옆으로 불러 무슨 말인가를 듣더니 만족한 듯 몇 번이고 고개를 끄덕였다.

　"흐음, 그런가. 흐음, 그렇군."

　노부나가 일행이 돌아가는 길에 아즈치의 마을로 들어갔다. 그곳에서 노부나가는 말을 멈추고 가로수 사이에 보이는 이국적인 건물을 올려다보았다. 건물의 창에서 바이올린 소리가 흘러나오고 있었다. 노부나가는 급히 말에서 내려 종자 한 명을 데리고 문 안으로 들어갔다.

"우대신 님께서 들르셨소이다."

앞서 달려간 이케다 산스케가 문을 열고 계단 위를 향해 소리쳤다. 계단 아래의 복도에는 나체의 커다란 조각상이 있었는데 산스케는 그것이 그리스도상인지 알 수 없어 그저 진귀한 듯 여기저기를 둘러보고 있었다.

"오……."

소의 울음소리 같은 목소리가 계단 위에서 들리더니 두세 명의 선교사가 분주히 내려왔다. 노부나가는 어느새 건물 안으로 들어와 있었다.

"오오, 장군님."

선교사는 불시에 방문한 노부나가를 보며 깜짝 놀란 표정으로 공손하게 최대한의 경의를 표했다. 이곳은 근처에 있는 남만사에 속한 그리스도교 학교였다. 노부나가도 기부자 중 한 명이었는데 다카야마 우곤을 비롯한 귀의한 다이묘들이 목재부터 교사 안의 물건 일절을 기증했다.

"수업하는 모습을 참관하고 싶소. 아이들은 있소이까?"

선교사들은 노부나가의 말을 듣고 크게 기뻐하며 입을 모아 영광이라고 이야기했다. 노부나가는 그들의 말에는 개의치 않고 성큼성큼 계단을 올라갔다. 그러자 선교사 중 한 명이 황망히 교실로 달려가서 아이들에게 노부나가의 방문을 알렸다. 바이올린 소리와 말소리가 뚝 하고 멈추었다. 노부나가는 교단에 서서 한동안 내부를 둘러보고 있었다.

노부나가는 '신기한 서당도 있구나' 하는 표정으로 여기저기를 살폈다. 교실의 책상이나 걸상을 비롯해 모든 게 서양풍이었다. 제후나 부장들의 자제들이었던 만큼 아이들은 교과서 한 권씩을 책상 위에 놓고 노부나가의 모습을 올려다보며 엄숙하게 예를 차렸다. 열 살 정도부터 열서너 살의 아이들이 대부분이었지만 그중에는 관례 전후의 소년도 있었다. 모두 명문가의 자제이자 화려한 서양 문명에 익숙해져 있어서인지 마을에 있는 일본의 서당을 다니는 아이들과는 비교할 수 없을 만큼 의젓하고 수

려했다.

　하지만 노부나가의 머릿속에는 어느 쪽이 정말로 아이들을 진정한 인간으로 훈육하는가 하는 것에 대한 해답이 있는 듯했다. 그래서인지 노부나가는 그다지 감탄하거나 놀라지 않았다. 그는 근처에 있는 책상 위에서 아이들의 교과서를 집어 들어 잠자코 책장을 넘기다가 이내 아이에게 돌려주며 물었다.

　"방금, 바이올린을 켠 아이가 누구냐?"

　그의 질문에 선교사가 아이들에게 다시 묻는 것을 보고 노부나가는 교실 안에 교사가 없었다는 것을 알아차렸다. 아이들은 모두 그 틈을 노려 서양 악기를 만지작거리거나 잡담을 하거나 떠들고 있었음이 분명했다.

　"이토伊東 제롬 님입니다."

　아이들이 일제히 한 아이를 바라보았다. 노부나가도 아이들의 시선을 따라가다 열네다섯쯤 되는 소년을 발견했다.

　"예, 저기 있습니다. 제롬이었습니다."

　선교사가 손가락으로 가리키자 소년은 새빨개진 얼굴을 숙였다. 노부나가는 알쏭달쏭한 표정으로 다시 물었다.

　"제롬이 누구냐? 누구의 아들이냐?"

　선교사는 엄숙히 소년에게 말했다.

　"제롬, 일어나서 장군님께 대답해야지."

　소년은 책상 사이로 나와 바른 자세로 노부나가에게 인사를 했다.

　"방금 여기서 바이올린을 켠 사람은 저입니다."

　말투도 명석했고 눈빛도 비굴하지 않아 귀인의 아들다운 느낌이 들었다. 노부나가는 근엄한 표정으로 소년의 눈을 바라보았지만 소년은 그 눈길을 피하지 않았다.

　"너였느냐? 바이올린을 켠 사람이?"

"예."

"어떤 노래를 연주한 것이냐? 서양에도 악보가 있을 것이다."

"있습니다. 제가 방금 연주한 것은 이스라엘 백성이 이집트를 탈출하는 내용이 담긴 다윗의 성가였습니다."

소년은 의기양양하게 말했다. 흡사 그 질문에 대답하는 날을 기다리고 있었다는 듯 막힘없이 대답했다.

"누가 가르쳐주었느냐?"

"발리그나노 신부님께서 가르쳐주셨습니다."

"아, 발리그나노 말이구나."

"우대신 님께서도 잘 알고 계실 것입니다."

소년이 반문했다.

"음, 알고 있다."

노부나가는 고개를 끄덕이며 물었다.

"발리그나노는 지금 어디에 있는가?"

"정월까지는 일본에 계셨습니다만 얼마 전 나가사키를 떠나셨으니 지금쯤은 마카오에서 인도로 들어가셨을 것입니다. 사촌 동생의 편지에 따르면 아마 20일 무렵 출항할 예정이라고 합니다."

"사촌 동생이라니?"

"이토 안시오라고 합니다."

"안시오가 무엇이냐? 일본 이름은 없느냐?"

"이토 요시마스伊東義益의 조카인 요시가타義賢입니다."

"그, 휴가오비日向飫肥의 성주인 이토 요시마스의 일족이구나. 그런데 너는?"

"예, 요시마스의 아들입니다."

노부나가는 천주교 문화 아래에서 교육을 받고 있는 되바라진 미소년을 보면서 그의 부친인 이토 요시마스라고 하는 혈기왕성하고 앞뒤 가리지 않는 사내의 얼굴을 떠올리고는 뭔가 기묘한 느낌을 받았다. 규슈의 다이묘인 오토모大友와 오무라大村, 아리마有馬나 이토 요시마스의 성이 있는 서일본 연해는 근년 모두 남만 색채나 서양 문물에 동화된 느낌이 있었다.

노부나가는 철포, 화약부터 망원경, 의약품, 가죽, 염색 직물류, 일용품까지 무엇이든 받아들이는 데 인색하지 않았다. 특히 의학과 천문, 군사에 관한 것들이라면 무엇이든 열망하고 있었다. 또 그에 수반한 다소의 폐해는 어쩔 수 없는 것이라며 너그럽게 생각하고 있었다. 하지만 그가 절대적으로 거부하는 것이 있었는데 그것이 바로 종교와 교육이었다.

선교사들은 그 두 가지를 허락하지 않으면 무기와 의학을 비롯한 다른 물선을 가져오지 않았나. 노부나가는 내의를 문화에 길고 아즈치 흰 곳에 남만사와 그 학교를 허락했지만 교육을 받고 있는 아이들을 보면서 그들의 장래를 걱정하지 않을 수 없었다.

'언제까지 이렇듯 방만하게 내버려둘 수 없다.'

노부나가는 마음속으로 그렇게 생각했다. 그는 교실을 나와 선교사들의 안내를 받으며 화려한 휴게실로 들어갔다. 그리고 귀인을 위해 특별히 준비해놓은 듯한 금빛과 푸른색의 화려한 의자에 앉았다. 선교사들은 자신들이 아끼는 자국의 차나 담배 등속을 내와 대접했지만 노부나가는 손도 대지 않았다.

"방금, 이토 요시마스의 아들이 말하길 발리그나노는 정월 말에 일본을 떠났다고 하는데 돌아왔는가?"

"아닙니다. 신부님이 이번에 유럽으로 가신 건 개인적인 용무 때문이 아니라 일본의 문화를 위해 사절단의 안내자로 따라간 것입니다."

"사절이라니?"

노부나가는 의아한 표정을 지었다. 규슈는 아직 그의 세력권 안에 들어오지 않았기 때문에 규슈의 다이묘들과 해외의 교류나 통상에 대해 노부나가는 신경을 곤두세우고 있었다.

"아직 듣지 못하셨습니까? 실은 발리그나노 신부님이 일본의 유력 가문의 자제들에게 꼭 한 번은 유럽의 문명을 접할 기회를 주어야 유럽과 일본이 진정한 통상과 국교를 맺을 수 있을 거라며 유럽 각국의 국왕과 교황을 설득하여 드디어 이번에 사절단을 보내게 된 것입니다. 그리고 사절단에 선발된 이들은 가장 나이가 많은 소년이 열여섯이고 나머지는 모두 어린 소년들뿐입니다."

선교사는 소년들의 이름까지 상세하게 고했다. 대부분이 규슈의 큰 번의 자제들이었다. 이토 요시마스의 조카인 이토 안시오의 이름도 그 안에 들어 있었고 오무라와 아미마 일족의 아들도 있었다.

"그거 참으로 기특하고 용감하군."

노부나가는 먼 유럽으로 떠난 소년사절단의 용기에 진심으로 감탄했다. 하지만 그와 동시에 가능하면 그 소년들을 만나서 자신의 심중에 있는 생각을 들려주며 격려하고 용기를 북돋아주고 싶다고 생각했다. 또한 노부나가는 유럽 각국의 국왕이나 발리그나노 신부가 무엇을 위해 다이묘의 자제들에게 유럽 견학을 시켜주기 위해 데려갔는지 그 문화적인 의도를 헤아릴 수 있었다. 그리고 그들이 종국에 품고 있는 커다란 야망이 무엇인지도 잘 헤아리고 있었다. 그 두 가지 의도를 고려하며 노부나가는 늘 아즈치 성에 있는 지구의를 바라보고 있었다.

"발리그나노 신부님은 작년 교토를 떠날 때, 장군님에 대해 애석하다는 듯 말씀하셨습니다."

"흠, 뭐라고 하였나?"

"아즈치의 장군님은 언제라도 세례를 받으실 듯하다가도 좀처럼 승낙하지 않으신다고 말입니다. 또 이번에도 장군님께 세례를 받게 하지 못하고 유럽으로 돌아가는 것이 유일한 안타까움이라고 하셨습니다.”

“하하하, 그런가? 그렇게 말하였는가!”

노부나가는 의자에서 일어났다. 그리고 매를 손목에 얹고 뒤에 서 있는 시종을 바라보며 말했다.

“시간을 너무 지체했구나. 그만 돌아가자.”

노부나가는 큰 걸음으로 계단을 내려가서 밖으로 나오더니 말을 불렀다. 아까 바이올린을 연주했던 이토 제롬을 비롯한 소년들은 교정에 정렬해 있었다.

만시지탄 晩時之歎

니라사키[韮崎]의 새로운 부[府]의 성은 장군의 부인이나 귀부인들이 사는 안쪽 대전까지 모두 완성되었다.

"똑같이 정월을 맞이하는 것이라면."

다케다 가쓰요리는 세밀 24일에 선조 몇 대에 걸친 고후[甲府]의 쓰쓰지가사키에서 새로운 부인 니라사키로 옮겨왔다. 연도의 백성들은 부를 이전할 때의 미려한 장관을 보고 정월이 돼서도 여전히 화제로 삼고 있었다.

가쓰요리와 그의 가족을 비롯해 그를 섬기는 수많은 귀부인과 딸이 타는 가마만 해도 몇백 대가 넘었다. 또 일족의 노무사나 젊은 무사, 거기에 부장과 근신 들이 탄 말부터 활과 창을 든 부대, 철포의 행렬, 붉은색 창 부대에 이르기까지 끝없이 이어진 행렬 중에서도 가장 사람들의 이목을 끈 것은 '나무추호남궁법성상하대명신[南無諏訪南宮法性上下大明神]'이라고 쓴 진홍색 천에 금빛이 드리워진 다케다 누대의 손자[孫子]의 깃발이었다. 그리고 또 하나는 세상 사람들이 다 알고 있듯 신겐이 좌우의 군기로 삼던, 곤색의 긴 깃발에 금빛 문자로 두 줄로 적혀 있는 다음과 같은 글자였다.

기질여풍其疾如風 기서여래其徐如林

침략여화侵掠如火 부동여산不動如山

신겐과 마음을 나누고 있던 혜림사惠林寺의 가이센快川 화상이 쓴 글자라는 사실을 모르는 사람이 없었다.

"아, 저 깃발의 정령은 쓰쓰지가사키를 버리고 가는 오늘의 천도遷都를 얼마나 애석해하고 있을까!"

고후의 영민들은 에이로쿠永禄 전후 무렵, 그 두 개의 깃발이 고후를 출발해서 가와나카시마川中島로 향하고 다시 돌아올 때마다 개선한 병사들과 함께 감격의 눈물을 흘리며 환성을 지르던 때를 그리워하며 하염없이 바라보고 있다.

깃발은 그때와 같은 것이었지만 그 무렵의 손자의 깃발과 오늘 보는 손자의 깃발은 완전히 다른 느낌이었다. 한편에서는 다케다 일족과 함께 니라사키의 새로운 부로 가는 수많은 진귀한 보물이나 군수품이 실린 수레와 마차의 행렬을 보고 '고슈는 아직 강국이다'라는 신념을 새삼 다지고 있었다. 신겐 이래의 자부심만은 장수와 병사는 물론 영지의 백성들에게까지 남아 있었던 것이다.

그렇게 옮겨간 새로운 부의 성에서 가쓰요리는 2월 어느 날, 숙부인 다케다 쇼요켄武田逍遙軒과 함께 본성의 매화 숲을 거닐면서 꾀꼬리 소리를 들으며 무엇인가 끊임없이 이야기를 나누고 있었다. 꽃망울을 터뜨린 홍매와 백매로 가득한 매화 숲은 아주 오래전부터 그곳을 지키고 있었다.

"이번 정월에도 얼굴조차 보이지 않았는데, 병이라도 든 것인지 숙부님께 무슨 소식이라도 오지 않았는지요?"

가쓰요리가 물었다. 그는 자신의 사촌에 해당하는 일족의 아나야마 마이세쓰穴山梅雪에 대해 묻고 있는 것이었다. 다케다 쪽에 있어 중요한 남쪽

요충지인 스루가구치駿河口의 에지리江尻 성을 맡은 마이세쓰가 근래 반년 이상 소식도 없고 병을 칭하며 나오지 않는 것이 걱정된 것이었다.

"정말로 병이 든 듯합니다. 마이세쓰는 정직한 사내이니 결코 꾀병을 부리지는 않을 것입니다."

그렇게 말하는 쇼요켄은 죽은 형인 신겐의 기질을 닮은 호인이었다. 그러다 보니 가쓰요리는 그의 말에 동의하지 않을 수 없었다.

쇼요켄이 입을 다물자 가쓰요리도 침묵을 지키고 있었다. 두 사람은 그저 묵묵히 걸을 뿐이었다. 본성과 안쪽 성곽 사이에는 잡목이 우거진 협소한 계곡이 있고 계류도 있었다. 좌우의 벼랑에는 매화가 흐드러지게 피어 있었다. 그 계곡까지 왔을 때였다. 무엇에 놀랐는지 꾀꼬리 한 마리가 날아갔다.

"주군, 거기 계셨습니까? 큰일이 생겼습니다."

아도베 오오이跡部大炊의 아들인 아도베 겐시로跡部源四郎가 흙빛이 돼서 달려오자 쇼요켄이 꾸짖으며 말했다.

"겐시로, 무례하구나. 큰일이라는 말은 무사가 된 자가 함부로 입에 담을 말이 아니다."

평소의 강직한 모습과 달리 가쓰요리의 안색이 크게 동요했다. 곁에 있던 쇼요켄도 일부러 어린 겐시로를 꾸짖었다.

"함부로 드리는 말씀이 아닙니다. 정말로 큰일이 일어났습니다."

겐시로는 재빨리 벼랑을 달려 내려와서 다리 옆에 엎드리더니 단숨에 고했다.

"방금 성문에 시나노信濃의 다카도오高遠의 니시나 고로仁科五郎 님이 보낸 파발이 도착했는데 기소 요시마사木曾義昌 님이 역심을 품었다고 합니다."

"뭐라? 기소가?"

다케다 쇼요켄은 놀라면서 믿을 수 없는 듯 고함을 쳤다. 가쓰요리는 이미 어느 정도 예상하고 있었는지, 입술을 깨물며 겐시로를 내려다보고만 있었다. 쇼요켄은 좀처럼 진정되지 않는지 떨리는 말투로 외쳤다.

"서찰은 어디 있느냐?"

전령이 가져왔을 니시나 고로 노부모리信盛의 서찰이 어디 있는지 묻는 것이었다. 그러자 겐시로가 대답했다.

"방금 도착한 전령의 말에 따르면 화급을 다투는 사안이라 노부모리 님의 서찰은 두 번째 전령이 가져올 것이라고 합니다. 그 말을 마치고는 정신을 잃고 쓰러졌기에 약을 먹인 뒤 휴식을 취하게 했습니다."

가쓰요리는 부복하고 있는 겐시로의 곁을 큰 걸음으로 지나더니 뒤를 돌아보며 쇼요켄에게 큰 소리로 말했다.

"고로의 서찰은 볼 필요노 없습니다. 기소의 변심은 사실일 것입니다. 근년 기소나 마이세쓰에게 의심스러운 징후가 얼마간 보였습니다. 숙부 님, 수고스럽겠지만 다시 출전해주십시오. 저도 곧 갈 것입니다."

그로부터 일 각도 지나지 않는 사이에 새로운 부인 이마今 성의 망루에서 북소리가 울리고 성 아래에서는 출정을 알리는 나팔 소리가 울렸다. 그날 바로 니라사키의 석양을 받으며 기소지로 향한 군마는 처음에는 오천이었지만 밤이 되자 일만에 이르렀다.

"차라리 잘됐다. 이번 일이 없었다면 은혜를 저버린 역도들을 칠 기회도 없었을 것이다. 이번에야말로 기소를 비롯해 딴마음을 품고 있는 자들을 모두 쳐서 고甲 군의 전열을 일신할 것이다!"

가쓰요리는 도중에 분노를 억누를 수 없는지 이따금 말 위에서 그렇게 뇌까렸다. 하지만 그와 함께 분노하고 기소의 배신을 원망하는 목소리는 적었다. 그럼에도 가쓰요리는 여전히 강경했다.

"호조北條 따위가 무슨 도움이 된단 말인가!"

그는 후방의 큰 방패막이가 되는 호조 가를 일고도 하지 않고 버렸다.

주위의 헌책으로 다년간 볼모로 잡고 있던 노부나가의 아들을 아즈치로 돌려보낸 뒤에도 여전히 '노부나가와 같은 촌놈이!' 하고 경시하는 마음을 버리지 못했고 하마마쓰의 도쿠가와 이에야스에 대해서도 '두고 봐라, 머지않아!' 하는 반격의 기회만을 엿보고 있었다. 그런 경향은 특히 나가시노 싸움이 끝난 뒤 더 강해졌다.

강경함이나 고집이 나쁜 것은 아니었다. 그것은 적극적인 의사 표현이자 그런 정신의 발로였기 때문에 물독이 가득 차서 흘러넘쳐도 부족함이 없는 감정이었다. 특히 절대적으로 강자만이 살아남는 전국 시대에서는 더욱 필요한 요소라고 할 수 있었다. 하지만 거기에는 일견 연약함과도 닮은 듯한 침착하고 냉정한 힘을 겸비하고 있어야만 했다.

섣부른 강경함이나 허세는 그런 강한 상대를 위협하지 못하고 오히려 역효과를 낳기도 한다. 가쓰요리의 강직하고 용맹한 성격은 근래 수년 동안 그를 관찰해온 노부나가나 이에야스에게 그렇게 간파당하고 있었다. 그런 경향은 적국뿐만 아니라 고슈 안에서조차 '신겐 공이 살아 계셨더라면'이라는 한탄을 자아내고 있었다.

일족과 누대의 가신들이 옛 주인을 그리워하는 마음을 품고 있는 것은 그만큼 그들이 흔들리고 있다는 증거였다. 신겐은 강력한 군국 정치를 관철했지만 일족과 가신, 더 나아가 모든 영민들에게 '신겐 공만 있으면 무엇도 두렵지 않다'라는 절대적인 믿음을 심어주었다.

가쓰요리의 시대가 되어서도 군역과 징세, 그리고 일체의 정책은 신겐의 유훈대로 펼쳤지만 무언가가 결여되어 있었다. 가쓰요리는 그 결여되어 있는 '무언가'가 무엇인지 알지 못했다. 아니, 결여되어 있는 것조차 깨닫지 못하고 있었다.

그것은 '화和'와 중심에 대한 '신뢰'였다. 이 두 가지를 기초로 한 강력한 신겐의 정치는 오히려 가쓰요리의 대에 와서는 일족의 화를 저해하고 말았다. 그리고 신겐의 시대에는 '고슈의 네 국경은 적에게 한 발도 내어준 적이 없다'고 하는 일치단결된 자긍심에 '이대로라면 위험하다'며 근심하는 경향이 나타나기 시작했다.

나가시노에서 대패한 뒤 그런 경향이 현저해졌다는 사실은 말할 것도 없다. 그리고 그런 경향은 고 군의 장비나 전략상의 실책에 대한 반성에 머무르지 않고 사람들이 가쓰요리의 성격적인 단점과 평소의 강경함을 원망하는 계기가 되었다.

"가쓰요리 공은 역시 신겐 공이 아니었다."

사람들 사이에 급격히 퍼진 가쓰요리에 대한 부정적인 인식은 훗날 다케다 가의 쇠퇴를 한층 더 조장하는 원인이 되었다.

기소의 후쿠시마를 지키는 기소 요시마사가 신겐의 사위이면서도 등을 돌린 것은 '가쓰요리는 더 이상 버티지 못할 것'이라고 고슈의 장래를 판단했기 때문이다. 그는 미노의 나에기苗木 성의 도오야마 규베遠山九兵衛를 중간에 세워 벌써 이 년 전부터 은밀히 아즈치의 노부나가에게 청을 넣고 있었던 것이다.

고 군의 부대는 몇 갈래로 나눠서 스와諏訪의 다카하라高原에서 기소의 후쿠시마로 향했다. 모두들 처음에 출정할 때는 '기소의 군사들을 단숨에 짓밟아 버리겠다'고 큰소리를 쳤다. 하지만 날이 지나고 스와노우에하라諏訪之上原의 본진에 전해지는 소식은 '기소의 군사는 생각보다 강하다'라는 불리한 보고뿐이었다. 가쓰요리는 보고를 들을 때마다 입술을 깨물었다. 그는 아무런 진전이 없는 전황을 보며 성격상 조바심을 냈다.

달이 바뀐 2월 4일 무렵이었다. 스와로 비보가 전해졌다. 그 당시 다케다 군이 얼마나 놀라고 당황했는지 고슈의 병사들은 신겐 이래로 이런 일을 한 번도 경험하지 못했다고 해도 과언이 아니었다. 스와구치에서 파발과 척후병이 일시에 진중으로 몰려와서 입을 모아 고했다.

"아즈치의 노부나가가 급거 휘하에 출정 명령을 발령하더니 직접 고슈로 출정했습니다."

또 다른 사람이 고했다.

"스루가 쪽에서는 도쿠가와 이에야스의 군사, 간토 쪽에서는 호조 우지마사의 군사, 또 히다 방면에서는 가나모리 히다노카미金森飛驒守가 호응해서 고슈甲州로 진군하고 있으며, 이나伊那 쪽에서는 노부나가와 노부타다 부자가 두 편으로 나눠 고슈로 진입했다고 합니다. 그 소식을 듣고 높은 산에 올라 내려다보니 동서남, 어느 쪽을 둘러봐도 적의 군마가 일으키는 먼지가 보입니다."

"노부나가가! 이에야스가! 또 호조 우지마사까지?"

가쓰요리는 아연실색하며 주저앉을 듯 소리쳤다. 첩보대로라면 자신은 이미 독 안에 든 쥐의 형상이었다. 노부나가의 아들을 아즈치로 돌려보낸 것이 불과 칠 일 전이었다. 그때 노부나가는 사자에게 이렇게 말했다.

"다케다 가에 맡겨놓는 것이 내 슬하에 두는 것보다 마음이 놓였는데, 이렇게 잘 키워서 돌려보내다니 가쓰요리 님의 온정에 실로 감사하오. 이번 일은 양가의 친목을 영원히 하는 증좌가 될 것이오."

가쓰요리는 노부나가의 배신에 온몸의 털이 곤두서는 듯한 분노를 느꼈다. 그는 이미 스스로를 돌아볼 여유를 잃고 있었다. 소연한 가쓰요리의 진영에 황혼이 내릴 무렵, 기소 전선에서 다음과 같은 소식이 전해졌다.

"선봉인 다케다 쇼요켄 님을 비롯한 이치조 우에몬 다유一條上衛門大夫 님, 다케다 코즈케노스케武田上野介 님에 이르기까지 밤사이 각 진지를 버리고 모두 도망쳐왔습니다."

"거짓말이다!"

가쓰요리는 믿지 않았다. 하지만 그날 밤중에 차례로 들어오는 전령을 통해 모든 것이 사실로 밝혀졌다.

"이 무슨 짓인가!"

가쓰요리는 질타했다.

"기소와 같이 벌써 멸망할 가문을 아사히㫖 장군 이래의 명문이라 해서 내 부친이 딸까지 시집을 보내 보살펴준 자들에 불과하지 않은가!"

가쓰요리는 우리 속 호랑이처럼 진영 안을 오가며 부하들에게 고함을 쳤다.

"쇼요켄도 그렇다. 그는 내 숙부이자 일족의 장로가 아닌가. 그런데 어찌 무단으로 전선에서 도망쳐올 수가 있단 말인가. 다른 자들 역시 입에 담을 수 없을 정도로 불충하고 배은망덕한 자들이 아닌가!"

그는 하늘을 한탄하고 다른 사람들을 원망하고 자신을 돌아보지 못할 만큼 우매한 인물은 아니었다. 하지만 아무리 대범한 인물이라고 해도 그의 입장에 처한다면 동요할 수밖에 없었을 것이다. 하물며 가쓰요리 정도의 인물은 더욱더 그러했다.

"어쩔 수 없습니다. 이렇게 된 이상, 일단 철군을 명하심이 옳은 줄 압니다."

오야마다 노부시게小山田信茂와 다른 부장의 권유로 가쓰요리는 급거 스와노우에하라에서 후퇴했다. 이만여 명에 이르는 군사가 일전도 겨뤄보지 않은 채 그를 따라 니라사키까지 돌아갔는데 그 수도 불과 사천에 지나지 않았다.

가쓰요리는 주체할 수 없는 울분을 호소하기 위해 혜림사의 가이센 화상을 불렀다. 화불단행禍不單行이라는 말처럼 가쓰요리가 성으로 돌아온 뒤에도 비보는 끊기질 않았다. 일족의 아나야마 마이세쓰도 등을 돌리고 거성인 에지리 성을 적에게 넘기고 도쿠가와 이에야스의 길잡이가 돼서 고슈 공격의 선봉에 섰다고 했다. 매부인 마이세쓰까지 변심해서 자신을 멸망시키기 위해 오고 있다는 소식을 들은 가쓰요리는 그제야 스스로를 돌아볼 수밖에 없었다.

'대체 내가 무엇을 잘못한 것일까?'

이미 때는 늦었지만, 가쓰요리가 부하들에게 만전을 기할 것을 명하면서 가이센을 니라사키 성으로 부른 것은 그런 자성의 발로이기도 했다.

"아버님이 돌아가신 지 정확히 십 년, 나가시노 싸움으로부터 팔 년. 어찌 이렇듯 급격히 우리 고 군의 무장들이 예전의 절의를 잃게 된 것인지요?"

시간이 지나도 가이센이 아무 말이 없자 가쓰요리가 다시 물었다.

"불과 십 년 전까지만 해도 무장들은 이러지 않았습니다. 모두 부끄러움을 알고 명예를 존중하며 주군을 배신한다는 생각 따위는 하지 않았습니다."

가이센은 여전히 눈을 감고 아무 말도 하지 않았다. 차갑게 식은 재와 같은 상대를 보고 가쓰요리는 타오르는 불처럼 말을 이었다.

"반역자를 치러 간 자들까지 모두 일전을 겨루기는커녕 주명을 기다리지도 않고 전선을 이탈하고 있는 형국입니다. 이것이 우에스기 겐신을 가와나카지마 이남에 한 발도 들이지 못하게 했던 고슈 일족과 무장이 할 처사란 말입니까? 대체 다케다 가의 사풍이 이렇듯 무너진 것은 세상 탓입니까, 아니면 그들이 타락한 것이기 때문입니까? 바바, 야마가타, 오야마다, 아마카스를 비롯한 많은 숙장이 노쇠하고 세상을 떠나, 지금 남아 있는 이들은 그들의 아들이어서 부친의 대와는 면면들이 달라지긴 했습니다만……."

가이센은 역시 아무 말도 하지 않았다. 그 역시 지금 자신의 노쇠함을 생각하고 있을지 몰랐다. 신겐과 마음의 교류를 깊이 나누고 있던 가이센은 어느덧 칠십이 넘었다. 눈이 내린 듯한 흰 눈썹이 덮인 눈으로 그는 죽은 신겐의 후계자를 바라만 보고 있었다.

"노사, 일이 이 지경에 이른 지금, 너무 늦었다고 생각하실지 모르지만 정치를 펼치는 방법이 나빴다면 그 정치를, 군기를 잘못 통솔했다면 그것을 고치려고 고뇌하고 있습니다. 노사는 제 부친을 가르친 적도 많다고 들었습니다. 그러니 부디 제게도 가르침을 주십시오. 신겐의 아들이라고 생각하시고, 어디가 잘못됐다고 기탄없이 가르쳐주시길 바랍니다."

"……."

"그럼 제가 말해보겠습니다. 부친이 돌아가신 후, 국방을 강화하고 군비를 증강하기 위해 하천의 관문에서 세금을 징수하고 그 외의 모든 세금들을 갑자기 늘려 거둔 것이 사람들의 마음을 멀어지게 한 것입니까?"

"아니네."

가이센이 고개를 저었다.

"그럼 상벌에 있어 제가 실수한 적이 있습니까?"

"아니네……."

가이센은 다시 고개를 조용히 내저었다. 그러자 가쓰요리가 가이센 앞에 엎드리더니 몸을 들썩이며 울기 시작했다.

"시로 님, 우시게. 그대는 결코 불초하지도 않고 불효자도 아니네. 단지 깨닫지 못한 실수가 한 가지 있었을 뿐이네."

이윽고 입을 연 가이센이 다정하게 타이르듯 말했다.

"자네와 노부나가를 같이 내린 이 시대가 무정한 것이네. 애초에 자네는 노부나가의 적수가 아니었네. 고 산은 문화에서 멀고 노부나가는 지리적 이점을 얻고 있다고 하지만, 중요한 원인은 그것이 아니네. 노부나가는 일전을 겨루거나 정치를 함에 있어서 반드시 마음속으로 조정을 잊지 않고 조정의 봉공인이라는 무문의 본분을 지켰네. 황거의 조영이나 열병식의 참관 등은 극히 사소한 일인 듯하지만 노부나가에게 있어서는 대업이라고 할 수 있네. 그러니 고슈와 같이 군웅할거 하던 자들이 모두 본연의 자신들 자리로 돌아갈 수밖에 없지 않은가."

가이센은 신겐의 초빙을 받고 가이의 혜림사로 오기 전, 교토의 묘심사妙心寺에 출가해서 미노美濃의 숭복사崇福寺에 있었다. 또 묘심사에 있을 무렵, 선에 깊은 관심을 기울이고 있던 오기마치正親町 천황의 초청을 받아 몇 번이나 궁중의 선 법회에도 참가했었다. 그래서 그는 다케다 가 이상으로 신하 된 도리로 조정을 섬기는 절의가 굳었다. 특히 가이센은 고슈와 같이 먼 곳에 있으면서도 작년 덴쇼 9년에는 오기마치 천황으로부터 대통지승국사大通智勝國師라는 호를 받았으며 그 은혜에 감읍하고 있었다.

세상의 커다란 움직임과 고슈의 추이를 그와 같은 심경으로 바라보고 있던 가이센은 지금 가쓰요리로부터 질문을 받자 그로서는 앞에서 말한 한 마디밖에 할 수 없었던 것이다. 그는 죽은 신겐과는 심계를 맺은 사이였고, 신겐이 그를 높이 숭앙했던 만큼 그도 신겐에 대한 믿음이 두터워서 신겐의 칠 주기에 '사람들 속의 용상龍象, 천상의 기린'이라고 평하며 고인을 칭송했다. 하지만 신겐과 비교해서 아들인 가쓰요리를 결코 불초하다고 말하지는 않았다. 오히려 동정하고 있을 정도였다. 사람들이 가쓰요리의 잘못에 대해 말하면 늘 '부친이 너무나 위대해서 그것을 바라는 것은 무리네'라고 대답했다.

그가 다소 아쉽게 생각하는 것이 있다면, 만일 신겐이 지금까지 살아 있다면 신겐의 재주와 기량을 가이 일국만을 위해서가 아닌 천하의 대의를 위해 진력하도록 했을 텐데, 그러지 못한 것이었다. 하지만 이미 그런 대의를 품고 겐페이 시대 이후 군웅할거 하던 무문들의 세상을 조금씩 황실 중심으로 잡아가며 신하로서 모범을 보이는 중앙의 거대한 존재인 노부나가가 있는 이상, 가이센으로서는 신겐보다 그릇이 작은 가쓰요리를 통해 그런 바람을 이룰 수 없다는 것을 너무나 잘 알고 있었다.

'봄과 가을은 이미 지나갔다.'

지금 가이센의 심경이 바로 그러했다. 하지만 가쓰요리를 오다 가에 무릎 꿇리고 하다못해 신겐이 죽은 뒤 가문의 안전을 도모하고자 하는 일 역시 불가했다. 신라 사부로新羅三郎 이래 명족이자 세상에 이름을 널리 떨친 신겐의 무명을 생각하면 노부나가의 무릎 아래에서 항복을 청할 수는 없었다. 또 다케다 가쓰요리도 그 정도로 부끄러움을 모르거나 의지가 없지는 않았다.

영지의 백성들 사이에서는 신겐 시절보다 나빠졌다고 하는 이들도 있었다. 과중한 세금을 부과한 것이 주된 원인인 듯했다. 하지만 가이센이 보기에 가쓰요리는 결코 자신의 욕심과 향락을 위해 그렇게 한 것이 아니었다. 거둔 세금은 모두 군비로 썼다. 무기와 전법, 그리고 일체의 문화도 중앙은 물론 사해의 나라들까지 근래 수년간 장족의 발전을 이룩했다. 총기와 화약을 구입한 데 쓴 지출만 봐도 신겐 시대에는 도저히 상상할 수 없을 정도였다.

"몸을 잘 건사하게."

이윽고 가이센은 그렇게 말하고 돌아가려고 했다.

"벌써 돌아가시려는지요?"

가쓰요리는 아직 묻고 싶은 것이 태산처럼 많았지만 더 이상 물어도 같은 대답만 돌아오리라는 것을 깨닫고 머리를 숙이며 말했다.

"이것이 마지막일지 모르겠습니다."

"그럼 안녕히."

가이센은 염주를 잡고 있던 손을 바닥에 짚으며 인사하고 돌아갔다.

다카도^{高遠} 성

"자, 고산의 봄을 감상하고 돌아오는 길에는 도카이^{東海}로 나가서 후지 산이나 구경하고 오자."

노부나가는 그렇게 말하며 아즈치를 출발했다. 이번 고슈 공략에는 충분한 승산이 있는 듯 어딘지 유유자적한 느낌이 들었다.

그는 2월 10일, 벌써 시나노로 들어가 이나구치, 기소구치, 히다구치 등지에서 전열을 정비하는 한편, 간토 방면의 호조 가를 재촉하고 스루가 방면에서는 동맹국인 도쿠가와 이에야스에게 진격을 재촉하고 있었다.

아네 강과 나가시노의 싸움 때와 견주면, 이번 고슈 공략은 흡사 자신이 경작하는 밭에서 수확을 거둬들이기 위해 가는 것처럼 노부나가의 모습은 한없이 침착했다. 이미 적국 안에는 더 이상 적이 아닌 아군만이 있을 뿐이었다. 나에기 성의 나에기 규베, 기소의 후쿠시마의 기소 요시마사는 학수고대하며 노부나가를 기다리는 아군에 지나지 않았다.

오다 노부타다, 가와지리 요헤, 모리 가와치노카미, 미즈노 겐모쓰, 다키가와 사곤 등 기후에서 이와무라로 들어간 군사들도 거칠 것이 없는 형세였다. 다케다 쪽의 요새들은 모두 텅 비어 있었고, 다케다 일족이 지키는 마쓰오松尾 성과 이다飯田 성도 날이 새고 보니 텅텅 비어 있었다.

"이나구치 방면은 저항하는 적을 찾아볼 수 없어 쾌속 진군하고 있다."

그러한 소식을 들은 기소구치 방면의 병사들이 웃으면서 이렇게 말할 정도였다.

"이대로라면 뭔가 섭섭하지 않은가."

2월 16일, 기소구치 군사는 기후 고개에 이르렀다. 그리고 그곳에서 매복하고 있는 아군, 나에키 규베 부자의 군사와 합류했다. 나라이奈良井 부근에서 다소 적의 저항이 있었지만 싸움이 끝난 뒤 적의 시신들을 살펴보니 사십여 명에 불과했다.

바비 미노노기미의 아들인 미시 후사具房가 지키고 있는 후카시深志 성도 순식간에 함락당하고, 그곳으로 진군한 오다 나가마스, 니와 후지쓰구, 기소 요시마사 등의 합류군도 요원의 불처럼 차례로 고슈의 외곽을 제압하며 진군하고 있었다.

가쓰요리의 숙부인 쇼요켄조차 이나 군의 성을 버리고 도망칠 정도였다. 이치조 우에몬 다유, 다케다 코즈케노스케, 다케다 사마노스케 등이 행방을 감춘 것도 더 이상 의아한 일이 아니었다. 무엇이 그들을 그렇게까지 나약하게 만든 것일까. 원인은 복잡하면서도 간단했다.

'이번에는 고슈도 버틸 수 없다.'

어느 틈엔가 다케다 쪽 병사들 모두 패배할 것이라고 단념하고 있었던 것이다. 차라리 그런 날이 오기를 기다리고 있었던 기색마저 보였다. 하지만 그러한 때, 고금을 돌아보면 설령 질 것을 뻔히 알면서도 분연히 떨쳐 일어난 진정한 무사가 있기 마련이다.

신슈信州의 다카도 성에 있는 니시나 고로 노부모리仁科五郎信盛가 바로 그런 인물이었다. 노부모리는 가쓰요리의 동생이었다. 그때까지 거칠 것 없이 진군해오던 오다 노부타다는 다카도 성 역시 손쉽게 손에 넣을 수 있을 것이라고 판단하고 편지를 화살에 묶어 성안으로 쏘았다. 항복을 권했던 것이다.

성안에서 바로 답신이 왔다. 답신은 '그 뜻은 잘 알았다'라고 시작해서 '본 성의 군사들은 가쓰요리 님의 무은武恩에 신명을 다해 보답할 것이니 너희와 같은 겁쟁이들에게 항복할 수 없으며, 신겐 이래로 단련해온 무용과 기량을 똑똑히 두고 보아라'며 결전의 의사를 밝히고 있었다. 노부타다는 노부나가의 명을 받들고 있었고 게다가 아직 젊었다.

"좋다. 그렇다면 본때를 보여주겠다."

노부타다는 즉시 공격을 명했다. 오다 군은 두 편으로 나뉘 성의 뒷문과 정면에서 공격을 개시했다. 처음으로 전투다운 전투가 벌어졌다. 죽음을 각오하고 있던 니시나 노부모리 이하 성병 일천여 명은 고슈 무사의 무용을 유감없이 발휘했다.

2월부터 3월 초에 걸쳐 다카도 성의 성벽은 양군의 병사들이 흘린 피로 붉게 물들었다. 오다 군은 해자 기슭 반 정町을 사이에 두고 둘러쳐져 있던 첫 번째 목책을 돌파하고 해자를 돌과 흙으로 메운 뒤 건너와서 성벽 아래에 달라붙었다.

"이놈들, 어디 오기만 해봐라."

석축 위쪽과 축토 너머에서 성의 병사들이 숨어서 눈을 부릅뜨고 공격할 기회를 가늠하며 내려다보고 있었다. 이윽고 성병들은 돌을 떨어뜨리고 기름을 붓고 나무를 굴러떨어뜨렸다. 공격하던 병사들은 석축을 기어오르다가 돌과 나무를 맞고 떨어지기를 반복했다. 하지만 한번 떨어진 병사일수록 더욱 용감했다.

"두고 보자."

그들은 석축에 다시 달라붙었다. 그 용감한 모습을 본 동료 병사들은 일제히 함성을 지르며 뒤이어 석축을 오르기 시작했다. 그리고 다시 떨어지면 또다시 기어오르기를 반복했다. 한편 방어하는 쪽도 결코 그들에게 뒤지지 않을 만큼 필사적이었다.

"어떤 희생을 치러서라도 함락시키라고 명하시면 모를까, 쉽사리 함락시킬 수 없을 듯합니다."

가와지리 히젠노카미河尻肥前守가 노부타다의 앞으로 나와 강공의 무리함과 지나친 손실에 대해 간했다.

"사상자가 너무 많은 듯하군."

노부타다가 반성하자 히젠노카미가 혀를 차며 말했다.

"게다가 아직 성은 보시는 바와 같이 견고합니다."

"뭔가 좋은 계책이 없는가?"

"성병들은 아직 가쓰요리가 건재하다고 믿고 있기 때문에 저리 강하게 버틸 수 있는 것입니다. 그러니 일단 이곳은 제쳐두고 먼저 고후인 니라사키를 공격하는 것도 계책일 것입니다. 하지만 그렇게 하기 위해서는 전체적인 작전을 바꿔야 하니, 가장 좋은 것은 성의 병사들이 고후가 함락되고 가쓰요리가 죽었다고 믿게 만드는 것입니다."

노부타다는 고개를 끄덕였다. 3월 1일 아침이었다. 적군이 쏜 두 번째 화살이 성안에 떨어졌다.

"어린아이의 장난보다 못하구나. 안달하는 적군의 얼굴을 보는 듯하다."

노부모리는 화살에 묶여져 있는 편지를 보고 웃었다. 편지에는 다음과 같이 쓰여 있었다.

　　지난 28일, 고후는 함락되고 가쓰요리 님은 할복하였다. 일문의 면면들도 목숨을 끊거나 항복하여 고슈는 이미 평정되었으니 속히 성문을 열고 목숨을 보존하기를 온정으로써 권한다.

"참으로 가소롭구나. 훤히 들여다보이는 이런 어린애 장난을 병법이라고 여기고 내게 쓰다니."

그날 밤, 노부모리는 작은 연회를 열어 사람들에게 그 편지를 보여주었다.

"만일 여기에 마음이 흔들리는 자가 있다면 아무것도 꺼리지 말고 내일 저녁까지 뒤쪽 계곡을 통해 이 성에서 도망쳐도 괜찮다."

그리고 그는 북을 치고 노래를 부르며 즐겁게 밤을 새웠다. 사람들은 그날 밤 노부모리가 각 부장들과 그의 가족들을 불러 모두에게 술잔을 돌리는 것을 보고 직감했다.

"드디어 결심하셨구나."

다음 날 아침, 노부모리는 왼쪽 발을 짚으로 동여매고 큰 칼을 지팡이 삼아 성의 다문_{多門}까지 와서 명했다.

"어젯밤 이래로 아직도 이 성에 머물고 있고, 오늘 이 자리에 있는 사람들은 모두 이 아래로 모이도록 하라."

그리고 그는 다문 위로 올라갔다. 얼마 뒤, 의자를 놓고 다문 위에서 내려다보자 성안의 노약자와 아녀자 들을 제외하고 천 명이 되지 않는 병사들이 빠짐없이 모여 있었다.

"……."

노부모리는 기도라도 하는 듯 한동안 머리를 숙이고 있었다. 흡사 고군에는 아직도 저와 같은 사람들이 있다고 부친인 신겐에게 고하고 있는 듯했다. 이윽고 노부모리가 고개를 들더니 전군을 내려다보았다. 그는 형인 가쓰요리와 같이 건장하거나 호남형이 아니었다. 오랫동안 시골에서 검소하게 생활하고 있었기 때문에 사치나 향락을 알지 못했고 산야에서 바람을 맞으며 자란 젊은 매와 같은 눈매를 가지고 있었다. 나이는 서른 넷, 부친인 신겐을 닮아 털이 많고 눈썹이 길었으며 입술이 두꺼웠다.

"오늘은 비가 내릴 줄 알았더니 하늘이 저리도 쾌청해 먼 산의 벚꽃도 보이니 참으로 죽기 좋은 날씨다. 우리가 어찌 부귀영화를 좇아 명예를 버릴 수 있겠는가. 보는 바와 같이 내 그제의 싸움에서 한쪽 발에 깊은 상처를 입어 제대로 걸을 수가 없다. 하여 먼저 그대들이 최후까지 싸우는 모습을 지켜본 뒤, 이곳에서 유유히 적을 기다렸다가 마지막에 싸울 것이다. 자, 정문과 뒷문을 활짝 열고 용맹무쌍한 고슈 무사의 기백을 보여주도록 하라."

전군이 함성을 질렀다. 사느냐 죽느냐가 아닌 오로지 필사의 함성이었다. 성문이 활짝 열리자 천여 명의 장병들이 정문과 뒷문에서 함성을 지르며 달려 나왔다. 오다 군의 전열은 제4진까지 돌파당하고 무너졌다. 한때는 오다 노부타다가 있는 중고코치 동요해서 무너질 듯했다.

"퇴각하라. 일단 퇴각한 후 전열을 다시 정비하라."

성의 무사 대장인 이마후쿠 마타에몬今福又右衛門이 때를 가늠해서 성안으로 신속히 퇴각을 명했다. 오바다 스오의 부대, 가스가 가와치노카미의 부대도 이마후쿠 부대를 따라 후퇴했다. 그리고 각각 적의 수급들을 다문 위의 주군에게 보였다.

"차라도 한잔하고 다시 공격하겠습니다."

그렇게 한 차례 쉬고 달려 나가 공격한 뒤 다시 퇴각하기를 여섯 번, 목을 치고 얻은 적의 수급이 사백삼십칠에 이르렀다.

날이 저물 무렵, 아군의 수도 눈에 띄게 줄어들었고 남아 있는 병사들도 모두 온몸에 상처를 입어 제대로 걷는 이들이 거의 없었다. 타닥타닥, 생나무 타는 소리가 들리고 불길이 활활 타오르는 소리가 들렸다. 어느새 오다 군이 성안 이곳저곳으로 밀려들었다. 노부모리는 여전히 다문 위에서 아군의 최후를, 병사 한 명 한 명의 움직임을 눈도 깜짝하지 않고 지켜보았다.

"주군, 어디에 계십니까!"

가신인 고스게 고로에몬小菅五郎衛門이 다문 아래를 뛰어다니고 있었다.

"여기에 있다."

노부모리는 위에서 자신이 건재하다는 것을 알리며 아래를 내려다보았다. 고로에몬은 연기 속에서 노부모리의 모습을 올려다본 채 헐떡이며 고했다.

"오야마다 빗추 님을 비롯해 아군의 장수와 병사가 대부분 죽었습니다. 주군께서도 할복할 준비를 하시는 것이……."

"고로에몬, 이리 올라와 가이샤쿠介錯5)를 맡으라."

"예, 지금 가겠습니다."

고로에몬은 큰 소리로 대답하고 비틀거리며 다문의 계단 쪽으로 돌아갔다. 그런데 무슨 일이 생겼는지 아무리 기다려도 고로에몬은 다문 위로 올라오지 않았고, 계단 입구에서 검은 연기만 점점 더 짙게 피어오를 뿐이었다.

노부모리는 다른 곳의 판자문을 열고 밖을 내다보았다. 아래에는 온통 적들뿐이었다. 그런데 그런 적들 사이에서 홀로 분전하고 있는 아군이 보였다. 긴 칼을 든 여자였다.

"아, 스와 쇼자에몬諏訪勝左衛門의 부인이다!"

곧 죽을 몸이었던 노부모리는 자신도 모르게 깊은 연민을 느꼈다.

"평소 사람들 앞에서는 칼을 드는 일은커녕 말도 하지 못할 만큼 수줍어하던 사람이……."

노부모리는 판자문 앞에 서서 적들을 향해 외쳤다.

"노부나가, 노부타다의 군사들이여, 잠시 진정하고 내 말을 들으라. 천

---

5) 할복하는 사람 옆에서 시중을 들며 마지막에 목을 자르는 것. 또는 그 역할을 하는 사람을 말한다.

년의 세월도 역사를 돌아보면 한순간, 노부나가가 지금 위세를 떨치고 있으나 그 역시 언젠간 질 벚꽃이며 불에 타 쓰러지는 성과 같을 것이다. 영원히 지지 않고 불에 타지 않는 불후가 무언가를 지금 보여주겠다. 신겐의 다섯째 아들, 고로 노부모리가 지금 보여주겠다."

오다의 병사들이 그곳으로 올라왔을 때에는 이미 배를 열십자로 가른 노부모리의 시체만 남아 있고 수급도 보이지 않았다. 그리고 그곳 역시 순식간에 봄밤의 하늘을 불태우는 불기둥으로 변해버렸다.

불타는 니라사키 성

새로운 부인 니라사키 성의 혼잡함은 흡사 이 세상의 종말을 고하고 있는 듯했다.

"다카도도 함락당하고 사제인 노부모리 님을 비롯한 성의 군사들도 성과 함께 모두 죽음을 맞았다고 합니다."

"으흠, 그러한가."

가신의 말을 들은 다케다 시로四郎 가쓰요리는 별다른 동요 없이 그렇게 말했다. 그는 더 이상 자신의 힘으로는 어떻게 할 수 없다는 것을 깨달은 듯 체념한 모습이었다. 다시 파발이 당도했다.

"오다 노부타다의 군사가 이미 가미스와上諏訪를 통해 가이에 난입해서 이치조 우에몬 다이스케 님, 세이노 미마사카 님, 아사히 나세쓰쓰 님, 야마가타 사부로베 님의 자제 등을 가차 없이 죽이고 그 수급을 길가에 걸고 물밀듯 이리로 향하고 있습니다."

또 다른 전령이 소식을 전해왔다.

"신겐 공의 혈족인 앞을 보지 못하는 류호龍寶 법사도 적의 손에 목숨을 잃으셨습니다."

그때는 가쓰요리조차 눈을 치켜뜨며 고함을 쳤다.

"무자비한 놈들. 맹인인 법사가 무슨 죄가 있단 말이냐. 저항할 힘이 어디 있단 말인가!"

그러면서도 그는 지금 자신의 죽음을 한층 절실하게 깨닫고 있었다.

'지금과 같이 분노를 밖으로 드러내면 주위의 가신들은 내가 초조해하고 있다고 생각하고 불안해할 것이다.'

그는 입술을 꽉 깨물며 마음속에 이는 동요를 자제했다. 사람들은 가쓰요리의 강직한 모습을 보고 그가 무신경하고 거칠다고 생각했다. 하지만 가쓰요리는 가신들에게조차 세심하게 신경을 쓰고 있었다. 주인으로서 그러한 반성과 체면은 모두 소승적인 것에 지나지 않았다.

부친의 유훈에 따라 가쓰요리도 가이센에게 선을 배웠지만 같은 스승에게 같은 선을 배워도 신겐처럼 선을 활용하지 못했다.

"잘못 안 것이 아니냐? 다카도 성은 한 달은 충분히 버틸 수 있다고 믿었는데."

다카도 성이 함락됐다는 소식을 들었을 때, 가쓰요리는 그렇게 반문했다. 전략상의 오산이라고 하기보다 인간으로서의 미숙함을 그대로 드러냈던 것이라 할 수 있다. 선천적인 소질은 지니고 있었지만 그것이 채 완성되기 전에 지금과 같은 시운時運에 직면하게 된 것이다.

근래 며칠, 그가 있는 본성의 넓은 회의장과 모든 방들은 장지문을 떼어내고 매일같이 일문일족을 비롯한 노신과 부장 들이 기거를 함께하고 있어서 대단히 혼잡했다. 또 정원에는 병사들이 장막을 치고 밤낮으로 경비를 서고 있었다.

가쓰요리는 시시각각 전해지는 전황과 세세한 파발까지 직접 보고를 받고 있었다. 지금 그에게 작년에 새롭게 심은 나무들의 향이나 화려한 장식과 아름다운 문양은 그저 방해물이나 거추장스러운 장식으로밖에 보이지 않았다.

"나리는 어디에 계시는지요?"

한 여인이 시녀 한 명을 데리고 마님이 보냈다며 혼잡한 정원에서 회의장 안쪽에 있는 사람들을 살피고 있었다. 그 정도로 그곳은 무장들로 가득했고 소란스러웠다. 그녀는 가쓰요리의 부인 시중을 드는 치무라(茅村)의 쓰바네(局)였다. 그녀는 이윽고 가쓰요리 앞으로 와서 마님의 전갈이라며 이렇게 말했다.

"안쪽 성곽은 이곳에서 멀고 모두 여자들뿐이어서 그저 울기만 하고 어찌해야 할지 모르고 있습니다. 마님께서 말씀하시길, 마지막에는 여인들도 모두 이곳에서 무사들과 함께한다면 각오를 더욱 다질 수 있을 것이라고 하셨습니다. 허락하신다면 마님이 이곳으로 사람들을 옮기고 싶다고 하시는데 어떻게 하시겠는지요?"

"그것이 좋겠다. 어린아이들도 모두 데리고 내 곁으로 오라고 하라."

가쓰요리는 바로 승낙했다. 회의 중이었던 때라 그의 주위에는 올해 열여섯이 된 장남 타로 노부가쓰(太郎信勝)를 비롯해 숙장인 사나다 마사유키, 오야마다 노부시게, 나가사카 쵸칸 등이 있었다. 쓰바네가 일어서기도 전에 노부가쓰가 부친에게 간했다.

"아버님, 그것은 오히려 좋지 않을 듯합니다."

가쓰요리는 날카로운 눈으로 아들을 바라보며 말했다.

"어째서 좋지 않다는 것이냐?"

"여자들이 이곳에 오면 방해가 될 것입니다. 여자들이 슬퍼하는 모습을 보면 무사들의 굳은 마음이 흔들릴 수도 있습니다."

타로 노부가쓰는 비록 어렸지만 자신의 생각을 피력하고 있었다. 즉 이곳은 신라 사부로 이래 조상들의 땅으로, 죽는 한이 있더라도 최후까지 이곳에서 싸워야지 새로운 부를 버리고 도망치는 것은 다케다 가의 최대

치욕이라고 주장하고 있었다. 노부가쓰의 주장에 대해 사나다 마사유키는 다음과 같이 진언했다.

"어찌 됐든 이미 사면이 적에게 둘러싸이고, 고후는 분지이기 때문에 일단 적의 공격을 받으면 호수 바닥에서 그대로 물을 맞이하는 것과 같습니다. 지금으로서는 죠슈上써의 아가쓰마吾妻로 피하는 게 상책일 것입니다. 일단 미쿠니三國 산맥까지 피신하면 어디로든 나갈 수 있고 숨을 곳도 있으니, 그곳에서 다시 아군을 규합해 재기를 꾀하는 것이 좋을 것입니다."

그러자 오야마다 노부시게가 말했다.

"죠슈 방면은 이미 몇 년 전부터 오다 쪽이 손을 써서 고슈 가에 숙원을 품은 무리들이 들어와 길목을 차단하고 있으니 그곳을 무사히 빠져나가기란 어려울 것입니다. 그러니 지금으로서는 일단 군郡인에 있는 이외도巖殿 산으로 들어가 후사를 도모하는 것이 좋을 듯합니다. 그리고 그 전에 사방으로 흩어진 아군의 군사들을 규합해서 함께……."

나가사카 쵸칸이 노부시게의 말에 동의하자 가쓰요리도 결심을 굳혔다. 가쓰요리는 노부가쓰에게 향했던 시선을 거둬 쓰바네를 바라보며 말했다.

"그만 가보도록 하라."

"예, 그럼 방금 말씀드린 일은 마님이 원하시는 대로……."

"음, 그렇게 하라."

노부가쓰는 자신의 주장이 부친에게 거부당하자 말없이 고개를 숙였다. 이제 남은 문제는 죠슈의 아가쓰마로 도망칠 것인가, 이와도 산 방면으로 들어갈 것인가, 하는 선택뿐이었다. 하지만 가쓰요리와 숙장들은 어느 쪽이든 새로운 부를 버리고 피신하는 것은 피할 수 없는 운명에 굴복하고 포기하는 것과 같다고 생각했다.

3월 3일, 예년 같으면 성안이 떠들썩했을 3월 삼짇날 명절에 가쓰요리 일문은 새로운 부인 니라사키를 버리고 도망쳤다. 그때 성을 나선 가쓰요리는 자신을 따라 성 밖으로 나온 무사들을 돌아보고 아연실색한 표정으로 외쳤다.

"이것뿐인가?"

어느 틈엔가 숙장들을 비롯해 일족의 좌장격인 노부도요信豊의 모습도 보이지 않았다. 그들은 그날 아침, 날이 채 밝기도 전에 각자 식솔들을 이끌고 자신들의 거처나 성으로 도망쳤던 것이다.

"타로, 있느냐?"

"아버님, 저 여기 있습니다."

열여섯 살의 타로 노부가쓰는 가쓰요리에게 다가가 말 머리를 나란히 했다. 직속 부장부터 평무사와 보병을 합쳐도 채 천 명이 되지 않았다. 나머지는 모두 아녀자들을 태운 가마나 장옷을 뒤집어쓴 시녀들뿐이었다.

"아아, 불이 났다."

"불길이 치솟고 있다."

니라사키를 떠나 열 정 정도 오자 아직도 미련을 버리지 못한 여자들이 뒤돌아보며 외쳤다. 아침 하늘 아래에서 불길과 검은 연기가 높이 치솟아 오르더니 당장이라도 니라사키 성을 집어삼킬 기세였다. 그들은 새벽녘 여섯 시 무렵, 직접 성에 불을 놓았던 것이다.

"너무 오래 살아 못 볼 꼴을 보는구나. 신겐 공의 가문이 이리 될 줄은……."

가쓰요리의 큰어머니가 통곡했다. 신겐의 손녀를 비롯한 일문의 처녀부터 하녀들 모두 눈물을 흘리고 서로 부둥켜안고 한탄했다.

"서둘러라. 뭘 그리 울고 있느냐. 백성들 보기에 부끄럽지 않느냐!"

가쓰요리는 사람들을 독려하며 오야마다 노부시게가 지키고 있는 성을 향해 동쪽으로 길을 재촉했다. 그사이에도 가마를 메고 가던 사람들이 모습을 감추고 짐을 들고 가던 하인들이 차례로 도망쳐서 어느 틈엔가 그 수는 반으로 줄었고, 얼마 뒤 또다시 반으로 줄어 있었다. 그리고 가쓰누마勝沼 부근 산속까지 왔을 때에는 이백 명이었던 기마 무사가 가쓰요리 부자를 포함해 불과 스무 명밖에 되지 않았다.

그런데 가쓰요리 일행이 고마가이駒飼의 산촌에 이르자, 유일하게 의지하고 있었던 오야마다 노부시게가 갑자기 변심해서 사사고笹子의 산봉우리 길을 막고 다른 곳으로 가게 했다. 가쓰요리 부자를 비롯한 일행은 당혹감을 감추지 못했다. 그들은 어쩔 수 없이 길을 바꿔 덴모쿠天目 산의 산기슭에 있는 다고田子라는 부락까지 도망쳤다. 사방에 펼쳐진 들판과 산에는 봄이 한창이었지만 이들에게는 아무런 위안을 주지 못했다.

일행은 어느덧 불과 마흔네다섯 명으로 줄어 있었고 가쓰요리는 속수무책으로 멍하니 먼 곳을 바라보고 있었다. 그래도 사람들은 여전히 가쓰요리에게 의지하며 그를 둘러싸고 불어오는 바람 속에 망연히 서 있었다.

다케다武田가의 최후

마을 사람들은 오다와 도쿠가와 연합군이 고슈 안으로 성난 파도처럼 밀려 들어왔다고 말하고 있었다. 이에야스 군은 아나야마 마이세쓰의 안내를 받아 미노부身延에서 문수당文殊堂을 거쳐 이치가와구치市川口로 들이닥쳤고, 오다 노부타다는 가미스와로 진격해서 스와 신사를 비롯한 모든 사찰은 물론 길가의 민가까지 불태우면서 밤낮을 가리지 않고 고후의 니라사키 성으로 진격하고 있다고 했다.

마침내 최후가 찾아왔다. 3월 1일 아침이었다.

"오다 쪽 선봉인 다키가와 사곤과 사사오카 헤이에몬篠岡平右衛門 등의 군사가 근처 마을에 들어와 이곳에 가쓰요리 님을 비롯한 일문이 계시다는 것을 마을 사람들에게 들은 듯합니다. 멀리서 에워싸고 있는데, 곧 길목을 끊고 이리로 들이닥칠 기세입니다."

어젯밤 마을을 나서 적의 동태를 살피고 온 가쓰요리의 측신인 오하라 단고小原丹後가 숨을 헐떡이며 달려와 고했다.

가쓰요리 부자를 따르고 있는 무사 마흔한 명과 오십 명의 일족은 덴모쿠 산속의 히라야시키平屋敷라고 하는 곳에서 목책을 세우고 한동안 숨어 있었다. 하지만 그 보고를 듣자 모두 마지막이 얼마 남지 않았다는 것을 직감하고 분주히 죽을 준비를 하기 시작했다.

가쓰요리의 아내는 본성의 내전에 있을 때와 같이 가만히 앉아 있었지만, 그녀를 둘러싸고 있는 여자들은 흐느끼며 어쩔 줄을 몰라 했다.

"이렇게 될 줄 알았다면 니라사키 성에 있었던 편이 좋았을 것을. 참으로 애통하구나."

"호조 가의 딸로 태어나서 사랑을 독차지하고, 시집와서는 다케다 시로 가쓰요리 님의 부인으로 추앙받던 몸이……."

"이제 겨우 열아홉인데……."

여자들은 비탄에 잠겨 한탄하다가 마침내는 다른 사람의 시선도 의식하시 않고 목을 놓아 울었다.

"부인, 부인."

가쓰요리는 자신의 아내를 돌아보며 재촉했다.

"지금 오하라 단고에게 말을 준비하라 명했소. 적들이 산기슭 근처까지 들이닥쳤다고 하니 계속 여기 이러고 있을 수 없소. 이곳은 사가미相模의 쓰루고都留鄕에서 가깝다고 하니 부인은 속히 떠나도록 하시오. 산을 넘어 쓰루고에 있는 부모님께 돌아가시오."

"……."

하지만 그녀는 눈물만 흘리며 그곳을 떠나려고 하지 않았다. 오히려 그런 말을 하는 남편을 원망하는 눈빛으로 보고 있었다.

"쓰치야 우에몬土屋右衛門, 마님을 안아서 말 위에 태우도록 하라."

"예."

측신인 쓰치야 우에몬이 다가오자 그녀가 눈물을 훔치며 남편에게 말했다.

"진정한 무사는 두 주인을 섬기지 않는 것처럼 한번 시집온 여자에게 다시 돌아갈 집이 있을 리 없습니다. 저를 생각해서 이곳에서 혼자 오다와라小田原로 돌아가라 하시지만 그것은 아내인 저에게는 너무나 한심스럽게 들릴 뿐입니다. 저는 이곳에서 한 발짝도 움직이지 않을 것입니다. 마지막까지 곁에 있겠습니다. 그리고 그 후에도 늘 함께할 것입니다."

그때 아키야마 기이노카미秋山紀伊守의 가신들이 달려와서 고했다.

"적이 바로 지척에 있습니다."

"산기슭의 절 근처까지 왔습니다."

가쓰요리의 아내는 비탄해하는 시녀들을 꾸짖으며 말했다.

"한탄만 하고 있을 때가 아니다. 준비한 것을 이리 가져오너라."

아직 스무 살도 되지 않은 그녀는 최후가 가까워질수록 냉정하고 단정함을 잃지 않았다. 오히려 남편인 가쓰요리가 그런 아내의 침착한 모습을 보고 위안을 얻을 정도였다.

"예……."

시녀들은 술잔과 술병을 가져와서 가쓰요리 부자 앞에 놓았다. 그녀는 어느 틈엔가 그것을 준비해놓은 듯했다. 그녀가 말없이 술잔을 권하자 가쓰요리가 잔을 받아들었다. 그리고 자신이 한 잔 마신 뒤, 장남인 노부가쓰에게 건네더니 아내에게도 술을 따라주었다.

"쓰치야 형제들에게도 따라주시지요. 쓰치야, 지금 이승에서의 마지막 인사를 하도록 하시오."

근신인 쓰치야 소조土屋惣藏는 동생과 함께 끝까지 주인에게 충성을 다했다. 형인 소조는 스물일곱, 동생은 스물둘, 막내는 열아홉이었다. 그들은 일치단결해서 비운의 주인을 보호하며 섬겨왔던 것이다.

"이젠 미련이나 후회가 없습니다."

형인 쓰치야 소조는 술잔을 비우고 미소를 짓더니 동생들을 돌아다보았다. 그리고 다시 가쓰요리와 그의 아내를 바라보며 말했다.

"지금의 비운은 온전히 일족들의 이탈 때문일 것입니다. 두 분께서는 사람의 마음이란 참으로 헤아리기 어려운 것이라 생각하며 사뭇 가슴 아파하시리라 여겨집니다. 하지만 이 세상에는 그런 사람만 있는 것이 아닙니다. 하다못해 마지막 순간만이라도 이곳에 있는 사람들은 모두 일심동체라고 여기시고 떳떳한 모습으로 편안히 가시길 바랍니다."

소조는 말을 마치고 일어서서 사람들의 무리 속에 있는 자신의 아내 곁으로 다가갔다. 이윽고 그곳에서 아이의 비명 소리가 '악' 하고 들려왔다. 가쓰요리가 멀리서 고함을 쳤다.

"소조, 무슨 짓인가!"

소조의 아내가 목을 놓아 울고 있었다. 소조는 다섯 살인 자신의 아들을 아내가 보는 눈앞에서 칼로 베어버렸던 것이다. 그리고 피가 묻은 칼을 칼집에 집어넣지도 않고 멀리서 가쓰요리를 향해 엎드려서 고했다.

"방금 말씀드린 증표로 먼저 족쇄가 되는 제 자식부터 저승으로 보낸 것뿐입니다. 곧 저도 주군과 함께할 것입니다. 먼저 가든 뒤에 가든 그것은 불과 일각에 지나지 않을 것입니다."

가쓰요리의 아내가 소매로 얼굴을 감싸고 통곡하자 시녀들도 오열했다. 그러는 중에 벌써 몇 명의 시녀가 품에서 단검을 꺼내 가슴과 목을 찔러 자결했다. 어디선가 화살이 날아왔다. 주위에 있던 무사가 화살을 맞고 쓰러졌다. 저편에서는 소총 소리가 메아리쳤다.

"왔다!"

"주군, 어서 준비를."

무사들이 일제히 일어섰다.

"준비됐느냐?"

가쓰요리가 묻자 노부가쓰가 일례를 하고 일어서면서 대답했다.

"아버님 곁을 떠나지 않고 끝까지 함께하겠습니다."

두 사람이 달려 나가려는 순간, 뒤에 있던 가쓰요리의 아내가 처음으로 큰 소리로 남편에게 외쳤다.

"먼저 가서 기다리겠습니다."

"아아……."

가쓰요리는 그만 그 자리에 멈춰 서고 말았다. 그리고 그녀의 눈을 응시했다. 그녀는 짧은 단검을 들고 하얀 얼굴을 하늘로 향한 채 눈을 감고 있었다. 그녀는 평소에 애송하던 법화경의 다섯 번째 권의 일장을 조용히 외고 있었다.

"쓰치야."

"옛!"

"가이샤쿠介錯를 해주도록 하라."

"예? 아, 예."

하지만 그녀는 그런 도움을 기다리지 않고 스스로 법화경을 외고 있는 입안으로 손에 든 검을 찔러 넣었다. 그녀가 풀썩 앞으로 쓰러진 순간, 한 여인이 외쳤다.

"마님께서 먼저 가셨습니다. 모두들 마님을 따라 함께하시오."

그 여인은 남아 있는 사람들을 독려하며 가쓰요리의 부인과 똑같은 모습으로 자결했다. 나머지 오십여 명의 여인이 뒤를 이어 자결했다. 그런 여인들의 모습 위로 젖먹이와 어린아이 들의 울음소리가 메아리쳤다.

쓰치야 소조가 아이들을 데리고 있는 여자 넷을 말에 태우더니 안장에 단단히 묶으면서 말했다.

"너희는 이곳에서 도망쳐도 불충을 저지르는 것이 아니다. 목숨을 보존하면 아이를 잘 키워서 옛 주인 일문의 공양을 지내주도록 하라."

소조가 그녀들이 탄 말의 엉덩이를 창대로 세차게 후려치자 깜짝 놀란 말이 그녀들을 태운 채 뒤도 돌아보지 않고 달려 나갔다.

"자, 이젠 됐다."

소조가 동생들을 돌아보며 그렇게 말했을 때, 산 위에 오다 쪽 병사인 다카가와 사곤과 사사오카 헤이에몬 등의 부하들 얼굴이 보였다. 가쓰요리 부자는 목책 근처에서 가장 먼저 적들의 표적이 되어 둘러싸였다. 소조가 가쓰요리 곁으로 가세하기 위해 달려가려는데 아군의 아도베 오와리노카미가 반대 방향으로 도망치기 시작했다.

"불충한 놈!"

소조는 고함을 치며 아도베를 쫓아갔다.

"아도베, 어딜 가느냐!"

소조가 뒤에서 칼을 내리치자 아도베는 피를 흘리면서 적들을 향해 달려갔다.

"다른 활을 다오. 쓰치야, 활을 바꿔라."

가쓰요리는 두 번이나 활시위가 끊어져서 활을 교체했다. 소조는 주군 곁을 떠나지 않고 방패 역할을 하고 있었다. 그들은 화살을 모두 소진하자 활을 버리고 나가마키長券라고 하는 긴 칼을 빼들었다. 적들이 눈앞까지 다가왔다. 하지만 아무리 베도 적들의 수는 줄지 않았다.

"잘 싸웠다."

"주군, 노부모리 님, 먼저 가겠습니다!"

무사들은 그렇게 외치며 싸우다가 차례로 쓰러졌다.

"타로!"

가쓰요리는 갑옷이 피로 새빨갛게 물든 채 노부모리를 불렀다. 하지만 피가 눈에 스며들어 앞이 잘 보이지 않았다. 눈앞에서 움직이는 것은 모두 적밖에 없었다.

"주군! 소조는 아직 여기 있습니다. 곁에 있습니다."

"쓰치야인가. 깔개를 들고 어서 할복할 준비를 하라."

"이곳에서는 무리입니다."

소조가 부축하자 가쓰요리는 그의 어깨에 의지해서 백 보 정도 후퇴했다. 그리고 모피로 만든 깔개 위에 앉았다. 이미 손을 쓸 수 없을 만큼 상처투성이였다. 서두를수록 손이 말을 듣지 않았다.

"주군, 죄송합니다!"

소조는 보다 못해 바로 가쓰요리의 목을 내려쳤다. 그리고 자신의 칼에 떨어진 주군의 수급을 품에 안고 통곡했다.

"막내야!"

열아홉 살의 막내에게 가쓰요리의 수급을 건네더니 도망치라고 외쳤지만 막내는 울면서 그럴 수 없다며 함께 죽겠다고 했다.

"멍청한 놈, 어서 가거라!"

소조가 밀쳐내며 재촉했지만 때는 이미 늦었다. 두 사람의 주위를 적들이 철통같이 둘러싸고 있었다. 두 사람은 무수한 창과 칼을 맞고 장렬한 죽음을 맞았다. 그리고 스물두 살이었던 둘째는 시종일관 타로 노부가쓰 곁에서 함께 싸우다 때를 같이해서 죽음을 맞았다.

타로 노부가쓰는 실로 미장부였다. 다케다 일문의 죽음에 대해 기록할 때 조금도 동정을 보이지 않는《노부나가코기信長公記》의 필자조차 그의 떳떳하고 장렬한 죽음을 칭찬했다.

가쓰요리 부자와 쓰치야 형제를 비롯해 함께 죽은 무사들은 아키야마 기이노카미, 나가사카 쵸칸, 오하라 시모사노카미, 오하라 단고노카미, 아도베 오와리와 그의 아들, 아베 카가노카미, 린가쿠麟岳 장로 등 마흔 명이었고, 그 밖에 오십여 명의 여인이 그들과 함께했다.

오전 열 시 무렵, 모든 것이 끝났다. 마침내 다케다 가는 멸망하고 만 것이었다.

나가사카 쵸칸, 아도베 오오이 등이 가쓰요리를 함정에 빠뜨린 간신이라는 일설은 거짓이다. 아도베는 마지막에 도망치다 쓰치야 소조에게 죽임을 당했지만 그럼에도 그날까지 가쓰요리 곁에 있었고 쵸칸은 끝까지 주군에게 충성을 다했다. 또 가쓰요리의 수급을 보고 노부나가가 발로 걷어차며 욕을 했다는 말도 거짓말이다. 그것은 공손히 의자에서 일어나 가쓰요리의 수급에 경의를 표했다고 하는 도쿠가와 이에야스의 인물됨을 돋보이게 하기 위해 도쿠가와 시대의 어용사가가 날조한 것에 지나지 않는다.

사실은 그달 14일, 로쿠^{六久} 강의 진중에서 가쓰요리 부자의 수급을 받아본 노부나가는 좌우의 사람들에게 이렇게 중얼거렸다.

"천하에 둘도 없는 무사의 아들도 운이 다하면 이렇게 되는 것인가. 참으로 가련하구나."

그리고 노부나가는 수급을 이다^{飯田}의 관문에 걸어놓도록 명했다.

차가운 불

그날 히가시야마나시東山梨의 마쓰무라松里 촌에 수많은 병마가 들어왔다. 물론 모두 오다의 군사들이었다. 대장은 노부타다였지만 실제로 수천의 군사를 지휘하는 사람은 그 휘하의 가와지리 히젠노카미河尻肥前守였다. 그들의 목표는 혜림사였다. 하지만 혜림사는 사방의 산림이 일 리, 경내는 일만육천여 평에 이르렀기 때문에 마을 전체를 둘러싸야만 했다.

황혼녘이었다. 오다 규지로織田九次郎, 하세가와 도모쓰구長谷川与次, 간지로關十郎, 아카자 시치로에몬赤座七郎右衛門 등에게 항복을 권하는 네 명의 사자가 말 머리를 나란히 하고 산문으로 향했다. 그들이 거느리고 간 부하들은 얼마 되지 않았지만 모두 철포와 창을 들고 있었고 고슈 전역을 유린한 뒤라 심상치 않은 살기를 띠고 있었다. 마을 사람들은 과연 어떻게 될지 문틈과 벽 뒤에서 숨을 죽이고 엿보고 있었다.

"아무도 없느냐!"

네 명의 사자가 본당에 올라가 고함쳤다. 경내는 쥐죽은 듯 고요했다.

"방장에 들어가보아라!"

간지로가 외치자 군사들이 흙발로 양쪽 회랑으로 달려가려고 했다.

"누구인가!"

지촉을 든 승려가 본존을 모신 기둥 안쪽에서 걸어 나왔다.

"그대는 얼마 전 본 간신勸心이 아닌가."

오다 규지로가 뚜벅뚜벅 걸어가 말하자 간신은 놀라는 기색도 없이 조용히 지촉을 아래에 놓고 엎드리며 말했다.

"노부타다 님의 군사들이셨군요. 절을 찾아오는 사람들은 모두 예를 차리기 마련이고 저쪽에 방문을 알리는 종도 달려 있어, 함부로 본당 안까지 흙발로 들어오는 손님은 분명 도둑이나 패잔병이라 여겨 이렇듯 실례를 범했으니 용서해주십시오."

"방주, 그대는 며칠 전에도 쓸데없는 말만 해서 노부타다 경의 사자를 화나게 하더니, 오늘도 검짓 우리의 화를 돋을 셈인가? 그랬다가는 큰 해를 입을 것이네."

"사자의 물음에 정직하게 대답할 뿐 다른 뜻은 없었습니다."

"그대는 그것으로 족할 터지만 스승인 가이센 국사에게는 불리할 것이네. 가이센 국사 외에도 이곳에는 아직 많은 장로와 승려, 동자승, 운수 등이 있을 터."

"제가 드리는 말씀은 결코 제 개인적인 것이 아닌 모두 화상의 말씀입니다."

"가이센의 뜻이라는 것인가?"

"예, 그렇습니다."

"그럼 어찌 가이센이 직접 나와 고하지 않는 것인가?"

"노령이시라 속세 사람들과의 속무俗務는 제가 맡고 있습니다."

"속무라니 그 무슨 말인가!"

아카자 시치로에몬이 옆에서 끼어들며 무서운 눈으로 노려보자 간신은 고개를 돌려 칼잡이에 손을 대고 있는 그의 모습을 냉소 어린 표정으로 바라보았다. 오다 쪽 군사軍使는 그날까지 두 번이나 절을 찾아와 다음과 같이 명령했다.

"이 절에 숨어 있는 아시카가 요시아키의 수하인 상복원上福院이라는 자와 이전에 롯카쿠 조테이六角承禎라고 불렸으나 지금은 사사키 지로佐々木次郎라고 이름을 바꾼 자, 그리고 야마토 아와지노카미大和淡路守, 이렇게 세 명의 목을 내놓아라. 사문으로서 그들의 목을 쳐서 내놓을 수가 없다면 절에서 쫓아내도록 하라."

혜림사 측은 그때마다 이런저런 말을 하며 답을 피했다. 그뿐 아니라 사자가 오면 지금처럼 냉담하게 대했다.

"성의가 보이지 않는다."

오다 군은 그들이 자신들에게 반감을 표하는 것이라고 여기고 일부러 수천의 군사를 이끌고 이런 산촌까지 몰려왔던 것이다. 네 명의 사자는 혀를 차며 말했다.

"자네를 상대로 옥신각신하는 것도 성가시니 오늘은 직접 절을 수색할 것이다."

"그렇게 하도록 하십시오."

"정말인가?"

"다만 경내는 넓고 가람도 많으니 수색하려면 일단 가와지리河尻 님께 지시를 내려 이곳으로 사람을 불러 만전을 기하지 않으면 그들을 놓칠 수도 있을 것입니다."

"좋다. 내가 그들을 이리 데리고 올 터이니, 그때까지 잘 감시하고 있으시오."

하세가와 도모쓰구가 오다 규지로에게 말하고 회랑을 지나 계단으로 내려가려는 때였다.

"잠깐 기다리시오."

오다 규지로가 뒤를 돌아보자 한 노승이 동자승을 데리고 회랑 옆에 서 있었다. 도모쓰구가 노승을 향해 물었다.

"그대가 이 절의 화상인 가이센인가?"

저물녘 어둠 속에서 노승의 흰 눈썹이 흔들렸다.

"나는 말사인 이곳 보천원寶泉院의 세쓰신雪岑이라고 하는 자로 가이센 국사가 아니오."

"말사의 화상인가? 그런데 무슨 일인가?"

"경내로 도망쳐온 다케다 님의 잔당을 내놓으라는 뜻을 가이센 국사도 결코 거부하신 것은 아니라고 알고 있으나······."

"우리가 원하는 자들은 그와 같은 잔챙이들이 아니오. 상복원, 사사키 지로, 아마도 아쇠지, 세 사람이오."

"그러한 자들이 있을 리가, 아니 잘은 모르나 일단 내일 아침까지 기다려주시는 것이 어떻겠소? 내가 직접 찾아보고 있다면 반드시 쫓아내고 만일 없다면 사죄하러 찾아가실 것이오. 어찌 됐든 반드시 찾아뵙고 명확히 답하시도록 하겠소."

"누가 말인가?"

"국사께서."

"하지만 없다고 하는 사죄 따위는 받아들이지 않을 것이오. 나는 확실한 증거를 가지고 있고 또 그것을 고해온 증인도 있으니 말이오."

"그 정도로 단언한다면 아마도 경내에 있을 것이오. 하지만 이번 싸움 이래로 연고를 따라 이곳으로 도망쳐온 다케다 사람들은 지위가 높은 자에서 낮은 자까지 그 수가 많으니 잘 구분해서 찾아야 할 터라······."

"그럼 내일 아침까지 반드시 가이센이 직접 가와지리 님을 찾아와 인사할 것을 그대가 맹세하겠는가?"

"제 목을 걸고서라도 맹세하겠소이다."

"분명 약조하였네."

네 명의 사신은 내일 아침 오전 아홉 시까지 반드시 인사하러 가겠다는 세쓰신의 다짐을 받고 일단 진중으로 돌아갔다. 하지만 오다 군은 밤새 마을 곳곳에 화톳불을 피워놓고 경계를 늦추지 않았다. 그런데 다음 날 아침, 산속의 나무꾼들이 마을로 내려와 한밤중에 혜림사 뒷산을 따라 은밀히 탈출하려는 사람이 있었다고 고했다. 그의 말에 따르면 세 명의 법사였는데 상복원, 사사키 지로, 야마토 아와지노카미임이 분명했다.

"어찌 그 즉시 밤에 알리지 않았느냐?"

두 명의 나무꾼은 간담이 서늘해질 만큼 호되게 질책을 당했다. 시간은 벌써 오전 아홉 시였다.

"더 이상 기다릴 것도 없다."

가와지리 히젠노카미와 오다 규지로, 간쥬로는 수천의 군사를 이끌고 산문과 뒷문에서 혜림사로 들이닥쳤다. 경내는 모두 청소가 끝나 깨끗한 상태였고 본전에 있던 다케다 신겐의 목상도 보이지 않았다. 또 절의 보물과 귀중한 문서도 어딘가로 옮긴 듯 여기저기 떨어져 있는 종잇조각만 눈에 띄었다.

"응? 아무도 없는 듯하다."

절의 곳곳에 불을 질러도 아무도 뛰어나오는 사람이 없었다. 절의 사람들은 누문 위에 있었던 것이다.

"저기다! 저기에 있다."

가와지리 히젠노카미와 오다 규지로가 말 머리를 나란히 한 채 안장 위에서 손으로 가리키자 무리 지어 있던 병사들이 일제히 그곳을 바라보았다. 병사들은 흡사 그곳에서 상상도 하지 못한 것이라도 본 듯한 표정을 지은 채 한동안 넋을 잃고 있었다.

산문의 누각 위 정면에서 붉은 의자에 앉아 자줏빛과 금빛 비단 가사를 걸친 늙은 화상의 모습이 보였다. 바로 이곳의 장로인 가이센 국사였다. 왼편의 세쓰신, 오른편의 다이가쿠大嶽 화상 외에 노승 십여 명과 제자들 열 명이 살아 있는 나한처럼 늘어서 있었다. 또 그들 외에 어림잡아 오백 명 가까이 되는 사람들이 서로 부둥켜안은 채 서 있었다.

"화상!"

히젠노카미가 말 위에서 불렀지만 가이센은 대답이 없었다. 오다 규지로가 다시 외쳤다.

"가이센, 잘도 우릴 속였구나."

가이센은 미동도 하지 않았다.

"불태워라!"

가와지리 히젠노카미가 호령하자 병사들이 산문 아래에 장작과 마른풀을 쌓아 올렸다. 오다 규지로가 말에서 뛰어내려 망설이고 있는 병사들을 꾸짖었다.

"왜 불을 지르지 않느냐! 장작만 쌓아놓은 채 바라보고만 있으면 무얼 하자는 것이냐!"

연기가 누문의 처마 위로 피어올랐다. 가이센이 처음으로 입을 열어 승려들에게 말했다.

"모두 화염 위에 앉아 마지막 염불을 외도록 하라."

모두가 염불을 외기 시작했다. 어느새 불길이 난간을 넘어 가이센의 옷자락까지 태우고 있었다. 어린 동자승과 늙은 승려 들이 비명을 질렀다. 염불을 외고 있던 승려들도 비명을 지르며 날뛰었다. 그 모습을 본 가이센이 일갈했다.

"안선불필수산수安禪不必須山水, 멸각심두화역량滅却心頭火亦涼[6]."

---

6) 중국 당나라 후기의 시인인 두순학杜荀鶴의 〈여름날 오공 상인의 거처에 제하여夏日題悟空上人院〉에 나오는 '참선은 반드시 산수山水에서만 하는 것이 아니니 마음의 번뇌를 버리면 불속에 있어도 저절로 서늘해지거늘'이라는 구절이다.

몸에 걸친 법의가 모두 불길로 변하고 앉아 있던 붉은색 의자가 불에 타고 있는데도 가이셴은 그대로 꼼짝하지 않았다. 누문 위의 사람들은 모두 혼절했는데도 가이셴은 여전히 의자에 초연히 앉아 있었던 것이다.

"저길 봐라."

"아……."

산문 아래에 있던 병사들은 흡사 기적이라도 목도하는 것처럼 공포심에 사로잡혀 신음 소리를 내며 바라보았다.

불길이 절정에 이르렀을 무렵, 가이셴이 불길과 검은 연기 속에서 두 눈을 번쩍 뜬 것처럼 느껴졌다. 그리고 잠시 뒤, 산문의 처마가 와르르 무너지고 흡사 불꽃놀이를 하는 것처럼 불꽃이 솟구치더니 가이셴의 모습이 점점 검게 변해갔다. 그럼에도 가이셴은 여전히 꼼짝도 하지 않았다. 가이셴의 모습이 보이지 않게 된 것은 거대한 산문이 커다란 비명을 지르며 불에 타서 쓰러진 순간이었다. 산문이 불타 쓰러진 뒤에도 거대한 불길은 하루 종일 자줏빛 화염을 뿜으며 타오르더니 저물녘이 되어서야 재로 변했다.

그날 밤, 혜림사에 주둔한 수천의 병사들은 가이셴의 꿈을 꾸었다. 아니, 어쩌면 꿈이 아닌 현실에서 벌어진 일이 다음 날에도 마치 꿈을 꾼 것처럼 머릿속에 각인되어 있었는지도 몰랐다.

"무사도를 깨달았다."

양식이 있는 사람은 그렇게 뇌까리며 자신이 받은 감명에 대해 다음과 같이 말했다.

"가이셴과 같은 경지에 이르면 무사와 승려의 구분이 없다. 이른바 달인의 경지다. 우리는 아침저녁으로 피비린내 나는 싸움터를 내달리며 적의 시신을 보고 벗을 보내면서 죽음을 각오하고 있지만, 싸움터 바깥에서는 과연 그럴 수 있을까."

가이센의 죽음은 그 소식을 들은 오다 군과 도쿠가와 군에게까지 커다란 질문을 던진 듯했다. 바로 어떻게 살고 어떻게 죽는가, 하는 생사관生死觀이었다. 고래로 일체의 지자와 달인 들이 불교와 유교에 질문을 던지고 고행과 수행을 해왔던 것도 바로 생과 사의 문제를 규명하기 위해서였다.

그러한 생명을 초개처럼 여기며 주군을 위해 수많은 싸움터를 내달리던 무사라고 해도 평시로 돌아와 집에 머물 때에는 역시 전쟁 때와 같은 마음가짐을 가질 수가 없었다. 그래서 그들은 무사도에 대해 묻고 선에 몰두하기도 한다. 또 성현에게 묻거나 검을 단련하며 마음을 수행하지만 살아 있는 한 죽음은 삶과 대립하기 때문에 생과 사의 사이를 방황하기 마련이었다.

"두 번 죽지 않는다."

입으로는 그렇게 말하지만 그것은 쉬운 듯하면서도 어려운 것이다. 생사의 문제는 살아 있는 일체의 생명에게 주어진 과제이며, 그런 자각이 없는 사람은 죽음을 두려워하지 않는 것이 아니라 생명에 대해 알지 못하는 사람이라고밖에 할 수 없었다.

혹자들 중에는 순순히 다케다 쪽 사람들을 경내에서 쫓아내면 무사했을 터인데, 가이센은 왜 죽음을 선택했는가 하고 묻는 사람도 있을 것이다. 가이센은 무인이 아닌 불자였기 때문에 비난을 받지 않았을 것이라고 하는 사람도 있을 것이다.

맞는 말이다. 아시카가 시대를 거처 무로마치가 몰락한 시절까지 선가禪家는 바로 그러했다. 하지만 일찍이 가마쿠라 시대의 선문에서는 그런 비굴한 타협은 허용되지 않았다. 그러한 선도 어느 틈엔가 말로 즐기는 유희로 전락하고 풍류로 변질되어 그 진수를 잃어버렸을 때, 그곳에 가이센이 있었던 것이다.

승려와 동자승 일흔네 명이 산사와 더불어 화염으로 변해버린 것은 가이센의 기백과 함께 선에 대한 세상의 인식을 다시 새롭게 만들었다. 그렇다고 해서 가이센이 시대의 흐름에 저항하거나 시류에 어두웠던 것은 아니다. 이전에 그는 가쓰요리에게 '조정을 받들고 그 조정을 중심으로 통합을 이루려는 노부나가에게 세상이 기우는 것은 자연스러운 귀결이다'라고 말하며, 가쓰요리에게 불초한 아들은 아니라고 위로한 적이 있었다. 그것만 보더라도 가이센은 시대의 흐름에 반항하지 않고 오히려 시대를 명료하게 꿰뚫어보는 사람이었다.

그럼에도 범인들의 눈에는 그가 자처해서 죽음을 선택한 것이 경탄의 대상으로 보이거나 이상하게 비쳐질지 모르지만, 본래 생과 사를 별개로 구분하지 않고 있던 그에게 그것은 더없이 자연스러운 행동이었음이 분명했다. 게다가 그러한 자연스러운 행동 속에는 죽은 신겐의 은혜에 대한 깊은 정의情義도 있었고 평소에 선가의 타락에 대한 일갈의 의미도 있었음이 분명했다.

한편 마침내 고슈의 산천은 모두 노부나가의 수중으로 들어갔다. 3월 10일 다카도 성에 도착했으며, 같은 달 9일 스와 진중에 들어가 군령을 발령했다. 20일 기소 요시마사에게 옛 영지 치쿠마 군에 아즈미安曇를 하사하고, 같은 날 아나야마 마이세쓰를 만나 그의 옛 영지를 그대로 하사했다. 다음 달 3일 다키가와 가즈마스에게 신슈信州의 이 군郡을 내리고 그를 간토를 다스리는 간료管領의 중책에 임명했다. 6일에는 오다와라의 호조 씨로부터 쌀 천 섬이 도착했다. 이렇듯 노부나가의 정벌 일정은 모두 순조롭게 진행되었고, 고슈를 정벌한 뒤 그가 머무는 진문과 행렬이 지나는 곳마다 사람들로 문전성시를 이루며 그 위세를 세상에 유감없이 고하고 있었다.

진노

스와는 기소구치와 이나伊那를 공격했던 병사들까지 속속 집결해서 노부나가 군사들로 넘쳐나고 있었다.

29일, 노부나가의 숙소이자 총본진인 법양사法養寺에서는 전군에 대한 논공행상을 발표했고, 그다음 날에는 제장들을 모아놓고 전승 축하연을 열었는데 앞서 은전을 받은 사람을 제외하더라도 그날 은전을 받은 면면들을 보면 다음과 같았다.

도쿠가와 이에야스에게는 스루가, 가와지리 히젠노카미는 가이의 일부와 스와 군, 모리 나가요시에게는 시나노 사 군, 모리 히데요리에게는 이나 군, 단 카게하루團景春에게는 이와무라 성, 모리 란마루에게는 가네야마兼山 성이 각각 하사되었다. 또 멀리서 많은 도움을 주었던 호조 우지마사에게는 나시지마키에梨地蒔繪의 칼 한 자루만 내리면서 언젠가 장자에게 후사를 상속해야 할 때가 올 것인데 그때는 그것을 인정해주겠다고 언질만 주었다.

사람들은 그러한 논공행상은 모두 노부나가의 의중에 따른 것이어서 이번 고슈 공략에서의 공뿐 아니라 평소에 자신들에 대한 평가가 포함되어 있는 것이라고 이해하고 있었다. 그러다 보니 란마루의 기쁨은 유달리 컸다.

"이대로라면 과거의 일에 대해 조금도 걱정하지 않아도 될 듯하구나."

란마루는 모친을 생각하며 가슴을 쓸어내렸다.

"형님인 나가요시 님도 시나노 사 군을 하사받으셨으니 참으로 축하할 일입니다."

사람들의 축하를 받아도 란마루는 더 이상 이전처럼 불편한 마음이 들지 않았다. 란마루는 축하연에서도 만면이 득의양양했다. 노부나가가 춤을 한번 추라는 말을 하자 거리낌 없이 앞으로 나가 춤을 췄고, 북을 치라고 하면 신이 나서 북을 쳤다.

"오늘은 드물게 고레도 님께서도 오신 듯하군."

어딘가에서 그런 말이 들려 살펴보니 장수들 속에 미쓰히데도 섞여 있었다.

"술에 취한 듯합니다."

미쓰히데 옆에 앉아 있던 다키가와 가즈마스가 말을 걸었다. 미쓰히데는 여느 때와 달리 술에 취해 얼굴이 새빨갰다. 노부나가가 툭하면 '긴카金革 대머리'라고 놀리던 머리부터 이마까지 빨갛게 물들어 있었다.

"한잔 주시지요."

미쓰히데는 가즈마스에게 잔을 청하며 무척이나 밝은 말투로 말했다.

"긴 인생에서도 오늘과 같이 경사스러운 날은 몇 번 되지 않을 것입니다. 어디 한번 보십시오. 스와 일대는 물론 오랫동안 우리가 고생하며 싸워온 보람이 있어, 바야흐로 고슈와 신슈 전부 아군의 깃발로 뒤덮여 있지 않습니까. 다년간의 숙원이 눈앞에 실현되지 않았소이까……."

미쓰히데의 목소리는 평소와 같이 그다지 크지 않았지만 그 말은 술자리에 선명하게 울려 퍼졌다. 여기저기서 서로 이야기를 하고 있던 사람들이 갑자기 입을 다물고 노부나가의 얼굴과 미쓰히데 쪽을 번갈아 바라보고 있었다.

　노부나가의 눈길은 미쓰히데의 반짝이는 대머리를 정면으로 응시하고 있었다. 지나치게 속이 들여다보이는 노골적인 시선은 때때로 뜻밖의 불행을 초래하기도 했고, 아무 일 없이 지나칠 수 있었던 일이 화근이 되기도 했다.

　노부나가는 그날 미쓰히데의 모습에서 그러한 조짐을 꿰뚫어보고 있었다. 미쓰히데는 평소와는 달리 더없이 말이 많았고 밝은 모습을 가장하고 있었다. 이번 논공행상에서 의도적으로 미쓰히데의 이름을 제외시켰던 노부나가는 미쓰히데를 꿰뚫어보고 있었던 것이다. 무인은 논공행상에서 제외되는 것보다 공을 세우지 못한 사실을 더 부끄럽게 여기기 마련이었는데 미쓰히데의 얼굴에서는 그런 부끄러움을 조금도 찾아볼 수 없었다. 오히려 그는 웃는 얼굴로 사람들과 함께 즐거운 듯 이야기를 나누고 있었다.

　'솔직하지 못하다. 거짓이다. 끝까지 속마음을 드러내지 않는 자이자 정이 가지 않는 자이다. 왜 한 마디 푸념이라도 하지 않는 것인가.'

　노부나가는 미쓰히데를 보고 있을수록 그런 마음이 점점 강해졌다. 그곳에는 없었지만 히데요시를 바라보는 시선에서는 그러한 위험한 감정이 털끝만치도 없었다. 이에야스를 바라볼 때도 마찬가지였다. 하지만 미쓰히데의 대머리를 보면 노부나가의 눈빛은 일변했다. 예전에는 결코 그렇지 않았다. 언제부터인지 깨닫지 못하는 사이에 그렇게 달라져 있었던 것이다. 그것은 어떤 순간부터 갑자기 변한 것이 아니었다. 굳이 그 계기를 찾는다면, 미쓰히데에게 사카모토 성과 가메 산의 본성을 내리고 고레도라는 성을 하사한 뒤 그의 딸의 중매까지 서며 단고 오십여만 석에 봉하는 등 극진히 우대했던 그다음 날부터라고 할 수 있다. 그때부터 미쓰히데를 바라보는 노부나가의 눈빛은 전과 달라졌다고 할 수 있다.

그리고 또 한 가지, 미쓰히데가 스스로 도저히 고칠 수 없는 그의 풍채와 인품 등에서 그 원인을 찾을 수 있었다. 일을 처리함에 있어 조금도 실수를 범하지 않는 명석한 그의 머리, 반짝이는 대머리를 보면 노부나가는 흡사 악귀처럼 심술이 났던 것이다. 즉 노부나가의 심술궂은 시선은 미쓰히데의 의도와는 무관하게 그가 그렇게 만드는 것이라고 할 수도 있었다. 그것은 미쓰히데의 총명한 이성이 빛을 발할수록 노부나가의 말과 얼굴에 악귀와 같은 심술이 나타나는 것만 봐도 알 수 있었다.

어찌 됐든 지금, 다키가와 가즈마스를 상대로 태평하게 이야기를 나누는 미쓰히데의 모습을 물끄러미 바라보는 노부나가의 눈은 예사롭지 않았다. 이윽고 노부나가가 자리에서 벌떡 일어난 순간, 미쓰히데도 무의식적으로 그것을 깨달은 듯했다.

"휴가, 어이 긴카 대머리!"

미쓰히데가 노부나가의 발아래 얼굴을 숙이고 엎드렸다. 그러자 노부나가는 그의 목덜미를 부채로 두세 번 가볍게 두드렸다.

"옛! 예······."

술에 취해 빨갛던 미쓰히데의 얼굴이 순간 흙빛으로 변해 있었다.

"그만 물러가라."

미쓰히데의 목덜미에서 떨어진 부채가 날카로운 검처럼 회랑을 가리켰다.

"무슨 일인지 모르겠사오나 주군의 마음을 상하게 한 미쓰히데, 너무 황송하여 몸 둘 바를 모르겠습니다. 무엇을 잘못했는지 꾸짖어주십시오."

미쓰히데가 엎드린 채 사죄하면서 회랑 쪽 마루로 물러가자 노부나가도 그곳으로 나갔다. 사람들은 술기운이 달아난 얼굴로 침을 삼키며 두 사람을 지켜보고 있었다.

그 순간, 그들의 뒤쪽에서 무언가 떨어지는 소리가 들리자 사람들은 일제히 방 안쪽을 돌아다보았다. 노부나가가 내던진 부채가 떨어져 있었다. 다시 얼굴을 돌려 앞을 바라보았을 때, 노부나가는 미쓰히데의 멱살을 부여잡고 있었다. 그리고 무슨 말인가를 하려는 미쓰히데에게 틈도 주지 않고 회랑의 난간까지 밀고 가더니 버둥거리는 미쓰히데의 머리를 난간에 쿵쿵 박고 있었다.

"뭐라고 했느냐. 휴가, 방금 뭐라고 했느냐! 우리가 고생하며 싸워온 보람이라니! 이 고슈에 오다 가의 병마가 가득한 것은 실로 경사스런 날이라고, 그리 말했더냐!"

"그, 그렇사옵니다……."

"이놈!"

"……아."

"언제 네놈이 고생했느냐! 이번 고슈 정벌에 어느 정도의 공을 세웠단 말이냐?"

"황, 황송합니다."

"뭐라?"

"소신, 아무리 술에 취했다고는 하나 어찌 그런 교만한 말을 할 리가……."

"그렇지 않으면 네가 교만해할 이유가 없다. 내가 여흥에 겨워 못 들으리라 여기고 불평한 것이 분명하다."

"당치 않습니다. 천지신명이 보고 계십니다. 주군께 오늘까지의 깊은 은혜를 받고 있는 제가 어찌."

"닥쳐라!"

"놓아주십시오."

"그러마."

노부나가는 미쓰히데를 내동댕이치며 큰 소리로 외쳤다.

"오란, 물을 가져오너라."

란마루가 그릇에 물을 담아 가지고 왔다. 그것을 받아드는 노부나가의 눈에는 불길이 일고 있었다. 노부나가는 분노에 겨워 숨을 들썩이고 있었지만 미쓰히데는 어느새 노부나가에게서 여덟 척 정도 떨어진 맞은편에서 옷깃과 머리를 단정히 하고 마룻바닥에 납작 엎드려 있었다. 미쓰히데의 그런 흐트러지지 않은 모습은 흡사 노부나가로 하여금 다시 다가가라고 유인하는 것처럼 보이기도 했다.

"……앗! 만일!"

란마루가 소매를 붙들지 않았다면 마루에 재차 쿵쾅거리는 소리가 울렸을 것이다. 란마루가 노부나가에게 고했다.

"자리로 돌아가시지요. 노부타다 님, 노부즈미 님, 그리고 니와 님을 비롯한 모든 분들이 무료한 듯 기다리고 계십니다."

노부나가는 순순히 사람들 쪽으로 돌아왔지만 자리에 앉지 않고 좌중을 둘러보며 말했다.

"용서하게. 흥을 깨고 말았네. 모두 마음껏 즐기도록 하라."

노부나가는 그렇게 말하고 안쪽으로 훌쩍 들어가버렸다.

객래일미 客來一味

길게 늘어선 곳간의 치마에 제비들이 무리를 지어 울고 있었다. 해가 지는 줄도 모르고 어미 제비가 둥지 속 새끼들에게 먹이를 물어 나르고 있었다.

"화제畫題가 되겠소이까?"

넓은 중정을 사이에 둔 건물의 일실에서 아케치의 노신인 사이토 도시미쓰齊藤利三가 손님에게 말했다. 손님은 가이호 유쇼海北友松라는 화인으로 이곳 스와 사람이 아니었다. 오십 전후였는데 화인으로 보이지 않는 골격이었고 말이 없는 편이었다.

"전시라 진무에 바쁘실 터인데 갑자기 찾아와서 죄송합니다."

유쇼는 그만 너무 오래 앉아 있었다는 듯 물러가려고 했다.

"괜찮소이다."

사이토 구라노스케內藏助 도시미쓰가 점잖게 만류하며 말했다.

"어렵사리 찾아왔는데 주군을 뵙지 않고 돌아가는 법이 어디 있소. 주군이 돌아오셔서 유쇼 님이 찾아왔었다고 말씀드리면 왜 붙잡지 않았느냐고 혼을 내실 것이오. 그러니, 자……."

사이토는 새로운 화제를 꺼내며 유쇼를 붙잡았다.

가이호 유쇼는 현재 교토에 살고 있었지만 미쓰히데의 영지인 사카모토坂本 성 가까이에 있는 고슈江州의 가타다堅田에서 태어났다. 그뿐 아니라 유쇼는 이전 무인으로 기후의 사이토 가를 섬긴 적도 있었던 탓에 그 무렵부터 구라노스케 도시미쓰와 잘 알고 있었다. 도시미쓰도 아케치 가를 섬기기 전에는 사이토 일족 중에서 용맹을 떨치던 이나마 이요노카미 나가미치因幡伊予守長通를 섬기던 때가 있었다.

유쇼가 낭인이 된 뒤, 화인의 길로 들어간 데에는 기후가 멸망한 이유가 가장 컸지만 도시미쓰가 옛 주인을 버리고 아케치 가의 가신이 된 데에는 복잡한 사정이 있었다. 또 그는 옛 주인인 사이토와 미쓰히데의 사이에 발생한 갈등을 노부나가에게까지 고해서 그 판결을 청해 세상을 떠들썩하게 하기도 했다. 하지만 지금은 그런 일들이 모두 잊혀 사람들은 그의 새하얀 머리를 볼 때마다 '아케치 가에 없어서는 안 될 인물'이라며 존경하고 있었다.

노부나가의 본진 법양사에 숙소가 할당되지 않은 장수들은 스와의 상가에서 머물고 있었는데, 그중 아케치의 부대는 이곳의 오래된 된장을 파는 상가에서 머물고 있었다. 상가 주인의 아들인 듯한 사람이 와서 사이토 도시미쓰에게 말했다.

"도시미쓰 님, 다른 분들은 벌써 저녁을 다 드셨습니다. 목욕이라도 하지 않으실는지요?"

"아직 주군께서 돌아오시지 않았는데 어찌."

"아케치 님은 꽤 늦으실 듯합니다."

"오늘은 본진에서 전승을 축하하는 대연회가 열리고 있네. 주군께서도 너무 기쁜 나머지 평소에는 잘 안 드시는 술을 과음하고 계신 듯하네."

"그러면 저녁을 먼저 잡수는 것이 어떠신지요?"

"아니네. 돌아오시기 전까지는 그럴 생각이 없네. ……그런데 손님이 마음에 걸리는군. 손님이 먼저 목욕을 하시도록 안내해주게."

"낮에 오셨던 화인 말씀인지요?"

"그렇다네. 저편에서 무료하게 모란을 보고 계시니 잘 말씀드리게."

상인의 아들은 물러나와서 뒤편을 살펴보았다. 가이호 유쇼는 오도카니 무릎을 감싸고 모란꽃들을 바라보고 있었다.

사이토 도시미쓰가 그곳 사립문에서 나왔을 때에는 상인의 아들과 유쇼가 보이지 않았다. 도시미쓰는 주인인 미쓰히데가 너무 늦어지자 다소 걱정스런 마음이 들기 시작했다. 축하연이어서 오늘은 꽤나 성대할 것이고 길어질 것이라고 예상했지만 그럼에도 불안스런 마음이 들었다.

오래된 띠로 엮은 문을 나서면 길은 호반의 가도로 이어셨다. 스와 호의 서쪽 하늘에는 아직 희미한 잔광이 비치고 있었다. 도시미쓰는 한동안 가도의 저편을 바라보고 있었다. 이윽고 아케치 미쓰히데가 부하들을 거느리고 왔다. 그 모습을 본 도시미쓰는 자신이 괜한 걱정을 했구나 하고 한시름을 놓았다. 그런데 미쓰히데와 가까워지자 도시미쓰의 눈썹에 다시 불안감이 드리워졌다. 미쓰히데의 모습이 어딘지 평소와 다른 듯한 인상을 받았고, 전승 축하연에서 돌아온 사람의 모습으로 보이지 않았던 것이다. 말을 탄 미쓰히데의 모습은 더없이 풀이 죽어 있었고 그의 뒤에서 따라오는 종자들도 똑같이 주눅이 든 모습으로 묵묵히 걸어오고 있었다.

"마중을 나와 있었습니다. 피곤하지 않으신지요?"

도시미쓰가 앞으로 나와 허리를 숙이자 미쓰히데는 놀란 듯 얼굴을 들고 말했다.

"도시미쓰인가. 내가 너무 늦어 걱정하고 있었나 보군. 미안하네. 용서하게. 오늘은 다소 과음을 해서 일부러 술을 깨기 위해 호반을 걸어서 왔네. 내 안색이 안 좋다고 걱정하지 말게. 이젠 기분도 꽤 좋아졌네."

무슨 안 좋은 일이 있었던 듯싶었다. 오랫동안 곁에서 섬겨온 주인이었다. 도시미쓰는 그것을 놓칠 리가 없었다. 하지만 굳이 깊이 묻지 않았다. 노신인 도시미쓰는 그저 주인의 기분을 이렇게 위로할지 신경을 쓰면서 숙소에 들어와 아케치의 시중까지 직접 들었다.

"먼저 저쪽에 있는 자리에서 차라도 한잔하시겠는지요? 아니면 저녁을 드시고 바로 목욕을 하시겠는지요?"

전쟁에 나서면 그의 용맹함에 적들도 벌벌 떠는 맹장인 도시미쓰가 직접 미쓰히데의 옷을 받아들며 시중을 들고 있었다. 미쓰히데는 그런 그의 마음을 잘 알고 있었다.

"그렇지. 이럴 때는 한바탕 목욕을 하면 시원해질지 모르겠군."

"그렇게 하시지요. 제가 안내하겠습니다."

도시미쓰가 총총히 앞장을 섰다. 옆방에 있던 시종이 목욕을 한다는 말을 듣고 급히 상가의 아들에게 알리러 갔다. 아들은 지촉을 들고 어둠이 내리는 목욕탕 입구에 무릎을 꿇고 있었다.

"시골 목욕탕이라 변변치 않습니다."

미쓰히데가 그 모습을 내려다보더니 아무 말 없이 목욕탕 안으로 들어갔고 시종이 뒤를 따라 들어갔다. 한동안 안에서 물소리가 들렸다. 도시미쓰가 밖에서 말했다.

"주군, 등을 밀어드릴까요?"

"시종도 있고, 노구인 그대의 손을 빌리는 것도 미안하니 됐소."

"아닙니다."

도시미쓰는 안으로 들어가더니 작은 통에 뜨거운 물을 퍼서 미쓰히데의 뒤로 돌아갔다. 일찍이 그런 예는 없었지만 그곳은 진중과도 같았고, 또 여느 때와 달리 심상치 않은 주인의 안색을 보고 어떻게든 그 기분을 달래주고 싶은 마음이 들었던 것이다.

"일군의 수장과 같은 무장에게 어찌 이런 일을 시키겠소."

미쓰히데가 겸손히 말했다. 도시미쓰를 비롯한 가신들은 미쓰히데가 평소 가신들에게 겸손하고 사양하는 듯한 모습을 보이는 것을 그의 장점이자 단점이라고 생각하며 그다지 좋게 생각하지 않고 있었다.

"무슨 말씀입니까. 저와 같은 늙은 무장은 언제 죽을지 모르니, 언제고 살아생전 한 번은 꼭 주군의 등을 밀어드리고 싶었습니다."

도시미쓰는 옷자락을 말아 올리고 소매를 걷고서 미쓰히데의 등을 씻어주었다. 미쓰히데는 희미한 수증기와 등불 속에 몸을 맡긴 채 고개를 숙이고 아무 말도 없었다. 도시미쓰가 자신을 대하는 마음과 자신이 노부나가를 대하는 모습을 비교하며 깊이 반성하고 있었던 것이다.

'아아, 내 살못이나.'

미쓰히데는 마음속으로 통렬히 자신을 질책했다.

'무엇이 그리 불쾌해서 이리 괴로워하고 있는가. 노부나가와 같은 좋은 주군을 섬기면서 내 충절과 정조는 노신인 도시미쓰에게도 미치지 못하지 않은가. 아아, 부끄럽구나.'

목욕탕에서 나온 미쓰히데의 기분과 말투는 완전히 달라져 있었다. 심기일전한 듯 마음이 한층 상쾌해져 있었다.

"목욕을 하길 잘했군. 술기운뿐 아니라 피곤함도 가시는 듯하네."

"기분이 좋아지셨습니까?"

"구라노스케, 이젠 괜찮으니 마음 쓰지 말게. 기분이 아주 상쾌해졌네."

"오늘 안색이 다소 안 좋으신 듯하여 걱정했는데 정말 다행입니다. 이제야 말씀드리는데, 안 계실 때 귀한 손님이 오셔서 기다리고 계십니다."

"귀한 손님이라니?"

"가이호 유쇼 님이 마침 이곳 고슈를 여행하시다 다른 곳은 몰라도 주군은 잠깐이나마 뵙고 싶다며 낮부터 와 계십니다."

"어디에 있는가?"

"제 방에서 기다리고 계십니다."

"그럼 그대 방으로 가도록 합시다."

"주군께서 친히 왕림하시면 손님이 송구해할 것이니, 나중에 제가 데려오겠습니다."

"아니오. 유쇼는 풍류를 아는 손님이니 격식을 차릴 것까지는 없소."

안채에는 미쓰히데를 위해 저녁이 차려져 있었지만 미쓰히데는 도시미쓰의 방에서 손님인 유쇼와 함께 지극히 간소한 저녁을 함께했다. 미쓰히데는 유쇼를 만나자 밝은 얼굴로 돌아가서 남송북송南宋北宋의 화풍을 물으며 평소 회화 분야에 대해 가지고 있던 식견을 나누었다.

"나도 노후에는 한가로이 그림이나 그리고 싶소이다. 언젠가 그런 나를 위해 모범이 될 그림을 꼭 그려주시오."

"알겠습니다. 부족하나마 반드시 그림을 그려 바치겠습니다."

유쇼는 기뻐하며 대답했다. 유쇼와 도시미쓰는 낮에도 미쓰히데가 만년에는 꼭 그러한 생활을 보내기 바란다고 이야기했던 것이다.

유쇼는 중국의 양해梁楷의 화풍을 따라 근래 독자적인 화풍을 개척해서 세상에서 인정을 받고 있었지만 무슨 연유인지 노부나가에게 아즈치의 장지문 그림을 그려달라는 의뢰를 받았을 때에는 병을 구실로 응하지 않았다. 그가 노부나가에게 멸망당한 사이토 가의 가신이었던 곡절을 생각하면 의뢰에 응하지 않았던 그의 마음을 알 수 있을 것도 같았다.

그날 밤 미쓰히데는 숙면을 취했다. 목욕을 한 덕분이었고 뜻하지 않은 좋은 손님 덕분이기도 했다. 새벽녘, 병사들은 날이 새기 전에 일어나서 말에 먹이를 주고 갑옷을 차고 주인이 나오기를 기다렸다. 오다 군은 그날 아침 법양사에 집결하기로 되어 있었고, 이후 스와를 출발해서 고후로 간 뒤에 도카이도를 거쳐 아즈치로 개선할 예정이었다.

"주군, 어서 준비하시지요."

"구라노스케인가. 어젯밤은 아주 잘 잤네."

"정말 다행입니다."

"떠날 때, 유쇼에게 내 뜻을 전하며 노자를 주도록 하게."

"유쇼 님은 아침에 일어나보니 보이지 않았습니다. 병사들과 함께 일어나 채 날이 새기도 전에 떠난 듯합니다."

"그것참 아쉽군."

미쓰히데는 아침 하늘을 바라보며 중얼거렸다.

"참으로 부러운 사람이네."

도시미쓰는 미쓰히데 앞에 두루마리 하나를 펼쳤다.

"이것을 놓고 갔습니다. 깜빡 잊고 놓고 간 줄 알았는데 자세히 늘여다보니 아직 먹물도 마르지 않았습니다. 제 짐작에는 어젯밤 주군께서 부탁하신 모범이 될 만한 그림이 떠올라 아침까지 그린 듯합니다."

"아니, 그럼 잠을 자지도 않고."

미쓰히데는 두루마리를 내려다보았다. 아침 햇살을 받은 하얀 백지 속에 싱그럽고 커다란 모란 가지 하나가 그려져 있었다. 그리고 그림 위쪽에 '무사시귀인無事是貴人[7]'이라는 글이 적혀 있었다.

"무사시귀인."

입안에서 되뇌며 다른 부분에 시선을 옮기자 커다란 순무 그림이 그려져 있었고 제호에는 '객래일미客來一味[8]'라고 쓰여 있었다.

아무런 고심도 하지 않고 일필지하에 수묵으로 그린 듯한 순무였는데,

---

7) 임제 선사가 한 말로 '무사無事'한 이가 바로 '귀인'이라는 뜻. 여기서 '무사'란 무엇인가 찾거나 얻으려 하지 않는 마음, 즉 고요함의 경지이자 본래의 자신으로 돌아간 평온함을 뜻하며, 귀인이란 지체가 높은 사람이 아닌 깨달음을 얻은 사람, 즉 부처와 같은 존재를 말한다.

8) 손님이 왔을 때, 바로 조리해서 내는 나물이나 채소.

가만히 들여다보고 있자 흙냄새가 코를 찌를 듯 풍겨왔다. 대지의 생명이 그대로 한 줄기 잎과 뿌리에 담겨 있어서 한없이 순수하고 비굴하지 않은 순무의 야성이 흡사 미쓰히데의 이성을 비웃고 있는 듯했다.

"……."

아무리 두루마리를 펼쳐봤지만 그것 외에는 아무것도 그려져 있지 않았다. 여백이 훨씬 많았다.

"이 두 그림을 그리는 동안 날이 샌 듯합니다."

그림을 좋아하는 도시미쓰도 미쓰히데와 함께 목을 길게 빼고 감상을 했다. 한동안 그림을 바라보고 있던 미쓰히데의 눈에 갑자기 순무가 벌거벗은 갓난아이가 손을 벌리고 하품을 하고 있는 것처럼 보였다. 미쓰히데는 왠지 오래 바라보고 있기가 두려워졌다.

"구라노스케, 감아주게."

"제가 맡아두겠습니다."

그때 하늘 저 멀리서 나팔 소리가 들려왔다. 본진이 있는 법양사에서 각 부대에게 준비를 재촉하고 있었다. 피가 튀는 혈전 속에서 듣던 나팔 소리는 뭐라고 형언할 수 없을 만큼 처참하고 처연한 여운을 느끼게 했지만, 오늘과 같은 아침에 듣는 나팔 소리는 한없이 태평하고 유유자적함마저 느껴졌다.

"자, 그만 가세."

이윽고 미쓰히데도 말 위에 올랐다. 그날 아침, 그의 눈썹은 가이^{甲斐}의 산들처럼 한 점의 어두운 기색도 보이지 않았다.

후지 산을 보다

'꼭 한 번 후지 산을 보고 싶다.'

이것은 노부나가가 오랜 세월 가슴에 품고 있던 숙망이었다. 자신이 원하는 것은 무엇이든 할 수 있는 노부나가에게 대체 무슨 사욕이 있을까 싶었지만, 한 가지 '후지 산을 보고 싶다'는 바람이 있었다.

오와리에서 떨쳐 일어나 점차 서쪽으로 세력을 넓혀온 노부나가는 올해 마흔아홉 살이 되기까지 후지 산을 본 적이 없었다. 나가시노까지 출정했지만 후지 산의 위용을 보지 못했고, 산슈参州(미카와三河)의 기라吉良까지 매사냥을 간 적이 있었지만 후지 산은 보지 못했다.

"언젠간 꼭 한 번은."

노부나가는 그렇게 생각하면서 매년 북벌과 남벌에 여념이 없었고, 중앙에 머무는 날에도 군무에 쫓기고 사람들에 둘러싸인 채 오랜 세월 그저 동경만 하고 있었던 것이다.

4월 4일, 노부나가는 고후에 있었다. 사가미相模의 호조 우지마사는 고후에 또 사자를 보내 무사시노武蔵野에서 사냥을 해서 잡은 꿩 오백 마리를 선물로 보내왔다. 그로부터 삼 일 뒤에는 말 삼십 마리와 매 세 마리를 헌상했다.

"말과 매는 그다지 진귀한 것도 아니니, 내가 마음에 들어 하지 않더라고 말하며 우지마사에게 돌려보내라."

노부나가는 쓰쓰지가사키 성의 넓은 정원에서 일견한 뒤 그렇게 말하고 받지 않았다. 호조의 사자는 면목이 없다는 듯 그것을 가지고 돌아가다가 아무도 없는 곳에서 혀를 차며 뇌까렸다.

"기고만장한 놈!"

노부나가는 같은 달 10일, 드디어 고후를 출발해서 그토록 열망하던 후지 산을 구경하며 개선길에 올랐다.

그의 전군이 고후를 출발하는 아침, 마을들은 부府가 생긴 이래 유례가 없을 정도로 떠들썩했다. 아무리 신라 사부로 이래 다케다 가문이 번영을 구가하던 곳이었지만 중앙의 정예병과 위군의 장중하고 화려한 행장과는 비할 바가 아니었다. 그날도 노부나가와 그를 둘러싼 무장과 부장 들은 일찍이 천황이 참관하는 열병식에 참가했던 삼십만 명에 이르는 사람들의 눈을 사로잡은 찬란한 행장에 뒤지지 않는 화려한 모습을 하고 있었다.

위나라의 조조가 서량군西涼軍 병사들이 자신의 행장을 보고 놀라 손으로 가리키며 귓속말하는 것을 보고 비웃으며 지나간 일화처럼, 그날 길가의 백성들을 바라보는 노부나가의 얼굴에도 그와 닮은 득의양양함이 엿보였다.

이윽고 강을 건너 에비구치幗口에 이르렀다. 그곳 사람들은 상점 문을 닫고 길을 깨끗하게 청소한 뒤 모래를 깔고 향을 피운 채 처마 아래에 엎드려 노부나가를 맞이했다. 그리고 도쿠가와 가의 무사들이 대거 나와 경호와 접대를 도맡아했다.

"고노에 님이 뵙고 싶다고 청합니다."

마을에 들어올 때, 일행 중에 있던 고노에 사키히사가 부장을 통해 노부나가에게 면담을 청했다. 사키히사는 고노에 노부타다의 아버지이며 태정대신의 관직에 있었다. 고노에 사키히사는 조정과 무문 사이를 오가며 적절하게 일을 잘 처리해왔고 무문에 조정의 뜻을 전하는 데 있어 안성맞춤인 인물이기도 했다.

에이로쿠 4년, 나카지마 대전이 있었던 해였는데, 그때 여름에도 고노에는 우에스기 겐신의 청에 응해 죠슈上州의 우마야厩 다리에서 만나 겐신의 오다와라 공격에 종군해서 에치고에도 갔었다. 천황을 보좌하는 중신이 각 주를 돌아다니며 무장들의 진문을 출입하자 무로마치 막부가 수상쩍게 여겼는지 사키히사는 교토에 돌아왔을 때 바로 관직을 박탈당하고 실각했으며 그 뒤로 행방이 묘연해졌다. 그 무렵, 그는 사가嵯峨에 숨어서 《사가기嵯峨記》를 쓰기나 시가詩歌와 풍일을 벗 삼아 본래의 공경 생활로 돌아가 있었다. 그리고 노부나가가 무로마치 막부를 폐하고 요시아키를 쫓아내자 다시 세상으로 나와 노부나가를 위해 사쓰마薩摩에 사자로 가거나 이시야마 본원사와 교섭을 하다 이윽고 올해 3월, 태정대신의 중책을 맡게 된 것이었다.

이번 고슈 공략에서 노부나가의 진중에 있었던 것도 노부나가의 청에 의한 것이 아니라 사키히사가 청했던 것이다. 노부나가에게는 현직에 있는 태정대신이라는 귀빈이 진중에 머무는 것이 분명 불청객처럼 여겨졌을 터였다. 사키히사가 만나고 싶어 한다는 말을 전해 듣자 노부나가는 갑자기 그의 존재가 떠오른 듯한 표정으로 중얼거렸다.

"아직 머물고 있었나 보군."

고노에 사키히사는 가마에서 내려 까마득히 긴 행렬의 중간에서 노부나가가 있는 쪽으로 걸어왔다. 병사들과 부장, 장수 모두가 정숙한 태도로 최대한의 예를 취했지만 노부나가는 말에서 내리지도 않았다.

노부나가는 안장 아래로 온 사키히사를 바라보며 '무슨 일인가' 하고 묻는 것처럼 눈을 크게 떴다. 사람들이 지켜보는 가운데 노부나가가 자신을 그렇게 바라보자 사키히사는 그만 자신의 직책에 어울리지 않는 행동을 하고 말았다. 그는 말 위의 노부나가에게 무례를 책하지도 않고 오히려 자신이 먼저 웃는 얼굴로 인사를 하며 말을 걸었던 것이다.

"우대신께서 후지 산을 구경하면서 도카이도를 거쳐 아즈치로 개선하시는 데 저도 함께 동행해도 되겠는지요? 아무런 지시도 받지 않고 여기까지 군사를 따라왔습니다만, 아무도 저희에게 신경을 써주는 사람이 없습니다."

아무래도 대우가 신통치 않았는지 불평을 호소하러 온 듯했다. 노부나가가 다시 물었다.

"그게 무슨 말씀이요?"

"그게, 저도 우대신과 함께 도카이도로 가도 괜찮은지, 혹시 몰라 물어보는 것입니다."

"고노에, 그대는 기소지를 돌아 돌아가는 것이 좋을 것이오. 금의환향, 개선하는 병사들과 함께 도카이도를 걸어가는 것은 이상하지 않겠소. 그러니 기소지로 올라가시오."

노부나가는 그렇게 말하고는 그날 머물 숙소를 향해 가버렸다. 홀로 남겨진 사키히사는 어쩔 수 없이 가시와자카柏坂 기슭에서 길을 돌려 나카센도中山道로 갔는데, 이 일은 여행 중에 꽤나 화제에 올랐다. 훗날 나온《미카와三河 후풍토기後風土記》에는 노부나가를 두고 난폭하다고 쓰여 있지만, 난폭함만으로 설명할 수 있는 일이 아니었다. 노부나가의 그런 성격이 있었기 때문에 요지부동의 구태들을 일소할 수 있었던 것이다. 하지만 그때 제장들 속에 있던 아케치 미쓰히데는 고노에 사키히사를 심히 안쓰럽게 바라보고 있었다.

다음 날 노부나가는 스소노裾野의 모토스本巢 호에서 묵었다.

"겨울인 듯하군."

노부나가를 비롯한 행군의 장병들은 모두 추위에 떨었다. 앞에는 후지산, 뒤편에는 호수가 바라보이는 소나무 숲 안에 새로 지어진 건물이 있었다. 그곳에 도착한 노부나가는 도쿠가와 가 무사들의 영접을 받으며 본진 안에 마련된 자리에 앉자마자, 오는 도중부터 숙소까지 꼼꼼히 청소를 하고 정성을 들인 도쿠가와 가의 가신들을 칭찬했다.

사실 이번 영접에 도쿠가와 이에야스는 이만저만 세심한 신경을 쓴 것이 아니었다. 그만큼 노부나가의 기분을 맞추는 일은 여간 어려운 일이 아니었던 것이다. 하물며 노부나가를 만족시키기란 어지간해서는 꿈도 꾸지 못할 일이었다. 그날의 도정을 되돌아보더라도 도쿠가와 가가 얼마나 세심하게 신경을 썼는지 길 알 수 있었다. 도쿠가의 쪽에서는 길이 좋지 않은 곳은 돌을 제거하고 나무를 뽑고 다리를 모두 새로 놓았고, 비탈길을 평평하게 하고 계곡에는 정자를 만들기까지 했다. 그리고 마을에 들어와서는 차를 내오고 아름다운 여인이 산채 요리를 대접하는 등 세심하게 신경을 썼던 것이다.

노부나가는 호조 우지마사가 고생해서 무사시노에서 잡은 꿩과 사가미의 명마를 모아 헌상해도 마음에 들지 않는다며 눈길도 주지 않고 돌려보냈는데, 이번에 도쿠가와 쪽에 와서는 빗질을 한 길가나 숙소의 대야에 담긴 손숫물까지도 모두 진심이 담겨 있다는 것을 단번에 느꼈다.

만일 이번 여정에 히데요시가 있었더라면 이에야스의 세심함을 바라보며 진심으로 받아들일지, 아니면 의뭉스럽다고 여길지 모르지만, 노부나가 한 사람을 위해 그렇게까지 세심하게 신경을 쓴 이에야스의 수완도 결코 범상하지 않은 것만은 분명했다. 그리고 이런 상황을 멀리 주고쿠에서 서신으로 듣고 있는 히데요시의 심중에도 이에야스의 모습이 이제까지보다 한층 더 크게 각인되었음은 분명했다.

도쿠가와 가는 밤에도 각종 진수성찬과 가무로 노부나가 일행을 대접했고 밖에는 밤하늘을 훤히 밝히는 큰 화톳불을 곳곳에 피워놓았다. 밤새도록 화톳불에 일렁이던 후지 산은 새벽이 되자 진홍색으로 물들더니 노부나가가 모토스 호를 출발할 무렵에는 구름 한 점 없는 하늘 위로 선명한 은빛 위용을 드러내고 있었다.

"참으로 드문 일입니다. 이렇듯 후지 산이 온전히 본모습을 보이는 것은 일 년 중 극히 드문 일입니다. 우대신 님께서 후지 산을 보시는 줄 알고 온 산이 구름을 걷고 마중하고 있는 듯합니다."

도쿠가와 가의 사람들은 후지 산에도 마음이 있는 것처럼 입을 모아 쾌청한 날씨를 칭찬했다.

"후지, 후지 산."

노부나가는 말 위에서 아이처럼 몇 번이나 영탄했다.

"보았느냐!"

그는 몇 번이나 주위 사람들에게 물었다. 그리고 문득 '히데요시가 있었더라면' 하고 생각했다. 그러다가 히데요시는 분명 몇 번이나 후지 산을 봤을 것이라고 생각하기도 했다. 노부나가는 그러면서 무의식적으로 제장들의 행렬을 돌아다보았다. 얼핏 미쓰히데의 얼굴도 보였다. 노부나가는 물총새가 물속을 들여다볼 때와 같은 시선으로 물끄러미 미쓰히데의 얼굴을 바라보았다.

'저자는 이번 여행을 조금도 즐거워하지 않는구나. 후지 산에도 아무런 흥미가 없는 듯하다. 법양사에서의 일을 아직도 마음에 담고 있구나. 나약하고 기개 없는 놈.'

노부나가는 자신도 모르게 혀를 찼다. 자신이 즐거워하고 있을 때 권속 중에 홀로 즐거워하지 않는 사람이 있다는 사실을 알게 되자, 노부나가는 미쓰히데가 치통을 앓고 있는 이처럼 거추장스럽게 여겨졌다.

그때 앞쪽에서 와하는 커다란 함성 소리가 들려왔다. 그날 아침 날이 밝기 전에 앞서갔던 시동들의 무리가 각각 짐말을 타고 넓은 스소노의 들판을 뛰어다니며 말을 길들이고 있었던 것이다.

"이런 드넓은 천지에 나오면 물고기나 새처럼 사람도 뛰어다니고 싶어지는 건 인지상정. 자, 어디 나도 한번."

노부나가는 싱긋 웃으며 중얼거리고는 갑자기 채찍을 휘둘러 달려 나갔다. 그는 길을 안내하던 도쿠가와 가의 가신들과 주위에 있던 부장과 장수를 비롯한 병사들을 내버려두고 한 마리 새처럼 달려가고 있었다.

"앗!"

"아니!"

깜짝 놀란 사람들은 입을 벌린 채 아연실색했지만 평소 노부나가의 그와 같은 행동을 모르는 바도 아니어서 자중하고 있었다.

"뒤를 따라갈까요?"

"흐음, 드문 일도 아니니 그러기에는……."

토끼라도 쫓고 있었는지 종횡무진 뛰어다니고 있던 시동들은 어딘가에서 자신들을 부르는 소리에 문득 고개를 돌렸다. 그러자 화려한 옷을 입을 귀인이 채찍을 흔들며 스소노를 가로질러가고 있었다.

"아, 참으로 좋은 말이구나."

"누굴까?"

"아니, 주군이다!"

"뭐, 주군?"

노부나가는 달려가는 말 위에서 그들을 향해 고함을 쳤다.

"어디 나를 잡아보아라. 그럴 자신이 있는 자만 나를 쫓아오라."

"말은 뒤질지 모르나 말 타는 기술은 지지 않는다."

그 소리를 들은 시동들은 먼지를 일으키며 앞다퉈 노부나가의 말을 쫓

아 달려갔다. 노부나가와 말은 땀에 흠뻑 젖어 우에노가하라^{上野ヶ原}, 이데노^{井手野}와 같은 후지 산의 평야를 미친 듯이 질주했다.

"아아, 상쾌하구나."

노부나가는 열기를 가라앉히며 하늘을 올려다보았다. 고슈에 머무는 동안 가슴에 있었던 울적함 같은 것이 처음으로 발산된 듯 상쾌함을 느꼈다. 땀이 식을 무렵에야 시동들이 쫓아오자 노부나가가 유쾌하다는 듯 웃으며 말했다.

"늦었구나. 만약 전쟁터였다면 오늘 너희는 둘도 없는 대장의 목숨을 적에게 빼앗겼을 것이다."

그러자 아사노 진스케가 주눅이 든 기색도 없이 말했다.

"그러니 앞으로는 저희 시동들에게도 명마를 많이 내려주십시오."

"알았다, 알았어. 고한 순서대로 우선 이 말을 진스케에게 주겠다."

노부나가는 그의 말이 마음에 걸렸는지 안장에서 내려 말의 고삐를 진스케에게 건넸다. 진스케와 다른 이들도 모두 눈을 동그랗게 떴다. 그때 도라와카, 도구로, 야로쿠, 고구마 등이 땀을 뻘뻘 흘리며 달려왔다. 그리고 얼마 뒤, 란마루를 비롯한 근신들이 달려왔다.

"근처에 찻집이 있으니 그곳에서 쉬는 것이 어떠하신지요."

도쿠가와의 무사가 그렇게 말하며 노부나가를 안내했다. 노부나가는 그곳까지 걸어갔다.

"땀을 많이 흘리셨으니 목욕을 하신 후, 의복을 갈아입으시지요."

"목욕탕도 준비되어 있는가?"

"언제든지 땀을 씻을 수 있도록 준비해놓았습니다."

"그것참, 그런 데까지 세심하게 신경을 쓰다니."

노부나가는 도쿠가와 가의 세심한 배려에 부족함을 느낀 적이 없었다. 목욕을 하고 의복을 갈아입은 노부나가가 차를 마시는 동안 다른 이들은 모두 밥을 먹었다. 도쿠가와 가는 말단 보병들에게까지 다과를 준비해놓았다.

한동안 휴식을 취한 뒤, 다시 길을 떠나 후지에 있는 용암동굴인 히도아나人血에 도착했다. 그리고 그곳의 찻집에서 쉬고 있는데 오미야大宮 신사의 신관과 승려 들이 대거 마중을 나왔다.

"길가까지 이리 세심하게 청소하며 신경을 쓰다니, 모두 고생이 많소."

노부나가는 그들을 위로하며 모두에게 잔을 돌렸다.

노부나가와 행렬은 신관들의 안내를 받아 요리모토賴朝가 사냥을 한 터와 하얀 실타래와 같은 폭포를 구경한 뒤 잠시 우키시마가하라浮島ケ原에 말을 세우고 해가 저무는 후지 산에 작별을 고하면서 오미야의 역참을 향해 나아갔다. 높은 곳에서 아래를 내려다보니 부락들미디 회뜻볼 을 피워놓았고 저녁 안개가 무지개처럼 빨갛게 대지를 물들이고 있었다.

이윽고 몇 리에 걸쳐 정갈하게 뿌려놓은 길가의 모래와 일제히 문을 닫은 초가집들이 눈에 들어왔다. 오미야에 들어서자 처마마다 제등을 밝히고 장막으로 벽을 둘러쳐서 꽃을 꽂고 금빛 병풍을 세워놓았다. 사람들 모두 화려한 옷을 입고 있었는데, 마치 온 마을이 축제와 같이 떠들썩하게 느껴졌다.

도쿠가와 이에야스가 직접 가신들과 함께 오미야까지 와서 노부나가를 맞이하기 위해 기다리고 있었다. 노부나가 일행이 그곳에 도착한 것은 해가 진 초저녁이었지만 마을은 낮보다 더 밝아 눈이 부실 정도였다.

개선

그날 밤, 숙소는 오미야 신사 경내였다. 본전과 배전을 제외한 모든 곳은 노부나가 일행을 위한 숙사로 사용되었다. 노부나가의 거처는 단 하룻밤 묵는 것인데도 금은 주렴을 달고 모든 것을 새로 단장한 듯했다. 특히 경호에 만전을 기한 듯했는데, 사방에는 작은 가옥을 세워서 노부나가의 직속 부장들을 배치하고, 미카와 무사 부대를 곳곳의 검문소에 배치해서 일말의 불안도 느끼지 않도록 했다.

"나를 위해 이렇게까지 신경을 쓴 성의가 참으로 기특하구나."

좀처럼 만족하는 기색을 보이지 않는 노부나가가도 이에야스의 정성스런 환대에 그렇게 말하지 않을 수가 없었다.

"그에 비해 호조 우지마사는 속마음이 훤히 들여다보인다. 고후에서 오미야까지 오는 도중, 곳곳에 우지마사의 군사들이 움직이고 있는 것을 이 눈으로 똑똑히 보았다. 사람의 진심과 거짓은 숨길 수가 없는 것이다."

노부나가는 술기운에 그렇게 심중의 불만을 토로했다.

이번 고슈 공략에는 도쿠가와 가와 호조 가도 함께 출병해서 노부나가를 돕게 되어 있었지만 호조 쪽 군사들은 오미야 근방에서 스소노의 한촌 일대를 불태웠을 뿐 전과는 조금도 올리지 않고 있었다. 진심을 보이지 않았던 것이다. 그러면서 헌상품과 말로만 노부나가의 환심을 사려고 했다.

하지만 그런 아부나 형식적인 태도에 넘어갈 노부나가가 아니었다. 호조 가에서 헌상한 말 네 필이 마음에 들지 않는다며 돌려보낸 것은 그에 대한 무언의 의사 표시였다.

"밤이 깊었습니다. 매일 산길을 오시느라 피곤하실 터이니 내일 아침에 다시……."

이에야스가 때를 가늠하고 자리에서 일어서려 하자 노부나가가 란마루에게 말했다.

"일러둔 물건들을 도쿠가와 님께 드리도록 하라."

란마부가 노부나가가 주는 예불 목록을 이에야스에게 선넸나. 예물은 요시미쓰가 만든 칼과 노부나가가 평소에 아끼는 애마인 구로부치 등이었다. 이에야스는 고마움을 표시하며 두텁게 예를 취하고 물러갔다. 노부나가가 자신이 아끼는 애장품과 명마를 선물로 준 것은 이에야스의 성의에 대해 성의로 화답한 것이었다. 이에야스도 속으로 만족했다.

권모술수가 난립하는 전국 시대, 이십여 년간 서로 배신하지 않고 동맹을 유지해온 것은 결코 쌍방의 이해득실에 의한 것만이 아니었다. 노부나가도 진실을 아는 사람이었고 이에야스도 진심을 다했다. 우지마사와 같은 얄팍한 속임수로 난세를 헤쳐 나가려고 하는 마음은 추호도 없었다.

날이 새면 13일이었다. 노부나가는 예불을 끝내고 오미야를 출발해 우키시마가하라에서 아시타카愛鷹 산을 왼편으로 바라보며 나아가고 있었다. 그는 여행 중에도 잠자리에 일찍 들고 아침 일찍 일어났다. 날이 새기 전에 아침 식사와 양치질을 끝내고 숙사를 출발해서 이 리 정도 왔을 무렵에 해돋이를 보는 것이 상례였다. 그때 노부나가를 수행한 서기인 오오타 규이치太田牛一는《노부나가코기》에 매일의 행군과 평소의 풍류에 대해 자세하게 적고 있었다.

10일 밤, 스소노 숙사에서 비가 오는 소리를 들었을 뿐 날씨는 모두 맑았다. 모토스 호에서는 그해 처음으로 두견새 소리를 들었는데, 그날 밤에지리^{江尻} 성에서도 들었다.

"여름이 멀지 않았군."

노부나가가 중얼거렸다. 신록을 떠올리고 다가올 여름을 생각하자 다음으로 해야 할 일들이 떠올라 마음이 분주해졌다. 다음 단계, 물론 그것은 주고쿠 공략을 위한 결정적인 방책이어야만 했다.

'히데요시는 어찌 되었을까?'

두견새의 소리를 처음으로 들었을 때, 노부나가는 시나 노래가 아닌 히데요시를 떠올렸다. 노부나가에게 시심^{詩心}은 없었다. 하지만 그가 지금 이루고 있는 매일의 일들은 그야말로 거대한 서사시와 같았다.

그는 거의 매일 아침, 날이 새기도 전에 길을 나섰다. 오오이^{大井} 강은 말을 타고 건넜다. 그때 이에야스는 만에 하나라도 무슨 일이 생기면 안 된다고 강의 상류와 하류에 몇백 명이 되는 군사를 배치하고 오덴류^{大天龍} 강에 배를 연결한 다리를 놓았다.

이윽고 노부나가는 하마마쓰에 들어갔다. 하마마쓰는 이에야스의 거성이자 동맹국의 영지였기 때문에 모든 영민들이 축하를 하며 정성스레 맞이했다. 다음 날은 요시다에서 묵은 뒤 요시다 성의 사카이 타다쓰구의 배웅을 받으며 치리후^{池鯉鮒}에서 나루미로 들어갔다. 여기까지가 도쿠가와 령이었고, 나루미부터는 오다령이어서 그곳부터는 오다 가의 일문이 개선하는 주군을 맞이하기 위해 나와 있었다. 도쿠가와 가의 가신들은 그제야 자신들의 소임을 마치고 안도하는 얼굴로 돌아갔다.

나루미부터 기요스까지는 십구 일이 걸렸다. 노부나가는 강과 논밭, 둥그런 산과 산기슭의 초가지붕을 말 위에서 애정 어린 시선으로 둘러보았다.

"하나도 변하지 않았구나. 어느덧 이십삼 년이나 흘렀는데……."

에이로쿠 3년, 그때도 지금과 같은 계절이었다. 한낮, 땀투성이가 돼서 먼지를 일으키며 오케하자마를 향해 말을 타고 달려갔던 자신의 모습이 떠올랐다.

"젊었었지……."

지금 돌아보면 그때 자신의 패기에 경탄을 금치 못했다. 어떻게 승리를 거뒀는지 스스로도 신기하게 여겨졌다.

'흠, 그것은 정말 내가 한 일인가? 내 힘만으로 한 것인가?'

곰곰 되돌아보자 의심스런 마음이 들었다. 문득 노부나가는 자신의 교만에 대해 깨날았다. 하늘이 무려워졌나.

'그렇다. 그 이래로 불과 이십삼 년 동안 이 정도 대업을 이룬 것은 단지 나 혼자만의 힘이 아니다. 또 내 군사들의 힘만이 아니다. 크게는 천지 신명의 가호, 작게는 부모님의 은덕 덕분이다.'

그것이 있었기 때문에 지금의 자신이 있는 것이라 깊이 깨달았다.

노부나가는 아쓰다노미야熱田之宮에 도착하자 말에서 내려 입을 헹구고 손을 씻은 뒤 먼저 신불 앞에 머리를 조아렸다. 그날 밤은 기요스에서 묵었다. 고향이었다. 그는 뜻하지 않게 고향인 기요스에서 하룻밤을 보내게 되었던 것이다.

4월 19일 저녁부터 불과 사십여 일 뒤, 노부나가는 본능사本能寺의 불길 속에서 재로 변하고 말았다. 그로부터 사십여 일 뒤 자신의 운명이 어떻게 될지, 노부나가로서는 알 수도 없었고 알 방도도 없었다. 하지만 마치 그의 영혼은 이미 자신의 운명을 예감한 것처럼 오랜만에 기요스 성에 있는 부친의 무덤을 깨끗이 청소하고, 그곳에서 저녁 안개 너머로 저 멀리 보이는 정수사政秀寺 쪽을 바라보며 지난날을 회상했다.

"아아, 할아버지가 있었더라면."

노부나가가 소년이었을 무렵, 노신인 히라데 나카쓰카사 마사히데는 천둥벌거숭이 소년 노부나가에게 간하기 위해 자신의 배를 가르고 죽었다. 생전에 노부나가의 부친인 노부히데가 그에게 남긴 '부탁한다'는 유훈을 죽음으로써 다한 것이었다. 노부나가는 노신 마사히데의 일만큼은 평생 가슴에 담고 있었던 듯 무슨 좋은 일이라도 생기면 '할아버지가 있었더라면' 하는 말을 했다.

마사히데를 공양하기 위해 세운 정수사는 그곳에서 가까웠다. 지금 노부나가는 기요스 성에서 마사히데에게 이젠 안심하라고 마음속으로 말하고 있었다.

'저 아이가 자라서 이 기요스 성을 무사히 지켜나갈 수 있으면 좋으련만.'

노신인 마사히데에게 자신이 죽은 뒤를 부탁한다는 말을 남기고 세상을 뜬 부친도 지하에서 그렇게 걱정하고 있었을 것이다. 부친 역시 노부나가가 오늘과 같은 날을 맞이할 줄은 꿈에도 생각하지 못했던 것이다.

노부나가는 20일에 기후에 도착했다. 노부타다의 성인 이나바 산의 신록을 보고 흡사 자신의 집에 돌아온 것 같은 심경이었다. 하지만 다음 날 아침 일찍, 다시 그곳을 출발했다. 로쿠로 나루터에서는 이나바 이요가 배 안에서 술을 진상했다. 다루이垂井에서는 작년 다케다 가에 볼모로 잡혀 있다 돌아온 노부나가의 막내가 기다리고 있다가 역시 술을 진상했고, 이마스今洲와 사와야마佐和山, 야마사키에서도 오다 영지 아래 있는 모든 신하들, 니와 고로자에몬을 비롯한 야마사키 겐타자에몬山崎源太佐衛門, 후와 나오미쓰不破直光, 스가야 구로에몬 등이 마중을 나와 있었다.

"지쿠젠의 노모는 건강한가?"

노부나가는 신하들에게 묻더니 뒤를 돌아 나가하마 성을 바라보고 있었다. 그렇게 그가 아즈치에 도착한 것은 황혼이 내리는 시각이었는데 성 아래 마을은 그날 모두 일을 쉬고 아침부터 개선장군을 환영하기 위한 준비를 하고 있었다.

저녁 하늘을 붉게 물들인 진홍빛 구름 아래, 말을 탄 노부나가와 장수들이 성문에 들어오기까지 모든 사람들은 정숙을 유지하며 부복하고 있었다. 길고 긴 군사들의 행렬이 마침내 끝이 보이고 해가 져서 등불이 켜지기 시작하자 일제히 와하는 함성이 꼬리를 물고 일어났다. 그리고 마을은 순식간에 춤과 음악과 불빛이 넘실대는 축제의 장으로 변했다.

"성 아래에서는 모두들 춤을 추며 한바탕 잔치가 벌어진 듯하구나."

노부나가는 목욕탕 안에서 여독을 풀며 마을 풍경을 상상했다. 춤을 추며 노래를 부르는 소리와 피리 소리, 북소리와 징 소리가 그가 있는 목욕탕 안까지 들려왔다.

"저녁은 간소하게 차려라."

노부나가는 목욕탕에서 나오자마자 근신에게 말했다. 십 일 동안 곳곳에서 대접한 진수성찬에 문득 간소한 밥상이 그리워졌던 것이다. 저녁을 마친 노부나가가 명했다.

"노부타카를 부르라."

간베 노부타카가 와서 기다리고 있었던 것이다. 시고쿠를 공략하고 있는 진중으로 가라는 명을 받은 노부타카는 인원수와 다른 지시 사항을 받는 즉시 출발할 예정으로 이곳에 와 있었던 것이다.

저녁 무렵, 성안에 들어온 뒤 아직 이 각도 지나지 않았는데 노부나가는 벌써 시고쿠를 정벌할 전략에 몰두하고 있었다.

"그럼 다녀오겠습니다."

노부타카가 인사를 하고 물러가자, 노부나가가 자신이 없는 동안 쌓아놓은 문서를 내오라고 명했다. 대부분은 진중에서 보았지만 아직 채 보지 못한 서신과 문서가 아직 산처럼 쌓여 있었다. 특히 그가 중대하게 생각하며 관심을 두고 있는 것은 주고쿠와 관련된 것들이었다. 그것도 고슈에 있을 때 꼬박꼬박 보고를 받고 있었지만 2월 9일부터 칠십여 일 동안의 정세는 어딘지 그의 예측과 달리 좀처럼 진전을 보이지 않고 순조롭지 못한 듯했다.

멈출 줄 모르는 노부나가의 정력은 오랜만에 아즈치로 돌아와 자리에 앉아도 쉴 마음을 모르는 듯 바로 다음 대사를 위한 필승의 전략과 전술을 모색하는 데 여념이 없었다.

히나雛의 손님

비젠備前 오카야마岡山 성에서는 개수, 증축 공사가 활발하게 진행되었다. 이 마을을 중심으로 육만의 군마가 기비다이라吉備平의 봄을 점령한 채 대기하고 있었다.

"대체 전쟁을 하는 건지, 안 하는 건지?"

흐드러진 유채꽃을 바라보며 날아다니는 나비에 쏟아지는 졸음을 느끼고, 한적한 마을의 소리와 성의 공사장에서 들려오는 끌 소리 등을 듣고 있노라면 장병들은 한가롭다 못해 따분해져 문득 이런 착각마저 들었다.

3월 초삼일, 고슈甲州 방면에서는 노부나가信長, 노부타다信忠의 지휘 아래 대군이 고신甲信의 국경 쪽에서부터 밀려들었다. 그러자 곧바로 다케다 가쓰요리武田勝頼는 운명이 다했음을 알고 자신이 머물고 있던 신푸新府 성에 스스로 불을 질렀다. 그의 부인은 물론 집안의 다른 여자들까지 불길을 피해 덴모쿠天目 산의 끝자락을 향해 뿔뿔이 흩어졌다.

하지만 오카야마에서는 때마침 삼월삼짇날을 맞아 집집의 아가씨와 부녀자들이 복숭아꽃 핀 낮에 치장을 하고 나왔으며, 집 안에서는 밤에 밝

힐 히나마쓰리雛まつり[9]의 등불과 술잔치를 준비했다. 같은 하늘 아래면서도 마치 별세계처럼 평화롭게 느껴졌다.

"뭐야, 파발꾼인가?"

마을 입구에서 먼지를 일으키며 성문 쪽으로 달려간 말발굽 소리에도 천하의 급변을 알리는 전조가 아닐까 하며 과장스럽게 귀를 기울이는 사람은 없었다. 하지만 총알처럼 성문 앞으로 달려온 전령들은 숨을 헐떡이며 문지기에게 커다란 목소리로 말했다.

"기보로黃母衣의 야마구치 센조山口銑藏입니다."

"같은 소속인 마쓰에 덴스케松江伝介, 지금 돌아왔습니다."

그리고 두 사람이 동시에 외쳤다.

"고슈의 진영에 심부름을 다녀오는 길입니다."

문을 지키던 장병들이 여기저기서 나와 두 사람 곁으로 모여들었다. 그러고는 장수 한 명이 두 사람의 어깨를 두드리며 노고를 치하했다.

"그래, 수고했다. 고생 많았지?"

다른 병사들이 말을 끌어 안으로 데려가기도 하고 전령의 소매와 등의 먼지를 털어주기도 하고 땀 닦을 수건을 건네주며 그들을 위로했다.

"빨리도 다녀왔군."

"멀리서 단숨에 달려오느라 고생 많았겠소."

"자, 저리로 가서 더운 물이라도 드시오."

하지만 전령은 머리를 매만지더니 말을 버려둔 채 바로 발걸음을 재촉했다.

"한시라도 빨리 주군에게 보고를 해야지."

---

9) 삼짇날에 여자아이의 행복을 비는 행사.

그때 히데요시秀吉는 오카야마 성 혼마루本丸[10]의 한 방에서 올해 막 성인식을 치른 우키타 나오이에宇喜多直家의 아들 히데이에秀家와 함께 히데이에의 여동생들로부터 히나마쓰리의 손님으로 초대를 받아 즐거운 시간을 보내고 있었다.

히데요시에게 이름을 받아 하치로八郎라는 아명을 히데이에로 고치고 관례식을 치른 것이 바로 얼마 전 일이었다. 히데요시는 이 아이들을 남기고 세상을 떠난 나오이에의 마음을 헤아려 자기 자식처럼 늘 곁에 두었다.

히데이에의 여동생들은 여전히 어렸다. 원래 히나의 손님에게는 시녀들이 시중을 드는 법이지만 히데이에의 여동생들이 깔깔거리며 떨어지려 하지 않자 히데요시도 기뻐하며 그들과 시간을 보냈다. 히데이에의 여동생들은 히네요시를 친구처럼 생각하며 히네요시의 등에 잉거 붙기도 하고 더는 못 마시겠다고 취한 척하며 거절하는 히데요시의 입술에 억지로 술잔을 가져다대기도 하면서 강아지처럼 장난을 쳐댔다.

후쿠시마 이치마쓰福島市松가 옆방으로 와서는 히데요시에게 소식을 전했다.

"나리…… 나리."

"무슨 일인가?"

"얼마 전에 고슈의 진영으로 심부름을 보냈던 사자 두 명이 지금 막 돌아왔습니다."

"오, 야마구치 센조와 마쓰에 덴스케가 돌아왔는가?"

히데요시는 남몰래 기다리고 있었던 사람처럼 바로 자리에서 일어나려 했다.

"백로실鷺の間에서 기다리라고 하게."

---

10) 성의 핵심이 되는 건물을 둘러싸고 있는 성벽 및 그 건물을 일컫는다.

히데이에의 여동생들은 여전히 장난을 멈추지 않은 채 히데요시의 소매를 잡기도 하고 어깨에 엉겨 붙기도 했다.

"싫어. 싫어."

히데이에의 여동생들은 머리를 흔들며 떼를 썼는데 히데요시가 난처한 표정을 짓자 더욱 떨어지려 하지 않았다.

"이치마쓰, 이치마쓰. 백로실로 가는 길에 내가 대신 전달하기로 할 테니, 너는 이 애들이랑 놀아주고 있어라."

"……네?"

"왜 그런 얼굴을 하는 거냐?"

"전 여자아이와 노는 법을 모릅니다."

이치마쓰도 이제는 어엿한 어른이라고 자부하고 있었다. 그러니 무인으로서 있을 수 없는 일이라는 듯, 언제까지고 코흘리개 취급해서는 곤란하다는 듯한 표정이었다.

히데요시는 낄낄 웃었다.

"노는 법 같은 건 몰라도 된다. 나 대신 여기에 앉아서 히나의 손님을 하면 되는 게야. 여자아이들의 장난감이 돼서 얌전히 있기만 하면 되는 게야."

"전장에서 참으라면 얼마든지 참을 수 있지만, 이런 일은 제가 잘할 수 있는 일이 아닙니다. 다른 사람에게 분부하시는 게 좋을 듯싶습니다."

"너는 여자아이를 싫어하는 게냐?"

"네, 싫습니다. 어떨 때는 때려주고 싶은 경우도 있습니다."

요즘 이치마쓰는 집안에서도, 우키타 가의 여러 신하 사이에서도 평판이 좋았다. 돗토리鳥取 성과 고즈키上月 성에서 공을 세웠다는 소리도 들려왔다. 이치마쓰도 장래가 기대되는 젊은 무사라는 둥 체격이 훌륭하다는 둥 자신을 추켜세우는 소리를 듣고 있었다. 그 때문인지 부쩍 어른스러워 보였고 얼굴에는 군데군데 여드름까지 난 상태였다. 때로는 히데요시조차 감당할 수가 없었다. 이치마쓰 마음속에 히데요시와 친척 사이라는 생각이 자리 잡고 있기 때문이었다.

히데요시가 혀를 차며 말했다.

"밖에 누가 있느냐?"

"도라노스케虎之助입니다."

"그래, 네가 좋겠구나. 도라노스케 이리 들어오게."

"네."

"듣고 있었겠지? 이치마쓰 녀석은 싫다고 하는군. 자네가 대신 여기서 히나의 손님이 되어주게."

"네."

"알겠는가?"

"알겠습니다."

히데요시가 자리에서 일어나자 이치마쓰도 서둘러 일어섰다. 이치마쓰는 순순히 그 자리에 앉은 도라노스케의 등을 경멸하듯 쳐다보았다.

백로실은 밀실이라 그곳에서는 매우 비밀스러운 이야기들이 오고갔다. 야마구치 센조와 마쓰에 덴스케가 공손히 앉아 있었고, 이윽고 히데요시도 자리를 잡고 앉았다.

"돌아왔는가."

센조가 품속에서 몇 겹으로 싸인 종이를 꺼내 히데요시 앞에 내려놓았다. 물론 동유지洞油紙[11]에 두 겹, 세 겹 싸여 있었다. 히데요시는 그것을 바라보다 봉한 것을 뜯기 전 자신의 이마에 대고 말했다.

"아아, 오랜만에 보는 필체로구나."

---

11) 유동 씨에서 짠 기름으로 결은 종이. 방수성이 있다.

그것은 말할 것도 없이 오다 노부나가織田信長 우후右府[12]가 직접 쓴 글이었다.

"틀림없군."

히데요시는 노부나가의 글을 읽은 뒤 자신의 품속에 넣으며 사자들의 노고를 치하했다.

"고생 많았네. 가서 쉬도록 해라. 그런데 신슈信州와 고슈에 있는 아군은 모두 혁혁한 전공을 세우고 있더냐?"

"거의 파죽지세라고 해도 좋을 정도입니다. 저희가 떠날 무렵에는 이미 노부타다 경의 군이 스와구치諏訪口로 들어갔다는 소식이 들려왔습니다."

"과연 대단하구나. 노부나가 공께서 친정을 나서신 싸움이니 당연히 그래야겠지. 공께서도 여전히 건강하시더냐?"

"네. 이번에 고슈로 들어갔을 때는 마침 봄이라서 그런지 마치 계곡으로 꽃놀이를 가신 듯했습니다. 돌아오는 길에는 도카이도東海道[13]로 나와 후지 산을 둘러볼 계획이라고 하셨습니다. 무사들에게서 들은 얘기입니다만, 진중에 여유로운 분위기가 넘쳐난다고 합니다."

"그런가. 고생 많았네, 얼른 가서 쉬도록 하세."

이것으로 임무를 마친 두 사람은 그제야 피로한 모습을 보이며 자리에서 물러났다. 하지만 히데요시는 여전히 그곳에 남아 장지문에 그려진 백로를 응시하고 있었다. 백로의 눈에만 노란 물감이 칠해져 있었다. 백로가 그를 노려보고 있는 것 같기도 했다.

"……역시 간베가 좋으려나? 간베를 보낼 수밖에 없겠어."

---

12) 관명의 하나. 우승상에 해당하며 정무를 총리했다.
13) 예로부터 도쿄에서 교토, 오사카, 고베까지 해안선을 따라 생긴 간선도로.

히데요시는 그렇게 중얼거리더니 시동을 불렀다. 이시다 사키치石田佐吉가 들어왔다. 사키치도 부쩍 어른스러워져서 한층 더 단정한 시동의 모습을 하고 있었다.

"부르셨습니까?"

"그래. 니노마루二の丸[14]에 구로다 간베黑田官兵衛가 있을 게다. 그리고 하치스카 히코에몬蜂須賀彦衛門도 함께 불러오도록 해라."

"어디로 모실까요?"

"여기에 있겠다. 여기로 데려오면 된다."

히데요시는 품속에서 노부나가의 글을 꺼내 다시 읽었다. 그건 서찰이 아니었다. 히데요시가 요구한 서약서였다.

히데요시는 지금 앉은자리에서 육민의 병사를 간단히 숨직일 수 있었다. 게다가 곧 국경을 돌파하여 빗추備中로 들어가기 직전이었다. 빗추에 들어가지 않고는 당연히 모리毛利를 격파할 수 없었다. 하지만 그러기에는 커다란 장애가 있었다. 사자를 노부나가에게 보내 노부나가의 서약서를 요구한 것도 실은 그 일 때문이었다. 그는 그 장애와 맞서 싸우지 않고 제거할 생각이었다. 빗추 국경에 있는 적의 방어선, 그 일곱 개 성이 늘어선 가운데 중심을 이루고 있는 다카마쓰高松 성을 우선 피를 흘리지 않고 함락시키기 위해 고심하고 있었던 것이다.

"그래, 이리 오게."

구로다 간베의 모습이 보이자 히데요시는 허물없이 자리를 양보했다. 방이 좁았기 때문이다. 다음으로 히코에몬이 조용히 들어와 간베와 나란히 앉았다.

"노부나가 님의 서약서가 지금 막 도착했네. 언제나 어려운 일만 부탁

---

14) 주성인 혼마루 바깥을 둘러싸고 있는 성곽.

해서 미안하네만, 다카마쓰 성까지 가주었으면 하네."

"잠깐 봐도 되겠습니까?"

"그래 한번 보도록 하게."

간베는 마치 노부나가를 직접 대하듯 예의를 갖춰 서약서 내용을 살폈다. 마음을 돌려 오다의 군문에 항복하면 전투가 끝난 뒤 빗추와 빈고備後 두 나라에 걸쳐 많은 영지를 줄 것을 신명神明께 맹세하겠다는 내용이었으며, 노부나가가 다카마쓰 성을 지키고 있는 장수 시미즈 조자에몬 무네하루淸水長左衛門宗治에게 보내는 서약서였다.

"잘 봤습니다."

"이걸 들고 바로 출발해주기 바라네. 히코에몬, 자네도 부사副使로 간베와 함께 다카마쓰 성까지 가도록 하게. 간베에게 빈틈이 있을 리야 없지만, 시미즈 무네하루를 만나 극력 설득해서 우리 편에 항복하도록 힘을 써주게. 이 서약서를 보이면 그도 마음이 움직이고 말 걸세."

히데요시는 낙관적인 표정을 지어 보였다. 두 사람은 그런 히데요시의 의중을 읽을 수가 없었다. 그들은 히데요시의 마음속에 이 서약서 한 통이면 적인 시미즈 무네하루의 배반을 실현할 수 있으리라고 믿는 것인지, 아니면 다른 뜻이 있는 것인지 알 수 없었다.

"바로 떠나도록 하게."

히데요시가 거듭 재촉했다.

애초부터 이의를 제기할 수 있을 만한 일이 아니었다.

"알겠습니다."

구로다 간베와 하치스카 히코에몬은 곧 자리에서 일어났다.

히데요시는 두 사람을 향해 덧붙여 말했다.

"어쨌든 성안의 사기와 준비 상태를 잘 살펴보고 오도록. 그리고 너무 많은 사람을 데리고 가지는 말게. 이치마쓰, 도라노스케 두 사람 정도만 데려가면 될 게야. 가능한 한 차분한 차림으로 다녀오게.”

“네.”

두 사람이 떠나고 히데요시도 그곳에서 나와 다시 안쪽의 아이들이 있는 방으로 돌아갔다.

‘이제는 아무도 없는 것일까?’

히데요시는 장지문 밖에서 이상하다고 생각했다. 그렇게 장난을 쳐대던 여자아이들의 목소리가 조금도 들리지 않았기 때문이다. 너무 조용해서 아무도 없는 것 같은 느낌이 들었다.

이치마쓰가 뒤쪽에서 손을 내밀어 히데요시 앞에 있는 장지문을 열었다. 안을 들여다보니 그곳에는 히데이에도 있었다. 그리고 히데이에의 여동생들도, 다른 여자아이들과 시녀들도 있었다. 하지만 진과는 분위기가 전혀 달랐다. 모두 입을 다문 채 인형을 장식해놓은 단 앞에 앉아 있는 히나의 손님에게 시선을 고정시킨 상태였다.

히데요시에게 대신 거기에 있으라는 명령을 받은 시동 가토 도라노스케加藤虎之助는 ‘주군의 명령에 따르지 않을 수 없으니……’라고 말하는 듯한 얼굴로 성가심을 참아가며 두 손을 무릎 위에 얹은 채 앉아 있었다. 그는 고립된 군대에서 홀로 한쪽 성문을 지키는 사람과 같은 눈빛으로 시녀와 여자아이들을 노려보고 있었다. 무릎 앞에 과자를 담은 굽 달린 그릇이 놓여 있었으나 손도 대지 않았다. 또한 잔에 술이 담겨 있었으나 마시지도 않았다.

여러 가지 장난에 시달린 듯 도라노스케의 뺨에는 분이 발라져 있었고 등에는 종잇조각이 붙어 있었다. 하지만 도라노스케는 ‘참 재미없는 짓도 다 하는구나’ 하며 상대도 하지 않고 아까부터 그 자세 그대로 그저 충실하게 주군의 명령만을 지키고 있던 모양이었다. 그는 눈만 움직여 히데요시의 모습을 올려다보더니 이제 살았다는 듯 한숨을 내쉬었다.

"수고했다, 수고했어."

히데요시가 웃으며 그를 해방시켜 주었다. 그러고는 바로 준비를 해서 이치마쓰와 함께 다카마쓰 성으로 가는 사자를 따라가라고 명령했다.

"고맙습니다."

도라노스케는 새장에서 풀려난 새처럼 밖으로 나가기도 전에 팔을 휘저어댔다. 히데요시가 다시 간곡하게 타일렀다.

"사자가 되어 적 속으로 들어가는 것은 매우 중요한 일이다. 너희가 웃음거리가 될 만한 일을 하면, 나 히데요시도 적에게 웃음거리가 되는 게야. 그렇다고 해서 너무 긴장하기만 하면 적에게 소심한 자라 여겨지게 된다. 오가는 길에는 각 문의 요해부터 군량의 운반, 길에 난 수레의 바큇자국까지 살피고, 성에 들어가서는 장병들의 눈빛부터 보루의 방비, 초목의 모습에 이르기까지 더욱 세심하게 살피고 와야 한다. 너희를 보내는 것은 공부를 위해서다. 알겠느냐? 그럼 명심하고 다녀오너라."

무인 무네하루

구로다와 하치스카 일행은 말 머리를 북쪽으로 향해 성 밖 수십 리를 달려갔다. 그들의 눈앞에 펼쳐진 산야는 전쟁을 실감하게 했다.

오카야마에서 적의 성 다카마쓰까지는 채 하루가 걸리지 않았다. 말을 타고 가니 훨씬 더 일찍 도착할 것이었다. 구로다와 하치스카, 두 사자를 따라온 이치마쓰와 도라노스케, 그리고 그 외 사람들까지 일행은 열 명쯤 되었다.

"멈춰라."

"어디로 가는 길이냐."

일행은 전선前線에 깔린 아군의 두터운 진지를 벗어난 뒤 기비吉備 산맥 너머로 붉은 저녁 해가 올려다 보일 무렵부터 산그늘이나 으슥한 숲 옆을 지날 때마다 검문을 받았다. 이제 만나는 사람들은 모두 적이었다. 오카야마 성 아래에서 보는 것과 같은 봄도 없고, 사람도 없었다. 논에는 농민들의 모습조차 보이지 않았다.

적의 전선에서 성 아래 책문柵門으로 달려가는 전령이 보였다. 성안의 지시를 받은 모양이었다. 잠시 뒤 사자들은 마중을 나온 부장의 안내에 따라 책문 안으로 들어갔고 다시 성문으로 들어섰다.

다카마쓰 성은 평성平城[15]이었다. 성 입구에 이르는 길까지도 양옆이 모두 논이나 밭이었다. 질척한 논 가운데 숲이 자리하고 있고 성의 돌담이 보였다. 거기서부터 돌계단을 오를 때마다 혼마루의 총안銃眼[16]과 검을 꽂아놓은 벽이 가까워졌다.

혼마루로 들어서자 과연 국경 칠 성의 주성主城답게 성안은 꽤 넓었다. 수비병이 이천여 명이나 되었지만 한적한 모습이었다. 아니, 지금 이 성안에는 그 이천여 명의 병사 외에도 삼천여 명의 사람이 수용되어 있었다. 총 오천여 명의 사람이 모여 있는 셈이었다.

성안에 그 많은 사람이 있었던 것은 농성을 결심한 시미즈 무네하루가 농민과 여자, 어린아이와 노인 들을 성안으로 받아들였기 때문이다. 그 사실만으로도 그가 진작부터 수만에 이르는 동군의 성난 파도를 막기 위해 이 성에 의지해서 일전을 펼칠 각오를 했다는 것을 알 수 있었다.

사자인 구로다 간베와 하치스카 히코에몬은 방으로 안내를 받았다. 간베는 이전부터 한쪽 다리가 불편했기에 지팡이를 짚을 수 없는 실내에서는 다리를 특히나 더 절었다.

스무 살도 되지 않은 것처럼 보이는 시동이 차와 과자를 내왔다.

"잠시 쉬고 계십시오. 곧 주군이 나오실 테니."

두 사자는 시동이 물러나는 모습만 조용히 바라보고 있었다. 시동은 평소와 다름없이 예의 바른 모습으로 문을 나섰다. 하인의 침착한 모습에서 성안 사람들의 마음가짐과 장수인 무네하루의 인품까지 충분히 엿볼 수 있었다. 잠시 뒤 한 사람이 그곳으로 와서 거들먹거리지 않고 자리에

---

15) 평지에 지은 성.
16) 몸을 숨긴 채 총을 쏘기 위해 성벽에 뚫은 구멍.

앉았다.

"조자에몬 무네하루입니다. 하시바羽柴 나리의 사자로 오셨다고요. 어서 오십시오."

나이는 오십쯤 되어 보였고, 간소한 차림에 태도가 공손했다. 가신들을 좌우에 요란스럽게 줄줄이 거느릴 만도 할 텐데, 시동으로 열두어 살 된 아이 하나만 둘 뿐이었다. 만약 허리에 찬 칼과 시동이 없었다면 근방의 촌장이나 다를 게 없어 보였다. 그 정도로 패기나 현학적인 모습이 조금도 보이지 않는 사람이었다.

"고맙습니다."

간베 역시 위세를 떨지 않는 적장의 모습에 정중한 태도를 보였다.

"처음 뵙겠습니다. 저희 두 사람은 하시바 가의 신하, 구로다 간베."

"그리고 하치스카 히코에몬입니다."

무네하루는 인사를 받을 때마다 다정한 눈빛으로 고개를 끄덕였다.

'이대로라면 혹시 이 사람을 설득할 수 있을지도 모르겠다.'

두 사자는 남몰래 입술을 적셨다.

"하치스카 나리. 나리께서 받은 주군의 명을 무네하루 나리께 다시 한 번 말씀해주시지 않겠습니까?"

간베는 정사正使 격인 자신이 먼저 말을 꺼내는 것이 도리인 줄은 알고 있었으나 무네하루의 온아하고 순박한 모습을 보고 자신보다는 나이도 많고 경험도 많은 히코에몬이 정중하게 이해관계를 설명하는 게 효과적일 거라고 생각했다.

"그럼, 제가 말씀드리겠습니다."

히코에몬은 사양하지 않고 그렇게 말하고는 무릎을 무네하루 쪽으로 조금 끌어 다가갔다.

"아무것도 숨기지 말고 말씀해주시기를 청하라며 주군께서 분부하셨으니 내용 그대로를 전달하겠습니다. 무릇 아무런 득도 되지 않는 싸움은 가능하면 피하고 싶다는 것이 주군의 본심입니다. 지금 동서의 양군이 만나 장군께서는 일곱 개 성의 해자와 보루를 늘어놓고 국경을 지키고 계십니다만, 주고쿠^{中國}의 결말은 이미 내려진 것과 다를 게 없다는 사실을 마음속으로는 충분히 짐작하고 계시리라 믿습니다. 숫자만 놓고 봐도 동군은 십오만의 병력을 여유 있게 움직일 수 있습니다. 그에 비해 서군인 모리 측은 남은 병력을 모두 모아도 사만 오륙천에서 오만쯤 됩니다. 그뿐만 아니라 모리 가와 손을 잡은 에치고^{越後}의 우에스기^{上杉}, 고슈의 다케다 ^{武田}, 히에이^{比叡}산, 본원사^{本願寺}(혼간지) 등과 같은 동맹국도 모두 쓰러졌으며, 그들 동맹국과 모리 가가 하나의 명분으로 삼았던 옛 막부의 형태도 쇼군^{將軍17)}이라는 인물도 이미 옛일이 되어 땅 위에 그 존재조차 없지 않습니까? 대체 모리 측에서는 지금 무엇을 명분으로 이 주고쿠를 초토화시키면서까지 싸움을 하려 하시는 것입니까? 저희는 도무지 알 길이 없습니다. 그에 비해 저희 오다 전군이 모시고 있는 우후 노부나가 공께서는 황공하옵게도 친히 금문^{禁門}의 수비를 명 받으셨고, 조정의 신임도 날로 두터워지고 있으며, 군신의 본분을 분명히 하시며 위로는 천황의 마음을 받들고, 아래로는 민중의 흠모를 받고 있습니다. 세상도 여명을 축복하고 있으니 이제는 긴 전란의 어둠에서 나와 모두가 하나 된 모습으로 돌아가려하고 있습니다. ……이거, 말이 좀 많았습니다만, 어쨌든 그러한 정세입니다. 거짓 없는 사실입니다. 실례의 말씀입니다만, 이런 시절에 귀하와 같은 인물을, 그리고 노인과 어린아이부터 수많은 장정까지 무고한 백성을 그대로 이 성과 함께 논 아래 묻는다는 것은…… 참으로 안타까운 일입니다. 주군이신 지쿠젠^{筑前}께서는 그러한 희생 없이 일을 처리하기 위해 늘

---

17) 세이이타이쇼군의 준말로 막부의 실권자.

고심을 하고 계십니다. 전에도 한 번 권한 적이 있었습니다만 귀하께서 받아들이지 않으셨기에 체면이 깎였다는 생각도 조금은 하셨을 것입니다. 하지만 다시 한 번 마지막으로 말씀을 나눠보라는 명을 내리셔서 오늘 저희 두 사람이 거듭 찾아뵙게 된 것입니다. 주군이신 지쿠젠께서 얼마나 진실하게 마음을 다해 권하셨는지는 간베 나리께 더 들어보시기 바랍니다.”

뒤이어 간베가 함께 가져온 히데요시의 편지와 노부나가의 서약서를 보이며 말했다.

“결코 이익을 취하기 위해 드리는 말씀이 아닙니다. 무사를 아끼는 주군 히데요시와 무사를 사랑하는 우후 노부나가 공의 마음이 여기에 나타나 있으니 모쪼록 현명한 판단을 내려주시면 좋겠습니다. 이것은 귀하의 생각에 따라 빗주와 빈고 누 나라를 드린다고 약속하는 서약서입니다. 어떻습니까, 무네하루 나리.”

“…….”

무네하루는 서약서에 절을 한 번 올릴 뿐 펼쳐보려고도 하지 않고 그대로 정사 앞으로 돌려주었다.

“참으로, 참으로 과분한 말씀과 은상을 내리시겠다는 약속까지 하시니, 뭐라 감사의 말씀을 드려야 할지 모르겠습니다. 모리 가에서 평소 받고 있는 녹은 솔직히 말씀드려 칠천 석도 되지 않습니다. 게다가 노령에 가까운 이 시골 무사를……. 참으로 고맙습니다. 그 뜻만으로도 더할 나위 없이 고맙습니다.”

시미즈 무네하루는 알겠다고 대답하지 않았다. 단지 겸손하게 고맙다는 이야기만 되풀이할 뿐이었다. 침묵이 계속되었다. 사자로 온 두 사람은 어찌해야 좋을지 몰라 했다.

무네하루는 그저 무슨 말을 들어도 ‘그렇지요, 지당한 말씀입니다’라는 말만 온화하고 겸손하게 되풀이했다. 히코에몬의 노련함도 간베의 기지도 무네하루에게는 통하지 않았다. 하지만 두 사자는 그 벽마저도 뚫어 보겠다는 듯한 마음가짐으로 설득에 설득을 더했다. 그리고 마지막으로 한마디 덧붙였다.

"저희가 드릴 수 있는 말씀은 모두 드렸습니다만, 귀공께서 특별한 희망이나 덧붙이고 싶은 조건이나 생각이 있으시다면 조치를 취하도록 하겠습니다. 그리고 힘이 되어드릴 생각이니 진심을 들려주십시오."

두 사자는 마치 다그치듯 무네하루의 진심을 들어보려 했다.

"진심을 들려 달라."

무네하루는 중얼거리듯 말하고는 두 사람을 바라보았다.

"그렇다면 들어보시겠습니까? 제 소망은 기껏 인간으로 태어나 인생의 마지막을 향해 다가가고 있으니 이러한 때에 인간의 도리에서 벗어나지 않는 것, 그것 하나밖에 없습니다. 저희 모리 가 역시 같은 하늘 아래 백성들 가운데 일개 한藩[18], 금문을 향한 신하의 충정은 당신들의 맹주인 우후님보다 더했으면 더했지 덜하지는 않습니다. 불초 무네하루는 그러한 모리 가에 속해 변변치 않은 몸으로 오랜 세월 칠천 석이라는 많은 녹을 받으며 일족 모두 은혜를 입고 있습니다. 오늘의 이 변에 직면해서 국경 수비를 명 받은 것은 오로지 주군의 신임이라 할 수 있으니 삶의 보람을 느끼며 밤낮으로 즐겁게 살아가고 있습니다. 그런데 지금 작은 이익에 눈이 어두워져 하시바 나리의 대우를 받아들이고, 우후님의 휘하에 항복하여 두 나라의 영주가 된다면 도저히, 도저히 지금처럼 즐거운 마음으로 하루하루를 보낼 수는 없으리라 생각합니다. 게다가 신의를 저버리고 주군을 판다면, 이 무네하루는 무슨 면목으로 천하의 사민土民을 향해 얼굴을 들 수 있겠습니까? ……평소에도 집안의 아내에게나 아이들에게나, 조카

---

18) 제후가 다스리는 영지.

에게나 질녀에게나 사람의 껍데기를 쓴 자는 그렇게 행동해야 한다고 가르쳐왔으니 제가 스스로 가풍을 깨는 짓을 할 수는 없습니다. 하하하하, 그러니 모처럼의 호의라 생각합니다만 이번 얘기는 없었던 것으로 잊어주시기 바란다고 하시바 나리께도 잘 좀 전해주십시오. 진심으로 감사의 말씀만 올리겠습니다."

"……그렇습니까? 흐음."

간베가 마음 깊이 탄식하듯 고개를 끄덕이더니 바로 명료하게 말했다.

"더는 권하지 않겠습니다. 히코에몬 나리, 돌아가도록 합시다."

"어쩔 수 없지요."

히코에몬은 자신들의 노력이 결실을 맺지 못했음을 한탄했다. 하지만 그러한 기분은 그 자리에서만 느낄 뿐이었다. 예전부터 두 사람은 시미즈 조자에몬 무네하루가 결코 두 나라를 취하기 위해 움직일 사람이 아니라는 것을 예상하고 있었다.

"밤이 어두워 가는 길이 위험합니다. 오늘 밤에는 성안에서 묵으시고 내일 아침 일찍 돌아가시는 게 어떻겠습니까?"

무네하루가 만류했다. 단순한 인사치레만은 아닌 듯했다. 무네하루는 참으로 독실한 인물이었다. 적이지만 솔직히 존경하지 않을 수 없었다.

"아닙니다. 주군께서도 답을 기다리고 계실 테니……."

사자들은 횃불만을 청하고는 발걸음을 돌렸다. 무네하루는 도중에 문제가 생겨서는 안 된다며 가신 세 명을 붙여 전선의 경계까지 배웅하게 했다.

빗추로 들어가다

사자 일행은 한잠도 자지 않고 오카야마로 돌아왔다. 간베와 히코에몬은 돌아오자마자 히데요시를 만났다.

"항복을 권한 일은 뜻대로 풀리지 않았습니다. 결국 무네하루의 결심을 바꾸지 못했습니다. 어떤 방법을 쓴다 한들 담판에 성공할 수는 없을 듯합니다."

사자들은 히데요시에게 시미즈 무네하루의 말을 자세하게 전했다. 그들은 자신들의 주관이나 감정을 섞지 않고 있는 그대로 보고했다.

"그랬겠지."

히데요시는 뜻밖이라고 생각하지 않는 듯 덧붙여 말했다.

"우선은 눈을 좀 붙이도록 하게. 자네들도 피곤할 테니 한잠 자고 나서 다시 오도록 하게."

"그럼 잠시 쉬고 다시 찾아뵙도록 하겠습니다."

두 사람은 히데요시의 거처에서 물러났다.

히데요시가 한쪽 구석에 졸린 눈으로 얌전히 앉아 있는 도라노스케와 이치마쓰를 보며 말했다.

"너희 둘."

"네."

"무엇을 보고 왔느냐?"

"적진 속에서 여러 가지를 보고 왔습니다."

이치마쓰가 대답했다.

"어디를 둘러봐도 적의 모습은 별로 보이지 않았습니다."

도라노스케가 솔직하게 말했다.

히데요시는 두 사람의 대답에 '옳다, 그르다'라는 말을 하지 않았다. 그저 두 사람을 방에서 놓아주었다.

"실컷 자고 오너라."

정오기 지닌 뒤 히데요시는 다시 긴베와 히고에곤, 그리고 그 외 예닐곱 명의 장수를 모아놓고 모의를 했다. 아직 어린 나이였으나 우키타 히데이에도 한 부대의 대장으로 당연히 참석해 있었다.

"적의 일곱 개 성은 여기와, 여기와, 여기에 있습니다."

히데이에와 간베가 지리를 설명하는 동안 히데요시는 지도에서 시선을 떼지 않았다.

"다카마쓰 성에서 서북쪽으로 삼십여 리쯤 떨어진 곳에 아시모리足守라는 마을이 있습니다. 그렇습니다, 그 부근에 있습니다. 그 아시모리의 뒤쪽 산에 미야지宮路라는 성이 하나 있는데 노미 모토노부乃美元信가 병사 오백여 명을 데리고 지키고 있을 것입니다. 그리고 거기서 동쪽으로 조금 떨어진 곳에 가무리冠 산의 성이 있는데 하야시 시게자네林重眞가 지키고 있고 병력은 삼백오륙십이라고 보면 틀림없을 것입니다."

"그렇다면 주성인 다카마쓰에는?"

"평소에는 육칠백 명의 병사밖에 없었으나 모리 진영의 스에치카 사에몬末近左衛門이 이천 명의 병력을 이끌고 도우러 왔으며, 성 부근의 농민과 남녀노소를 모두 받아들였기에 머릿수만 따지면 오천에서 육천 사이가 될 듯합니다."

"그런가? 그렇게 많은가?"

나중에 생각해보니, 이 순간 이미 히데요시의 가슴속에는 커다란 계획이 세워져 있었다.

"그 외에는?"

"다카마쓰에서 동남쪽으로 오 리쯤 떨어진 곳에 가모^{加茂} 성이 있는데 여기에는 병사 일천 명이 있고 가쓰라 히로시게^{桂廣繁}가 굳게 지키고 있습니다. 그리고 산요도^{山陽道19)}의 길을 사이에 두고 오 리쯤 뒤에 히하타 가게치카^{日幡景親}가 지키는 히하타^{日幡} 성, 여기에도 병력이 일천여 명. 그리고 미나미마쓰시마^{南松島} 성에는 나시하 나카쓰카사노조^{梨羽中務丞}의 병사 팔백 명. 거기서 십 리 정도 뒤에는 이노우에 아리카게^{井上有景}가 일천 명으로 미나미니와세^{南庭瀬} 성을 견고히 지키며 국경의 길목을 단단히 수비하고 있습니다."

"……그렇군. 일곱 개 성 연환계로군."

히데요시는 지도 위에서 얼굴을 들더니 피곤하다는 듯 가슴을 폈다.

그날 고슈 방면에서 전령이 전황 보고를 위해 급히 달려왔다.

그는 이달 11일에 가쓰요리^{勝賴} 이하 다케다^{武田} 일족이 덴모쿠^{天目} 산에서 멸망했다는 소식, 고후^{甲府}를 점령하고 접수했다는 소식, 노부나가 공을 비롯한 우리의 중군은 가미스와^{上諏訪}에 진주하고 있으며 곧 고후에 입성할 예정이라는 소식 등을 전했다.

"참으로 빠르시구나."

히데요시는 주고쿠 공략에 비춰봤을 때 진짜 어려움은 지금부터라고

---

19) 주고쿠 지방의 세토 내해에 면한 여덟 개 지방.

생각했다.

"벼루를 가져와라."

히데요시는 노부나가에게 전승을 축하하는 글을 썼다. 더불어 주고쿠의 상황을 적고, 시미즈 무네하루를 항복하게 하는 책략은 포기했다는 내용을 덧붙였다.

3월 중순, 히메지姬路에서 대기하고 있던 히데요시 직속의 이만 병력이 오카야마로 들어왔다. 거기에 우키타의 병사 일만을 더해 총 삼만에 이르는 병력이 장비를 완전히 갖추고 마침내 빗추로 진군했다.

히데요시는 십 리를 가기 위해 정찰 결과를 기다렸으며, 이십 리를 전진하기 위해 정찰을 한 뒤 앞으로 나아갔다. 그런 히데요시를 보며 사람들이 이구동성 밀했다.

"이번 전투에는 매우 신중하게 임하시는 듯하구나."

고슈에서의 신속한 전과와 혁혁한 대승 소식은 일개 병사들까지도 들은 상태였다. 그러다 보니 개중에는 이와 같은 신중한 행동을 못마땅하게 생각했다. 다가마쓰 성과 나머지 조그만 성 따위는 아군 삼만 병력으로 치면 단번에 무너뜨릴 수 있다며 조바심을 내는 목소리도 있었다. 하지만 실제 전장에 임한 뒤 적의 포진을 깊이 알고 나서는 이번 전투가 얼마나 중요하고 승리에 필요한 지점을 반드시 선점하기까지 얼마나 많은 어려움이 있을지 알게 되었다.

"과연."

히데요시는 우선 다카마쓰 성에서 멀리 북쪽에 있는 고지대 류오龍王산에 진을 쳤다. 그곳에서는 정남쪽으로 다카마쓰 성을 내려다볼 수 있었다. 그러자 적의 일곱 개 성의 위치와 주성인 다카마쓰와 이와 잇몸의 관계를 이루고 있는 지세가 한눈에 들어왔다. 그뿐만 아니라 더 멀리로 게이슈芸州 요시다吉田의 모리 본국을 중심으로 호키伯耆와 빗추, 그리고 그 외

적국의 움직임을 한눈에 둘러볼 수 있었으며, 기쓰카와 모토하루吉川元春의 군, 고바야카와 다카카게小早川隆景의 군, 모리 데루모토毛利輝元의 군 등이 이 곳으로 구원을 올 경우의 대세까지 미리 살펴볼 수 있었다.

히데요시의 진영은 크게 나누어 류오 산의 본진에 일만 오천 명, 히라야마平山 촌 부근에 하시바 히데카쓰羽柴秀勝 군 오천 명, 하치만八幡 산에 우키타 군 일만 명으로 나뉘어 있었다.

"다카마쓰의 우익인 미야지와 가무리 두 개 성, 좌익인 가모와 히하타 두 개 성 이 양쪽 날개를 먼저 제거하겠다. 미야지 성을 공격하여 단번에 떨어뜨릴 자신이 있는 자, 누구 없는가?"

주력전에 들어가기에 앞서 히데요시가 말했다.

"소신이."

"제가."

"제게 명령을 내려주십시오."

히데요시의 말이 떨어지자마자 각 장군들은 앞다투어 서전의 선봉으로 뽑아달라며 청했다. 그 가운데는 후쿠시마 이치마쓰도 있었다. 나이 어린 장수 중 앞으로 나선 사람은 그뿐이었다.

"이치마쓰, 나가고 싶은 게냐?"

"명령만 내려주신다면. ……네."

"자신 있느냐?"

"뜻밖의 질문이십니다."

"하하하. 알겠다. 기껏해야 사오백 명이 지키고 있는 요새이니, 시동들이 공격하여 빼앗기에 알맞겠구나. 다녀오도록 해라. 후쿠시마 이치마쓰, 이번 일을 네게 명하겠다."

이치마쓰는 사람들의 선망의 시선을 몸으로 느끼며 바로 준비를 하기 위해 썩썩하게 자리에서 일어났다.

'병법도 어설프고 시건방진 이치마쓰가 실수나 하지 않으면 좋으련만.'

사람들은 마음속으로 그렇게 걱정을 했다. 그 순간 이치마쓰는 타고난 성격 때문에 하지 않아도 좋은 말을 하고 말았다. 그는 그 자리에서 득의 만만하여 히데요시에게 이렇게 말했다.

"불초 소생, 하나의 계책을 가지고 있으니 많은 부하는 필요 없습니다. 백 명이나 백오십 명 정도만 데려가면 충분합니다."

히데요시는 쓴웃음을 지으며 그저 고개를 끄덕이기만 했다. 그는 이치마쓰가 건방을 떨고 있으며, 휘하의 젊은 장교들 사이에서 미움을 사고 있다는 사실을 알고 있었다. 하지만 자신의 재능과 뜻을 강하게 밀어붙이는 이치마쓰의 성격을 높이 샀다. 그래도 이치마쓰가 걸핏하면 '主고과 우리 집안은 예전부터 친척이었으니 지금도 친척 사이다'라고 자랑하는 듯한 태도를 보일 때면 그런 마음을 꺾어야 한다고 생각했다. 히데요시는 단지 그런 점을 골칫거리로 여길 뿐 지금까지 이치마쓰를 특색 있는 무사 중 하나로 여겼다. 나이는 도라노스케보다 많아 올해로 스물서너 살이며, 공명을 바라는 마음은 불보다 더 뜨거울 정도였다.

"휴대용 식량은 준비했는가? 차림은 가벼울수록 좋다. 절벽에 매달려도 움직임에 방해가 되지 않도록. 말, 말은 필요 없다. 모두 도보로 이동한다. 나도 걸어가겠다."

이치마쓰는 백오십 명의 병사들을 늘어놓고 무장으로서 일장 훈시와 주의를 주었다. 전쟁은 이곳 주고쿠로 온 뒤로 충분히 경험한 상태였다. 덴쇼天正 6년(1578년), 처음으로 주고쿠에 들어와서 벳쇼別所 가의 강적 스에이시 야타로末石弥太郎의 목을 베었을 때가 열여덟 살이었다. 그 나이에 공을 세웠으니 실제 전장에 임할 때 자신의 강인함을 자랑할 만하기도 했다.

"출발할 때까지 쉬도록 해라."

이치마쓰는 준비를 끝내고 영 안으로 들어가 히데요시에게 출발 인사를 전했다.

"이치마쓰."

"네."

"적의 요새를 공격할 때보다 그곳까지 가는 길이 더 위험한 법이다. 도착할 때까지의 각오는 되어 있느냐?"

"문제없습니다."

"누군가에게 병사 삼백 명을 주어 뒤따르게 할까?"

"그러실 것 없습니다."

"좋다, 가도록 해라."

이치마쓰는 화가 치밀어 오르는 듯한 얼굴로 나갔다. 이렇듯 울컥하는 성격도 히데요시가 친척이라는 생각이 마음속에 있다 보니 생기는 것이었다.

미야지 성은 아시모리라는 조그만 마을 뒤편에 있었다. 아시모리의 민가를 지나 그 산기슭 근처까지 갔을 때는 이미 밤이었다. 밤새 길도 없는 산을 무턱대고 올랐다. 그곳은 상당히 높은 지대였다.

"아뿔싸. 몸을 숙여라."

이치마쓰는 총성을 듣고는 부하들에게 움직이지 말라고 명을 내렸다. 그리고 다시 낮은 목소리로 주의를 주었다.

"이 산 위에 수로가 있다. 성안 사람들이 생명줄이라 여기고 있는 저수지다. 그곳에 도착할 때까지는 아무리 사격을 받아도 뛰쳐나가서는 안 된다. 내가 허락하기 전까지 절대 뛰쳐나가서는 안 된다는 걸 명심하거라."

그 성의 약점은 이치마쓰가 간파한 것처럼 식수로 쓰는 저수지에 있었다. 이치마쓰는 그곳을 기습하여 물을 지키고 있던 병사 이삼십 명을 쓰러뜨린 뒤, 부하들에게 명을 내렸다.

"수문을 깨뜨려라. 저수지의 둑을 무너뜨려라."

산 위에서부터 중턱에 있는 성안으로 해일처럼 탁한 물이 밀려 들어가기 시작했다.

"적이 저수지를 기습했다."

이 말을 들은 성안의 병사들은 싸우기도 전에 사기가 떨어지고 말았다. 그곳을 점령당하면 다른 곳에서는 식수를 한 방울도 얻을 수 없기 때문이었다.

"적이 어떻게 거기까지 나타난 거지?"

성안에서 만반의 대비를 하고 있었던 적장 노미 모토노부는 당황할 수밖에 없었다.

"저수지를 탈환하라."

성안의 병사들에게 명령을 내렸지만 기습을 감행한 적은 자신들보다 높은 곳에 있었다. 그들은 아래를 막는 일에만 전념하다 반대로 위쪽에서 적을 맞자 거의 전의를 상실하고 말았다. 그들이 산 위를 향해 조금 오르기라도 하면 이치마쓰의 수하들이 바위, 나무, 돌덩이 등을 닥치는 대로 떨어뜨렸다. 그런 싸움을 예닐곱 번쯤 거듭하자 사람의 목소리조차 들리지 않게 되었다.

"돌격하라."

이치마쓰가 가장 앞에 서서 창을 겨눈 채 달려 내려갔다.

성의 병사들은 모두 달아나고 없었으며, 수비를 맡았던 장수 노미 모토노부도 보이지 않았다. 적들은 달아나면서 성안에 불을 질렀다. 산성이다 보니 바람이 세차게 불어 삽시간에 커다란 불길과 검은 연기가 피어올랐다.

"류오 산에서도 이 연기가 보일 테지. 아군 모두가 벌써 함락시켰나 하며 우리의 신속한 공격에 혀를 내두르고 있을 것이다."

이치마쓰는 그렇게 말하며 유쾌해했고, 장병들은 허리에 찬 식량을 풀어 허기를 달랬다. 그리고 전날 밤부터 한숨도 자지 못한 장병들은 교대로 눈을 붙였다. 낮잠에서 깨어나 보니, 성은 삼분의 일쯤 탄 상태였으며 불길이 잦아들고 있었다.

그날 밤 이치마쓰는 그곳에 병사들을 일부 남겨두고 류오 산으로 돌아갔다. 그는 이튿날 히데요시를 만나 보고를 했다. 이치마쓰는 크게 칭찬받을 생각에 자랑스럽게 전황을 들려주었다. 히데요시는 기분이 좋지 않은 것은 아니었으나, 그렇다고 해서 이치마쓰가 기대했던 것만큼 칭찬하지는 않았다.

"그러냐. 잘했구나."

단지 그뿐이었다. 이치마쓰가 계속해서 저수지 기습 작전을 세웠다는 사실을 자랑스럽게 이야기하자 히데요시가 말했다.

"만약 그 성을 기슭에서부터 공격해 들어갔다면 네게는 무장의 자격이 없다고 생각했는데, 어쨌든 잘도 생각해냈구나. 더욱 분발하기 바란다. 너도 머지않아 어엿한 장수가 될 수 있을 게다."

히데요시는 그렇게 말하고는 곁에 있던 사람들과 다른 이야기를 나누었다.

"물러나겠습니다만…… 그 외에 다른 하실 말씀은?"

이치마쓰가 자리에서 일어서며 말했다.

"그래. 쉬면서 다음 명령을 기다리도록 해라."

히데요시는 이치마쓰의 뒷모습을 쳐다보려 하지도 않았다. 구로다와 하치스카, 그리고 그 외 장수들과 함께 계책을 세우느라 바빴다. 서로 작은 목소리로 이야기를 주고받았기에 아주 가까이에 있는 사람이 아니면 무엇에 대해 논의하는지 알 수가 없었다.

후쿠시마 이치마쓰는 기분이 상했다. 부대를 해산하고 부하들에게 휴식을 명령한 뒤 빈 막사로 들어가 벌렁 누워 잠을 잤다.

　얼마 뒤 막사 뒤에서 도라노스케의 목소리가 들렸다. 여럿이서 웅성거리는 소리도 들렸다. 이치마쓰는 막사의 아랫부분을 들어 올려 밖을 내다보았다.

　"도라노스케, 어디로 가는 거지?"

성에 가장 먼저 오른 자

도라노스케는 갑옷의 끈을 묶고 있었다. 그는 올해로 스물두 살 된 청년이었다. 도라노스케는 이치마쓰와 마찬가지로 미키三木 성을 공략하고, 여러 전투에 출전하는 등 나름대로 역할을 수행하고 있었다.

주고쿠 전투는 지난 오 년 동안 히데요시가 데리고 있던 시동들이나 가신들의 자식과 같은 어린 무사들에게 절호의 실전 연습장이 되었다. 다음 시대를 짊어지고 나갈 인재들은 그 무렵 열예닐곱 살부터 스무 살 전후 무사들이었다. 어쨌든 히데요시의 시동들 중 코흘리개는 이제 한 명도 없었다. 히토쓰야나기 이치스케一柳市助의 아들인 히토쓰야나기 시로四郎가 열다섯 살로 가장 어렸다. 하치스카 히코에몬의 아들인 이에마사家政는 스물세 살, 도도 다카토라藤堂高虎가 스물일곱 살, 훗날 교부刑部라 불리는 오타니 헤이마 요시쓰구大谷平馬吉継가 열아홉 살이었다. 센고쿠 곤베仙石權兵衛는 이미 서른 살이 넘어 어린 시동들 무리에서 벗어나 어엿한 지휘관으로 아와지淡路나 시코쿠四國 등에 파견되었다.

히데요시는 어린 소년들을 재능에 따라 적재적소에 배치했다. 그리고 '이 아이는 물건이 되겠구나. 이 아이는 여기에 쓰이겠구나' 하며 소년들의 소질을 미리 파악했다. 아울러 다음 시대의 중견이 될 소년들을 생사가 달린 넓은 도장에서 밤낮으로 단련시켰다.

"이치마쓰, 너야말로 진중에서 조심하지 않고 왜 뒹굴뒹굴 게으름을 피우는 거야?"

갑옷을 다 입은 도라노스케가 장막 틈새를 들여다보며 말했다.

후쿠시마 이치마쓰는 장막을 뒤집어쓴 채 엎드려 누워 턱을 괴고 밖을 내다보고 있었다.

"나는 괜찮아."

이치마쓰가 거만하게 말했다. 이치마쓰는 도라노스케를 대할 때면 언제나 자신이 형이라도 되는 듯한 태도를 보였다.

"나리로부터 전전히 쉬라고 넛넛하세 허락을 받은 몸이니사. 그저께부터 어제에 걸쳐 하룻밤 사이에 미야지 산성을 함락시켰지. 나는 이번 빗추 공략에 앞장서서 가장 먼저 공을 세웠으니 그냥 게으름을 피우는 게 아니야."

이치마쓰는 거드름을 피우며 다시 말을 이었다.

"그런데 너는 어디로 가는 거야? 쓸데없이 겉모습을 잔뜩 꾸미고 말이야."

이치마쓰는 신경이 쓰이는 듯 도라노스케가 준비하는 모습을 빤히 바라보다 주위에 있는 부하들을 둘러보았다. 도라노스케와 함께 부지런히 준비를 하는 무사들은 하나같이 첩자들뿐이었다. 고가甲賀 무사인 미노베 주로美濃部十郞, 이가伊賀 무사인 쓰게 한노조柘植半之丞 등의 얼굴도 보였다.

"웅, 이봐. 대체 어디로 가는 거야?"

이치마쓰는 마침내 몸을 일으켜 맞은편 장막으로 갔다.

"말할 수 없어. 어디로 가는지는."

도라노스케는 짓궂게도 가르쳐주지 않았다.

"왜 말할 수 없다는 거지?"

후배에게 언제나 선배에 대한 경의를 강요했던 이치마쓰가 덤벼들듯 말했다.

"군의 비밀. 나중에 알게 될 거야."

"나중에는 들을 필요 없어. 기밀이란 적의 첩자에게 말하지 않아야 하는 거야. 내게 기밀을 말하지 않을 필요는 없잖아."

"아군을 먼저 속이라는 이야기가 손자인가, 어딘가에 있었어."

"건방 떨지 마. 대체 어디로 가는 거야? 도라노스케, 말해, 말하지 못해?"

"만약 적에게 새어나가면 귀공이 밀보한 것으로 간주해도 괜찮겠지?"

"좋아."

"그 정도로까지 책임지겠다고 하니 말하기로 하지. 우리는 명령이 떨어지는 대로 가무리 성으로 향할 수 있도록 대기하고 있는 중이야."

"뭐? 가무리로?"

"그래."

"가무리 성은 얼마 전부터 스기하라 시치로자에몬杉原七郎左衛門 나리의 병력 일천오백 명이 가서 공격을 하고 있는 성이잖아. 일곱 개 성 중에서도 매우 견고해 스기하라 나리조차 꽤나 애를 먹으며 고전한다는 보고가 있던데."

"맞아."

"거기에 너 같은 사람이 무엇을 도우러 간다는 거지?"

"모르겠어."

"그런 것도 모르고 전장에 나가는 놈이 어딨어?"

"오직 주군의 뜻에만 따를 뿐이야. 주군께서 가라고 하면 도라노스케는 땅속에라도 들어가고 하늘 위라도 날 거야."

"겨우 이 정도의 인원만을 데리고? 기껏해야 스무 명 정도밖에 되지 않는데?"

"인원수 같은 건 따질 필요 없어."

"내 체면을 짓뭉개려는 듯한 말만 하는군. 도라노스케, 고향 후배라서 친절하게 가르쳐주려고 호의를 베풀었더니."

"전쟁은 목숨을 걸어야 하는 일이라, 목숨을 내던져보지 않고 다른 사람의 말이나 책을 통해 쉽게 배울 수 없는 법이야."

"네 마음대로 해."

이치마쓰가 등을 돌린 순간 히라노 곤페이平野權平가 와서 도라노스케를 불렀다.

"가토 나리. 주군께서 바로 오라고 무르십니다."

"네!"

도라노스케는 순순히 그 뒤를 따라갔다. 이치마쓰는 여전히 뒤에 서서 고가 무사인 미노베 주로에게 말을 걸었다.

"가무리 산은 히하타나 미야지 산보다 더 요해가 뇌는 성이라고 들었어. 스기하라 님의 병력조차 공격이 쉽지 않아 애를 먹고 있고. 기습이라고 해도 상당한 결심을 하고 덤비지 않으면 낭패를 보게 될 거야."

이치마쓰의 말에 그 누구도 감탄한 듯한 표정을 짓지 않았다. 미노베와 쓰게가 말없이 웃기만 하자 이치마쓰가 재미없다는 듯한 표정으로 그곳을 나왔다.

주군을 만나러 간 도라노스케는 좀처럼 돌아오지 않았다. 빗추다이라備中平에는 오늘도 시뻘겋게 해가 떨어지려 하고 있었다. 적의 주성인 다카마쓰 성 부근에서 밥 짓는 연기가 희미하게 피어오르고 있었다.

"그럼, 가자."

도라노스케의 목소리가 들려왔다. 도라노스케는 사람들 뒤쪽에서 편

겸창片鎌の槍20)을 들고 있었다. 그 창은 도라노스케가 열여덟 살의 나이로 돗토리 성의 뒷문에서 공을 세웠을 때 히데요시에게 조르다시피 해서 받아낸 창으로, 무엇보다 소중히 여기는 창이었다.

가무리 산의 성은 지세가 험하고 지키는 장수도 강해 외성外城으로 충분한 자격을 갖추고 있었다. 하지만 성안의 장수들끼리 화목하지 못한 게 결점이었다. 수장守將 하야시 시게자네의 부하인 구로사키 단에몬黑崎団右衛門과 마쓰다 구로베松田九郎兵衛는 따로 당을 만들었고 전쟁이 벌어지자 사사건건 의견을 달리했다.

히데요시는 진작부터 그러한 약점을 탐지하고 있었다. 히데요시가 스기하라 시치로자에몬에게 성을 공격하라는 명을 내리자 그토록 화합하지 못했던 성안의 병사들이 그때만큼은 하나로 힘을 합해 맹렬하게 맞섰다. 오늘 새벽에도 마찬가지였다.

"새벽에 성을 쳐서 단번에 짓뭉개라."

히데요시는 스기하라 부대에 엄명을 내린 뒤 적어도 정오 무렵에는 함락시켰다는 보고가 들어올 거라고 기대하고 있었다. 하지만 수많은 손상만 입었을 뿐 성은 여전히 떨어지지 않았다. 공격하면 공격할수록 성안 병사들은 더욱더 굳게 결속했다.

이윽고 쓰카이반使番21)으로부터 요해지인 만큼 그곳을 급히 떨어뜨리기는 어렵다는 보고가 전해졌다. 그 뒤로 히데요시는 도라노스케에게 은밀히 명령을 내렸다.

"첩자들을 데리고 성안으로 들어가라. 성안에 유언비어를 퍼뜨리고, 기회를 봐서 불을 지르고 빠져나오도록 해라."

---

20) 끝에서 삼분의 일쯤 되는 곳 한쪽에 낫 모양의 날이 붙어 있는 창.
21) 관직명. 각 지방을 순회하며 여러 다이묘를 감독하고 요지에 감찰관으로 나가 있었다.

이가와 고가 무사들은 교란작전이나 정찰 업무를 맡았다. 적의 내부로 들어가 유언비어를 퍼뜨리거나 저수지나 불이 있는 곳을 위협하는 등 온갖 수단으로 적의 신경을 건드려 자신감을 떨어뜨리는 것이었다. 말하자면 숨어서 하는 싸움이었다. 화려하지도 늠름하지도 않았다. 더군다나 고가 무사와 이가 무사를 부하로 부리는 일은 매우 까다로웠다. 그들에게는 특유의 일그러진 마음과 전문적인 지능과 음성적인 기질이 있었기 때문이다.

도라노스케는 모든 사람들이 싫어하는 첩자의 우두머리 역할을 명령받고 가무리 산성으로 가고 있었다. 첩자들 중 자신의 집안 신하는 겨우 여섯 명밖에 없었다. 나머지 스무 명은 부리기 어려운 사람들이었다. 도라노스케가 뒷산으로 접어들려 하자 고가 부사인 미노베 수로가 노라노스케의 귓가에 속삭였다.

"가토 나리, 공격하는 입장에서 봤을 때 적의 약점이라 생각되는 곳인 만큼, 적도 대비를 하고 있을 것입니다. 함부로 뒷산에 올라가서는 안 됩니다. 우선 준비를 할 테니 조금만 기다려주시기 바랍니다."

주로는 부하를 불러 이번에도 귓속말을 했다. 이윽고 네다섯 명의 첩자가 성의 정문 쪽으로 바람처럼 사라져버렸다.

잠시 뒤 멀리 어둠 속에서 들개들이 짖어대는 소리가 들려왔다. 그리고 성의 정면에 있는 총안에서 조총 소리가 두어 발 들려왔다. 멀리 물러난 스기하라의 공격 부대 부근에 먹물을 뿌려놓은 것 같은 어둠 속에서 어떤 움직임이 있는 듯한 느낌이 들었다.

"이젠 됐습니다. 슬슬 올라가는 것이 좋겠습니다. 지금 적의 주의는 온통 성의 정면에만 쏠려 있습니다. 어떻습니까? 저 개 짖는 소리, 사람의 소리라고는 여겨지지 않습니다."

미노베 주로가 앞장서서 나아갔다. 이가와 고가의 무리들은 평소에도 적 속에서 절반, 아군 속에서 절반을 살아가다 보니 적진 깊숙이 들어왔다는 위기감을 조금도 느끼지 않은 듯했다. 그들은 자신의 집 정원을 거닐듯 담담하게 기어 올라갔다.

성의 뒤쪽에 북문이 있었다. 그리고 그 문과 뒷산 절벽 사이에 가느다란 계곡이 있었으며, 인공적으로 파놓은 해자에는 물이 없었다. 도라노스케와 이가, 고가의 무리들은 그 바닥을 기어갔다.

"대장."

주로가 다시 도라노스케의 귀에 대고 말했다. 신물이 날 정도로 수많은 전쟁을 경험한 고가의 나이든 무사가 아들만큼이나 어린 도라노스케에게 대장이라고 부르는 것은 도라노스케를 어린아이로 취급하는 것이나 다름없었다.

"대장은 여기에 있는 게 좋겠습니다. 아무리 작은 성이라 할지라도 적의 성안에서는 배짱이 아주 두둑한 사람이 아니면 마음대로 움직일 수 없는 법입니다. 아무래도 흥분하기 마련이니까요."

"……."

"아무리 교묘하게 숨어들었다 할지라도 그중 한 사람이 실수를 하면 모든 사람이 움직일 수 없게 됩니다. 방해만 될 뿐입니다. 그리고 오늘 밤에는 대장이니 여기서 성패의 소식을 기다리고 있기만 하면 됩니다. 당신의 사명을 훼손할 만한 일은 결코 하지 않겠습니다."

미노베 주로와 쓰게 한노조의 무리들은 들쥐처럼 해자 바닥을 달려 나갔다. 그리고 북문에서 백 간(間)[22] 정도 떨어진 곳에 있는 성벽으로 가서는 낮은 곳을 찾아내 숨어들 생각인 듯 한데 모여 앞뒤를 살폈다.

그 순간 도라노스케가 가신들의 무동을 타고 해자 위로 기어올랐다.

---

22) 1간은 약 1,818m.

뒤이어 두어 명이 더 기어올랐다. 그들은 성벽 아래에 엎드려 발판을 만들었다. 도라노스케는 그 등을 밟고 올라섰다. 도라노스케는 손이 성벽 위에 닿자 몸을 튕겨 성벽을 넘었다. 그러자 곧바로 한 사람이 편겸창을 건네주었다. 도라노스케는 창을 왼쪽 겨드랑이에 꼬나들었다. 그리고 성안을 바라보며 큰 소리로 외쳤다.

"가무리 산성에 가장 먼저 오른 자, 하시바 지쿠젠노카미^{筑前守}의 시동, 가토 도라노스케 기요마사^{淸正}!"

도라노스케는 그렇게 외치고는 성안으로 뛰어들었다. 뒷문을 지키던 성안의 병사들이 놀란 것은 두말할 필요도 없고, 그들보다 더 당황한 사람들은 오히려 성벽 아래에서 흔들리는 풀에도 신경을 곤두세우고 있던 이가와 고가의 무리들이었다.

"앗, 무모한 짓을!"

"무, 무슨 짓을 하는 거야!"

저마다 한마디씩 했으나 때는 이미 늦었다. 아무리 적의 허를 찌른다고는 하지만 기껏해야 스물예닐곱 명의 적은 병사로 몰려드는 적을 막아낼 수는 없었다. 죽음을 두려워하지 않고 덤비는 것에도 정도가 있었다. 이건 어처구니없는 일이라기보다 화가 나는 일이었다. 그렇다고 해서 도라노스케 혼자 죽게 내버려두고 그냥 돌아갈 수도 없는 일이었다.

"뛰어들어라. 이렇게 된 이상 마음껏 날뛰다 돌아가는 수밖에 없다."

미노베 주로가 혀를 차며 부하들에게 말하자 병사들이 앞뒤 가리지 않고 성벽에 매달렸다. 사람의 성격은 이런 상황에서 유감없이 드러나는 법이다. 주로는 부하들에게 '뛰어들라'고 명령한 뒤 반드시 다시 돌아가야 한다는 이야기를 덧붙였다. 같은 무사라 할지라도 이가와 고가의 무리들에게 죽음을 각오한 마지막 발걸음은 있을 수 없었다. 그 어떤 수치를 견디고서라도, 어떠한 어려움을 겪는다 할지라도 살아서 돌아가는 것이 그들의 사명이기도 했다.

"미노베 주로. 두 번째로 입성."

미노베 주로가 커다란 목소리로 씁쓸하게 외쳤을 때, 저쪽 벽 위에서
도 동시에 이름을 외치며 성안으로 뛰어든 사람이 있었다.

"두 번째 입성! 가토 도라노스케의 가신, 이이다 가쿠베飯田覺兵衛!"

뒷문은 성안의 장수인 마쓰다 구로베松田九郎兵衛의 병사들이 지키고 있
었다.

"북문이다. 아니, 수문이다."

어둠 속이었지만 병사들이 당황해서 우왕좌왕 혼란스러워하고 있다
는 것을 잘 알 수 있었다. 도라노스케는 편겸창을 휘둘러 적병 두엇을 쓰
러뜨렸다. 그리고 도라노스케의 뒤를 따라 정신없이 적을 베는 사람이 있
었다.

'가쿠베로구나.'

돌아볼 틈도 없었던 도라노스케는 마음속으로만 되뇌었다.

이이다 가쿠베는 도라노스케가 열일곱 살 때 받아들인 가신이었다. 도
라노스케는 기무라 다이젠木村大膳 아래 속해 있을 때, 주군 히데요시로부터
나가하마長浜 성에서 처음으로 삼백칠십 석의 녹을 받아 그중 백 석을 투자
해 야마시로山城 국의 하치만 촌에서 낭인으로 있던 이이다 가쿠베를 받아
들였다.

"앞으로도 여러 사람을 거느리셔야 하는데, 삼백칠십 석 중 제가 삼분
의 일을 받아서는 안 됩니다."

가쿠베가 난처하다는 듯 말하자 도라노스케가 윗사람을 대하는 듯한
예로 말했다.

"아니, 그 열 배, 백 배를 주지 않으면 자네 같은 대장부에게는 주인 행
세를 못 할 걸세. 내 봉록이 낮은 동안에는 그것으로 참아주기 바라네."

'이 사람을 위해서라면…….'

가쿠베는 그렇게 다짐했다. 그 뒤 그의 다짐은 무언중에도 겉으로 드러났다. 어느 전장에서나 가쿠베의 그림자는 도라노스케의 그림자 곁에서 떠난 적이 없었다. 그런 가쿠베의 눈에는 도라노스케의 움직임이 전혀 불안하게 보이지 않았다. 가쿠베는 도라노스케보다 나이도 훨씬 많았으며, 수많은 전쟁도 경험했고, 낭인으로 있을 때도 좋은 주인을 섬겨야 한다며 쉽게 누구의 밑으로 들어가지 않았다. 하지만 그는 지금의 주인에게 마음을 완전히 빼앗긴 상태였다.

'이 젊은 주인의 대담함은 타고난 것이다. 단지 대담한 기질만 있는 것이 아니라 자비심도 깊다.'

일단 주인을 섬기기 시작하면 목숨은 자신의 것이 아니었다. 가쿠베는 마음속으로 이 대담하고 자비로운 청년이 천수를 누릴 때까지 살게 하리라 다짐했다. 주인을 위해서는 언제나 자신의 목숨을 내버릴 각오를 하고 있었다.

"잇. 이놈!"

가쿠베는 적병이 도라노스케의 뒤쪽으로 민첩하고 거칠게 돌아들어 기다란 칼을 치켜들고 내리치려 하는 순간 본능적으로 달려들었다. 이윽고 지축이 울리고 핏줄기가 뿜어져 나왔다. 두 사람은 얼굴을 마주하고 씽긋 웃었다.

가쿠베가 정신을 가다듬고 도라노스케에게 말했다.

"이곳은 성 혼마루 근처인 듯합니다. 너무 깊이 들어온 듯싶습니다."

도라노스케가 머리를 흔들며 대답했다.

"일부러 성 한가운데까지 단숨에 달려온 걸세. 가쿠베, 고함을 치게. 고함을 치며 돌아다니게."

"큰 소리를 내란 말입니까?"

"성안의 장수인 마쓰다 구로베가 뒷문을 지킨다는 얘기를 들었네. 그 구로베와 평소 사이가 좋지 않은 구로사키 단에몬이 성안에서 모반을 일으킨 것처럼 떠들고 다니게."

"알겠습니다."

두 사람은 허둥대는 성의 병사들 속으로 들어가 적을 베며 쉬지 않고 소리를 질렀다.

"배신자, 배신자다!"

"단에몬의 부대가 불을 지르며 돌아다니고 있다. 구로사키 단에몬의 수하들을 조심해야 한다."

평소의 내홍은 이러한 때 수습하기 어려운 혼란을 불러왔다. 성안의 병사들은 서로를 의심하고 두려워하며 적이 아닌 동지를 찔렀고, 성을 버리고 곳곳의 문으로 달아나기 시작했다.

그 무렵 성의 정면 쪽에서는 그동안 공격을 가했으나 성을 떨어뜨리지 못했던 스기하라 시치로자에몬의 부대가 전력을 다해 성벽에 매달리고 있었다.

"됐다. 뒷문 부근에서 기습하여 성안으로 들어간 아군 부대가 있는 모양이다. 정면에서부터 돌격하라."

성으로 가장 먼저 오른 사람은 스기하라의 가신인 야마시타 규조山下九藏였다. 하지만 이미 성안의 병사 대부분이 달아난 상태였다. 성에 가장 먼저 진입한 군공은 정확히 말하면 뒷문 쪽으로 들어간 도라노스케였다. 이렇게 해서 그날 밤 가무리 산성이 떨어졌으며, 성을 지키는 장수인 하야시 시게자네도 성과 운명을 함께했다.

도라노스케는 스기하라 시치로자에몬에게 뒤처리를 맡긴 뒤 류오 산으로 돌아가자마자 히데요시를 만났다.

"분부하신 것 이상으로 그만 도를 넘어 독단적으로 행동하고 말았습니다. 만일 실패했을 경우에는 살아 돌아오지 않을 생각이었으나, 생각대로 성이 떨어졌기에 이렇게 돌아왔습니다. 명령을 위반한 죄, 부디 질타해 주시기 바랍니다.”

히데요시는 고개를 흔들며 칭찬을 아끼지 않았다.

“그건 위반이 아니다. 만일 적에게 틈이 있을 때 적의 뒷문으로 접근하면 된다고 생각했기에 깊은 사려와 용기 두 가지를 모두 가지고 있는 너를 특별히 보냈다. 잘했다, 잘했어. ……이번에는 두 사람 모두 아주 잘했다.”

두 사람이라는 말에 도라노스케는 다른 한 사람이 누구인지 궁금했다. 도라노스케가 얼굴을 들어 주위를 둘러보니 히데요시 옆에 후쿠시마 이치마쓰가 있었다. 그때까지 뿌루퉁한 표정을 짓고 있던 이치마쓰가 갑자기 얼굴을 붉히더니 얼른 손가락 끝으로 바닥을 짚으며 기뻐하는 모습을 보였다.

“상은 나중에 모든 사람들과 함께 내리도록 하겠다. 여기서는 그 표시로…….”

히데요시는 이치마쓰와 도라노스케에게 감사장을 내렸다. 도라노스케는 주고쿠 전투에 참가한 이후 두 번째로 감사장을 받았다.

일곱 개 성으로 연환 작전을 펼쳤던 적의 방어진은 미야지와 가무리산 두 개의 성을 잃은 뒤 이가 빠진 것처럼 허술함이 드러나기 시작했다. 이 하나를 잃으면 양쪽 이가 흔들리는 법이다. 히데요시는 아군 병사의 소모를 줄이면서 이를 하나하나 뽑아나갈 생각이었다.

그로부터 얼마 뒤 하시바 군은 별로 힘도 들이지 않고 가모 성을 취했다. 성을 지키는 장수인 나마이시 나카쓰카사生石中務를 동군에 내응하게 해서 무혈점령하는 성과를 거두게 된 것이었다.

다카마쓰 성 다음으로 완강할 것이라고 예상했던 성은 바로 히하타 성이었다. 그곳에는 일천여 명의 병사와 주고쿠의 호장戰將으로 알려진 히하타 가게치카가 있었으며, 모리 가의 일족인 우에하라 모토스케上原元祐가 군감軍監으로 이들을 돕고 있었다.

그런 상황에서 성을 어떻게 함락시키느냐가 문제였다. 히데요시는 삼만의 아군 전체를 배치해 적에게 반격할 여지를 주지 않았다. 또 류오 산의 중군 지역에는 일만 오천의 대병을 준비시켜 충분히 여유를 보일 뿐 굳이 대병을 함부로 움직여 공을 서두르려 하지 않았다.

"저건 뭐지? 진 밖에서 떠들썩한 음악이 들리지 않느냐?"

히데요시가 영내의 막사를 걷어 올리며 불쑥 밖으로 나왔다. 귀가 따가울 정도로 피리와 징과 큰북 소리가 들려왔다. 아무리 전장이라 하지만 늦봄 한낮 작전을 짜기에는 진력이 났는지 히데요시가 음악 소리에 이끌려 싱글싱글 웃으며 얼굴을 내밀었던 것이다.

시장

와키자카 신나이脇坂甚내시와 가나기리 스케사구片桐助作와 이시나 사키지 등의 시동들과 무사들은 각자 자신들의 막사에서 달려 나와 천천히 걸어 가는 히데요시의 뒤를 따랐다.

"저건 떠돌이 예술단이 산기슭 시장에 장막을 쳐놓고 사람들을 불러 모으기 위해 연주하는 음악일 것입니다."

하치스카 히코에몬의 아들인 고로쿠 이에마사小六家政가 대답했다.

고로쿠라는 이름은 하치스카 집안에서 대대로 쓰는 이름으로, 전에는 아버지의 이름이었으나 지금은 청년 이에마사가 물려받아 쓰고 있다.

"그러냐? 산기슭에 언제부터 시장이 생겼단 말이냐?"

히데요시는 그곳에 가볼 사람처럼 류오 산의 언덕길을 올려다보았다. 히데요시가 아무런 예고도 없이 진 밖으로 산책을 나오자 보초병들의 눈 이 동그랗게 되었다.

"상인들은 정말 빠릅니다."

이코마 진스케生駒甚助가 옆에서 대답했다. 그는 측근 무사 중에서도 나 이 든 무사였는데 세태世態를 보는 눈이 뛰어났다.

"여기에 본영을 친 사실이 알려지자마자 그 이튿날부터 근처 마을의 남녀들이 일자리를 구하러 오기도 하고, 남은 밥을 빌리러 오기도 하고, 채소나 과일, 바늘이나 실 같은 것을 팔러 오기도 했습니다. 그리고 여기에 머문 지 열흘이 지나자 노점이 하나둘 늘어났고, 빨래를 해주는 여자나 술 단지를 이고 와 잔술을 파는 사람도 모이기 시작했습니다. 보름쯤 지나자 이번에는 곳곳에서 상인들이 몰려들더니 순식간에 시장이 열리고 떠돌이 예술단까지 들어왔습니다. 이 산기슭은 이미 조그만 마을만큼 사람들로 북적이고, 또 사람들은 저마다의 방식으로 생업을 영위하고 있습니다."

이코마 진스케는 친절하게 설명했다.

"그래, 그렇게 된 거로군."

히데요시는 만족스러워했다. 집에 손님이 많이 찾아오는 것처럼 자신의 본영 주위에 서민들이 모여드는 것은 기쁜 일이었다.

"……과연."

잠시 뒤 히데요시는 산기슭 부근의 높은 지대에 올라 시장 풍경을 내려다보았다.

군대에 방해가 되지 않는 범위 안에서 한쪽 구역을 정해 시장이 형성된 듯했다. 산기슭에서 내려다보이는 가건물이나 노점의 모습은 신사나 절의 사이니치賽日[23]를 떠오르게 할 만큼 북적였다. 물론 이곳에 있는 삼만 명의 장병을 고객으로 시작된 일일 테지만, 사람들이 계속 모여들다 보니 시장은 날로 번창해갔다.

진스케가 히데요시 아래에 무릎을 꿇고 얼굴을 올려다보며 말했다.

"……참으로 활기찬 모습 아닙니까? 각국에 걸쳐서 전쟁이 빈번하고 전쟁이 있으면 반드시 본영을 설치합니다만, 이와 같은 광경은 오로지 나

---

23) 염라대왕을 참배하는 날. 하인들의 휴가 기간이기도 하다.

리께서 진을 친 곳에서만 볼 수 있습니다. ……나리께서도 그 어떤 전장에서도 이와 같은 광경을 보신 적이 없으실 것입니다."

"……흐, 흠. 없긴 없구나."

"결코 아첨을 부리려는 것이 아니라, 틀림없이 나리의 인덕에 의한 것이라 여겨집니다. 그리고 우리 하시바 군이 주고쿠에서 민심을 깊이 얻었다는 증거라고도 할 수 있을 것입니다."

"……"

히데요시는 그의 목소리를 듣는 둥 마는 둥 그저 시장의 북적이는 모습만 바라보았다. 그는 마음속으로 주군 노부나가를 따라나섰던 호쿠리쿠北陸와 이세伊勢의 전투를 떠올려 비교해보았다.

노부나가의 원정군이 지나는 곳은 수상쩍은 군령과 엄격한 처분으로 초목마저도 말라버리는 듯한 분위기였다. 그런 탓에 노부나가를 깊이 이해하지 못하는 적국의 민중들은 오다 군이라고 하면 피도 눈물도 없을 것이라 생각하며 오로지 두려워하기만 했다. 그러니 진영을 둘러싸고 시장이 서기는커녕 사람을 구하려 해도 달아나버리고, 물자를 찾으려 해도 시하로 숨겨버리고 만다.

히데요시는 오랜 세월 그런 모습을 보았어도 따르지는 않고 있었다. 또 그의 성격상 노부나가처럼 할 수는 없었다.

잠시 뒤 히데요시는 시장을 미복잠행微服潛行했다.

떠돌이 예술단 무리가 세련되지 못한 음악에 맞춰 가타나타마토리刀玉取라는 곡예를 선보이고 있었다. 그곳에는 전장의 모습도, 공포도 없었다. 그저 무수한 얼굴들이 곡예를 바라보며 즐거워할 뿐이었다.

히데요시는 구경꾼들이 갈채를 보내고 있는 떠돌이 예술단에서 떠돌이 차림의 젊은 상인으로 보이는 사내 쪽으로 눈길을 돌렸다. 사내는 시선을 받고 있다는 사실을 깨닫지 못한 채 예술단의 가타나타마토리에 정신이 팔려 싱글벙글 웃고 있었다. 그는 빙 둘러선 구경꾼들의 맞은편에 앉아 커다란 짐을 옆에 놓은 채 한쪽 무릎을 세우고 아주 천진난만한 얼굴로 입을 커다랗게 벌려 웃기도 하고 자신의 코를 쥐어보기도 했다.

"오, 야구로彌九郎가 있다."

히데요시가 중얼거리더니 옆에 서 있던 하치스카 이에마사에게 조용히 명을 내렸다.

"고로쿠, 저기 맞은편 나무 밑에 앉아 깔깔 웃고 있는 거뭇하고 마른 젊은이 기억나는가?"

"어디서 본 것 같기도 합니다."

"센슈泉州의 야구로가 아닌가. 나중에 본영으로 데려오게."

히데요시는 그렇게 말하고는 다른 사람들의 호위를 받으며 먼저 산으로 돌아갔다. 잠시 뒤 고로쿠 이에마사도 야구로라는 젊은 상인을 데리고 산을 올랐다.

"왔는가?"

히데요시는 방패들 위에 모피를 깔고 앉아 차를 한잔 마시고 있었다. 그는 노부나가에게 하사받은 명품 찻그릇을 진중에서 아무렇지도 않게 쓰고 있었다. 히데요시가 다도를 맡은 부하에게 찻잔을 건넨 뒤 이에마사에게 말했다.

"여기서 만날 테니 바로 데려와라."

"여기로 데려오면 되겠습니까?"

이에마사가 다시 확인하듯 물은 뒤 히데요시가 고개를 끄덕이는 것을 보고 바로 야구로를 불러들였다.

"네, 네. 고맙습니다. ……여기에 계시다는 말씀입니까?"

막사 밖에서 야구로의 목소리가 들려왔다. 그의 짧은 말속에서 사카이境 지방 방언의 경쾌한 말투와 상인다운 재치가 드러났다.

"오랜만에 뵙겠습니다."

야구로는 가능한 한 몸을 낮추어 이마가 바닥에 닿을 정도로 납작 엎드렸다.

히데요시가 측근들에게 말했다.

"너희는 잠시 물러나 있어라."

부하들 중에는 왠지 불안하다는 듯 야구로의 모습을 경계하는 사람도 있었다. 이윽고 막사 안에는 히데요시와 젊은 상인, 단둘만 남게 되었다.

"좀 더 가까이 다가오게."

"황공합니다."

"야구로."

"네."

"이 근방에는 무엇을 하러 왔는가?"

"장사를 하러 왔습니다."

"약은 좀 팔리는가?"

"우키타 님과 구로다 님, 그리고 곳곳의 삭 신중에서 대량으로 사주셔서 가게 사람들이 모두 이쪽으로 와 있는 상태입니다."

"이곳으로 왔으면서 왜 내게 얼굴을 비추지 않았나?"

"하시는 일에 방해가 될까 하여……. 하지만 가신들의 각 진영에는 빠짐없이 필요한 것들을 물으며 돌아다니고 있습니다."

"그런가?"

잠시 뒤 히데요시가 이어 말했다.

"그럼 모리 쪽 성에서도 장사를 하겠지? 히하타 성에도 장사를 하러 찾아가고 있는가?"

야구로의 눈동자에 당황한 빛이 어렸다. 하지만 한편으로는 매우 대담한 면이 있었다.

사카이에서 자란 상인들은 배짱이 두둑한 전국 시대 무장들까지도 안중에 두지 않을 정도로 호기가 넘쳤다. 좋게 말하면 외국과 교류를 하면서 자연스럽게 도량이 넓어지고 성격이 활달해졌다고 할 수 있으며, 나쁘게 말하면 재력을 바탕으로 한 경제관념이 뛰어나다 보니 마음속으로는 사람을 사뭇 얕잡아본다고 할 수 있다.

히데요시는 아직 서른 살도 되지 않은 풋내기 야구로에게서도 그런 점을 느꼈다.

'야구로 역시 전형적인 사카이의 기질을 가진 사람이야.'

히데요시는 마음속으로 생각하며 야구로의 말하는 모습부터 눈동자의 움직임까지 하나하나 살폈다.

야구로는 손을 옆머리 쪽으로 가져가 자꾸만 자신의 목깃을 매만졌다.

"참으로 송구스럽습니다. 짐작하신 바와 같이 상인이니까 주문을 받으면 거절하지는 않습니다. 얼마 전까지는 히하타 성과 가무리 산에 있는 성에도 필요한 용품을 전해주러 갔습니다. 하나 요즘에는 가지 않았습니다. 군대가 포위하고 있어 쉽게 왕래할 수 없기 때문입니다."

야구로는 명쾌하게 대답한 뒤 서둘러 말을 덧붙였다.

"참, 그렇지. 이번에 미야지 성과 가무리 산성을 단번에 손에 넣어 전과를 올리신 일, 진심으로 축하드립니다. 주고쿠의 농민과 평민들 모두 지금은 하루라도 빨리 나리께서 평정하시어 나리의 인정仁政 아래 안심하고 일하게 되기를 진심으로 바라고 있습니다. 결코 아첨이 아닙니다. 그러한 사실은 시장으로 모여드는 저 사람들만 봐도 아실 수 있지 않습니까?"

히데요시는 야구로의 말을 그대로 받아들이는 듯한 얼굴빛이었다. 하지만 히데요시가 다음으로 한 말은 조금 뜻밖이었다.

"자네에게 물어보면 자세히 알 수 있겠지. 히하타 성에는 주고쿠의 호장인 히하타 가게치카가 주장으로 앉아 있고, 모리 모토나리毛利元就의 첩이 낳은 딸의 남편인 우에하라 모토스케가 군감으로 그를 돕고 있네만, 한 명은 모리 가의 외척이고 한 명은 대쪽 같은 용장인데 이 두 사람이 한 성안에서 사이좋게 잘 지내고 있는가? 성안 병사들의 평판은 어떤가? 그런 내부 사정을 좀 들어보고 싶네만……. 만약 자네가 히하타와의 의리를 생각해야 하는 입장이라면 정직하게 말할 수는 없겠지. 자네가 말할 수 없다면 억지로 묻지는 않겠네만…… 어떤가, 야구로."

"그쪽과 의리를 지켜야 할 일은 결코 없습니다. 몇 번인가 약재를 납품한 적은 있습니다만 그것도 히하타 가의 중신重臣인 다케이 소자에몬竹井惣左衛門 님과 저를 양자로 받아주신 집의 큰어르신 사이에 약간의 연고가 있었기 때문입니다. 저는 히하타 가게치카 님을 직접 뵌 적이 한 번도 없을 정도입니다.″

야구로는 히데요시가 자신을 부른 이유를 깨닫고 덧붙여 말했다.

"저희는 꽤 오래전부터 나리의 가문을 소중한 단골집으로 생각하고 있었습니다. 나리께서는 이미 잊으셨을지 모르겠습니다만, 나리를 처음 뵌 것도 벌써 십삼사 년 전. 틀림없이 노부나가 나리께서 처음 사카이로 진군하셨던 해로, 저는 아직 사카이의 생가인 고니시야小西屋 가게에 있었고 나이도 열두어 살 무렵이었습니다."

"그래, 맞아. 자네는 꽤나 활달한 아이였지."

"나리께서 고니시야의 점포에 들르셨을 때 점포 앞에서 놀고 있던 제 머리를 쓰다듬어주시며, '이 아이는 사람을 무서워하지 않는구나. 어떠냐, 무사가 되지 않겠느냐?'라고 말씀하신 것을 지금도 기억하고 있습니다."

야구로가 옛 이야기를 꺼내자 히데요시도 분위기에 젖어 그립다는 듯 웃어 보였다.

"그런가? 그때 그런 말을 했었나?"

"어린 마음에 새겨진 말은 신기하게도 언제까지고 잊히지 않는 법이기에…….."

야구로는 그렇게 말하고는 입을 다물었다. 옆길로 벗어난 이야기를 앞으로 되돌리려는 듯 히데요시에게 받은 질문에 대한 답을 마음속으로 정리하고 있었다.

잠시 뒤 야구로가 다시 입을 열었다.

"히하타 성의 내정에 대해 들은 것을 요점만 말씀드리겠습니다. 단, 대부분의 이야기가 사람들에게서 들은 풍문이니 그 진위에 대해서는 현명하게 판단하시기 바랍니다."

"흐음."

"한마디로 말씀드리면 히하타 성 사람들은 단합이 잘되지 않는다고 합니다. 명령이 언제나 주장인 가게치카 나리와 군감인 모토스케 나리 양쪽에서 따로따로 내려오고, 서로 자신의 주장을 고집하기 때문에 논의하는 경우가 많아 중신인 다케이 소자에몬 나리도 매우 난처하신 듯 저 같은 놈에게까지 탄식하는 모습을 보인 적이 있었습니다."

"우에하라 모토스케의 처도 히하타 성안에서 산다고 들었네만."

"그 마님은 비록 첩에게서 태어나기는 했으나 모리 모토나리 님의 피를 이어받아 현명한 부인이라는 평판이 자자합니다."

"남편인 모토스케의 됨됨이는?"

"그는 특별히 논할 필요도 없는 인물입니다. 자기 처가 모토나리 공의 따님이라는 사실을 내세워 무슨 일에나 격식만을 따지려 듭니다. 이 역시 두 장군의 불화의 원인 중 하나라고 들었습니다."

"음, 그렇군."

야구로의 말은 미리 정찰해두었던 내용과 정확히 맞아떨어졌다.

히데요시는 눈을 크게 뜨고는 다시 한 번 턱을 한껏 당겼다.

"야구로."

"네."

"좀 더 가까이 오게. 지금부터 상의할 것이 있으니."

"네."

야구로는 겁도 없이 히데요시 앞으로 무릎이 거의 닿을 정도로 바짝 다가갔다.

"무슨 일이십니까?"

"어떤가? 무사가 되지 않겠나? 이건 십여 년 전 고니시야의 점포 앞에서 내가 자네의 머리를 쓰다듬으며 했다던 말을 지금 실행하는 셈이 되는 일이네만."

"……그렇게 되는 셈이군요."

야구로는 바로 알았다고 대답하지 않았다. 그는 깊이 생각한 뒤에 대답했다.

"되어도 상관은 없습니다만……."

"만…… 하고 말을 흐리는 것은 되어도 그만, 되지 않아도 그만이라는 뜻인가?"

"기탄없이 말씀드리겠습니다. 아시는 바와 같이 저는 사카이 약재상인 고니시야 주토쿠壽德의 차남으로 태어난 뒤 오카야마 성 아랫마을에 있는 동업자 집에 양자로 들어갔습니다. 그리고 끊임없이 사카이와 주고쿠를 오가며 여러 집안에 약을 대주고 있습니다만 이는 그리 나쁘지 않은 직업입니다."

"……흠."

히데요시는 감탄하는 듯한, 또 조금은 머쓱해진 듯한 표정으로 야구로의 입가를 빤히 바라보았다.

"허름한 옷에 짚신을 신고 남들에게 허리를 굽실거리며 분주히 돌아다니고 있지만 그래도 마음만은 꽤나 즐겁습니다. 이렇게 말씀드리기 뭐합니다만, 주고쿠 전투 덕분에 외상을 입었을 때 쓰는 약뿐 아니라 다른 약재까지 신나게 팔리고 있습니다. 앞으로는 외국과도 교역을 넓혀 그곳의 약재와 향료 등을 들여다 팔면 상인으로 크게 활약할 수 있는 시대가 올 것입니다. 그런데 상인의 길을 버리고 무사들의 뒤를 따라다니며 창을 쥐는 법부터 배우고 전장을 쭈뼛쭈뼛 둘러보아야 한다니 아무래도 썩 자신 있는 일은 아닐 듯싶습니다. 좀 더 깊이 생각해볼 일입니다. 어렸을 때라면 이것저것 따질 필요도 없이 말씀에 따랐을 테지만, 이제는 나이가 먹어서인지 단번에 대답을 드릴 수가 없습니다."

사회적으로 상인은 무사보다 낮은 계급이었다. 그러니 무사로 거두어주겠다고 하면 고마워하며 그 말에 따르는 것이 인지상정이자 상식이었다. 그런데 고니시야 야구로는 그렇지 않았다.

야구로는 굳이 무사로 전향하지 않아도 이 시대에서 자신의 직업으로 충분히 희망과 보람을 느끼고 있다고 생각했다. 이처럼 어려운 시대를 만나 앞으로 무가武家에 이루어야 할 이상이 많다고 한다면 상인에게도 천재일우의 기회가 있을 것이었다.

"으음, 그런가?"

히데요시는 일단 입을 다물었다. 그러고는 이런 것이 바로 사카이 사람의 특징이라고 생각했다. 일반적인 경우라면 '부족한 저를 받아주셔서 고맙습니다. 견마의 노고를 아끼지 않겠습니다'라거나 '기대에 보답하겠습니다'라고 대답해야 하지만, 야구로는 장래의 이해관계를 분명히 이야기한 뒤 '깊이 생각해본 뒤에'라고 대답했다. 하지만 히데요시는 조금도 불쾌하게 생각하지 않았다. 오히려 이처럼 분명하게 말하는 야구로가 좋았다. 의리에 못 이겨 일단 승낙해놓고 나중에 이해득실을 따져 구구절절 이야기하는 것보다 훨씬 나았다. 게다가 그런 모습도 언젠가는 크게 쓰일데가 있으며, 어떻게 쓰느냐에 따라 편리한 점도 있을 것이라고 생각했다. 아니, 애초부터 그런 사내라는 사실을 알고 이야기를 꺼낸 것이라 그다지 불쾌할 이유도 없었다.

"야구로, 흔히 상인에게는 눈앞의 일이 중요하다고 말하네만, 그 눈앞의 일이란 당면한 일만을 의미하는 건 아니겠지? 예측, 앞날을 의미하는 것 아닌가?"

"말씀하신 대로입니다."

"그렇다면 자네의 예측은 너무 눈앞에만 머물러 있네. 어째서 앞날의 커다란 이익을 생각하지 않는 겐가? 상인으로 살아간다 해도 사내가 해야 할 일은 여럿 있을 테지만, 열 칸짜리 집을 오십 칸으로 늘리고 문 세 개짜리 곳간을 백 개로 늘린다 한들 그깃뿐이지 않은가? 한 나라, 한 성의 주인이 된다는 것은 그 의미가 전혀 다르다네. 일의 보람이 다르다네. 남자로 태어났으니 삶의 폭도 다를 텐데, 어떻게 생각하는가?"

"그 점은 잘 알고 있습니다."

"당장 주는 녹도 먹고살기 힘들 정도로 미록微祿을 주지는 않겠네. 중진과 같은 대우를 해주지. 전장을 뛰어다니기 어렵다면 내 뒤에서 장부와 주판을 들고 있어도 괜찮네. 군대 안에는 자네와 같은 재능을 가진 사람도 필요한 법이야. 아니, 휘하의 무사들은 기회만 있으면 진두에 서서 생사 한가운데로 달려 나가려고 하지. 군량과 군수의 숫자를 헤아리고 진영 뒤에서 경영을 위해 고심하는 일 따위는 무사로서 떳떳한 일이 아닌 것처럼 모두 싫어하는 게 고민일세. 그렇다고 해서 거기에 적합하지 않은 사람을 억지로 앉혀놓으면 그건 그 사람의 천성을 죽이는 일이 되어버리지. 바로 그렇기 때문에 자네와 같은 사람을 중용해야 할 이유가 있는 걸세."

"나리, ……대답을 드리겠습니다. 저 같은 놈이라도 써주시기만 한다면 도움을 드릴 수 있을 것 같다는 생각이 들기 시작했습니다. 나리를 모시도록 하겠습니다. 모쪼록 훗날 야구로를 모자람 없이 썼다고 생각하실 만큼 충분히 써주시기 바랍니다."

"승낙하는 겐가?"

"이러쿵저러쿵 제 입장만 말씀드려서 황공하기 짝이 없습니다."

"그런 건 사과할 필요 없네. 내 부하가 된다고 하니 자네에게 즉시 명령할 일이 있네. 말하자면 일의 시작이라고 할 수 있지. 야구로, 우선 한바탕 신나게 일을 해보기 바라네."

모토스케의 처妻

고니시야 야구로는 일단 오카야마로 갔다가 곧장 본영으로 돌아와야 했다. 그는 그날부터 히데요시를 섬기는 몸이 되었다.

야구로는 스스로 고니시 야구로 유키나가行長라고 칭하는 어엿한 무사가 되었으나, 머리 모양도 옷차림도 상인이었을 때와 다름없는 모습으로 히데요시로부터 명령을 받아 곧 어딘가로 떠나버렸다.

며칠 뒤 야구로는 히하타 성안에 있는 다케이 소자에몬의 저택에 손님으로 찾아갔다. 그리고 깊은 밤까지 밀담을 나누다 은밀히 돌아왔다.

소자에몬은 군감 우에하라 모토스케의 가신이었다. 그는 야구로가 떠난 뒤 모토스케를 만났다.

"어젯밤 저와 절친인 고니시 야구로라는 자가 나리를 꼭 좀 뵙게 해달라며 이 서찰을 들고 저를 찾아왔었습니다. 일단 나리께 보여드리겠다고 말하고 돌려보냈습니다만."

소자에몬은 품속에서 히데요시가 보낸 서찰을 꺼내 모토스케에게 건넸다.

모토스케는 서찰을 꼼꼼하게 읽었다. 소자에몬은 곁눈질로 주인의 얼굴을 살폈다. 모토스케의 얼굴을 보니 싫지만은 않은 눈치였다. 히데요시의 편지는 항복을 권하는 내용으로, '내응해서 성을 넘겨준다면 노부나가에게 이야기해 전쟁이 끝난 뒤 충분한 상으로 보답하겠다. 빗추 일국을 귀하에게 줄 수도 있다'고 적혀 있었다.

"소자에몬."

"네."

"자네는 어떻게 생각하는가?"

"저는 단지 나리와 생사를 함께할 뿐입니다. 나리의 뜻에 따르도록 하겠습니다."

소자에몬의 말은 이미 모토스케가 마음속으로 생각한 것을 부추기는 것이나 다를 바 없었다. 하지만 모토스케는 쉽게 결심이 서지 않아 망설일 수밖에 없었다. 그러자 소자에몬이 이어 말했다.

"이 성의 성주이신 히하타 님께서 저렇게 완고하시니 아무리 막아도 성을 잃을 날이 머지않은 것만은 틀림없는 사실입니다. 그에 비해 적인 히데요시는 주고쿠에서 날이 갈수록 인망을 얻는 듯하니……."

소자에몬은 그렇게 말하고 주인의 눈치를 살폈다. 모토스케가 자신의 말에 동의하는 듯 보이자 그는 기탄없이 자신의 뜻을 이야기했다.

"일단 성을 빼앗기고 나면 그것으로 모두 끝입니다. 목숨을 잃거나 포로가 되어 쓴맛을 보게 될 것입니다. 그러니 이번 기회에……."

"으음. ……소자에몬, 자네 생각도 그런가?"

"사려 깊지 못한 히하타 가게치카 나리와 함께 참패를 당하느니 차라리……."

"종이와 벼루를 가져오게."

모토스케는 붓을 들어 히데요시에게 내응을 승낙한다는 내용으로 답장을 썼다.

"소자에몬, 그럼 이것을."

"넷."

"가게치카에게 들켜서는 안 되네."

"빈틈없이 처리하겠습니다."

소자에몬은 답장을 품속에 넣었다.

그다음 날 고니시 야구로가 일개 상인 행색으로 여러 가지 약품을 납품하러 왔다. 성안에서는 부족한 물건들이었기에 그의 노고를 치하하며 평소보다 배가 되는 값을 치렀다. 물건값은 소자에몬의 손을 통해 건네졌다. 돈 안에는 우에하라 모토스케가 쓴 답장도 들어 있었다.

"고맙습니다."

야구로는 넛넛하게 히하나 성 밖으로 나섰다. 그는 그길로 곧장 뮤오산의 진영으로 서둘러 갔지만 방심하고 있던 히하타 가게치카의 부하들은 그 사실을 깨닫지 못했다.

멸망에 이르는 원인은 대부분 외적보다 내부의 적에 있었다. 내부에 화근이 없는 한 외적도 기회를 포착할 수 없기 때문이었다. 히하타 성은 이미 내부에 병이 들었던 것이다. 고니시 야구로를 움직인 히데요시의 책략은 단지 외부에서 환부에 열을 가한 것에 지나지 않았다. 성의 주장인 히하타 가게치카와 군감인 우에하라 모토스케의 알력, 아군끼리의 암투와 중상, 그것을 둘러싼 부하들의 흐트러진 사기 등 이미 내홍이라는 환부에서 고름이 흐르고 있었다. 성 앞쪽으로는 히데요시의 대군을 마주하고 있고 뒤쪽으로는 모리 가의 흥망을 짊어지고 있으면서도 인심人心의 참된 아름다움과 순수한 열정은 보지 못한 채 오로지 인심의 약점, 즉 사욕과 개인적인 감정, 사투私鬪와 같은 추한 모습만을 들춰내는 형국이었다. 그런 상황이다 보니 그냥 내버려두어도 틀림없이 와해되었을 것이다. 그런데 야구로가 오가며 박차를 가해 그날이 앞당겨졌을 뿐이었다.

그로부터 얼마 지나지 않은 어느 날 밤이었다.

"즉사하셨다!"

"누구의 하수인이냐?"

"성안에 만만찮은 배신자가 숨어 있다. 모두 방심해서는 안 된다."

성의 주장인 히하타 가게치카가 성의 북쪽 방어벽을 순시하던 중 누군가의 총에 저격당한 것이었다. 적의 탄환이 아니었다. 분명히 아군의 탄환이었다. 솥이 들끓는 것과 같은 혼란이 밤새 끝도 없이 이어졌다. 소란스러운 이야기들은 입에서 입으로 전해져 날이 밝을 때까지 가라앉을 줄 몰랐다.

"평소 가게치카 나리와 화목하지 못했던 우에하라 모토스케의 음모임에 틀림없소."

"모토스케의 중신인 다케이 소자에몬이 수상하오. 얼마 전부터 약재 상인 고니시 야구로와 몇 번이나 은밀히 만나던데 그를 통해 적인 하시바 군과 연락을 취하는 것 같았소."

"모토스케의 집으로 가세. 어쨌든 밀고 들어가서 그들의 본심을 따져 보면 낯빛으로 진실을 알 수 있을 게요."

가게치카의 부하들은 마침내 집결하여 우에하라의 집으로 쇄도해 들어갔다.

군감인 우에하라 모토스케가 같은 성안에 있으면서 밤새도록 벌어진 소동을 모를 리 없었다. 그럼에도 불구하고 모토스케는 어젯밤부터 누구에게도 얼굴을 보이지 않았다.

"모토스케, 나와라."

"모토스케를 만나야겠다."

히하타의 부하들이 문 앞에 모여 소리를 질러댔다.

"나오지 않는 것을 보니 떳떳하지 못한 모양이로군. 우리는 오랜 주인을 잃고 성 앞에 적의 대군을 맞이한 채 억누를 수 없는 울분을 품고 온 자들이다. 밀고 들어가 모토스케의 목을 치자."

저택 안에는 우에하라의 부하들이 한데 모여 있었다. 그들은 무슨 일인가 싶어 깊이 논의하는 중이었다. 그 순간 한 여자가 하인들에게 문을 열게 하더니 모습을 드러냈다.

"조용히 하십시오. 성 밖의 적이 눈치라도 채면 어쩔 생각이십니까?"

우에하라 모토스케의 아내였다. 그녀는 손에 언월도를 들고 있었다.

히하타의 부하들은 모토스케의 아내가 모리 모토나리의 피를 물려받은 첩의 딸이라는 사실을 알고 있었다. 그런 점에서 모토스케의 아내의 말은 일시적으로나마 그들의 분노를 어루만지는 효과를 보였다.

"지난밤의 일에 대해서는 여사인 저 역시 가슴이 아픕니다. 만약 남편이나 저희 집안의 가신 중에 그와 같은 이단을 아군 속에 불러들인 자가 있다면 여러분의 손을 빌릴 필요도 없을 것입니다. ……지금까지 그 일을 살피고 있었습니다. 조사를 하는 동안 잠시 기다려주시기 바랍니다."

모토스케의 아내는 다시 문을 닫게 한 뒤 집 안으로 모습을 감추었다.

"돌아갔는가?"

집 안으로 들어온 아내에게 모토스케가 물었다.

"아니요."

모토스케의 아내는 눈물 속에서 남편의 얼굴을 경멸하듯, 또 원망하듯 바라보았다. 그러다 가만히 말했다.

"소자에몬을 여기로 불러주십시오."

이윽고 모토스케의 시종이 중신인 다케이 소자에몬을 데려왔다.

"들어오실 필요 없습니다."

모토스케의 아내는 툇마루에 소자에몬의 모습이 보이자 직접 방 밖으로 나서며 말했다.

"불충한 놈!"

잠시 뒤 모토스케의 아내가 야단치는 소리가 들려왔다. 놀란 모토스케가 자리에서 일어나 방 밖으로 얼굴을 내밀었다. 모토스케의 아내가 옆방에서 꺼내온 언월도로 다케이 소자에몬을 단칼에 베어버린 것이었다.

"앗. 다, 당신 어째서 소자에몬을…… 어째서?"

모토스케가 억누를 수 없는 분노를 불태우며 창백한 얼굴로 말했다.

"방으로 들어가십시오."

모토스케의 아내는 소란을 피우는 시종을 뒤로하고 방문을 닫았다. 방에는 부부 둘만 있게 되었다.

모토스케의 아내는 손으로 방바닥을 짚더니 몸을 떨며 눈물을 흘렸다. 그러다 더는 울지 않겠다는 듯 마침내 눈물을 훔치고 남편에게 다가갔다.

"같이 목숨을 끊기로 해요."

"……뭐, 뭐라."

모토스케는 자신의 무릎을 뒤로 물려 아내 곁에서 떨어졌다. 모토스케의 아내는 자신과 남편 사이에 비수를 놓았다. 그리고 눈물 젖은 목소리로 진심을 담아 이야기했다.

"평소 아무리 의견에 차이가 있었다 할지라도 다케이 소자에몬에게 명하여 히하타 나리를 암살하다니 이게 어찌 된 일입니까? 게다가 그 전에 적 히데요시와 내통한 뒤, 이에 눈이 어두워 아군을 팔기로 약속하시다니……."

"대, 대체 누가 그런 말을 퍼뜨린 거지?"

"전 당신의 아내입니다. 당신의 마음을 어찌 모르겠습니까? 문밖에는 이미 가게치카 나리의 부하들이 당신의 목을 바라고 모여 있습니다. 아내가 곁에 있으면서 어찌 남편의 목을 다른 사람들의 조롱거리로 만들 수 있겠습니까? 저도 함께 가도록 하겠습니다. 깨끗하게 죄를 사죄하고 할복하시기 바랍니다."

"할복을 하라고? 부인, 정신이 어떻게 된 것 아니오?"

"저는 모토나리의 딸입니다. 선친의 유훈 가운데 이를 좇아 이름을 버리라는 말씀은 없었습니다. 당신 역시 모리 가에 충의를 바쳐 저를 아내로 맞아들였고, 또 이번에는 데루모토 님의 판단에 따라 군감이 되어 이 성에 오신 게 아닙니까? ……그 어떤 악귀가 제 남편을 이렇게 비열한 분으로 만들었는지, 믿지 못할 사람의 마음이 마냥 덧없기만 합니다. ……자, 저 목소리, 문밖에서 아우성치는 아군의 목소리를 들어보시기 바랍니다. 여기서 더 살아간다는 것은 몸만 욕되게 할 뿐이며, 모리 가의 이름을 더럽힐 뿐입니다. 자, 서두르세요."

모토스케의 아내가 핏발 선 얼굴로 나서서사 모토스케는 목숨이 아까운지 퍼뜩 달아나려 했다.

"비겁하십니다."

모토스케의 아내가 남편을 끌어안았다. 그 순간 선혈이 뿜어져 나왔다. 그로부터 얼마 지나지 않아 그녀의 아름다운 시체가 성곽의 동쪽 언덕에서 발견되었다. 그녀는 남편 모토스케의 목을 앞에 놓고, 한 줄기 꽃을 바친 뒤 그 앞에서 장렬히 목숨을 끊은 것이었다. 늘어진 검은 머리카락은 서쪽, 모리의 본국인 게이슈 쪽을 향하고 있었다.

장마 구름

연환계로 묶여 있던 작은 성들이 하나하나 무너져갔다. 이제 남은 것은 하나, 다카마쓰 성의 주력만이 홀로 고립된 상태였다.

'사태가 더욱 다급해졌다. 한시라도 빨리 원군을 보내달라.'

다카마쓰 성의 시미즈 무네하루는 모리 가에 급보와 전령, 연이은 특사를 빈번하게 보내 기울어가는 형세를 호소했다. 하지만 애석하게도 사정은 급속하게 변해 모리 군이 그곳으로 말 머리를 돌려 진출하는 것을 허락하지 않았다. 그즈음 고바야카와 다카카게는 지쿠젠의 다치바나立花와 분고豊後의 오토모 소린大友宗麟 등과 교전 중이었다. 그리고 깃카와 모토하루吉川元春는 돗토리 성을 중심으로 적이 산인山陰 지방으로 진출하지 못하게 하기 위해 분주한 나날을 보내고 있었다. 주장인 모리 데루모토도 양 날개가 뜻을 모으고 히데요시 군에 대한 커다란 방침이 결정되지 않는 한 본국인 요시다吉田 산의 성을 함부로 나설 수 없었다. 그러다 보니 데루모토를 중심으로 양쪽 날개의 의견이 일치하여 모리 가 역사상 최대의 전쟁을 예측하며 사만 전군이 방향을 틀어 빗추 경계로 나가기까지는 아무래도 보름 이상이 더 걸릴 터였다.

"최대한 서두르겠다. 반드시 대군을 이끌고 지원하겠다. 단, 문제는 그동안의 방어다. 견뎌야 한다. 다카마쓰 성 하나만 굳게 지키면 적은 게이슈에 한 걸음도 들어올 수 없다. 모쪼록 시미즈 무네하루 이하 모두가 일심으로 성을 지켜주길 간절히 바란다."

데루모토의 측근은 매번 사자에게 데루모토의 말이라며 그렇게 답을 하고 격려를 아끼지 않았다. 그리고 그 일선의 책임과 농성의 의의가 얼마나 크고 무거운지를 설명하며 편달을 게을리하지 않았다. 모토하루와 다카카게 등도 무네하루에게 몇 번이나 비슷한 격려를 보내고 급히 구원 준비를 하고 있다는 소식을 전했다. 하지만 그 통신은 곧 끊어지고 말았다.

"오늘은 반드시."

4월 27일, 히네요시는 주도면밀한 준비 아래 방해되는 모든 것을 제거하고 드디어 유일하게 남은 다카마쓰 성을 포위하기 시작했다. 하지만 류오 산의 본진 일만 오천 병사는 여전히 움직이지 않았다. 하시바 히데카쓰가 오천 명을 이끌고 히라야마의 고지에 진출했으며, 하치만 산에서는 우키타 히데이에의 병력 일만 명이 전의를 불태우고 있었다.

우키타 군의 배후에는 히데요시의 가신으로 보이는 여러 장수가 진을 치고 있었다. 장기판 위의 말처럼 일단 모두 자리를 잡은 상황이었다. 우키타 군 뒤에 가신들을 배치한 것은 우키타의 부하들 중 두 마음을 품은 사람이 전혀 없다고는 말할 수 없기 때문에 만일의 경우를 대비하기 위해서였다.

포위 형세를 취한 그날부터 공격 부대와 성의 병사 사이에서 충돌이 있었다.

"오늘 아침 연못 아래쪽의 전투에서는 우키타 나리의 가신 중 오백여 명의 사상자가 나왔으며, 성안 병사의 피해는 백 명에 미치지 못합니다. 그 가운데 팔십여 명은 모두 사살되었고, 나머지 몇 명만 생포했는데 온몸에 깊은 상처를 입어 몸도 제대로 가누지 못한 채 붙들린 자들뿐입니다."

구로다 간베는 전선을 시찰하고 평소처럼 가마에 올라 류오 산으로 돌아왔다. 그는 히데요시 앞으로 나가 서전의 첫날부터 처참한 격전이 있었다는 이야기를 자세히 전했다. 히데요시가 고개를 끄덕이며 말했다.

"그래, 그랬겠지. 이번에는 피를 보지 않고는 성을 빼앗을 수 없을 테니까. ……그런데 우키타 군도 잘 싸우고 있는 모양이로군."

우키타의 선봉은 히데요시 눈앞에서 전투력을 시험당하고 있는 셈이었다.

이윽고 5월이 되었다. 장마철에는 흐렸다 싶다가도 해가 뜨겁게 내리쬐다 보니 날이 후텁지근했다.

서전에서 커다란 피해를 입은 우키타 군은 그로부터 오 일 동안 매일밤 와이모토和井元 문 부근에 은밀하게 참호를 팠다. 그리고 2일 아침, 그 부근에 공격 지점을 정해놓고 성을 공격했다.

시미즈 무네하루의 병사들은 우키타의 병사들이 성문이나 성벽 근처로 몰려드는 것을 보며 저마다 욕설을 퍼부었다.

"구더기 같은 놈들."

한때는 모리 가에 속해 있었으나 배신을 하고 히데요시의 선봉이 되어예전 동료를 공격하는 자들에 대해 분노를 느끼는 것은 당연한 일이었다. 무네하루의 병사들은 팔에 힘을 주고 이를 앙다문 채 지켜보고 있다가 때를 가늠해서 성문을 열고 성난 파도처럼 쏟아져나갔다.

"구더기들을 내쫓아라!"

"아니, 한 마리도 살아 돌아가게 해서는 안 된다."

그들의 마음속에는 싸움을 처참하게 만드는 감정이 성난 파도처럼 물결치고 있었다. 맹렬하게 창을 휘두르고 대검을 번쩍이자 이내 참혹한 핏줄기가 뿜어져 나왔다.

"덤벼라!"

"이놈!"

곳곳에서 서로 찌르고 목을 베고, 그 목을 서로 빼앗는 등 다른 전장에서는 도저히 찾아볼 수 없는 맹렬한 전투가 펼쳐졌다.

"물러나라, 물러나라."

흙먼지 속에서 우키타 군 부장의 갈라진 목소리가 들려오자 여기저기 흩어져 있던 병사들이 와아 함성을 지르며 물러났다.

"돌격하라."

"저기 깃발이 보이는 곳까지."

성의 병사들은 그 기세를 몰아 우키타의 중군까지 짓밟겠다는 듯 뒤를 쫓았다. 그 순간 앞쪽 평지에 일렬로 늘어선 참호가 보였다. 선두에 섰던 부장은 멈추려 했으나 병사들은 참호도 보지 못하고 고꾸라질 듯한 기세로 뒤따라왔다. 병사들이 참호 부근까지 다가갔을 때 참호 안쪽에서 한꺼번에 총성이 울리고 연기가 피어오르더니 순식간에 병사들을 들판에 픽픽 쓰러뜨렸다.

"유인작전이다. 적의 유인작전에 말려들어서는 안 된다. 몸을 숙여라. 몸을!"

선두에 섰던 부장이 다시 외쳤다.

"총을 쏘게 내버려둔 다음 총알을 장전하는 틈을 타서 뛰어들어라."

병사들은 희생을 각오하고 일부러 일어서서 비처럼 쏟아지는 총알 세례를 받았다. 그러고는 적의 총수가 다음 총알을 장전하는 순간 참호로 다가가 구덩이 속으로 뛰어들었고 그곳에서 피비린내 나는 토중전土中戰을 벌였다.

그날 밤부터 비가 내리기 시작했다. 류오 산에 있는 각 진영의 깃발과 막사가 모두 흠뻑 젖었다. 히데요시는 어두운 얼굴빛으로 진소에 들어앉아 차양 밖으로 우울한 5월의 비구름을 바라보고 있었다.

"도라노스케."

히데요시가 뒤를 돌아보며 말했다.

"빗소리인지 사람의 발소리인지 문 쪽에서 술렁이는 소리가 들리는구나. 뭔지 보고 오너라."

"네."

이윽고 도라노스케가 돌아와 주군 히데요시에게 알렸다.

"구로다 나리께서 지금 막 전장에서 돌아오셨습니다. 오는 도중에 가마를 짊어진 자가 비 때문에 언덕길에서 미끄러져 간베 님이 가마에서 세게 떨어졌다고 합니다. 지금 간베 님이 도롱이를 걸친 채 가신들의 등에 업혀 돌아오셨습니다. 모든 사람이 놀라자 구로다 님이 우습다는 듯 껄껄 웃더니 '허리가 아프구나' 하시며 막사 안으로 들어가셨습니다."

'이 빗속에 불편한 몸으로 전선에 나갔던 것일까.'

새삼스러운 일은 아니지만 히데요시는 다시 한 번 간베의 지칠 줄 모르는 정력에 감탄했다.

"곧 이리로 오실 겁니다."

도라노스케는 자세히 이야기를 전한 뒤 옆으로 물러나더니 화로 안에 굵직한 장작을 넣었다.

하나둘, 모기가 나오기 시작했다. 비 내리는 날은 특히 더 귀찮을 정도였다. 날이 후텁지근해 화로를 피우면 더 덥기는 하지만 화로 속 장작은 모기를 쫓는 데 도움이 됐다.

"맵구나. 아아, 매워."

절름발이 간베는 그렇게 중얼거리며 안내도 없이 그곳에 있던 어린 시동들 사이를 지나 히데요시의 방 쪽으로 갔다. 건너편 방에서 만난 간베와 히데요시는 장마철의 눅눅함을 날려버릴 정도로 유쾌하게 이야기를 나누었다.

"왜 저렇게 웃고 계신 걸까?"

시동들은 화로 옆에서 따뜻한 물을 마시며 편안히 쉬고 있었다. 말할 필요도 없이 그들은 주군의 웃음소리를 들으면 '우리 나리가 기분이 좋으시구나' 하며 같이 유쾌해진다. 이곳의 젊은이들은 언제나 주군의 방에 민감하게 반응했다.

"틀림없이 이 일 때문일 겁니다."

이시다 사키치가 허리 문지르는 시늉을 하자 후쿠시마 이치마쓰가 무릎을 치며 말했다.

"그래, 맞아."

"뭐야."

"무슨 일 있었어?"

가타기리 스케사쿠와 다른 시동들이 눈을 크게 뜨며 얘기를 듣고 싶어했다. 진중은 5월 장마에 한없이 무료하던 참이었다. 젊은이들은 이야깃거리에 목말라 있었다.

"도라노스케에게서 들었는데."

이치마쓰가 턱으로 도라노스케를 거만하게 가리켰다. 그러고는 조금 전 구로다 간베가 진영으로 돌아오던 중에 가마꾼이 언덕길에서 미끄러지는 바람에 가마에서 떨어졌다는 이야기를 과장되게 들려주었다.

"그거 재미있구나."

가토 마고로쿠加藤孫六가 말했다.

"구로다 나리가 떨어지는 모습이 볼만했겠는데."

히라노 곤페이가 안쪽에 들릴 정도로 크게 웃으며 말했다.

간베를 '안쓰럽다'고 말하는 사람은 아무도 없었다. 그럴 만도 한 게 간베는 언제나 젊은이들에게 쓴소리를 해댔다. 가끔 무리들 사이로 들어와 '요즘은 어때?' 하며 친밀함을 보이기도 했으나 대부분 간베를 어렵게 생각했다. 술에 취하기라도 하면 젊은이들을 다짜고짜 호되게 야단치기 때문에 친하게 지내려고 하지 않았다.

"두고 보라지."

젊은이들은 악의가 아닌 좋은 뜻에서 남몰래 훗날을 기약했다.

"선배라고 해서 요즘 젊은이들에게 큰소리만 쳐서는 안 된다."

그들은 언젠가 한번은 구로다 간베에게 혀를 내두를 만한 경고를 하겠다며 다짐했다.

"시동 여러분."

까까머리 한 명이 매운 연기 속에 가만히 서서 입을 열었다. 다도를 담당하는 무리 중 하나였다.

"이봐, 무슨 일이야?"

이치마쓰가 무뢰한과도 같은 말투로 물었다.

"나리의 명령이십니다."

그 말을 듣자 젊은이들은 모두 갑옷을 입은 채로 일제히 자세를 바로하고 앉아 더는 장난스러운 말을 하지 않았다.

"구로다 님과 이야기하는 동안 잠시 시동들 방으로 물러나 있으라는 명령이십니다. 매우 중요한 말씀을 나누실 모양인 듯……."

"어렵겠는가?"

히데요시가 묻자 간베가 대답했다.

"어려울 듯합니다."

침묵이 이어지자 진중의 조잡한 임시 건물에 앉은 두 사람 사이에는 차양으로 떨어지는 5월의 빗소리만 적적하게 들려왔다.

"결국은 날짜가 문제일 듯합니다. 두 번의 총공격을 감행해서 단기간의 역공力攻으로는 이기기 어렵다는 사실을 알게 되었습니다. 그렇다면 장기전을 각오하고 여유 있게 포위를 해야겠지만 거기에도 당연히 커다란 위험이 예측됩니다. 모리 본국의 사만 병력이 때를 놓치지 않고 급히 구원을 와서 다카마쓰 성과 연락을 취하고 서로 호응하여 저희에게 공격을 전개할 우려가 있습니다."

"으음……. 그 때문에 나 역시 이번 장마에는 기분이 가라앉았네. 간베, 무슨 묘책이 없겠는가?"

"어제와 오늘 전선을 돌아다니며 성의 위치, 사방의 지세를 면밀히 살펴보았습니다. 그 결과 여기서 단번에 승부를 낼 수 있는 묘책은 오직 하나밖에 없습니다."

"다카마쓰를 떨어뜨리느냐, 떨어뜨리지 못하느냐 하는 것은 적과 아군 모두에게 단지 하나의 성만을 놓고 싸우는 문제가 아닐세. 여기가 떨어지면 게이슈 요시다 산의 모리 본영은 이미 우리 수중에 들어온 것이나 다를 바 없지만, 여기서 차질이 빚어지면 오 년 동안에 걸친 주고쿠 공략의 업도 일패도지一敗塗地가 되어버리고 말 게야. 묘책이 필요하네. 간베 자네의 생각은 무엇인가? 옆방의 무리들도 물러났으니 기탄없이 말해주기 바라네."

"황공합니다만, 나리의 마음속에도 계책 하나가 있지 않습니까?"

"없지는 않다네."

"먼저 들어보도록 하겠습니다."

"그럼 서로 글로 쓰도록 하게."

히데요시는 옆에 있는 벼루를 당겨 자신도 붓을 들고 간베에게도 종이를 건넸다.

간베가 히데요시가 쓴 것을 집어 보았다. '수水'라는 한 글자가 적혀 있었다. 히데요시도 간베가 쓴 것을 집어 보았다. 거기에는 '수공水攻'이라는 두 글자가 적혀 있었다.

"하하하하."

"아하하하."

두 사람은 웃으며 둥글게 만 종이를 품속에 넣었다.

"간베, 사람의 지혜란 역시 사람의 지혜 그 이상은 벗어날 수 없는 모양이군."

"그렇게 말씀하시지만, 다카마쓰 성은 평야와 밭의 낮은 지대에 위치해 있고 사방에 적당한 산들이 자리하고 있고, 또 아시모리^{足守} 강을 비롯하여 크고 작은 일곱 개의 강이 팔방으로 흐르고 있습니다. 이것을 모아 평지의 한 곳으로 흘려보낸다면 그 성을 호수 밑바닥으로 만드는 것은 그리 어려운 일이 아닐 것입니다. 무릇 활안^{活眼}을 가진 자가 아니라면 생각조차 할 수 없는 대규모 작전입니다. 나리가 진작부터 그 사실을 깨달으셨다는 점에는 감탄하지 않을 수 없습니다만, 어떤 이유로 실행을 망설이고 계시는 것입니까?"

"예로부터 화공으로 성을 공격하여 성공을 거둔 예는 많지만 수공으로 성공을 거둔 예는 거의 없다네."

"삼국시대, 후한의 전쟁 기록에서는 본 듯합니다만. 그러고 보니, 우리나라에서도 덴지^{天智} 천황 3년(628년)에 당나라 군이 규슈 미즈기^{水城} 성을 침략했을 때 제방을 쌓아 물을 채웠다가 그것을 범람시켜서 단번에 당나라 군을 흘려보내는 작전을 쓰려 했다는 기록을 본 적이 있습니다."

"아니, 그것도 실행에 옮기지는 못했고, 그 전에 당나라 군이 떠나버린 듯하네. 그것을 실행하면 이 히데요시가 전례 없는 전법을 쓰게 되는 셈이야. 그래서 주의를 기울일 필요가 있기에 지리, 수학에 밝은 자들에게 명해 거기에 필요한 공사 인원, 일수, 비용 등을 대략 조사해보라고 지시를 해놓았다네. 간베, 자네 생각에는 대체 며칠이나 걸려서, 또 얼마나 되는 인원을 동원해야 성공할 수 있을 것 같은가? 자네의 계산을 한번 들어보고 싶네만."

히데요시는 단순한 생각이 아닌 구체적인 숫자와 설계에 대한 확증을 듣고 싶어 했다.

"지당하신 말씀입니다. 제 가신 중에 재주를 가진 자에게 공사에 대한 자세한 계산을 셈하라고 일렀으니, 그자를 여기로 부르시면 명료한 답을 들으실 수 있을 것입니다. 제가 계책을 말씀드리기는 했으나 결국은 그 사람의 계산과 설계를 바탕으로 하고 있는 것입니다."

간베의 말에 히데요시가 다시 물었다.

"그 가신이란?"

"요시다 로쿠로다유吉田六郎太夫라는 자입니다."

"시금 진중에 있는가?"

"있습니다."

"그럼, 바로 부르게."

히데요시는 명을 내린 뒤 다시 이어 말했다.

"사실은 내 밑에도 토지 사정에 밝고 그런 공사를 관리하기에 적합한 사람이 한 명 있다네. 여기로 함께 불러 요시다 로쿠로다유와 협의를 하도록 하는 게 어떻겠나?"

"좋습니다. 그런데 그 사람이란?"

"가신은 아니고 빗추 다마시마玉島 사람으로 센바라 구에몬千原九右衛門이라는 자일세. 지금 진중에서는 이 부근의 도면을 만드는 일만 시키고 있다네."

"마침 적당한 인물입니다."

"여봐라, 누가 좀 이리로 오너라."

히데요시가 손뼉을 쳤다.

측근도 시동도 모두 멀리 물러난 상태라 박수 소리를 쉽게 들을 수 없었다. 빗소리도 한몫했다. 히데요시는 직접 옆방까지 가서 전장에서나 낼 법한 커다란 목소리로 외쳤다.

"얘들아, 아무도 없느냐?"

사방에서 놀란 듯 발소리가 분주히 들려왔다. 히데요시는 두어 명에게 명령을 내린 뒤 화장실로 들어갔다. 비는 더욱 세차게 내리고 있었다.

얼마 뒤 요시다 로쿠로다유가 왔다. 그리고 센바라 구에몬도 달려왔다.

"여기서 잠시 기다리십시오."

한 시동이 다른 넓은 방으로 두 사람을 안내했다. 그곳은 헹댕그렁하고 어두웠다. 꽤 시간이 흐른 뒤 촛불이 곳곳에 놓였다.

히데요시와 간베는 방금 전 함께 있었던 방에서 여전히 밀담을 나누고 있었다. 잠시 뒤 진 밖에서 빗속을 뚫고 하치스카 히코에몬이 들어왔다. 그리고 아사노 야헤^{淺野弥兵衛}, 기노시타 빗추노카미^{木下備中守}, 이코마 진스케, 호리 규타로^{堀久太郎}가 왔고, 야마노우치 이에몬 가즈토요^{山内猪右衛門一豊}도 불려 왔다. 모두 넓은 방으로 안내되었다.

이윽고 히데요시와 간베가 함께 모습을 드러냈다. 두 사람은 이미 기본 방침에 대한 의견이 일치된 상태였다. 다시 말해 지금부터 열려고 하는 군의는 그 원안을 기초로 하여 센바라와 요시다 두 사람에게 자문을 구하고, 그와 동시에 인원의 배치와 군 전체의 전투를 전부 그 일에 집중시키기 위한 것이었다.

"빗속에 고생이 많았네."

히데요시가 그 일에 대해 입을 열기 시작했을 때는 먼 진지에 있던 하시바 히데카쓰, 하시바 고이치로 히데나가^{羽柴小一郎秀長} 등의 일족에서부터 우키타 히데이에, 스기하라 이에쓰구^{杉原家次}에 이르기까지 모든 장수들이 자리에 참석한 상태였다.

센고쿠 곤베, 모리 간파치^{森勘八}, 히토쓰야나기 이치스케, 야마시타 규조, 호리오 모스케堀尾茂助, 하치스카 이에마사, 구로다 기치베黒田吉兵衛(마쓰주마루로 개명) 등과 같은 중견 무사들은 허락을 얻어 옆의 좁은 방에 모여 있었다.

밤이 깊도록 회의가 계속되었다. 어느 틈엔가 비는 그친 모양이었으나 그친 뒤의 무더위는 한층 더 심했다. 촛대 위의 불은 산안개 때문에 흐릿해져 몇 번이나 초를 새것으로 갈아야 했다. 그사이 히데요시와 간베가 더운 물조차 찾지 않다 보니 다도를 담당하는 무리만 딱히 할 일이 없었다.

흙과 사람

　류오 산에 본진을 두면 '수공'을 결행하는 데 여러 가지로 불편한 점이 많았다. 거리상으로도 너무 멀었다. 이시이石井 산은 다카마쓰 성의 동쪽에 있는 고지대로 거리도 적당했으며, 적의 성과 마주 보고 있었다. 5월 7일, 히데요시는 그곳으로 본진을 옮겼다.

　이튿날 히데요시는 막료 예닐곱 명을 데리고 산을 내려갔다.

　"새끼줄을 치기 시작하겠다. 구에몬도 같이 가세. 로쿠로다유도 따라오고."

　히데요시는 다카마쓰 성의 서쪽으로 한참 돌아 아시모리 강의 몬젠門前까지 갔다. 히데요시가 땀을 훔치며 말했다.

　"구에몬, 이시이 산의 산마루에서 이 몬젠까지의 거리는?"

　"십 리가 안 됩니다. 자세히 말씀드리면 스물여덟 정町[24]이 조금 넘습니다."

　"자네의 도면을 좀 보여주게."

---

24) 1정은 약 109m.

히데요시는 센바라 구에몬에게 도면을 건네받아 둑의 공사와 사방의 지세를 비교해보았다. 서쪽은 기비에서 아시모리 강 상류의 산지까지, 북쪽은 류오 산에서 오카야마 경계의 산들까지, 그리고 동쪽은 이시이 산, 가와즈가하나蛙ヶ鼻의 산 끝자락에 걸쳐서, 실로 남쪽 한 방면만을 제외하고 깊숙한 천연의 만 같은 지세를 이루고 있었다. 그러한 평야 속 만 한가운데 다카마쓰 성은 오도카니 평성식平城式 구조를 드러내고 있었다.

히데요시의 눈에는 그 평지 안에 있는 밭과 논과 마장馬場과 인가가 모두 이미 수면으로 보였다. 그러한 눈으로 보면 삼면의 산기슭은 구부러진 물가나 곶이었으며, 다카마쓰 성은 그야말로 인공의 외로운 섬이라 할 수 있었다.

"음, 됐네."

히데요시는 도면을 구에몬에게 돌려주며 자신만만한 표정을 지어 보였다. 그리고 다시 말에 올랐다.

"돌아가자."

히데요시는 막료들에게 명령을 내린 뒤, 공사를 담당하고 있는 요시다 로쿠로다유와 센바라 구에몬에게 말했다.

"이곳 산기슭에서부터 저쪽 이시이 산의 가와즈가하나 아래까지 말을 타고 달릴 테니 그 말 발자국을 따라 둑을 쌓기 위한 새끼줄을 치도록 하게. 알겠는가?"

"잠시 기다려주십시오."

두 사람은 부근의 민가로 인부를 보내 급히 명령을 내린 뒤 히데요시에게 말했다.

"이젠 됐습니다."

"됐는가? 그렇다면 이제 치도록 하게."

히데요시는 동쪽을 향해 말을 똑바로 달리기 시작했다.

몬젠, 후쿠사키福崎, 하라코자이原古才 부근까지는 장대를 놓은 것처럼 직선으로 달렸고, 하라코자이부터 가와즈가하나까지는 활 모양처럼 안쪽을 조금 넓혀 달렸다. 구에몬과 로쿠로다유도 말을 타고 막료와 히데요시 사이를 뒤따라가며 때때로 보릿가루나 쌀가루 같은 하얀 가루를 떨어뜨렸다. 그러자 땅 위에 하얀 선이 그어졌다. 뒤를 돌아보니 벌써 몇몇 인부가 그들의 뒤를 따라 둑을 쌓을 선에 말뚝을 박고 있었다.

히데요시가 가와즈가하나에서 멈춰 서더니 좌우에 있는 부하들에게 말했다.

"이렇게 하면 될 걸세."

지금 그은 선을 둑이라고 보고 거기에 일곱 개 강의 물을 끌어들이면 반쯤 벌어진 연잎 모양의 커다란 호수가 생길 것이다. 사람들은 그제야 비로소 지형을 인식하고 먼 옛날에는 비젠, 빗추의 경계 부근도 바다가 아니었을까 하고 생각했다.

전투는 시작되었다. 피의 전투가 아니었다. 흙과의 싸움이었다. 둑의 길이는 스물여덟 정 스무 간이었다. 그리고 둑의 폭은 위쪽이 여섯 간, 아래쪽 지면부가 그 배에 해당하는 열두 간이었다. 문제는 높이였다. 그 높이는 수공의 대상인 다카마쓰 성과 비례하지 않으면 안 되었다. 수공에 대한 성공을 확신할 수 있었던 요인은 무엇보다 그 다카마쓰 성이 평성식인 데다 돌담도 겨우 두 간밖에 되지 않는다는 데 있었다. 둑의 두께도 그 높이인 네 간을 기본으로 해서 도출해낸 것이었다. 네 간 높이만큼 물을 가득 채우면 돌담을 잠기게 하고도 두 간 높이만큼의 물을 성곽 안으로 범람케 할 수 있으리라는 계산이었다. 하지만 토목공사라는 것은 언제나 예정일보다 빨리 진행되지 않았다. 게다가 구로다 간베를 더욱 근심하게 만든 것은 공사에 투입할 인력을 구하는 문제였다. 물론 대부분의 인력을 그 지역의 농민 가운데서 구하면 됐지만 최근 근처 부락에 인구는 매우 적었다. 적의 수장인 시미즈 무네하루가 농성을 벌이면서 농민 가족 오백여 명을 성안으로 받아들였으며, 영외에 분산되어 있던 사람들도 얼마 되지 않았기 때문이다.

'영주님과 생사를 함께할 수 있다면.'

성안으로 들어간 농민들은 평소 무네하루를 따르던 선량하고 순박한 사람들이었으며, 부락에 남아 있는 사람들은 품성이 좋지 않고 게으르거나 기회만 있으면 전장에서 한몫 잡으려는 불순분자가 대부분이었다. 물론 우키타 가의 협력이 있었기에 오카야마 쪽에서 인력을 징발해올 수 있었다. 처음에는 순식간에 수천 명이 넘는 인원을 모았다. 하지만 간베의 고민은 사람 수를 늘리는 데 있지 않았다. 그 인력의 결집을 통해 최고의 능률을 만들어내는 데 있었다.

"공사의 진척은 좀 어떤가?"

간베가 순시를 돌 때마다 요시다 로쿠로다유를 불러 물었다.

로쿠로다유는 침통하게 답하지 않을 수 없었다.

"아무래도 예정했던 날까지 마치기는 어려울 듯합니다."

셈이 밝고 기획이 뛰어난 사람도 다루기 어려운 망나니까지 섞인 수천에 이르는 사람들이 다 함께 성의를 다해 땀을 흘릴 방법을 찾지 못했던 것이다. 그래서 스물여덟 정이 넘는 둑 옆에 오십 간 간격으로 움막을 짓고 총 삼십이 개소의 감시소에 장사가 상주하며 독려해보기도 했지만, 단순한 독려만으로는 개미처럼 흙을 짊어져 나르고 가래와 괭이를 휘두르는 수천 명에게 아무런 박차도 가할 수 없었다. 게다가 히데요시는 극히 짧은 기간을 정해두고 무슨 일이 있어도 그 기간 내에 공사를 마쳐야 한다고 거듭 요구했다.

"모리의 원군 사만이 깃카와, 고바야카와, 데루모토의 본군 등 세 부대로 나뉘어 시시각각 국경으로 접근하고 있습니다. 그 선봉 중 일부는 이미 모 마을까지 왔다는 정보도 있습니다."

히데요시는 아침저녁으로, 밥을 먹는 동안에도 그와 같은 급보를 들어야 했다. 무엇보다 간베는 그런 그의 심중을 잘 알고 있었다. 밤낮으로 노동에 지친 탓에 낮에는 움직임이 둔해진 수천 명의 인부를 보면서 간베의 가슴속은 장마 구름처럼 초조하지 않을 수 없었다.

예정대로라면 공사 전체를 보름 이내에 완성해야 했다. 아니, 무슨 일이 있어도 그 기간 내에 둑을 쌓지 못하면 모리의 구원군과 함께 이 계획은 완전히 무의미한 것이 되어버릴 뿐만 아니라 아군의 통솔에도 커다란 파탄을 가져올 수 있었다.

이틀, 사흘이 지나고 닷새째가 되었다.

"안 되겠다. 무슨 수를 써야만 해. 이렇게 진척되지 않으면 보름이 아니라 오십 일, 백 일이 지나도 스물여덟 정 스무 간에 이르는 둑은 쌓을 수 없어."

간베는 좌시할 수 없게 되었다. 이 일을 맡은 요시다 로쿠로다유와 센바라 구에몬 역시 한시도 쉬지 않고 공사 감독과 인부의 편달에 나서고 있었지만, 일을 하는 인부들이 불만, 불복 덩어리라 해도 좋을 만큼 점령지의 적국 백성이었기에 어찌해볼 도리가 없었다. 게다가 뻔뻔스러운 망나니들도 섞여 있었다. 그들은 참으로 골치 아픈 무리들로 기회가 있을 때마다 비교적 얌전한 인부들까지 선동해서 태업을 조장했다. 게다가 고의로 예정을 넘기게 해서 겉으로는 반항하지 못하고 히데요시 군의 패배를 이끌어낼 생각이었다.

"누가 게으름을 피우는 게냐!"

간베는 마침내 지팡이를 짚고 직접 공사장에 나섰다. 그는 간신히 만들어진 몇 정의 새로운 둑 위에 서서 수천 명의 인부들에게 날카로운 시선을 쏟아부었다. 그리고 조금이라도 게으름을 피우는 사람을 발견하면 절름발이라 여겨지지 않을 정도의 속도로 다짜고짜 그 인부 옆으로 달려가 지팡이를 휘둘렀다.

"일을 해! 왜 게으름을 피우는 거야!"

"악귀 같은 쩔뚝이 무사가 보고 있어."

인부들은 부들부들 떨며 일을 했다. 하지만 그가 지켜보고 있는 곳에서만 일을 했다.

가혹하고 엄격하게 땀을 강요하면 할수록 그들에게는 그들 특유의 게으름을 피우는 전법이 있었다. 그러니 아무리 간베라 할지라도 애를 먹지 않을 수 없었다. 수천 명에 이르는 인부, 그것도 넓은 공사장 전체에 눈과 채찍이 빠짐없이 닿을 수 없었기 때문이다. 간베는 수백 명에 이르는 감시자를 붙여 그들을 길다힌디 힌들 결코 능률이 오르지 않는디는 사실을 알게 되었다.

"어차피 예정된 기일 안에 마치기란 불가능한 일입니다. 만전을 기하기 위해, 공사가 끝나기 전에 모리의 원군이 도착할 것이라 생각하고 미리 작전을 세워 각오를 하는 것이 좋을 듯합니다. ……잡인들을 마음먹은 대로 부리는 것은 용병 이상으로 어려운 일입니다."

간베는 마침내 히데요시를 찾아가 어려움을 진심으로 호소했다.

히데요시는 말없이 손가락을 꼽아 날을 헤아리고 있었다. 히데요시도 마음속으로는 적잖이 초조해하고 있었다. 곧 하늘을 뒤덮을 소나기구름이 바로 산 너머에 보이는 것처럼, 모리의 대군이 다가오고 있다는 보고가 시시각각으로 들어왔기 때문이다.

"간베, 너무 낙담하지 말게. 아직 칠 일이나 여유가 있지 않은가. 어떻게든 될 걸세."

"예정한 날의 절반이 지났는데 공사는 아직 삼분의 일도 진행되지 않았습니다. 기일이 얼마 남지 않았는데 어찌 공사를 마칠 수 있겠습니까?"

"아니, 할 수 있네."

히데요시는 간베의 말을 결코 받아들이지 않았다. 그는 처음으로 간베의 말을 강하게 부정한 것이었다.

"반드시 할 수 있네. 단, 삼천 명의 인부들이 삼천 명의 힘밖에 내지 못한다면 불가능하지. 한 사람이 세 사람 몫, 다섯 사람 몫의 힘을 낸다면 삼천 명의 인부는 만여 명의 힘이 돼. 그것을 감독하는 무사들도 마찬가지로, 한 사람이 열 명분의 힘을 내면 무슨 일인들 못할 이유가 어디 있겠나? 간베, 이렇게 하도록 하게. 나도 일단 공사장으로 나가도록 할 테니."

히데요시가 무엇인가를 속삭였다.

이튿날 아침이었다. 갑자기 누런 복장을 한 전령이 공사장을 돌아다니며 전원 공사를 중지하라는 명령을 전달했다.

"모두 저쪽 작은 깃발이 보이는 곳으로 집합하라."

"무슨 일이지?"

인부의 우두머리가 고개를 갸웃거리며 사람들을 모아 작은 깃발이 세워져 있는 둑 아래로 갔다. 어젯밤부터 밤새도록 흙을 짊어 나르던 인부도, 지금 막 교대해서 둑의 흙더미에 다다른 인부도 모두 각 조의 우두머리를 따라서 한 곳으로 모여들었다.

"이봐, 무슨 일이야?"

"무슨 일 있었나?"

흙인지 사람인지 그 빛깔을 구분할 수 없는 수천 명의 머리가 약간의 불안감에 휩싸인 채, 그래도 허세를 잃지 않으려고 그들 특유의 농담이나 야유를 노골적으로 드러내며 거뭇거뭇한 인파를 흔들어놓고 있었다. 그러다 갑자기 조용해졌다. 히데요시가 작은 깃발 옆에 놓여 있던 의자로 다가왔기 때문이다. 시동들과 본진의 무사들이 좌우로 엄숙하게 늘어서 있었다. 평소 인부들의 증오의 대상이었던 악귀 같은 쩔뚝이 무사 구로다 간베는 조금 떨어진 곳에서 대나무 지팡이를 짚고 서 있었다.

마침내 그 간베가 둑 위에서 수천 명의 사람들을 향해 커다란 목소리로 말했다.

"지쿠젠노카미 님의 뜻에 따라 오늘은 너희의 소망을 들어보려 한다. 너희도 알다시피 둑 공사의 기한은 이미 반을 넘어섰다. 그런데 공사는 지지부진하여 뜻대로 진행되지 않고 있다. 그 원인은 오로지 너희가 사력을 다해 일에 매달리지 않기 때문이라고 지쿠젠노카미 님께서는 말씀하신다. 바로 그 문제인데, 너희 사이에는 대체 어떤 불만이 있는지, 무엇이 부족한지, 어떻게 해주길 바라는지, 오늘은 그것을 기탄없이 들어보기 위해 여기에 모이라고 명령한 것이다."

"……"

간베는 잠시 말을 쉬고 수천 명의 사람들을 둘러보았다. 곳곳에서 서로 머리를 맞대고 무엇인가를 속삭이고 있었다. 서로 시선을 주고받으며 동요하고 있는 게 분명했다.

"각 조의 우두머리들은 인부들의 마음을 잘 알고 있겠지? 이때를 놓치면 너희가 바라는 것을 나리에게 직접 이야기할 기회가 없을 것이다. 어느 조든 상관없으니 대여섯 명쯤 이곳으로 나와 대표로 불만과 부족한 점, 희망 사항을 말해보기 바란다. 정당한 사유라면 들어줄 것이다."

많은 인부 사이에서 언뜻 보기에도 험악한 얼굴을 한 반라의 덩치 큰 사내가 동료들에게 얼굴을 알리려는 심산인지 둑 위로 성큼성큼 걸어 나왔다. 그러자 흙을 나르는 인부들의 우두머리 서너 명이 들으라는 듯 큰소리를 치며 둑 위로 올라섰다.

"그래 말하기로 하지. 저렇게까지 말씀하시니, 겁먹을 거 없잖아."

"대표는 이것뿐인가?"

"네."

인부들을 대표해서 나온 사람들이 의자 옆에 무릎을 꿇고 앉자 간베가 그들을 말리며 말했다.

"그렇게 앉을 필요 없네. 오늘은 특별히 자네들의 불만을 들어주겠다는 나리의 뜻에 따라 모인 것이다. 인부 일동을 대표해서 이 자리에 나왔는데 하고 싶은 말도 하지 못한다면 우리도 난처해지지. 이번 공사가 기일 안에 끝나느냐 못 끝나느냐 하는 것은 오로지 자네들이 어떻게 일을 해주느냐에 달려 있다네. 울분이 됐든, 불만이 됐든 평소 자네들의 가슴속에 있던 것을 숨김없이 들려주기 바라네. 우선 가장 먼저 나온 오른쪽에 있는 사내부터 말해보게. 자자, 망설이지 말고 말해보게."

간베가 친근한 말투로 이야기했다.

이번 공사에 참가한 인부들이 어느 정도의 급여를 받고 있었는지 살펴보는 것은 헛된 일이 아닐 것이다. 《무장감상기武將感狀記》의 기재에 의하면 총 공비의 지출은, 전錢 육십삼만 오천사십 간몬貫文[25]이며, 쌀 육만 삼천 오백여 석이었다고 기록되어 있다. 하지만 이처럼 많은 양의 쌀과 돈이 히데요시의 진중에 준비되어 있었던 것은 아니다. 오 년 동안에 걸친 주고쿠 원정에서 적으로부터 수많은 전리품을 얻었으나, 그 이상으로 막대한 숫자에 이르는 군비를 지출했다. 아즈치安土로부터 한정 없이 물자를 공급받는 것도 히데요시가 바라는 바는 아니었다. 물론 이 총비용을 조달할 만한 쌀과 돈의 일부는 우키타 가의 성안에도 있었다. 하지만 만일의 경우에 대비해 그것을 고갈시킬 수는 없었다. 그리고 지금 우키타 가에서 그것을 거두어들인다는 것은 산요 지방의 경제나 인심을 생각해봐도 결코 좋은 방책이 아니었다.

그렇다면 히데요시는 없는 돈, 없는 쌀을 어떻게 만들어냈던 것일까?

---

25) 옛날에 동전을 세던 단위.

정확한 자료는 없지만 이런 국면에 부딪치는 일은 군정軍政에서 흔히 있는 일이다. 히데요시는 우선 이 지방의 쌀을 군표軍票로 사들였을 것이다. 후불 제도인 군표 이외에도 점령지의 장원이나 호농 등에게 산이나 논 등을 보장해주는 조건으로 공로가 있다는 둥, 물자를 헌납했다는 둥 해서 물자를 받아냈을 것이라는 점에는 의심의 여지가 없다. 그리고 그들을 앞세워 토착민의 협력을 촉구하며 우선은 극력 진중에 물자를 쌓았을 것이다. 하지만 이 정책은 강권을 휘둘러야 하는 일이기 때문에 현재의 점령지 안에서는 가능한 한 억지로 행하지는 말라고 명령했을 것이다. 실시의 목표가 된 지방은 곧 모리의 지원군이 와서 포진하리라 여겨지는 국경의 가도에 면한 마을과 나가라長良 산, 이와사키岩崎, 히자시日差 산 등의 사이에 흩어져 있는 여러 마을이었나. 적의 대군이 오기에 앞서 우선 적의 식량을 아군 쪽으로 끌어들이겠다는 작전상의 의도도 농후하게 깔려 있었다.

'물物'은 '돈金'이다. 히데요시는 이번 공사에 앞서 인부를 모집할 때 임금을 일당으로 주지 않고 청부 제도로 처리하기로 약속했다.

'흙 한 가마를 나를 때마다 전錢 백 몬文, 쌀 한 되를 주겠다.'

당시의 임금으로 치면 농민이 하루 버는 수입보다 훨씬 많은 임금이었다. 토목공사의 임금으로도 파격적인 것이었다. 땀을 아끼지 않고 체력이 허락하는 한 일을 하면 하루 안에 평소 보름분의 수입을 얻는 것도 어려운 일이 아니었다.

"한밑천 잡자."

소문을 듣고 공사장으로 순식간에 사람들이 모여든 것도 다 그런 이유 때문이었다. 하지만 수입이 좋다고 무한히 일을 하는 것은 아니다. 오히려 조금이라도 욕심을 채우기만 하면 땀을 아끼고 나태함을 즐기고 싶어 한다. 자신들을 그렇게까지 대우해주는 고용자의 은혜에 감사하기는커녕, 그의 절박한 심정을 이용해 고의로 게으름을 피우고, 그것을 야유했다. 그러다 채찍으로 강요하면 갑자기 불평을 토로하는 식이었다.

'인지상정이니 어쩔 수가 없구나.'

히데요시는 그런 그들을 상당히 관대하게 보고 있었다. 근본이 돼먹지 못한 사람도 있을 테지만 대부분은 점령지의 백성들이었다. 어제까지 영주라 우러렀던 사람을 갑자기 떠나 인정과 풍습이 전혀 다른 타국의 진영에 고용됐으니 오히려 가엾게 여겨야 할 사람들이라고 생각했다.

"당연한 일이겠지."

히데요시는 그들의 무지를 가엾게 여겼지 결코 노여워하지 않았다. 하지만 이대로는 당연히 뜻대로 작전을 펼칠 수 없었기에 구로다 간베에게 미리 언질을 주어 오늘의 자리를 마련한 것이었다.

"이보게들, 인부들을 대표해서 나왔으니 두려워 말을 못 한다면 모처럼의 기회가 아무런 의미도 없게 되어버리네. 바라는 바든, 평소의 불만이든 모두 말해보게."

간베가 두 번이나 재촉하자 불평분자의 대표로 그 둑 위에 선 다섯 명의 인부 중 한 명이 입을 열었다.

"그럼 분부하신 대로 말씀드릴 테니, 모쪼록 화를 내지는 말아주십시오. ……한번, 그러니까…… 잘 들어주시기 바랍니다."

"그래, 알았네. 말해보게."

"실은 흙 한 가마니를 나르면 쌀 한 되, 전 백 몬을 주신다기에 저희 몇천 명이나 되는 가난뱅이들이 기꺼이 일을 하겠다고 말씀드린 것이었는데, 이게 어찌 된 일입니까? 약속이 다르지 않은가…… 하는 마음이 그러니까, 비열한 근성이라고 해야 할지, 저를 비롯하여 여기에 있는 사람 모두의 불만입니다."

"이보게, 하물며 하시바 지쿠젠노카미 나리의 이름으로 방을 내건 약정에 어긋남이 있을 리 있겠나? 자네들은 한 가마니를 옮길 때마다 낙인이 찍힌 대나무 막대를 받고, 저녁에 그것을 정산소에서 약속대로 받고 있지 않은가?"

"나리, 그야 물론 받고는 있습니다만 하루에 열 가마, 스무 가마 옮겨도 정산소에서 지급하는 것은 쌀 한 되와 전 백 몬뿐, 나머지는 모두 나중에 지불하기로 되어 있는 군표와 미권米券 아닙니까."

"그렇지."

"그게 영 틀렸단 말입니다. ……일하는 사람 입장에서는 일한 만큼 쌀이 됐든, 돈이 됐든 상관없으니 현물을 받고 싶어 합니다. 그렇지 않으면 하루 벌어 하루 먹고사는 가난뱅이들이니 처자를 먹여 살릴 수가 없습니다."

"쌀 한 되와 전 백 몬만 해도 너희의 생활에서는 평소 수입보다 훨씬 좋은 편이 아니냐?"

"그런 말씀 마십시오. 소나 말도 아니고 일 년 내내 이렇게 일했다가는 몸이 끝장나고 말 겁니다. 그런 줄 알면서도 하시바 님의 명령에 따라 평소보다 몇 배나 밤낮없이 일하는 것은 일이 끝나고 나면 술도 마시고, 맛있는 음식도 먹고, 빚도 갚고, 마누라한테 여름옷도 한 벌 사주겠다는 욕심이 있기에 고된 일도 할 수 있는 것입니다. 그런데 평소와 별반 다를 바 없는 적은 임금만 받고 내쫓긴다면 마음과 끈기가 오래갈 리 없습니다."

"정말 답답한 놈이로구나. 우리 하시바 군은 너희 영민을 대할 때 인정을 근본으로 삼아 긍휼히 여기는 마음을 갖고 있기에 지금껏 혹정을 펼친 적이 없다. 대체 너희가 불평을 늘어놓을 만한 점이 어디에 있단 말이냐?"

"헤헤헤헤헤."

다섯 명의 인부가 모두 빈정거리듯 웃었다. 이번에는 뻔뻔스러운 얼굴로 저마다 말했다.

"나리, 다른 말은 하지 않을 테니 일한 만큼만 주시기 바랍니다. 군표네, 미권이네 그런 종이 쪼가리 받아봐야 배가 부르지 않습니다. 무엇보다 이번 전쟁에서 하시바 님이 지면 그 종이 쪼가리를 대체 어디의 누구에게 가서 돈으로 바꾸면 된단 말입니까?"

"그 일이라면 걱정할 것 없다."

"잠깐 기다려보십시오. 전쟁에서 틀림없이 이길 것이라고 말씀하실 생각 아닙니까? 말도 안 되는 소리입니다. 대장님이나 나리들께는 목숨을 건 도박일 테지만, 저희더러 그런 도박에 반쯤 발을 담그라니, 그건 싫습니다. ……이봐, 모두들 안 그런가?"

둑 위에서 손을 흔들어 수천의 인부들에게 동의를 구하자 순식간에 모든 사람들의 머리와 손이 물결치듯 술렁이더니 대표들을 응원하는 소리가 왁자지껄 들려왔다.

"잘한다! 잘해! 더 확실히 해라!"

"불평은 그것뿐인가?"

간베의 말에 다섯 인부는 나머지 인부들의 힘을 믿고 두려움 없이 대답했다.

"네, 우선은 그 문제 먼저 해결해주셨으면 합니다."

"발칙한 놈!"

간베는 처음으로 한껏 소리를 짜냈다. 대나무 지팡이를 던지자마자 검을 빼들어 한 사람을 두 동강 내고 달아나는 사람을 뒤쫓아 다시 베었다. 그와 동시에 뒤에 있던 요시다 로쿠로다유와 센바라 구에몬도 대검을 휘둘러 다른 세 사람을 베어버렸다. 구로다 간베, 센바라 구에몬, 요시다 로쿠로다유 세 사람이 나누어 순식간에 다섯 사람을 벤 셈이었다. 수천 명의 인부들은 그 날렵함과 뜻밖의 일에 놀라 무덤가의 풀처럼 조용해지고 말았다. 무례한 표정을 짓던 얼굴과 불평의 목소리와 반항적인 눈빛도 단번에 사라지고, 흙빛의 무수한 얼굴들이 그저 겁을 먹은 듯 모여 있을 뿐이었다.

다섯 구의 시체를 바닥에 놓은 채 간베와 구에몬과 로쿠로다유는 아직도 피가 떨어지는 칼을 손에 들고 수많은 머리를 섬뜩한 눈으로 바라보고 있었다.

"다시 한 번 모두에게 말하겠다."

잠시 뒤 간베가 있는 힘껏 커다란 목소리로 말했다.

"너희의 대표 다섯 명을 불러 그들의 말을 들어주었다. 그리고 이처럼 명료하게 대답해주었다. 하지만 아직 할 말이 더 남아 있을 것이다. 틀림없이 하고 싶은 말을 가슴에 품고 있는 무리가 있을 것이다. 다음은 누구냐? 내가 일동을 대표해서 말을 해야겠다고 생각하는 자가 있으면 지금 나오도록 해라."

"……."

"나와라, 나오지 못하겠느냐."

"……."

"더는 할 말이 없는 게냐? 있다면 누구라도 좋으니 여기로 나와서 말해라."

"……."

간베는 잠시 입을 다물고 그들에게 반성할 기회를 주었다. 수많은 무리 중에는 얼굴빛을 공포의 빛에서 후회의 빛으로 바꾸는 사람도 있었다. 간베는 그제야 비로소 칼에 묻은 피를 닦고 칼집에 넣은 뒤, 위용을 바로잡으며 인부들을 향해 부드러운 얼굴빛으로 말했다.

"다섯 명에 이어 더는 나오지 않는 것을 보니 너희의 본심은 이 다섯 명과는 다른 모양이구나. 그렇게 알고 지금부터 우리의 생각을 들려줄 텐데…… 어떤가? 이견은 없는가?"

수천의 얼굴은 이제 살았다는 듯한 목소리로 답했다.

"애초부터 이견 따위는 없었습니다. 그리고 저희는 아무것도 모릅니다. 또 불평불만을 늘어놓은 기억도 없습니다. 그저 거기로 올라갔다가 처벌을 받은 우두머리들이 부추기기에 게으름을 피운 것뿐이었습니다. 저희는 어떤 명령에도 복종하여 일할 테니 용서해주시기 바랍니다."

수천 명이나 되는 사람들이 저마다 말을 했기에 커다란 목소리와 작은 목소리가 물결치듯 웅성웅성 들려왔다. 어느 얼굴이 어떤 말을 하는 건지 알 수 없었으나 어쨌든 전체의 마음만은 알아들을 수가 있었다.

"그래, 알았다. ……조용히 해라."

간베가 손을 흔들어 제지하며 말했다.

"그럴 테지. 나도 그럴 것이라 짐작하고 있었다. 어려운 말은 하지 않겠다만, 다시 말해 너희는 한시라도 빨리 좋은 정권 아래서 평안하고 행복하게 살며 처자와 함께 즐겁게 일하고 싶은 거겠지. 그런데 눈앞의 조그만 안일이나 이욕에 사로잡힌다면 너희 스스로가 너희의 소망이 이루어질 날을 방해하는 것이나 다를 바 없는 것이다. 또 이것만은 굳게 믿어도 좋다. 우리 오다 우후 님께서 파견하신 하시바 군이 모리에게 지는 일은 절대로 없을 것이라는 점. 제아무리 대국이라 할지라도 모리는 이미 떨어질 운명에 있는 나라다. 이는 모리가 약하기 때문이 아니라, 시대의 흐름이 그렇기 때문이다. 그리고 우리 오다 군은 조정을 섬겨 금문의 뜻을 실현하기에 지금의 제국을 통일하여 가장 잘 다스릴 거라는 깊은 신뢰도 얻고 있기 때문이다. 무슨 말인지 알겠느냐?"

"알겠습니다."

"그럼 일을 하겠느냐?"

"하겠습니다. 얼마든지 일하겠습니다."

"됐다……."

간베는 힘차게 고개를 끄덕인 뒤 히데요시 쪽으로 돌아 무리를 대신해 사과했다.

"인부들 모두가 저렇게 말하고 있으니 이번만은 관대하게 용서해주시기 바랍니다."

히데요시는 의자에서 일어나 간베 쪽으로 다가갔다. 그러고는 무릎을 꿇고 있는 간베와 감독관들에게 무엇인가를 명령했다. 그러자 정산을 맡은 무사들을 따라 병졸들이 묵직해 보이는 돈 자루를 짊어지고 왔다. 한두 자루가 아니었다. 몇십 개나 되는 자루가 산처럼 쌓였다. 여전히 공포와 후회에 휩싸인 채 멍하니 서 있는 사람들을 향해 간베가 말했다.

"지쿠젠노카미 님께서 '깊이 탓하지 말게, 저들은 원래 가엾은 자들일세. 동료 중 좋지 않은 두어 사람이 부추기는 대로 마음에도 없는 불평을 늘어놓은 것뿐일세'라고 말씀하시고, 다른 마음을 품지 않고 일하면 술값도 충분히 주어 격려하라고 하셨다네. 감사의 말씀을 올리고 술값을 받은 뒤 바로 일을 하도록 하게."

간베가 부하들에게 명해서 돈 자루를 모두 뜯게 하니 동전이 둑 위를 가득 메웠다.

"얼마든 상관없으니 쥘 수 있는 만큼 쥐고 가게. 단, 한 사람이 한 줌씩이야."

인부들은 아직 의심이 풀리지 않았는지 망설이며 누구 하나 앞으로 나오려 하지 않았다. 눈과 눈을 마주 보고, 동료와 동료가 서로 속삭일 뿐 산처럼 쌓인 동전은 여전히 그대로 놓여 있었다.

"먼저 갖는 자가 임자야. 돈이 없어지고 난 뒤에 딴소리해봐야 소용없어. 한 사람이 한 줌씩이니 손이 큰 자는 크게 태어난 만큼 득이야. 손이 작은 자는 침착하게 흘리지 않도록 쥐어야 할 거야. 허둥대다 손해를 보지 않도록. 그리고 한시라도 빨리 일을 시작하게."

그 말에 인부들은 더는 의심하지 않았다. 간베의 웃는 얼굴과 농담 속에서 진심을 보았기 때문이다. 앞쪽에 있던 한 무리의 인부들이 산처럼 쌓인 동전을 향해 달려갔다. 한 사람이 너무 많은 동전에 질린 듯 잠깐 망설이다 먼저 한 줌을 쥐어 물러나자 인부들은 동시에 와아 하며 개선가와도 같은 환성을 내질렀다.

삽시간에 돈인지 사람인지 흙덩이인지 분간할 수 없을 정도로 혼잡해졌다. 하지만 단 한 사람도 속임수를 쓰는 사람은 없었다. 이때만큼은 평소의 교활한 마음도 불평도 모두 어디론가 사라져버렸다. 그리고 한 줌의 술값을 쥐자 마치 새로이 태어난 사람처럼 각자 부리나케 자신들의 작업장으로 달려갔다.

이윽고 가래와 괭이를 힘차게 놀리는 소리가 온 땅을 뒤덮었다.

"영차."

흙을 짊어질 때도, 삼태기에 멜대를 찔러 넣을 때도, 흙 가마니를 어깨에 짊어질 때도 힘이 솟았다. 그들도 마음만 먹으면 그런 정신을 불러일으킬 수 있었던 것이다. 그곳에서 흘리는 땀은 사람의 마음을 더욱 유쾌하고 상쾌하게 했다. 그리고 그들 사이에서 이런 말이 나왔다.

"앞으로 사오 일이나 남았는데, 까짓 스물여덟 정 정도의 둑을 못 쌓는다는 게 말이나 돼. 모두 대홍수가 났을 때와 같은 마음가짐으로 일하세."

"그래, 넘치는 물을 막을 때와 같은 마음으로 일하면 이 정도는 아무것도 아니지."

"있는 힘껏 해보자고."

"하고말고, 질 수 없지."

그날 한나절 동안만 해도 공사는 그 전의 오 일분보다 더 많을 정도로 눈에 띄게 진척되었다. 이제는 동료들에게 쓸데없는 소리를 하는 사람도 없었다. 어쩌다 손톱이라도 벗겨졌는지 쩔쩔매는 사람이 있으면 그들 스스로 격려하며 동료끼리 서로 살폈다. 감독관들의 채찍도, 간베의 지팡이도 이제는 쓸모없는 것이 되어버리고 말았다.

횃불이 밤을 태우고 흙먼지가 낮을 어둡게 하는 동안 스물여덟 정 스무 간에 이르는 거대한 둑의 공사도 이제는 거의 마무리가 되고 있었다. 항구를 짓는 일도 마무리가 되어가고 있었으며, 다카마쓰 성 부근의 일곱 개 강에서도 뒤지지 않을 정도로 힘겨운 공사가 진행되고 있었다. 그것은 하천의 수로를 바꿔 모든 물을 곧 완성될 둑 안으로 흘려보내기 위한 곁가지 공사였다. 그 공사에도 무사, 병사, 인부 등을 합쳐 이만에 가까운 인원이 참여하고 있었다. 그 가운데 가장 어려운 공사는 아시모리 강의 물을 막는 일과 나루야^{嗚谷} 강의 물을 끌어들이는 일이었다.

"어찌하면 좋겠습니까? 요즘 산악 지방의 큰비로 날이 갈수록 물이 불어 막으려 해도 방법이 없습니다."

아시모리 깅의 공사를 밑은 사람은 고충을 호소하리 히데요시를 삔질나게 찾아왔다. 히데요시는 간베에게 문제의 답을 구하려 했으나 간베도 뾰족한 수는 없었다. 그 전날 가신인 요시다 로쿠로다유와 함께 그곳을 시찰하고 어려운 상황을 직접 보았기 때문이다.

"어쨌든 그 물줄기는 무릇 이삼십 명의 인부가 옮길 수 있는 커다란 돌을 무수히 떨어뜨려도 곧 휩쓸어 가버릴 만큼 격류입니다."

간베의 탄식에 히데요시는 현장을 한번 봐야겠다며 발걸음을 서둘렀다. 실제로 무시무시한 격류를 본 히데요시는 자신의 작은 지혜가 초라하게 느껴질 뿐이었다.

로쿠로다유가 히데요시에게 말했다.

"상류의 삼림을 벌목해서 잎이 무성한 채로 커다란 나무들을 끊임없이 흘려보내면 막을 수 있을지도 모르겠습니다."

히데요시는 로쿠로다유의 말을 받아들여 한나절 동안 수천 명의 인부를 삼림으로 보내 수많은 나무를 잎이 달린 채로 강에 던지게 했다. 처음에는 나뭇가지끼리 얽혀 물을 막는 데 도움이 될 듯 보였지만 그것도 한 순간에 지나지 않을 뿐 아무런 효과가 없었다.

"그렇다면 일이 조금 커지겠지만, 이렇게 해보시는 것은 어떨지."

로쿠로다유는 두 번째로 수천 명의 병사와 인부에게 하류에서 커다란 배 삼십 척을 끌고 올라오게 한 다음 거기에 커다란 바위와 돌을 싣고 적당한 지점에서 가라앉히자는 계획을 세웠다.

"그렇게 해보세."

그날 바로 어마어마한 광경이 연출되었다. 하지만 커다란 배를 저어 상류로 거슬러 오르기란 도저히 불가능한 일이었다. 결국 뭍에 판자를 깔고 그 위에 기름을 바른 다음 아시모리 강의 둑 초입까지 배를 끌어다 예정대로 가라앉혔다. 이번 계책은 성공을 거두었다.

이미 십 리에 걸쳐 둑을 완성해놓았기에 격류는 배에 막혀 물보라의 방향을 바꾸어 마침내 다카마쓰 성을 둘러싸고 있는 널따란 논밭과 민가가 있는 평지를 향해 미친 듯이 달려 나갔다.

그 무렵 다른 일곱 개 강의 물도 역시 쏟아져 나왔다. 단, 나루야 강의 물을 끌어들이는 일만 공사의 어려움으로 기일을 맞추지 못했을 뿐이었다. 5월 7일부터 공사를 시작해서 십사 일째, 그러니까 겨우 보름도 걸리지 않아 완성을 한 셈이었다.

이튿날 5월 21일, 깃카와와 고바야카와 등 모리 쪽의 원군 사만이 국경 부근 산에 도착했을 때는 이미 다카마쓰 성 주변이 모두 흙탕물 호수가 되어버렸다.

그날 아침, 히데요시는 이시이 산의 본영에 서서 각 장수들과 함께 하룻밤 사이에 변해버린 흙탕물 호수를 바라보고 있었다.

"오오, 놀랍구나."

장관이라고 해야 할지, 참담하다고 해야 할지, 밤새 내린 비까지 더해져 물은 한없이 탁해졌고, 다카마쓰 성 하나만 호수 중앙에 오도카니 남아 있었다. 돌담도, 활엽수 숲도, 도개교도, 주택가의 지붕도, 마을도, 논과 밭도, 길도 모두 물 아래 잠겼고, 시시각각으로 수위까지 높아져갔다.

"아시모리는 어디쯤이지?"

히데요시의 질문에 간베가 멀리 서쪽으로 흐릿하게 보이는 한 무리의 소나무 숲을 가리키며 말했다.

"저쪽을 보십시오. 저 부근의 둑이 백오십 간 정도 끊어져 있습니다. 원래의 흐름이 막힌 아시모리 강의 물이 저곳으로 흘러 들어가고 있습니다."

"그렇다면 저 북쪽에 있는 야트막한 산이 도라노스케 기요마사가 있는 진지로군."

"그렇습니다."

"적의 좌익이 있는 나가라 산과 가장 가깝군. 도라노스케도 팔이 근질근질할 테지."

히데요시는 눈동자를 멀리 산등성이를 따라 서쪽에서 남쪽으로 움직였다.

국경인 정남쪽 방향에 히자시 산이 보였다. 맑은 날이라 그런지 그 산에 꽂힌 고바야카와 다카카게의 깃발도 무수히 보였다. 그들은 밤새 도착해서 진영을 펼쳤을 것이며, 그곳의 병력만 해도 이만은 넘을 것으로 예상되었다.

조금 떨어진 덴진天神 산에도 한 부대가 진출해 있는 모양이었다. 그 히자시 산과 덴진 산 사이로 산요 가도가 있었다.

모리 데루모토의 본군은 후쿠야마 산 중턱에 선봉을 두고, 거기서부터 서쪽에 걸쳐 사루카게猿掛 성 부근을 중심으로 후방 부대를 두고 있었다. 그 병력은 일만여 명이었다. 그리고 깃카와 모토하루의 병사 일만 명이 이와사키 산, 데라 산, 나가라 산 등에 흩어져서 전군의 우익을 맡았다. 그들은 변화에 가장 민첩하게 대응할 수 있도록 준비하고 있었다.

"다카카게와 모토하루 군 모두 오늘 새벽에 흙탕물 호수를 보고 어떤 느낌을 받았을지, 적이지만 딱하다는 생각이 듭니다. 틀림없이 발을 동동 구르며 분하게 생각했을 것입니다."

간베가 그렇게 말하며 히데요시의 얼굴을 보았을 때, 히데요시는 뒤를 돌아보고 있었다. 나루야 강의 공사 책임을 맡은 사람의 아들과 가신이 사자로 와서 바닥에 엎드린 채 울고 있었던 것이다.

"무슨 일인가?"

히데요시가 묻자 그중 한 명이 대답했다.

"오늘 새벽, 나루야 강의 현장에서 그 책임을 맡았던 자가 뵐 면목이 없다며 이렇게 사죄하는 글 한 통을 남기고 할복했습니다."

그곳의 물을 끌어들이는 공사는 산을 이백육십육 간이나 끊어야 하는 난공사였는데 오십여 간을 남겨두고 결국 그날 새벽까지 기일을 맞추지 못한 것이었다. 공사 감독을 맡았던 사람이 책임감을 느끼고 결국 자결을 한 모양이었다.

히데요시는 책임자의 아들을 바라보고 있었다. 책임자의 아들은 손발은 물론 머리와 얼굴도 진흙으로 더러워진 상태였다. 히데요시가 책임자의 아들을 다정하게 가까이 불러 땀 냄새 나는 등을 가볍게 두드리며 말했다.

"너는 할복해서는 안 된다. 아버지의 명복은 전장에서 빌도록 해라. 알겠느냐?"

책임자의 아들이 목 놓아 통곡하기 시작했다.

5월 22일 밤, 즉 모리의 원군이 국경에 도착한 이튿날 밤이었다. 가느다란 비가 내리는 어둠 속에서 흙탕물 호수를 괴어怪魚처럼 능숙하게 헤엄쳐 둑으로 기어오른 사내들이 있었다.

딸랑딸랑 딸랑이와 방울이 요란하게 울렸다. 물가와 둑 위에 가시나무처럼 조릿대와 풀을 엮어놓은 뒤 종횡으로 새끼줄을 둘러쳐놓았기 때문이다. 그리고 십 리에 이르는 기다란 둑에 오십 간 간격으로 초소를 세우고 시뻘겋게 타오르는 횃불을 밝혀놓았다. 곧바로 보초병들이 달려갔고 격투 끝에 한 명은 잡고 한 명은 놓치고 말았다.

"성안의 병사인지 모리의 사자인지는 모르겠으나 어쨌든 조사를 해볼 만한 자입니다."

초소의 장수가 사로잡은 사내를 이시이 산에 있는 본진으로 보냈다.

히데요시는 진영의 막사에서 등불을 밝혀놓고 편지를 쓰고 있었다. 사자인 사카키 야에몬佐柙弥右衛門이 여장을 꾸린 채 히데요시의 편지가 완성되는 대로 그것을 들고 어딘가로 급히 달려가기 위해 기다리고 있었다.

"어찌하시겠습니까?"

야마노우치 가즈토요山內一豊가 잡아온 적을 처마 밑으로 끌고 온 다음 툇마루 앞에서 히데요시에게 물었다.

히데요시는 흠, 흠 고개를 끄덕이며 마침내 편지의 마지막 부분을 써 내려갔다. 그리고 봉인을 한 뒤 마루로 나갔다.

"어디 좀 보자. 어떤 사내인가?"

사카키와 야마노우치가 좌우로 촛불을 들고 나왔다.

"이건 성의 병사가 아니로구나. 모리 진영에서 다카마쓰 성으로 심부름을 온 자일 것이다. 아무것도 가지고 있지 않았느냐?"

히데요시는 비가 떨어지는 처마 밑에 두 팔이 묶인 채 거만한 모습으로 있는 적병을 바라보며 말했다.

가즈토요가 앞선 조사로 남자의 품에서 발견한 편지 한 통을 히데요시에게 건넸다. 그리고 흙탕물 호수를 헤엄치는 동안 물에 젖지 않게 하기 위해 그것을 인베尹部 지방에서 만든 조그만 호리병에 넣고 뚜껑을 굳게 닫

앗으며 다시 기름종이로 꼼꼼하게 싸서 몸에 지니고 있었다고 덧붙여 말했다.

"……흠. 이는 성주인 무네하루가 다카카게와 하루모토에게 보내는 답장인 듯하구나. 불을 좀 더 가까이 가져와라."

히데요시가 편지를 펼쳐 말없이 읽었다. 답장의 내용만 봐도 모리의 원군이 흙탕물 호수에 직면하여 얼마나 실망하고 낙담했는지 잘 알 수 있었다.

'기껏 여기까지 대군을 이끌고 급히 구원을 오기는 했으나, 사방이 넘실대는 물로 둘러싸인 다카마쓰 성으로 어떻게 구원의 손길을 내밀어야 할지 그 방책이 없다. 일단은 하시바 군에게 항복하여 성안에 있는 수천 명의 목숨을 구한 뒤, 때를 봐서 본국으로 돌아오는 것이 상책일 듯하다.'

아마도 다카카게와 하루모토는 이런 내용으로 밀서를 보냈을 것이며, 히데요시가 손에 넣은 무네하루의 답장에는 아래와 같은 내용이 적혀 있었다.

저희 성안 사람들을 참으로 가엾게 여겨 인자한 마음으로 명을 내리셨으나 항복할 수 없습니다. 전 주고쿠 지방의 요지인 다카마쓰 성이 떨어진다는 것은 곧 모리 가의 실추를 의미한다고 생각합니다. 감사한 말씀이오나 모토나리 공 이후로 은혜를 받은 저희는 말단의 필부에 이르기까지 적에게 개가를 팔아 살아남으려고 하는 자가 단 한 명도 없습니다. 모두 이 성과 함께 죽겠다는 각오로 성을 굳게 지키고 있습니다. 부디 저희 걱정 마시고 그쪽의 아군 모두 이 흥망의 경계에 서서 천추의 한을 남기지 않도록 만반의 준비를 갖추시기 바랍니다.

고립된 성안에서 무네하루는 이런 답장을 보내 오히려 구원을 온 아군을 격려하고 있었다. 잡혀온 모리의 부하는 뜻밖에도 히데요시의 질문에 솔직하게 대답했다. 이미 무네하루의 답장을 적에게 들킨 이상 굳이 숨겨봐야 소용없는 일이라는 사실을 깨달은 모양이었다.

"달아난 또 한 명의 사자는 누구인가?"

히데요시의 질문에 사내는 분명히 대답했다.

"깃카와 가의 가신인 우타타 고시로轉小四郎다."

"자네는?"

사내는 조금도 주눅 들지 않고 대답했다.

"나 역시 깃카와 가의 가신인 야마스미 로쿠조山澄六藏다."

히데요시는 이것저것 집요하게 묻지 않고 무사를 욕보이지 않을 정도로만 물었다. 그는 대국적인 관점으로 봤을 때 필요 없는 일이라 여겨지면 더는 관심을 갖지 않았다. 지금 히데요시의 마음은 오히려 다른 곳에 가 있는 듯했다.

"가즈토요."

"네."

"이젠 됐다. 오랏줄을 풀어 이 무사를 진 밖으로 놓아주어라."

"네? 놓아주란 말씀입니까?"

"진흙탕을 헤엄쳐 건너 추워 보이는구나. 죽이라도 먹게 하고 도중에 다시 잡히지 않도록 지호인寺宝院 아래까지 데려다주도록 해라."

"알겠습니다."

야마노우치 가즈토요는 마루 아래로 내려가 로쿠조 몸에 감긴 오랏줄을 풀어주었다. 당연히 죽음을 각오하고 있었던 로쿠조는 갑자기 당황할 수밖에 없었다. 가즈토요가 재촉하자 로쿠조는 히데요시에게 말없이 인사를 하고 서둘러 일어섰다. 그러자 히데요시가 다시 불러 물었다.

"자네의 주군이신 깃카와 모토하루 나리는 요즘 건재하신가? 우마노馬

ㅈ 산 이후 이번에 또 대진하게 되었군. 지쿠젠이 안부 전하더라고 말씀드리게."

로쿠조가 자세를 바로 하고 다시 앉았다. 히데요시의 은혜에 감사하며 진심으로 머리를 숙였다.

"말씀 올리도록 하겠습니다."

"그리고 모리 나리의 진영에 참모로 에케이惠瓊라는 군승軍僧이 출입하고 있겠지? 안국사安國寺(안코쿠지)의 에케이라고."

"네, 계십니다."

"오랫동안 뵙지를 못했군. 혹시 뵙게 되면 그 스님께도 안부 좀 전해주었으면 하네."

빗속 문밖으로 사람의 그림자가 떠난 뒤 히데요시가 방 안에 있는 사카키 야에몬을 돌아보며 말했다.

"조금 전의 서찰 가지고 있겠지?"

"틀림없이 가지고 있습니다."

"중요한 기밀도 적혀 있으니 노부나가 님께서 직접 보셔야 할 것이다. 도중에 변을 당하지 않도록 조심해야 한다."

"여부가 있겠습니까."

"지금 잡혀왔던 깃카와 가의 가신 역시 네게 뒤지지 않을 정도의 각오로 길을 나섰을 게야. 하지만 잡혀서 이렇게 시미즈 무네하루와 깃카와 모토하루의 마음을 모두 내게 읽히고 말았다. 부디 조심하고 또 조심하기 바란다."

"넷……."

"그럼 수고스럽겠지만, 바로 출발하도록 해라."

"이만 물러나겠습니다."

사카키 야에몬은 인사를 하고 자리에서 일어났다.

히데요시는 홀로 촛불과 마주했다. 오늘 밤 야에몬을 시켜 급히 아즈치로 가져가게 한 서찰은 노부나가에게 구원을 요청하는 글이었다.

홀로 고립된 다카마쓰 성은 이미 그물에 걸린 물고기와 다를 바 없었다. 그것을 구하기 위해 모리 데루모토, 고바야카와 다카카게, 깃카와 모토하루의 전군도 이곳으로 모여들었다.

이제 때가 되었다. 지금 단번에 주고쿠의 패업을 완성해야 한다. 히데요시는 이 장관을 노부나가에게도 보여주고 싶었다. 그리고 중대한 승패의 갈림길을 결정적으로 확보하기 위해서는 노부나가에게 출마를 요청하는 편이 확실할 것이라고 믿고 있었다.

향연

그 무렵 아즈치 부府의 시장 풍경은 주고쿠의 전진戰陣과는 무엇 하나 맥이 통하는 게 없을 정도로 별천지처럼 느껴졌다. 향기 높고 신선한 문화에 어울리는 사람들의 화려하고 호방한 모습과 찬란한 천수각天守閣[26]의 금벽을 수놓은 파릇한 신록에서는 주고쿠에서 보았던 진흙의 싸움도, 사람의 땀도 찾아볼 수 없었다.

5월 15일부터 19일 사이는 다카마쓰 성을 고립시키기 위한 대대적인 수공 계획이 실행되었을 때였다. 히데요시 이하 구로다 간베와 모든 사람들이 쉬지도, 잠을 자지도 않고 그 공사를 독려했었다.

그러한 때에 노부나가는 아즈치 성에서 귀한 손님을 맞이하기 위한 준비를 하고 있었다. 아즈치 사람들은 마치 본盆[27]과 정월을 한꺼번에 맞은 듯 떠들썩한 모습으로 모든 성과 시장을 화려하게 치장했다. 노부나가로부터 극진한 예우를 받는 귀한 손님은 원래부터 널리 알려진 사람이기는

---

26) 덴슈카쿠. 성 중심부에 높이 세운 망루 겸 본영.
27) 음력 7월 15일로 조상을 제사하는 날이다. 보통은 그 전후로 칠 일을 일컫는다.

했으나, 새삼 그 사람을 생각해보면 세상도 새롭게 변했고, 사람들도 선구자들도 모두 성숙해졌다는 느낌이 들었다.

5월 15일, 아즈치에 도착해 성으로 들어온, 그 귀한 손님은 바로 도쿠가와 이에야스德川家康로 올해 마흔한 살이 되는 사람이었다.

표면상으로는 '십삼 년 만의 교토京都 구경'이라고 했으나 한 달 전 노부나가가 고슈에서 개선 길로 도카이도를 선택했을 때 이에야스가 적잖이 환대를 했으니 노부나가로서는 그에 대한 답례일 수밖에 없었다. 그런 상황에서 이에야스는 그 효력을 더욱 크게 확대하기 위해, 그리고 마침내 혁신 통업統業의 제2단계에 접어든 때에 장래에 대한 대책을 소홀하지 않게 하기 위해 보기 드물 정도로 대대적인 행장과 대오를 거느리고 공식적으로 찾아온 것이었다.

숙소는 성 아래에 있는 대보원大宝院(다이호인)이었고, 접대를 맡은 사람은 고레토 휴가노카미 미쓰히데惟任日向守光秀였다.

"다른 일보다 먼저 귀한 손님을 잘 모셔야 한다."

노부나가는 주고쿠 전선 참전 준비를 하는 아들 노부타다에게까지 접대를 돕게 하고, 교토와 사카이 상인들에게 명령해서 온갖 가효 진미를 가져오게 했다. 그렇게 15일부터 17일까지 삼 일에 걸친 대향연을 위한 준비를 해나갔다. 그러다 보니 시중드는 사람들 사이에서는 다음과 같은 말이 오갔다.

"대체 노부나가 공 같은 인물이 어째서 나이도 여덟 살이나 어린 데다 요즘 위세를 내보이긴 했어도 가난한 약소국에서 오는 도쿠가와 나리를 이처럼 환대하시는 것일까? 뭔가 약점이라도 잡힌 걸까?"

"당연한 일을 이상하다고 말하지 말게. 오다와 도쿠가와와의 동맹은 이십 년 이상 잘 유지되고 있지 않은가? 이 속임수와 권모투성이 난세에서 이십 년 이상이나 서로 시기하지 않고 약속을 어기지 않고 싸우지도 않고

신의를 지켜온 것만으로도 그보다 더 기쁜 일은 없지 않은가? 무슨 이유가 필요하겠는가? 그것만으로도 노부나가 공에게는 진심으로 기뻐할 만한 가치가 있는 거야."

"아니, 아니, 물론 그렇기도 하지만 고슈에서 개선할 때 받은 대접에 대한 답례일 거야."

"무슨 소리를 하는 겐가. 그렇게 작은 의미가 아니야. 노부나가 공께서는 장래에 주고쿠에서 규슈九州, 규슈에서 외국으로까지 웅비하실 마음을 가지고 계셔. 그러기 위해서는 간토關東 지방 이북을 도쿠가와 나리의 손에 맡겨 후방에 대한 근심 없이 서쪽으로, 남쪽으로 진출할 수 있는 형세를 만들어야 한다고. 그런 내용의 담합도 차근차근 진행되고 있는 게 틀림없어."

이렇듯 때로는 서민들의 말속에 무시할 수 없을 만한 진실이 담겨 있는 법이다.

솔직히 말해 노부나가 입장에서 이에야스가 찾아온 것은 자신이 찾아가야 할 곳에서 손님이 먼저 찾아온 것이나 다름없었다. 그리고 그즈음 노부나가는 주고쿠로 직접 출마하여 고슈 때처럼 주고쿠를 일거에 석권하고 단번에 통치권을 쥐기 위해 아들 노부타다까지 아즈치로 불러 출진 준비로 분주한 나날을 보내던 중이었다. 그런 상황에서 아즈치의 귀빈으로 이에야스를 맞이하게 되었고, 노부나가는 중대한 일을 모두 접어둔 채 진심으로 손님을 맞았다. 또 모든 가신들에게 접대에 만전을 기하라며 군령軍令과도 같은 기세로 명령을 내렸다.

"최선을 다해야 한다. 손님에게 한 치의 소홀함도 있어서는 안 된다."

노부나가는 이에야스를 위해 훌륭한 숙사에 아름다운 가구를 놓아두고, 아침저녁으로 향긋한 술과 진미를 대접했다. 노부나가는 일반인들처럼 흉허물 없이 이에야스와 교제하기 위해 시골 사람들이 그렇듯 따뜻하게 대하고 '물物'보다는 '심心'을 우선시했다.

노부나가에게 이러한 '마음'이 있었기에 어지러운 세상 속에서도 이십 년 이상 동맹을 유지할 수 있었을 것이다. 또 이에야스 입장에서 보면 아군으로 의지하기에는 노부나가의 성격이 까다롭고 독단적이라 어려움이 있었다. 하지만 자세히 들여다보면 노부나가의 마음속에는 이해관계만 따지지 않는 진실이 있었다. 그러다 보니 때로는 식초 세 말을 들이켜는 것 같은 쓸쓸한 마음이 들다가도 끝까지 이 사람을 높이고 따르겠다는 마음으로 대할 수 있었던 것이다. 그리고 두 사람이 동맹을 맺은 지 이십여 년 동안 누가 이득을 얻었고 누가 손해를 보았는지 제삼자의 입장에서 냉정히 바라보면 그것은 양쪽 모두에게 득이었다고 할 수 있었다.

만약 노부나가가 이런 나이에 뜻을 세웠을 때 이에야스를 맹우로 생각하지 않았다면 엄존하는 아즈치 부를 본다는 것은 꿈에도 생각하지 못할 일이었을 것이다. 또 만약 이에야스가 노부나가의 원조를 얻지 못했다면 초기부터 영양실조에 걸린 아이 같았던 약소국 미카와三河는 사방의 압박을 견뎌내지 못했을 것이다. 예를 들어 나가시노長篠에서의 일전을 생각해봐도 맹호 앞의 한 조각 먹이밖에 되지 않았다.

마음의 교류와 이해관계, 두 가지 연결고리에서 벗어나 두 사람의 성격을 살펴보면 그동안 우의를 지켜온 깊은 곳에서 두 사람의 인간미를 느낄 수 있었다. 한마디로 표현하면, 노부나가에게는 매사에 조심스러운 이에야스가 도저히 상상할 수 없는 경륜의 큰 뜻과 장대하기 짝이 없는 계획이 있었으며, 그것을 뒷받침할 만한 실행력이 있었다.

그에 반해 이에야스는 노부나가가 가지지 못한 것들을 지니고 있었다. 인내심이 강하고, 어려움을 견딜 줄 알며, 사치하지 않고, 자만하지 않았다. 게다가 오다 가의 노장들과도 마찰을 일으키지 않았다. 이에야스는 분수를 알았으며 야망을 드러내지 않고 마음속에 잘 담아두었다. 동맹국에게 위기감을 품게 하지도 않았다. 그리고 적대국에는 언제나 만만치 않은 존재로 여겨졌다. 그러한 무언의 방어벽은 늘 오다의 후방을 확고하게 뒷받침해주었다. 다시 말해 이상적인 동맹국이자 든든한 지기였다.

이십여 년 동안 있었던 온갖 어려움과 위기를 돌아봤을 때 노부나가는 이에야스를 틀림없이 '나의 조강치처'라고 생각했을 것이다. 마음속으로 아즈치 제일의 수훈자라고 칭송하고 있었을 것이다. 그런 사람에게 보답하기 위한 향연이자 예우였다. 그러니 노부나가는 여전히 부족하다고 생각했지, 넘친다고 생각하지 않았을 것이다. 하지만 다른 향연 자리에서도 흔히 볼 수 있듯 주인이 너무 지나치게 긴장하면 오히려 손님을 초조하게 만드는 법이다.

그날 손님인 이에야스는 아즈치 산 위에 있는 총견사總見寺(소켄지)의 무악전舞樂殿에서 사루카쿠노猿樂能[28]를 보았다. 관람석에는 고노에近衛[29] 나리도 있었고 주인 역인 노부나가 외에 아나야마 바이세쓰穴山梅雪, 조운長雲, 유칸友閑, 세키안夕菴, 조안長安 등의 연장자와 시동, 그리고 도쿠가와 가의 가신들까지 여럿이 앉아 구경을 하고 있었다.

우메와카 다유梅若太夫가 다이숏칸大織冠과 덴카田歌 두 가지 춤을 추었다. 우메와카가 춤을 무척이나 잘 추자 주객들은 갈채와 함께 칭찬을 쏟아부었다.

"노能를 보여드리도록 해라."

노부나가가 우메와카에게 다시 명령을 내렸다. 그런데 어찌 된 일인지 우메와카는 노를 잘 추지 못했다. 심지어 가사를 잊어버려 두어 번이나 춤이 끊기고 말았다. 홍이 조금 깨졌으나 곧바로 고와카 하치로구로다유幸

---

28) 노能의 옛 명칭. 일본의 대표적인 가면극이다.
29) 군주 곁에서 경호를 맡는 사람.

若八郎九郎太夫가 와다和田의 사카모리さかもり를 아주 훌륭하게 추었기에 주빈인 이에야스를 비롯해 모두 다시 흥이 일었고 우메와카 다유의 사소한 실수는 누구도 마음에 두지 않았다.

이에야스는 주인의 대접에 진심으로 기쁨을 드러내기 위해 자신의 가신을 무대 뒤로 보내 칭찬의 말을 전하게 했다.

"모두 잘 보았네. 특히 고와카의 춤은 한 번 더 보고 싶을 정도야."

이에야스는 우메와카, 고와카 두 사람에게 돈 백 냥, 옷감 오십 필을 답례로 주었다. 그때 무대 뒤에서 기뻐할 수 없는 소동이 일었다.

"중요하고 귀한 손님 앞에서 그처럼 엉망으로 춤을 추다니 꼴사납고 괘씸하구나. 예인藝人으로서 평소의 마음가짐이 부족하기 때문이다. 예도藝道의 난린 역시 무사의 병법과 소금노 나를 바 없다. 본보기로 우메와카 다유의 목을 베어라."

스가야 구에몬菅谷九衛門과 하세가와 다케長谷川竹가 노부나가의 명을 받아 우메와카의 실수를 질책하자 무대 뒤쪽 사람들은 아연실색하여 몸을 부들부들 떨며 사과를 했다. 결국 이에야스의 중재로 노부나가는 마침내 노여움을 풀게 되었다.

"용서해주기로 하겠다."

노부나가가 용서하기는 했지만 그 때문에 한때는 모두 무슨 일이라도 일어날 것처럼 걱정을 하며 오늘의 향연을 원수처럼 여겼다. 하지만 노부나가는 다른 사람들이 충격을 받은 만큼 불쾌해지지는 않았다.

"상을 내리기 아까워서 질책한 것이 아니다."

우메와카의 실수를 용서한 노부나가는 모리 란마루森蘭九를 무대 뒤로 보내 고와카에게 준 것처럼 우메와카에게도 돈 열 냥을 주게 했다.

이처럼 노부나가는 손님에 대한 성의가 넘쳐날 정도로 손님을 환대했다. 이튿날 고운사高雲寺(고운지) 전각에서 벌어진 잔치에서는 우다이진右大臣

인 노부나가가 직접 이에야스 앞에 상을 놓을 정도였다. 하지만 이에야스는 그렇게까지 자신을 위하는 노부나가와 니와 나가히데丹羽長秀, 호리 규타로, 스가야 구에몬 등의 진심에 한없이 감사하면서도 뭔가 부족한 느낌을 받았는지 좌담 중에 자신도 모르게 노부나가에게 진심을 털어놓았다.

"처음부터 제 곁에 계셨던 휴가日向(미쓰히데) 님은 어찌 되셨습니까? 오늘도 보이지 않고, 어제 춤을 구경할 때도 보이지 않고, 그제도 모습을 볼 수 없었습니다……?"

이에야스의 질문에 노부나가는 별일 아니라는 듯 대답했다.

"아아, 미쓰히데를 말하는 게요? 그는 일이 생겨서 15일 밤에 사카모토坂本로 돌아갔소. ……아아, 갑작스러운 일이라 인사를 드리러 가지도 못하고 아즈치를 떠난 듯하오."

그렇게 말하는 노부나가의 모습에는 특별한 감정이라고 할 만한 것이 거의 드러나지 않았다. 사실 이에야스는 조금 걱정을 하고 있었다. 항간에 여러 가지 소문이 떠돌더니 이상한 억측까지 나돌고 있었기 때문이다. 하지만 노부나가의 담백한 대답이나 거리낌 없는 모습을 보면서 항간에 떠도는 소문은 모두 쓸데없는 번민에 지나지 않는 것이라고 생각했다. 그리고 그의 상식으로는 당연히 그래야 한다고 여겼다.

그런데 그날 밤, 숙소인 대보원으로 돌아온 이에야스에게 사카이 사에몬노조酒井左衛門尉, 이시카와 호키石川伯耆 등의 가신들이 집안사람들에게 들은 이야기를 들려주었다. 그 이야기에 따르면 고레토 휴가노카미 미쓰히데가 돌아간 데에는 가볍게 흘려들을 수만은 없는 복잡한 문제가 있었다.

우선 여러 이야기를 종합해 살펴본 결과, 미쓰히데는 대략 다음과 같은 사정으로 갑작스럽게 귀국을 하게 된 것이었다.

이에야스가 도착한 15일, 노부나가가 향응을 준비하는 주방 건물을 예고 없이 찾아왔다. 당시 아즈치는 마른장마처럼 날씨가 후텁지근한 탓에 건어물과 생선 냄새가 코를 찌를 정도로 심했다. 그뿐 아니라 사카이와 교토에서 대량으로 실어온 식량을 풀다 만 채로 놓아두기도 하고 한곳에 쌓아두기도 했다. 내용물이 아무리 산해진미라 할지라도 당연히 파리 떼가 꼬일 수밖에 없었다.

파리들은 노부나가의 얼굴과 어깨에도 몰려들었다.

"구리구나, 구려."

갑자기 건물 안으로 들어온 노부나가가 불쾌해하며 투덜거렸다. 그러더니 커다란 조리실로 성큼성큼 들어가 누구에게랄 것도 없이 내뱉었다.

"이 먼지가 다 뭐란 말이냐? 이 너절한 꼴은! 이처럼 냄새나는 곳에서 빈객의 상을 차릴 생각이란 말이냐? 하물며 요즘과 같은 계절에 썩은 것을 손님에게 어찌 권할 수 있단 말이냐. 모두 버려라, 모두 버려! 썩은 생선 따위는……."

음식을 장만하는 사람들은 전혀 생각하지 못한 갑작스러운 일에 놀라 안쓰러울 정도로 허둥댔다. 지난 며칠 동안 거의 잠도 못 자고 하인과 아랫사람들을 독려해가며 식재료를 모으고 상과 식기의 배합에까지 신경을 쓴 미쓰히데는 노부나가의 목소리를 듣고 처음에는 귀를 의심했다. 하지만 가신들로부터 '행차하셨습니다'라는 말을 듣고는 깜짝 놀라 주인 앞으로 나가서 몸을 바싹 엎드렸다. 그러고는 이상한 냄새는 결코 생선류가 오래됐기 때문이 아니라는 것을 설명하기 시작했다.

노부나가가 그의 말을 가로막았다.

"변명은 필요 없다. 모두 버리도록 해라. 오늘 밤에는 다른 것으로 대접하겠다."

노부나가는 미쓰히데의 말은 들어볼 생각도 하지 않고 돌아가버리고 말았다. 그 뒤 미쓰히데가 넋을 잃은 사람처럼 멍하니 앉아 있는데, 사자가 와서 서찰 한 통을 건네주며 노부나가의 명을 전했다.

"그대는 주고쿠로 가서 선진先陣에 나서도록 하라. 한시도 지체하지 말고 즉각 떠나도록."

그날 밤 아케치明智 가의 가신들은 귀빈을 모신 성대한 자리에 내놓기 위해 산처럼 쌓아놓은 산해진미를 뒷문으로 옮겨 마치 쓰레기나 개와 고양이의 사체라도 버리듯 아즈치의 해자로 텀벙텀벙 던져야 했다. 모두 말 없이, 하나같이 비통한 눈물을 머금은 채 그저 검은 해자의 물 위로 솟구쳐 오르는 감정을 내던지고 있었다.

마음속 어둠

밤이 되면 저택 안의 크고 오래된 연못에서는 개구리들이 요란스럽게 울었다. 개구리 소리는 홀로 술에 취해 촛불 앞에 고개를 숙인 채 앉아 있는 사람에게 '무슨 생각을 하는 건가?' 물으며 야유하는 것 같기도 하고, 또 동정하여 함께 탄식하는 것 같기도 하고, 혹은 그 불만을 비웃는 것 같기도 했다.

"아무도 들어오지 말게."

그렇게 명령이라도 내린 것인지 넓은 방에는 촛불 하나와 미쓰히데 한 사람만 있을 뿐 시동의 그림자조차 보이지 않았다. 흐릿한 미풍이 가만히 스쳐 지나갔다. 아직 초여름, 기온은 높았으나 밤바람은 시원했다.

"……."

그날 밤, 미쓰히데의 얼굴빛은 한없이 창백했다. 촛불이 흔들릴 때마다 머리카락도 곤두서듯 흔들렸다. 그 모습에 번민의 그림자가 짙게 배어 있었다.

"아아……."

탄식은 그의 버릇이었다. 그는 무슨 일이든 가슴을 터놓고 다른 사람에게 이야기하거나, 근심거리를 호쾌하게 흩어버리지 못했다. 그냥 홀로 '아아……' 하는 한마디로 위안을 삼았다. 하지만 같은 탄식이라 할지라도 '아아……' 하고 답답한 심정을 온몸에서 하늘로 뱉어버리는 사람이 있는가 하면, '아아……' 하고 자신의 몸을 향해 한탄하며 세상의 근심을 더욱 모으는 사람이 있는 법이다. 미쓰히데는 후자의 경우에 속하는 사람이었다.

"……"

미쓰히데는 문득 노부나가가 이름을 붙여준 그 '나팔꽃 머리'를 무겁다는 듯 쳐들었다. 그러고는 정원의 어둠을 똑바로 쳐다보았다. 숲 사이로 저 멀리 있는 몇 개의 등불을 바라보고 있었다.

지금쯤이면 아즈치 성안은 향연의 첫날밤을 맞아 즐거운 이야기와 담소로 떠들썩할 것이었다. 주빈인 도쿠가와 이에야스 이하 하마마쓰浜松의 가신과 아즈치 사람들이 늘어앉은 모습도 떠올랐다. 미쓰히데 외에도 두어 명이 더 향응을 담당하고 있으니, 상에 올린 음식에는 변화가 조금 있을지 모르지만 오늘 밤 잔치에는 부족함이 없을 터였다.

'명령에 따라서 이대로 아즈치를 떠나야 하나, 아니면 다시 한 번 성으로 들어가 인사를 한 뒤 떠나야 하나.'

미쓰히데는 아까부터 이런 사소한 고민을 하고 있었다. 사무에 과오가 없도록 생각에 생각을 거듭해야 할 만큼 오늘 밤에는 그의 명석한 머리도 지쳐 있었다. 마치 그 사무가 중대한 일인 듯 생각하면 할수록 어떻게 해야 좋을지 판단하기 어려웠다. 아무리 조바심을 쳐도 그는 노부나가의 속내를 알아낼 수 없었다. 아아, 하고 자신도 모르게 나오는 탄식 속에는 어려운 상황에 봉착한 괴로운 마음이 진하게 배어 있었다. 군신 관계가 아니었더라면 그는 솔직히 노부나가를 다음과 같이 평했을 것이다.

'그처럼 속내를 알 수 없는 사람이 세상에 또 있을까? 대체 어떻게 해

야 그 사람의 마음에 들 수 있는 걸까? 참으로 어렵구나. 비할 데 없이 까다로운 사람이다.'

아니, 훨씬 더 심각하게 노부나가의 심리를 도려내고 비판적으로 해부했을지도 모른다. 인간의 심리를 살피고, 인생을 비판하는 데 있어서 미쓰히데는 보통 사람 이상의 눈과 판단력을 갖추고 있었다. 억지로 그 눈을 가리고 그 사고를 스스로 어둡게 만들 수는 없는 법이다. 단지 그 사람이 주군이기 때문에 그는 자신의 비판을 삼가고 두려워할 뿐이었다.

"쓰마키妻木, 쓰마키."

미쓰히데가 갑자기 좌우의 장지문을 바라보며 소리쳤다.

"덴고伝五라도 상관없다. 덴고는 없는가?"

삼시 뒤 상시문을 열고 손을 바닥에 낸 사림은 후지타 덴고도 아니고 쓰마키 가즈에도 아니었다. 측신 중 한 명인 시호덴 마사타카四方田政孝였다.

"두 사람 모두 못쓰게 된 음식물을 처리하고 갑자기 이곳을 떠나기 위한 준비를 하느라 자리에 붙어 있을 틈도 없습니다. 시킬 일이 있으시면 제게 명하시기 바랍니다."

"그렇군. ……그래, 너라도 괜찮다. 성까지 따라오너라."

"성에? 성에 들어가실 생각입니까?"

"떠나기 전에 노부나가 공에게 일단 인사를 올리고 출발하는 것이 온당하겠지. 준비해라."

미쓰히데는 결심이 다시 약해지기 전에 자신을 억지로 내몰 듯 바로 몸을 일으켰다. 그러자 마사타카가 당황해하며 말했다.

"저녁에 혹시 성에 가실까 하여 뜻을 여쭤보았으나 갑작스러운 명령이니 성에 들어올 시간도 없다 하시며, 우다이진 나리께도 도쿠가와 나리께도 인사하지 말고 떠나라 말씀하셨습니다. 그래서 수행인들에게도 그 뜻을 전했고 하인들도 모두 뒷정리에 들어갔습니다. ……잠시, 잠시만 기다려주시기 바랍니다."

"아니, 아니다. 수행인이 많을 필요는 없다. 너 하나면 족하다. 말을 대령해라."

미쓰히데는 현관으로 나섰다. 거기까지 지나오는 동안 방 안에서도 하인들의 모습은 보이지 않았다. 단지 두어 명의 시동이 다급하게 따라왔을 뿐이다. 하지만 한 걸음 밖으로 나서자 나무 그늘과 마구간 뒤에서 삼삼오오 짝을 지어 이마를 맞대고 이야기를 주고받는 하인들의 그림자가 거뭇거뭇하게 보였다. 아케치 가의 가신들은 오늘 갑자기 향응 담당에서 밀려나 즉시 주고쿠 출진을 명령받은 일에 대해 미쓰히데 이상으로 불만을 품고 있었다.

"당치도 않은 일이야."

"이건 너무 가혹한 처사야."

"고의로 우리 주인을 욕되게 하시려는 처분인 것 같아."

그들은 끼리끼리 모여 한탄하기도 하고 울분을 토하기도 했다. 심지어 분루를 머금은 채 고후甲府 이후 갑자기 품게 된 노부나가에 대한 울분과 반감에 기름을 부은 듯 흥분했다.

고후로 출정했을 때 시모스와下諏訪의 진소에서 주인 미쓰히데는 여러 사람이 보는 가운데 참을 수 없는 치욕을 맛보았고, 그 일은 이미 집안 전체에 알려졌다. 요즘 무슨 이유로 우다이진이 걸핏하면 주인 미쓰히데를 괴롭히는 건지 그들은 마치 부모를 대하는 듯한 심정으로 미쓰히데가 고뇌하는 모습을 바라보았다.

"요즘 들어 몸이 편찮으신 것도, 말씀이 부쩍 준 것도 모두 그 때문이야……."

그들은 단 하루라도 마음 아파하지 않은 날이 없었다.

그런 상황에서 오늘 미쓰히데가 보인 충동적인 행동은 그 어떤 경우보다 파장이 큰 일이었다. 도쿠가와라는 귀한 손님을 맞이하고 있으니, 하마마쓰의 집안에도 교토의 귀족들에게도 오다 가의 노장들에게도 모두 알려질 일이기 때문이었다. 여기서 치욕을 맛본다는 것은 천하에 수치를 드러내는 것과 같은 일이었다. 치욕을 생각하면 그들은 무문武門 안에서 살아갈 수가 없었다.

"말을⋯⋯."

시호덴 마사타카가 미쓰히데 쪽으로 황급히 말을 끌고 갔다. 하지만 아케치 가의 가신들은 아직 아무것도 깨닫지 못하고 있었다. 그만큼 집안 사람 모두 일도 손에 잡히지 않는 심정으로 그저 여기저기 서서 숙덕거리고 있을 뿐이었다.

미쓰히데가 문을 나서려 하는데 그새 문 앞에서 말을 내리는 사람이 있었다. 노부나가의 사자 아오야마 요조青山与三였다.

"아아, 휴가 나리, 떠나시는 겁니까?"

"아닙니다. 일단 성으로 들어가서 우후 님과 도쿠가와 님께 인사를 드리고 떠나야겠다 싶어서."

"그렇게 신경을 쓰실 듯하여 저를 일부러 사자로 보내셨으니 굳이 다급하게 성으로 들어가실 필요 없습니다."

"뭐, 거듭 사자를 보내셨다고."

미쓰히데는 다시 저택 안으로 들어갔다. 그리고 자리에 바로 앉아 공손하게 명령을 들었다.

아오야마 요조가 노부나가의 뜻이라며 말했다.

"오늘 접대 담당에서 면직하고 물러나라 명하신 뜻은 조금 전 전한 대로이나, 선진이 되어 주고쿠로 떠나는 나리가 가야 할 방향에 대해서는 다시 말씀하셨습니다. 잘 들으시기 바랍니다."

"⋯⋯넷."

"아케치 부대는 급히 군장을 꾸려 수일 내로 다지마但馬를 거쳐 이나바 因幡로 들어가기 바란다. 적 모리 데루모토의 분국인 하쿠슈伯州, 운슈雲州에 도 지체하지 말고 난입하기 바란다. 방심해서는 안 된다. 시간을 끌어서도 안 된다. 속히 단바丹波로 돌아가 진용을 갖춰 다카마쓰 성을 포위하고 있 는 하시바 히데요시를 산요도에서 측면 견제로 돕기 바란다. 나도 곧 후 진을 이끌고 서쪽으로 내려갈 것이다. 지체해서는 안 된다. 만에 하나라도 군략軍略의 기회를 놓쳐서는 안 된다. ······이상과 같이 말씀하셨습니다."

미쓰히데가 엎드린 채로 대답했다.

"명령 받들겠습니다."

미쓰히데는 자신의 목소리가 너무나도 작고 비굴하다고 여겨졌는지 가슴을 들어 요조의 얼굴을 정면으로 바라보더니 목소리를 높여 다시 말 했다.

"주군께는 잘 좀 말씀해주시기 바랍니다."

아오야마 요조는 바로 얼굴을 돌려 미쓰히데의 시선을 피했다. 그만큼 미쓰히데의 섬세한 신경은 봐주기 어려울 정도로 그림자가 있어 보였다. 요조는 반사적으로 아픔을 느꼈으나 일어나 바로 자리에서 떠났다.

"그럼 건강하시기 바랍니다."

미쓰히데는 요조를 배웅하고 되돌아왔다. 그사이에 그는 인기척이 드 문 저택 안에 부는 밤바람에 들떠 왠지 발이 방바닥에 붙어 있는 것 같지 가 않았다.

'······불과 몇 년 전까지만 해도 물러나라는 명령을 받고 돌아가려면, 밤에라도 떠나기 전에는 얼굴을 한번 비추라고, 차나 마시자고, 아침에 떠 날 때는 새벽에라도 성에 들어오라고 끈질기다 싶을 정도로 말씀을 거듭 하시던 노부나가 공께서······ 무슨 이유로 내가 그리 미워진 걸까. 아오야 마 요조를 보낸 것도 내 얼굴을 보기 싫어 내가 성에 들어가는 것을 피하

기 위한 마음에서 나온 것일 게야.'

마음에 두지 않겠다, 생각하지 않겠다, 그렇게 노력하면 노력할수록 불평이 커져만 갔다. 미쓰히데는 한시도 마음을 놓지 못하고 소리 없는 혼잣말을 썩은 물이 거품을 일으키듯 쉴 새 없이 중얼거렸다.

"……누가 보겠는가. 이 꽃도 이제 쓸모없구나."

그는 도코노마床の間[30]의 커다란 단지로 손을 뻗었다. 보기 좋게 꽂혀 있던 꽃도 그의 팔에 흐트러졌으며, 단지의 주둥이에서 흘러나온 물은 툇마루까지 뚝뚝 소리를 내며 흘러갔다.

"얼른 떠나기로 하자! 이곳을 떠나자. 준비는 다 되었는가?"

미쓰히데는 커다란 목소리로 하인을 부르며 두 팔로 단지를 어깨 부근까지 들어올렸다. 그리고 정원 끝의 컴컴한 샘물을 향해 있는 힘껏 집어던졌다.

도자기의 파편, 물보라, 그것이 한 줄기 상쾌한 폭음을 올리며 미쓰히데의 앞에서 가슴으로 튀어올랐다. 미쓰히데는 젖은 얼굴로 밤하늘을 올려다보며 혼자 껄껄 웃었다.

밤이 깊었다. 안개가 축축하게 껴서 더욱 후텁지근한 밤이었다.

가신들 모두 빠짐없이 여장을 꾸렸다. 짐짝은 말의 등에, 활과 화살은 수행원의 손이나 어깨에, 그리고 선발 부대부터 말단의 하인까지 문밖에서 이미 대오를 갖추고 있었다.

말이 비구름이 깔린 낮은 하늘을 향해 자꾸만 울부짖었다. 수행원들의 우두머리는 이리저리 뛰어다니며 주의를 주기도 하고, 문 안을 들여다보며 누구에게랄 것도 없이 소리를 지르기도 했다.

"우장은 빠짐없이 갖추었느냐? 오늘 밤은 별도 없구나. 게다가 비가

─────────────

30) 방 안의 장식 공간.

내리기 시작하면 길도 좋지 않을 것이다. 횃불을 충분히 준비하도록 하라."

직책상 어쩔 수 없이 우두머리 수행원의 목소리에서만 생기가 조금 돌 뿐, 납덩이처럼 묵직한 것이 집안 전체를 뒤덮고 있었다. 모든 무사들의 얼굴이 오늘 밤 하늘처럼 암담해 보였다. 험악한 빛을 띤 눈, 눈물이 고여 있는 눈, 비통한 빛을 감추고 있는 눈, 괴로움에 말을 잃은 눈. 그 누구의 눈도 결코 평정하지 않았다. 이윽고 미쓰히데의 목소리가 들려왔다. 한 무리의 기마가 현관 앞의 말 타는 곳에서 다가왔다.

"사카모토까지는 눈에 보일 정도로 가까운 거리다. 한바탕 비가 내린다 해도 채찍 한 번 휘두르면 닿을 것이니 걱정할 것 없다. 걱정할 것 없어."

뜻밖에도 주인의 밝은 목소리를 듣고 수행원들은 오히려 의외라는 생각을 했다.

그날 저녁, 측신들은 미쓰히데가 미열이 있다며 전의典醫에게 약을 받았다는 이야기를 듣고 혹시 야밤에 비라도 맞을까 봐 걱정했다. 그러자 미쓰히데가 주위 사람에게, 또 문 안팎에 서 있는 집안사람들에게 일부러 다 들리도록 큰 소리로 말한 것이었다.

미쓰히데의 모습이 보이자 수행원들은 횃불의 끝을 모아 하나의 불에서 무수히 많은 불로 숫자를 늘려갔다. 그리고 선두부터 횃불을 든 채 차례차례 걸어 나갔다.

오 리쯤 가자 아니나 다를까 하얀 빗줄기가 어둠을 가르기 시작했다. 붉은 연기를 뿜어 올리는 횃불에도 픽, 픽, 픽…… 한 방울 한 방울 비가 소리를 내며 튕겼다.

"아즈치 성에서는 사람들이 아직 잠도 자지 않고 밤을 밝히는 모양이구나."

미쓰히데는 비를 보지 않았다. 말을 세워 호숫가 뒤를 돌아보니 거기에는 먹물 같은 우주 속에 우뚝 솟아 있는 천수각이 있었다. 비 내리는 밤이면 더욱 빛나는 옥상의 황금빛 범고래는 이 어두운 밤에 무엇인가를 노려보고 있었다. 그리고 각 건물의 수많은 불빛이 호수에 비쳐 추워 보일 정도로 몸을 떨고 있었다.

"나리, 나리. 비가 내립니다. 감기가 들면 절대 안 되십니다."

측신 중 한 명인 후지타 덴고가 미쓰히데의 말 옆으로 자신의 말을 몰아 등에 우장을 덮어주었다.

논병아리의 숙소

아직 장마가 개지 않았기 때문인지 오늘 아침에도 비와琵琶 호는 희미하게 보였고, 내리다 말다 하는 안개비와 잔물결에 시계는 그저 새하얄 뿐이었다. 하지만 길은 생각 외로 질척였다. 젖은 말의 갈기에서는 물방울이 떨어졌다. 밤새도록 전군의 장병이 입을 다문 채 비와 길과 싸워 사카모토까지 이르렀다. 오른쪽은 호수의 미쓰三津 호반, 왼쪽은 히에이比叡 산 연력사延曆寺(엔랴쿠지)로 오르는 언덕길이었다. 사람들이 입고 있는 도롱이는 아래위로 불어대는 바람에 고슴도치처럼 곤두서 있었다.

"오오, 저런 곳까지 사마노스케左馬介 님께서 마중을 나오셨습니다."

시호덴 마사타카가 주인 휴가노카미 미쓰히데에게 속삭였다. 호숫가의 성인 사카모토 성이 일행의 정면으로 보이기 시작했을 때였다.

미쓰히데는 벌써 알고 있었던 듯 가볍게 고개를 끄덕였다. 아즈치에서 이곳 사카모토까지 뒤돌아보면 보일 것처럼 가까운 거리였지만 그는 일만 리나 걸어온 사람처럼 피로에 지친 얼굴이 되었다. 그리고 사촌 동생인 아케치 사마노스케 미쓰하루光春가 사는 성 앞에 서자 마치 호랑이 굴에서 빠져나온 듯한 느낌을 받았다.

'아아, 드디어 도착했구나…….'

가신들은 미쓰히데의 그러한 마음보다 미쓰히데가 때때로 기침을 할 때 더욱 걱정했다.

"감기가 든 몸으로 빗속을 밤새도록 걸어오셨으니 피로도 이만저만이 아닐 것입니다. 성안으로 들어가시면 한시라도 빨리 몸을 따뜻하게 하고 주무십시오."

"그래, 그렇게 하도록 하지."

미쓰히데는 참으로 순종적인 주인이었다. 가신들의 충언을 잘 들었으며 또 모두의 걱정을 함께 나눴다. 이처럼 주종 간의 정에는 꿀과 같은 게 담겨 있었다.

후지타 덴고가 말의 고삐를 잡았다. 그는 성 앞 큰길가에 있는 소나무 숲으로 접어들자 고삐를 멈추고 시중을 들기 위해 안장 옆에 섰다. 그리고 미쓰히데가 내리자 말을 부하에게 맡기고 인을 따라 해자 위 다리를 건넜다. 그곳에는 미쓰하루의 가신들이 도열해 있었다. 한 노신이 우산을 펼쳐 공손하게 내밀었다. 그것을 시호덴 마사타카가 받아 주인의 머리 위에 씌워주었다. 후지타 덴고는 미쓰히데의 우장을 들었다.

미쓰히데는 다리 위를 걸어갔다. 해자의 물은 호수와 연결되어 있었다. 난간 밑을 바라보니 물빛이 파랬으며, 교각 부근을 둘러싸고 하얀 물새가 꽃을 뿌려놓은 것처럼 떠다니며 장난을 치고 있었다. 이 부근 물가에서 흔히 볼 수 있는 논병아리였다.

"오늘 새벽부터 기다리고 있었습니다."

성문까지 나와 기다리던 사촌 동생 사마노스케 미쓰하루가 빼곡히 늘어서 있던 각 무사들을 뒤로하고 몇 걸음 앞으로 나와 예를 갖춰 인사했다. 그러고는 앞장서서 현관으로 들어갔다.

집안의 노신에서부터 각 무사들까지 뒤를 이어 속속 안으로 들어갔다.

미쓰히데를 따라온 여러 측신들 중 십여 명도 진흙 묻은 손발을 닦고 젖은 도롱이를 쌓아놓은 채 혼마루 쪽으로 들어갔다. 나머지 가신들은 해자 밖에서 말을 씻기도 하고 작은 짐을 꾸리기도 하는 등 앞으로 있을 숙영宿營을 준비했다. 말이 울부짖는 소리와 떠들썩한 사람의 목소리가 멀리서 들려왔다.

그 무렵 미쓰히데는 이미 한 방에서 옷을 갈아입고 있었다. 사촌 동생의 집은 마치 자신의 집처럼 편안했다. 어느 방에서나 호수가 보였고, 소나무 숲이 보였다. 혹은 히에이 산이 보였다. 이곳의 혼마루는 더할 나위 없는 경승지에 있었다. 하지만 누가 지금 이 자연을 사랑하고 있을까? 히에이 산은 지난 겐키元龜 2년(1571년)에 노부나가의 명령 하나로 불태워진 이래 지금까지 산 위의 칠당가람七堂伽藍에도 중당中堂에도 산노山王 이십일 신사에도 당시의 잿더미만 쌓여 있을 뿐 부흥의 조짐조차 없었다. 최근에 들어서야 기슭의 민가가 하나둘 세워지기 시작했다. 모리 란마루森蘭丸의 아버지인 모리 산자에몬森三左衛門이 비장하게 전사한 우사宇佐 산의 성터도 가까이에 있었으며, 아사이 아사쿠라淺井朝倉 등의 대군과 오다 군이 맞붙어 시체를 쌓은 히에이 교차로의 전장도 멀지 않았다.

그러한 과거를 생각하다 보면 산수의 아름다움은 오히려 귀곡을 들려주는 법이다. 지금 미쓰히데는 장맛비 떨어지는 속에서 감상에 젖어 싸늘한 추억을 떠올리고 있었으며, 사촌 동생 미쓰하루는 떨어진 작은 방에서 화로의 불을 가늠하고 가마 만드는 장인 요지로与次郎가 만든 명품 솥에서 물이 끓는 소리를 들으며 오로지 다도에 잠기려 애쓰고 있었다.

하나의 성안에 서로 다른 두 개의 마음이 있었다. 미쓰하루를 야헤이지弥平次라고 불렸던 어린 시절부터 미쓰히데와 미쓰하루는 거의 한집에서 자랐으며, 그 뒤로 한동안 계속되던 곤궁도, 전장의 어려움도, 가정 속의 즐거움도 함께해온 사촌지간이었다. 그러다 보니 어른이 된 뒤 소원해지기 쉬운 형제보다 훨씬 더 골육적인 정을 서로에게 품고 있는 사이였으나 타고난 성품만은 하나로 합칠 수 없는 듯했다. 오늘 아침만 해도 두 사람은 하나의 처마 아래 있으면서도 이처럼 각자의 마음에 따라 서로 다른 모습으로 떨어져 있었던 것이다.

"어디……. 이제는 옷도 다 갈아입으셨을 테지."

미쓰하루는 마침내 혼잣말을 하고 솥 앞을 떠났다. 그리고 툇마루를 건너 다리 모양의 복도를 넘어 사촌 형에게 내준 방 가운데 한 곳으로 조용히 들어갔다. 옆방에 미쓰히데의 측신들이 머물고 있는지 기척이 들려오기는 했으나 그 방에 있는 사람은 오로지 미쓰히데 한 사람뿐이었다. 그는 무릎을 꿇고 앉아 호수를 바라보고 있었다.

"어떻습니까? 괜찮으시다면 서쪽 나실에서 우선 차라도 한잔 내집하고 싶습니다만."

미쓰하루의 말에 미쓰히데가 꿈에서 깨어난 듯한 얼굴로 중얼거렸다.

"차라……."

"얼마 전 교토의 요지로에게 부탁해두었던 물건이 마침내 도착했습니다. 아시야蘆屋와 같은 전아한 문양은 없습니다만 좋은 갑주를 보는 듯한 거친 맛이 있습니다. 새 솥은 좋지 않다고들 합니다만 과연 요시로, 끓인 물의 맛도 옛 솥의 것에 뒤지지 않을 만큼 오묘합니다. 나리께서 오시면 그것으로 꼭 대접해야겠다고 마음먹고 있었는데, 오늘 새벽에 갑자기 아즈치에서 돌아오신다는 보고를 받고 바로 화로에 불을 넣어 기다리고 있었습니다."

"아니, 미안하지만 차를 마시고 싶지 않구나."

"그럼 목욕을 하신 후에라도."

"목욕도 그만두기로 하지. 사마左馬, 우선은 한잠 잤으면 하네. 그 외에는 바라는 게 없어."

미쓰하루는 전부터 여러 가지 이야기를 들은 상태였다. 그러다 보니 미쓰히데의 심사를 전혀 살피지 못한 건 아니었다. 하지만 그렇다 해도 갑자기 돌아오게 된 이번 일에 대해서는 그도 이해하지 못하고 있었다. 노부나가 공이 아즈치 성에서 귀빈으로 맞아들인 이에야스의 향응을 위해, 그 며칠 동안의 접대 역으로 고레토 휴가노카미 미쓰히데가 임명되었다는 것은 세상 모든 사람에게 알려진 일이었다. 그런데 그 향연의 첫째 날을 앞두고 갑자기 미쓰히데를 그 역할에서 물러나게 하다니 대체 어떻게 된 일이란 말인가? 그 빈객인 이에야스는 여전히 아즈치에 있는데 접대 역을 교체당해 급거 본국으로 돌아온 미쓰히데에게는 대체 어떤 신변의 변화가 있었던 것일까?

미쓰하루도 소식을 자세히 들은 것은 아니었다. 오늘 새벽, 성문을 두드리는 사람을 통해 잠결에 대략적인 내용을 들은 뒤 '이번에도 뭔가 노부나가 공의 심기를 불편하게 했구나'라고 짐작할 뿐이었다. 그리고 미쓰히데의 얼굴을 볼 때까지 조용히 가슴 아파하고 있었다.

오늘 아침 성문에서 미쓰히데를 맞이했을 때부터 미쓰히데의 모습은 좋아 보이지 않았다. 하지만 미쓰히데의 눈가에서 그처럼 심각한 그늘을 보는 것은 그다지 놀라운 일이 아니었다. 미쓰하루는 세상이 아무리 넓다 한들 자신만큼 미쓰히데의 성정을 잘 알고 있는 사람은 없다고 믿어 의심치 않을 정도로 두 사람은 과거를 함께 보냈다.

열여섯 살, 처음으로 관을 쓰고 주베 미쓰히데+兵衛光秀라는 이름을 썼을 무렵, 사마노스케 미쓰하루는 아직 아홉 살밖에 안 됐으며 이름도 야헤이지라 불렸다. 그렇게 어리다 보니 미쓰히데가 관례식을 할 때도 신기하다는 듯 어머니 곁에서 바라보기만 했다. 그 관례식을 맡은 사람도, 주베 미쓰히데라는 이름을 골라준 사람도 실은 미쓰하루의 아버지인 미야케 미쓰야스三宅光安였다. 미쓰히데의 친부모는 도키土岐 일족의 명문이었으나 일찍 세상을 떠났다. 그 뒤 부모가 살던 아케치 성도 망해버리고 말았다. 그랬기에 작은아버지에 해당하는 미쓰하루의 아버지 미야케 미쓰야스의 손에서 자란 것이었다.

미쓰히데와 미쓰하루, 두 사람은 일곱 살 차이였다. 어렸을 때부터 한 집에서 책상을 나란히 하고 글을 읽었으며, 함께 등불 아래서 붓을 쥐었다. 사촌지간이라고는 하지만 형제보다 정이 더 깊었다. 그것은 삼십 년이 지난 지금도 마찬가지였다.

의義에 있어서는 주종 관계였으나 정애情愛에 있어서는 형과 아우 사이였다. 미쓰히데도 미쓰하루를 가신으로 생각하기보다 동생으로 생각했다. 그러다 보니 다른 사람에게 보이지 않는 얼굴빛도 미쓰하루에게는 그대로 보이곤 했다. 사마노스케 미쓰하루에게 있어서 그것은 오히려 기쁜 일이었다.

"……네, 그럴 만도 합니다. 아즈치에서 밤새 말을 타고 왔으니……. 저희도 이제 오십 고개에 이르게 되니 젊었을 때처럼 몸을 버틸 수가 없습니다. 준비해놓으라 이미 일러놨으니, 우선은 침소로 가셔서 편히 쉬시기 바랍니다."

미쓰하루는 억지도 부리지 않고, 뜻을 거스르지도 않았다.

"그리하겠네."

미쓰히데는 많은 말을 하지 않고 그곳에서 일어나 아직 아침 기운이 감돌고 있는 모기장 속으로 들어갔다.

병든 잎

미쓰히데가 잠자리에 든 뒤 사마노스케 미쓰하루가 방에서 나오자 한 방의 삼나무 문 가까이 앉아 있었던 아마노 겐에몬天野源右衛門, 후지타 덴고, 시호덴 마사타카 세 사람이 기다리고 있었다는 듯 미쓰하루를 불러 세웠다. 그들은 평소와 다른 모습으로 바닥에 손을 댄 채 말했다.

"저, 혹시…… 죄송합니다만 잠시 저희에게 시간을 내어주실 수 있겠습니까? 긴히 드릴 말씀이 있습니다."

미쓰하루는 오히려 기다리고 있었던 일이라는 듯 대답했다.

"함께 다실로 건너갑시다. 나리께서 잠드셔서 솥의 불이 쓸모없어졌다고 생각하던 참이었소. 어떻소?"

"다실이라면 다른 사람들을 물리칠 필요도 없으니 더할 나위 없이 좋습니다."

"그럼, 안내하도록 하겠소."

"하지만 저희는 모두 거칠기만 한 자들이라 차에 대한 소양도 없을 뿐만 아니라, 오늘은 그런 마음을 품을 수 있을 만큼 마음에 여유가 있는 것도 아닙니다."

"그럴 테지. 여러분의 흉중은 대충 짐작하고 있소. 바로 그렇기 때문에 이야기를 나누기에는 다실이 좋지 않을지. 신경 쓸 것 없소."

미쓰하루가 앞장서고 세 사람이 뒤를 따랐다. 그리고 그들은 좁은 벽과 장지문으로 들어오는 빛 사이에 마주 앉았다. 솥의 물은 잘 끓고 있었다. 조금 전보다는 끓는 소리도 부드럽게 들렸다. 미쓰하루의 무용은 수많은 전장에서 봐왔지만 미쓰하루가 화로 앞에 앉은 모습은 어딘지 낯설어 보였다. 지금 그의 모습에는 그러한 무용이 드러나지 않았다.

"그럼 차는 마시지 않도록 하겠네. 겐에몬, 마사타카, 긴히 할 말이란?"

세 사람은 약간 굳은 얼굴로 서로를 바라보다 그중 가장 강직하고 감성에 솔직한 우시타 넨고가 먼저 말을 꺼냈다.

"사마노스케 님. ……분합니다. 말씀을 드리려 해도 분, 분한 마음이 앞서서……."

덴고는 왼손을 무릎에서 밑으로 떨어뜨리더니 자신도 모르게 오른쪽 팔꿈치를 구부려 눈가의 눈물을 가렸다. 그러자 다른 두 사람도 함께 눈을 껌뻑였다. 덴고처럼 울지는 않았으나 눈꺼풀은 이미 붉어져 있었다.

"무슨 일이 있었는가?"

사마노스케 미쓰하루는 오히려 냉정한 태도를 보였다. 불을 보게 될 것이라 예상했는데 물을 보게 된 것처럼 세 사람은 퍼뜩 정신이 들었다. 서로 눈가를 보며 이런 얼굴부터 먼저 보였다가는 미쓰하루로부터 공감을 얻는 것도, 기대를 거는 것도 모두 틀린 일이라는 사실을 깨닫게 되었다. 그리고 이렇게 지나친 감정을 드러낸다면 이야기하려는 내용도 자연스럽게 소극적으로 될 게 틀림없었다.

"실은 생각하지도 못했던 갑작스러운 귀국에 어떤 일로 우후 님(노부나가)의 심기를 불편하게 한 것이 아닐까 생각하고 있었다네. 대체 어떤 이유로 접대 역에서 갑자기 물러나시게 된 것인가? 기탄없이 들려주기 바라네."

미쓰하루가 거듭 말했으나 세 사람의 가슴속에서 불타오르는 불꽃에는 미치지 못했다.

우선 후지타 덴고가 입을 열었다.

"저희가 모시는 주군이라고 해서 잘못에 눈을 감고, 도리를 왜곡하고, 억지로 분노의 말을 하여 노부나가 공을 까닭 없이 원망하려는 것이 결코 아닙니다. ……이번 파면에 대해서만은 어떠한 사정 때문인지, 어떤 실수를 이유로 명령하신 것인지 우다이진의 마음을 저희로서는 도무지 알 길이 없습니다. 참으로 기괴한 일이라고 말씀드릴 수밖에 없습니다."

덴고의 말을 받아 시호덴 마사타카가 계속 이야기를 했다.

"……하지만 저희도 일단은 가슴을 쓸어내리고 정치상의 문제일까도 생각해보았으나 아무리 돌아보아도 그와 같은 점은 떠오르지 않았습니다. 그렇다면 군 작전상의 문제일까 싶었으나 그처럼 커다란 책략은 예전부터 노부나가 공의 가슴속에 확고히 자리하고 있을 텐데, 도쿠가와 나리의 향응을 앞두고 한번 접대 역을 맡긴 자를 그 자리에서 파면하고 다른 자로 대신하는 모습을 일부러 손님에게 보일 필요가 있겠습니까?"

이번에는 아마노 겐에몬이 말을 더했다.

"……두 사람이 말씀드린 것처럼 생각하고 보니 저희는 이제 오직 한 가지, 이유 같지도 않은 이유밖에 떠오르지 않습니다. 즉, 평소 저희 주군에 대해 걸핏하면 비뚤어진 시선으로 보시는 노부나가 공의 깊은 집념과도 같은 미움이…… 마침내, 마침내 그처럼 노골적으로 드러나 일이 이 지경에 이른 것이 아닐지……. 저희 아케치 가 사람들은 이제 그렇게 체념할 수밖에 없습니다."

세 사람은 거기까지 말하고 입을 다물었다. 그 외에도 하고 싶은 말은 얼마든지 있었다. 고슈 공략 때 스와諏訪의 진소에서 주인 미쓰히데에게 마시지도 못하는 술을 억지로 권하며, 아무리 취흥이라고는 하지만 팔을 비틀어 회랑의 나무 바닥에 얼굴을 짓이기고 "나팔꽃 머리, 나팔꽃 머리, 마셔라"라고 사람들 앞에서 벌을 준 일이나, 아즈치 성안에서도 종종 비슷한 모욕을 준 일, 혹은 평소 미쓰히데라는 말만 들으면 눈엣가시처럼 조소하고 멸시하며 증오한다는 사실이 다른 집안의 무사들 사이에서조차 이야깃거리가 되고 있는 분위기 등 떠올리면 끝도 없었다. 하지만 오늘 이전의 일은 굳이 말하지 않아도 주인 미쓰히데와는 거의 일심동체라고도 할 수 있는, 일족 중의 일족 미쓰하루가 모를 리 없었기에 마사타카도 겐에몬도 굳이 쓸데없는 말을 덧붙이지 않았던 것이다. 그런데 그들의 이야기를 다 늘은 사마노스케 미쓰하두는 일굴빛 하나 변하지 않은 표징으로 조용히 말했다.

"그럼 나리의 귀국은 이렇다 할 특별한 이유도 없는 파면 때문이라는 말이오? ……그 말을 들으니 마음이 푹 놓이는군. 우다이진 님의 기분에 따라 일이 잘 끝나거나, 잘 끝나지 못하는 것은 다른 집안에서도 흔히 있는 일. 우선은 안심이군, 안심이야."

미쓰하루는 오히려 축하할 일이라는 듯한 투로 대답했다. 그러자 세 사람의 눈빛이 갑자기 달라졌다. 특히 덴고는 입가의 근육을 부들부들 떨며 미쓰하루 앞으로 불쑥 다가갔다.

"우선은 안심이라니, 뜻밖의 말씀이십니다. 사마노스케 님, 그것은 대체 무슨 뜻입니까?"

"거듭 말할 필요도 없소. 나리의 잘못 때문이 아니라 노부나가 공의 심기가 불편했기 때문이라면, 기분이 좋으실 때 다시 마음을 풀어드릴 수도 있을 것이오."

그 말에 덴고가 더욱 다급한 투로 물었다.

"그, 그렇다면…… 나리께서는 저희 주군을 오로지 노부나가 공의 기분만을 맞추는 게이샤 무리와 동일시하고 계시다는 말씀입니까? 당당한 무가이신 아케치 휴가노카미 님을 그렇게 보셔도 된다고 생각하십니까? 아무런 분노도, 치욕도, 또 그렇게 해서 자멸의 늪으로 내몰리게 될 것이라고도 느끼지 못하십니까?"

"덴고, 자네 관자놀이의 힘줄이 너무 굵은 것 같은데. 마음을 좀 가라앉히게."

"어제도 그제도 한잠도 자지 못했습니다. 나리처럼 냉정하게 있을 수는 없습니다. 무도함, 조소, 치욕, 인내, 온갖 분노로 들끓고 있는 기름 솥에서 괴로움을 맛보고 있는 아케치 가의 주종입니다."

"……그러니까 하는 말 아닌가. 우선은 마음을 달래고 이삼 일 푹 주무시도록 하게."

"그, 그런 한심한 말씀을."

후지타 덴고는 누가 뭐래도 미쓰하루가 주군의 사촌 동생이라는 사실을 알면서도 덤벼들고 말았다.

"단 한 번 더럽혀진 무가의 치욕도 씻기 어려운 법이거늘, 저희 주인과 가신들은 저 아즈치에 있는 천방지축 같은 나리 때문에 몇 번이고 그것을 참았는지 모릅니다. 오늘도 사람들이 지켜보는 가운데서 그런 일이 있었고, 눈물을 참으며 말씀하시는 미쓰히데 나리를 둘러싸고 주종이 함께 위로하며 눈물로 지새운 밤이 한두 번이 아닙니다. 게다가 이번에는 그저 향응 역에서 제외시켰을 뿐만 아니라 그 뒤 바로 '본국으로 돌아가 출진 준비를 하라. 주고쿠에 있는 히데요시를 측면에서 돕기 위해 모리의 분국인 산인 각국으로 당장 공격해 들어가라'고 명령을 내리셨고, 마치 저희 아케치 일족을 돼지나 사슴을 쫓는 몰이꾼이나 사냥개처럼 취급하며 말씀하셨습니다. 이런 마음을 품고 어찌 전장에 나설 수 있겠습니까? 이것이야말로 그 천방지축 나리의 무시무시한 간책입니다."

"닥쳐라! 천방지축 나리라니, 누구를 두고 하는 말이냐?"

"남들이 보는 앞에서도 저희 주군에게 '나팔꽃 머리, 나팔꽃 머리'라고 부르시는 노부나가 공을 두고 하는 말입니다. 그 천방지축 시절부터 좌우에서 보좌하여 오늘의 아즈치를 이루게 한 오다 가의 공신인 하야시 사도林佐渡 님도 그렇고 사쿠마佐久間 부자도 그렇고 마침내 직책과 봉록으로 보답해야 할 날이 찾아오자 곧 사소한 죄를 뒤집어씌워 죽음으로 내몰거나 추방해버리는 등, 그 천방지축 나리의 최후의 수단은 언제나 그 자리를 빼앗는 것이었습니다."

"닥쳐라. 우다이진 님에 대해 불손하기 짝이 없는 소리구나. 너희와 자리를 함께할 수 없다. 나가라, 나가."

결국 미쓰하루가 화를 내며 호통을 쳤고, 사람이 온 것인지 병든 잎이 떨어진 것인지 정원에서 희미한 기척이 들려왔다.

히에이 산의 부흥

적대적 성격을 가진 사람은 절대 없을 성곽 안이라 할지라도 방첩상으로는 밤낮으로 세심하게 경계를 게을리하지 않았다. 이것만은 어떤 성이든 예외 없이 똑같았다.

다실이라 할지라도 뜰이나 그 부근에는 정원을 지키는 무사가 반드시 서 있었다. 지금 다실의 조그만 출입구 바깥까지 와서 섬돌 앞에 머리를 조아린 사람도 정원을 지키는 사람이었다. 그는 한 통의 서찰을 안에 있는 주인에게 건네준 뒤에도 한동안 두꺼비처럼 몸 하나 까딱하지 않고 대기하고 있었다.

잠시 뒤 미쓰하루의 목소리가 안에서 들려왔다.

"답장을 달라니 적어서 보낼 생각이네만, 시간이 좀 걸릴 걸세. 심부름을 온 스님에게 잠시 기다리라고 하게."

"알겠습니다."

무사는 닫힌 채로 있는 다실의 문을 향해 정중하게 예를 갖추고 짚신 소리조차 내지 않으려는 듯 조심스럽게 뜰의 나무 사이를 걸어 돌아갔다.

그 뒤 미쓰하루와 세 사람은 한동안 더 서먹하게 가만히 입을 다문 채 앉아 있었다. 마침 어딘가에서 똑똑 당목으로 땅을 두드리는 듯한 소리가 들려왔다. 그 가벼운 울림만이 그곳의 침묵을 간신히 깨뜨리고 있었다. 끊임없이 매실이 떨어지는 소리였다. 장마 구름 사이로 약간 틈이 생긴 것인지 장지문 너머로 갑자기 강한 햇살이 비추기 시작했다.

"그만 인사를 올리고 물러나기로 하세. ……뭔가 다른 일이 생기신 듯하니."

시호덴 마사타카가 기회를 놓치지 않으려는 듯 동료들을 재촉해서 물러나려 하자 미쓰하루가 숨기려는 기색도 없이 펼쳐서 읽고 있던 편지를 말며 세 사람에게 미소 띤 얼굴로 말했다.

"더 있다 가지."

"아니, 그만 물러나겠습니다."

"참으로 폐를 끼쳤습니다."

겐에몬과 덴고도 함께 자리에서 일어났다. 그리고 뒤쪽의 장지문을 닫은 뒤 곧 다리 모양의 복도 쪽으로 살얼음이라도 깨듯 차가운 발소리를 지우며 갔다.

잠시 뒤 미쓰하루도 그곳에서 나왔다. 그리고 복도를 지나며 사람을 불렀다. 그러자 시신부터 시동까지 황급히 그의 뒤를 따라 방으로 들어갔다. 미쓰하루는 종이와 벼루를 가져오라 하더니 이미 써야 할 글이 머릿속에 있는 듯 별 어려움 없이 붓을 휘둘렀다.

"답장이다. 이것을 요카와橫川의 스님이 보낸 심부름꾼에게 주고 돌려보내라."

미쓰하루는 시신 중 한 명에게 편지를 건네주고 그 일에 대해서는 더이상 생각할 것도 없다는 듯 다른 가신을 둘러보며 물었다.

"미쓰히데 님께서는 숙면을 취하고 계신 듯하더냐?"

"침소는 매우 조용한 듯합니다."

미쓰하루는 그제야 비로소 미간을 펴고 마음이 놓인다는 듯한 표정으로 말했다.

"그러냐."

19, 20, 21일, 미쓰히데는 며칠 동안 하는 일도 없이 사카모토 성에서 보냈다. 이미 주고쿠 출진을 명령받은 몸이었다. 아직 조금 여유는 있었지만 한시라도 빨리 자신의 성인 단바카메야마丹波龜山로 가서 가신들에게 동원령을 내리고 만반의 준비를 서둘러야 할 터였다.

"도중에 이처럼 며칠이고 헛되이 보내신다면 아즈치에서 더욱 좋지 않은 소리가 들려올 텐데."

미쓰하루는 미쓰히데에게 직언을 하고 싶었다. 하지만 미쓰히데의 마음을 생각하면 쉽게 말을 꺼낼 수가 없었다. 후지타 덴고와 시호덴 마사타카 등이 거침없이 말한 것처럼 미쓰히데도 '이런 기분으로는 전장에 나갈 수 없다'는 생각에 마음이 괴로울 것이었다. 그렇다면 여기서 조용히 머무는 며칠 동안의 휴식이야말로 미쓰히데가 무엇보다 먼저 할 수 있는 출진 준비일지도 모른다는 생각이 들었다. 그래, 그럴 것이다, 하며 미쓰하루는 어디까지나 미쓰히데의 강한 이성과 총명함을 믿었다.

미쓰하루는 미쓰히데가 어떻게 지내는가 싶어 미쓰히데의 방을 가만히 들여다보았다. 미쓰히데는 양탄자 위에서 붓을 씻는 그릇과 먹물통을 늘어놓고 한 권의 화첩을 펼쳐 그림 연습에 여념이 없었다.

"오호, 이건."

미쓰하루는 미쓰히데 곁에 앉았다. 그리고 미쓰히데가 이처럼 여유를 갖고 있다는 사실을 진심으로 기뻐하며 함께 그 경지를 즐기려 했다.

"그래, 사마노스케로구나. 봐서는 안 된다. 아직 사람들 앞에서 그릴 만한 실력이 아니니."

미쓰히데는 붓을 놓아버렸다. 그리고 쉰 살이 넘은 사람이라고는 여겨지지 않을 정도로 수줍어하는 모습을 보이며 당황한 듯 주위의 그림이 그려진 종이까지 숨겨버렸다.

"하하하, 이거 방해를 한 모양입니다. 본보기로 삼으신 화첩은 누구의 그림입니까? 가노 산라쿠狩野山樂에게라도 명령을 내리셨던 겁니까?"

"아닐세, 가이호 유쇼海北友松일세."

"유쇼 말씀이십니까? 그 사람은 요즘 어떻게 지냅니까? 이 근방에서는 도통 소식을 들을 수 없습니다."

"얼마 전 고슈 공략 때, 숙소로 불쑥 찾아왔는데 이튿날 아침, 날이 밝기도 전에 다시 표연히 떠나버리고 말았다네. 이건 그때 그가 그린 것이야."

"괴짜로군요."

"아니, 괴짜라는 한마디만으로 형용할 수 있는 사람이 아니야. 절개가 있는 사람, 대나무처럼 마음이 올곧은 사내일세. 무사는 그만두었지만 무사다운 인물이라고 생각하네."

"예전에는 사이토 다쓰오키齋藤龍興의 가신이었다고 들었는데, 그 옛 주인에 대한 절개를 지금도 지키는 점을 칭찬하고 계시는 겁니까?"

"아즈치를 건설하는 공사를 위해 우다이진께서 부르셨지만 그 사람만 거절했지. 그는 그렇게 명리와 권세에도 굴하지 않았어. '어찌 돌아가신 주인의 원수를 위해 그림을 그릴 수 있겠는가' 하는 기개를 품고 있는 것처럼 보이네."

그때 미쓰하루의 가신이 무슨 볼일이 있다는 듯 뒤에 와서 앉자 두 사람 모두 입을 다물었다. 미쓰하루가 뒤를 돌아보며 '무슨 일인가?' 하고 물었다.

무사는 손에 한 통의 서찰과 닥나무 종이에 쓴 탄원서 같은 것을 들고 당황스러운 얼굴빛으로 대답했다.

"성문까지 요카와 스님의 제자가 또 찾아와서 다시 한 번 이 서찰을 성주님께 꼭 보여드리고 싶다고 했습니다. 아무리 돌려보내려 해도 목숨을 걸고 온 사자라며 돌아가려 하지 않습니다. 어떻게 하면 좋겠습니까?"

미쓰하루가 가볍게 혀를 차며 말했다.

"뭐, 또 왔다고? 요카와의 스님에게 탄원의 취지는 도저히 받아들일 수 없으니 없었던 일로 알라고 신중히 답장을 썼는데, 그 뒤에도 두 번이고 세 번이고 끈질기게 서찰을 들려 보내다니, 참으로 말귀를 못 알아듣는 스님이로구나. 결코 안으로 들여서는 안 된다. 무슨 소리를 하든 거절하고 돌려보내도록 해라."

"네, 네."

소식을 전하러 온 무사는 그렇게만 대답하고, 마치 자신이 야단을 맞기라도 한 것처럼 서찰과 탄원서를 손에 그대로 든 채 허둥지둥 그 자리에서 물러났다. 그러자 미쓰히데가 바로 물었다.

"요카와의 스님이라면 히에이 산의 료신 아자리亮信阿闍梨를 말하는 것이냐?"

"그렇습니다."

"지난 겐키 2년 가을, 히에이 산 화공火攻 때 나도 선봉 부대 중 하나를 맡으라는 명을 받아 산속 사찰의 본당, 산노 스물한 개 신사, 그 외 영사불탑靈社佛塔 등에 불을 지르고 칼로 맞섰지. 그때 승병뿐만 아니라 동자승, 대사, 일반승, 고승, 남녀노소 할 것 없이 모두 베어 불속에 던져 다시는 이 심산에 사람은 물론 풀 한 포기 나지 않을 것이라 여겨질 정도로 철저하게 살육을 했는데……. 어느 틈엔가 살아남은 법사들이 거기로 다시 돌아와 살아갈 길을 구하고 있는 모양이구나."

"그렇습니다. 들리는 말에 의하면 산속은 아직 황량한 폐허지만 그 뒤 요카와의 스님 료신이나 보당원宝幢院(호토인)의 센슈詮舜, 지관원止觀院(시칸

238

인)의 젠소^{全宗}, 그리고 정각원正覺院(쇼카쿠인)의 고세이^{豪盛}, 히에^{日吉}의 네기교간^{禰宜行丸} 등의 석학들이 사방으로 흩어졌던 사람들을 불러 모아 온갖 수단을 동원해서 산문의 부흥을 위한 운동을 하고 있다고 합니다."

"노부나가 공이 계신 동안에는 그 실현을 보기 어려울 게야."

"그들도 그렇게 알고 많은 힘을 조정의 벼슬아치들에게 쏟아부어, 주상께서 노부나가 공에게 윤음^{綸音}으로 설득해주시길 바라며 매우 열심히 운동을 펼친 듯합니다. 하지만 그것도 칙허를 얻을 가망이 없고, 요즘에는 오로지 민간의 힘에 의지하여 각국에서 모금을 하고 각 가문을 찾아다니며 산노 일곱 개 신사의 임시 전각 건립을 계획하고 있다고 들었습니다."

"그렇다면…… 요카와의 스님이 전부터 네게 거듭 사람을 보낸 이유도 그와 관련된 탄원 때문이겠구나?"

"아닙니다."

미쓰하루는 갑자기 눈빛을 바꾸어 미쓰히데의 얼굴을 조용히 바라보았다.

"사실은 말씀드릴 필요도 없는 일이라 생각하여 이 사마노스케가 독단으로 거절해왔습니다만…… 그렇게 물으시니 숨기지 않고 말씀드리겠습니다. 실은 요카와의 스님께서 거듭 사람을 보낸 이유는 나리께서 우리 성에 머물고 계시다는 사실을 알고 꼭 미쓰히데 님을 한번 뵙고 싶다며 제게 소개를 간곡히 부탁하기 위해서였습니다."

"료신 아자리가 이 휴가노카미를 만나고 싶다고 간곡히 청했단 말인가?"

"그리고 다른 한 통의 탄원서에는 산문 부흥을 위한 모금 명단에 고레토 휴가노카미 님의 존함도 올리고 싶다는 내용이 담겨 있었습니다. …… 하지만 이 두 가지 모두 받아들일 수 없는 일이라고 말하며 단호히 거절했습니다."

"그렇게 받아들일 수 없는 일이라고 거절하고 또 거절해도 거듭 성문으로 목숨을 걸고 승려까지 보내다니……. 참으로 딱하기는 하구나."

"……."

"사마노스케."

"네."

"모금 명단에 내 이름을 올리는 것은 아즈치의 주군에 대해 불경한 일이 될 테지만, 아자리를 만나는 정도는 그렇게 꺼릴 것도 없을 듯한데."

"아니, 그리해서는 안 됩니다. 산문을 불태우는 데 공을 세운 대장이 무슨 이유로 이제 와서 살아남은 법사와 만날 필요가 있겠습니까?"

"그 당시에는 적이었으나 지금의 히에이 산은 완전히 무력화되었고, 아즈치에 대해서도 항복하여 공순할 것을 맹세한 양민 아니냐?"

"형식상으로는 틀림없이 그렇습니다. 하지만 불교가 전파된 이래로 지어진 보탑과 불사가 잿더미로 변했으며, 일만 명이나 되는 사제의 골육을 살육당한 무리와 그 인척들이 어찌 아직도 생생한 당시의 원한을 마음에서 지웠겠습니까?"

미쓰히데는 천장을 향해 훅 하고 큰 소리로 한숨을 내뱉었다.

"바로 그렇기 때문에……. 당시 나 역시도 노부나가 공의 명령을 받아 어쩔 수 없이 그 미친 듯한 불길 중 하나가 되어 산속의 사악한 중뿐만 아니라 무고한 승속僧俗, 노소老少까지 무수히 찔러 죽였다. ……지금 그 생각을 하면 이 가슴은 마치 당시의 불타는 산처럼 가책으로 괴롭구나."

"평소 말씀하시던 대승적 사고와는 어울리지 않는 말씀을……. 히에이 산뿐만 아닙니다. 흥한 자, 망한 자, 봄이 가면 가을이 오듯 되풀이되는 것이 이 세상 이치입니다. 단번에 많은 이의 목숨을 빼앗고, 산 하나를 불태운다 할지라도 오산백봉五山百峰의 법을 밝혀 비춘다면 저희 무인의 살육은 결코 쓸데없이 무고한 생명과 문화를 멸하는 것이 아니라고 생각합니다."

"옳은 말이다. 그 정도의 이치는 모르는 바 아니나 일개 인간의 정으로서 오늘의 히에이 산에 대해 나는 눈물을 금할 수 없는 심정이다. ……사마노스케, 공인으로서의 고레토 휴가노카미로서는 꺼려야 할 일이겠지만, 한 평범한 인간이 산의 옛터를 애도하는 의미라면 아무런 문제가 없을 것이다. 내일 은밀히 산에 다녀오고 싶구나. 그리고 요카와의 스님에게 약간의 보시를 하고 싶은데……. 어떻게 생각하느냐?"

낮의 두견이

그날 밤, 미쓰하루는 잠자리에 든 뒤에도 홀로 번민했다.

'어째서 히에이 산의 무리들에게 그토록 집착하고 계신 걸까?'

미쓰하루는 미쓰히데의 마음을 의심했다. 그리고 내일 은밀히 산에 오르겠다는 미쓰히데의 미심쩍은 생각을 되새기며 밤새도록 고민했다.

'끝까지 말려야 할까, 아니면 당신 뜻에 맡겨두어야 할까? 지금의 신분으로는 산문의 부흥 따위에 일절 관여하지 않는 편이 좋으며, 요카와의 승려와 만난다는 것은 더욱 좋지 않은 일이다.'

미쓰하루는 마음속으로는 분명하게 생각을 정리했지만, 자신이 독단으로 료신 아자리의 심부름꾼을 만나지 않은 일에도, 산에서 보낸 탄원서를 그대로 돌려보낸 일에도 썩 좋지 않은 얼굴 표정을 보인 미쓰히데가 떠올랐다. 그리고 근본적으로 자신의 처지와는 상반되는 생각을 품고 있는 듯 여겨졌다.

'지금의 히에이 산을 대상으로 대체 어떤 일을 꿈꾸고 계신 걸까?'

미쓰하루는 바로 그 점에 적잖은 불안과 의혹을 품고 있었다. 이는 틀림없이 노부나가에게 반하는 행위라고 비난받기에 딱 좋은 행동이었다.

게다가 주고쿠 전투의 출진을 앞둔 사람이 해서는 안 될 쓸데없는 행동이기도 했다.

'말리자. 무슨 말씀을 하셔도 말리기로 하자.'

미쓰하루는 그렇게 결심하고 눈을 감았다.

'면전에서 말리면 미쓰히데 님으로부터 듣기 거북한 격한 말도 들어야겠지만, 아무리 화를 내셔도 단호히 그 소매를 붙들자.'

곧이어 미쓰하루는 잠이 들었다.

이튿날 아침, 미쓰하루는 평소보다 일찍 일어나 세수와 양치질을 하고 있었다. 그런데 바로 그때 복도에서 현관으로 사람의 발소리가 우르르 들려왔다. 미쓰하루가 무사를 불러 빠른 어조로 물었다.

"지금 누가 나갔는가?"

"휴가노카미 님이십니다."

"뭐, 미쓰히데 님이?"

"네. 산에 오르기 위한 가벼운 차림으로 아마노 겐에몬 나리 한 분만을 데리고 히에 아래까지는 말로 달려가겠다고 말씀하셨습니다. 지금 현관에서 짚신을 신고 계십니다."

"그럼 날이 밝기도 전부터 이미 준비를 하셨던 게로군."

미쓰하루는 단 하루도 거른 적이 없었던 신전에 올리는 아침 예배도 불단에서 외는 염불도 이날 아침만은 거르고 말았다. 그는 부지런히 방으로 돌아가 크고 작은 의복을 갖추고 현관까지 달려갔다. 하지만 미쓰히데는 이미 그곳을 떠나버린 뒤였고 배웅을 나갔던 측신 몇 명이 졸린 얼굴을 마주한 채 차양을 통해 시메이가다케四明ヶ嶽의 하얀 구름을 올려다보고 있었다.

"장마도 이쯤에서 그칠 듯한데."

성 밖의 솔숲은 아직 걷히지 않은 아침 안개 때문에 호수의 밑바닥을 가는 것처럼 느껴졌다. 그곳을 사람을 태운 말 두 마리가 가벼운 발걸음으로 달려가고 있었다. 가마우지인지 까마귀인지, 말 두 마리 옆을 스쳐 지나며 커다랗게 날갯짓을 했다.

"겐에몬, 오늘은 날이 좋을 듯하구나."

"이대로라면 산도 꽤나 맑을 듯합니다."

"오랜만에 마음도 상쾌하구나."

"기분 전환이 되는 것만으로도 오늘의 산행은 의미가 있습니다."

"무엇보다 요카와의 스님을 만나고 싶다. 내 용무는 오직 그뿐이다."

"나리께서 일부러 산으로 드신다면 매우 황공해할 것입니다."

"사카모토 성으로 부르면 역시 사람의 눈이 신경 쓰이네. 산속의 사람이 없는 곳에서 조용히 만났으면 하네. 겐에몬, 자네가 일을 잘 좀 처리해주게."

"사람의 눈은 산속보다 기슭에 더 많을 것입니다. 고레토 휴가노카미 님께서 산에 오르셨다고 마을 사람들이 떠들어대면 곤란해집니다. 히에 부근까지는 두건으로 얼굴을 잘 가리고 가시기 바랍니다."

"이렇게 말인가?"

미쓰히데는 얼굴에서 머리로 둘러쓰고 있던 헝겊을 한층 더 깊이 둘러 눈과 입가만 보이게 했다.

"차림새도 수수하고 안장도 평범한 무사가 쓰는 것이니, 이제는 누가 봐도 고레토 미쓰히데 님이라고는 생각하지 못할 겁니다."

"겐에몬, 자네도 조심하게. 내게 너무 정중한 태도를 취하면 그것만으로도 의심을 받게 될 테니."

"하하하, 과연 그렇습니다. 거기까지는 생각하지 못했습니다. 지금부터는 격식을 차리지 않겠습니다. 무례함을 용서해주시기 바랍니다."

지난 이삼 년 전부터 임시 건물들이 처마를 늘어놓아 옛 사카모토의 모습을 조금씩 되찾아가고 있었다. 그 가도를 달려 연력사로 오르는 길로 막 접어들었을 무렵에야 비로소 뒤쪽 호수에 아침 해가 찬연히 빛나기 시작했다.

"도중에 내린 말은 어떻게 하시겠습니까?"

"히에 신사 부근에 임시 건물이 들어섰다고 하네. 그 부근에는 농가도 있을 게야. 아니면 히에에 있는 목수에게라도 맡기고 가면 될 걸세."

"아…… . 누군가 뒤에서 부르는 소리가 들리지 않습니까?"

"따라오는 자가 있다면 그건 틀림없이 사마노스케 미쓰하루일 걸세. 미쓰하루는 나의 이번 산행을 말리고 싶어 하는 얼굴이었으니."

"참으로 보기 드물 정도로 온순하고 성실한 분이십니다. 무인으로는 너무 부드러울 정도로…… ."

"……저기 좀 보게, 겐에몬. 역시 사마노스케일세. 기슭에서부터 홀로 말을 몰아 달려오고 있네."

"모습으로 봐서는 억지로라도 나리를 말리실 생각인 듯합니다. 벌써 여기까지 오신 것을 보면…… ."

"그가 무슨 말을 하든 애초부터 돌아갈 마음은 없었네…… . 아니, 아마도 그는 더 이상 말리지 않을 게야. 말릴 생각이었다면 성문에서 내 말고삐를 잡았을 테니. 저걸 좀 보게, 사마노스케도 산행을 위한 복장을 하고 오는군. 나와 함께 오늘 한나절 동안 산을 둘러볼 생각으로 마음을 고쳐먹고 온 게 틀림없어."

이 세상에 미쓰히데만큼 미쓰하루의 마음을 잘 아는 사람도 없었고, 또 미쓰하루만큼 미쓰히데의 마음을 잘 아는 사람도 없었다. 아니나 다를까 그 사마노스케 미쓰하루는 여기에 오기 전부터 이미 억지로 미쓰히데의 뜻에 거스르기보다는 오늘 하루를 산에서 함께 보내며 그가 커다란 실수를 하지 않도록 곁에서 노력하는 편이 좋겠다고 마음을 고쳐먹은 것이었다. 그랬기에 사이가 가까워지기 시작했을 무렵부터 무척이나 밝은 얼굴을 보이며 말했다.

"정말 부지런도 하십니다. 왜 이렇게 급히 나오셨습니까? 오늘 아침에는 저도 허를 찔린 것처럼 적잖이 당황했습니다. 이렇게 이른 새벽부터 오르실 줄은 생각하지도 못했기에……."

"아아, 사마노스케. 자네를 데리고 와야겠다고는 나도 생각하지 못했네. 이렇게 따라올 줄 알았으면 어젯밤에 약속을 해두었을 텐데."

"제 불찰이었습니다. 아무리 잠행이라고는 하지만 하인 열 명 정도는 데리고 차와 도시락도 준비해서 한가로이 다녀오실 줄로만 지레짐작하고 있었기에."

"하하하. 평소의 산행이었다면 그리했을 테지만, 오늘 산에 오르는 것은 어디까지나 지난날의 업화에 쓰러진 영을 애도하고, 수많은 백골을 위해 잠시 불공을 드려야겠다는 보리심에 기인한 것이니…… 술 단지와 진미를 들고 올라와서야 되겠는가."

아마노 겐에몬은 그렇게 말하는 주인 미쓰히데의 옆얼굴을 강렬한 눈빛으로 바라보고 있었다. 미쓰하루가 그 말을 조금도 의심하지 않는다는 듯한 표정으로 말했다.

"어제는 심기를 불편하게 하는 말씀을 올렸을지 모르겠으나 제가 원래 소심하다 보니 이번 일로 아즈치에 좋지 않은 소리가 들어가거나 않으면 좋겠다는 생각에서 드린 말씀이었습니다. 이렇게 가벼운 차림으로 문득 보리심이 일어 산으로 발걸음을 옮기신 것이니 혹여 노부나가 공의 귀에 들어간다 할지라도 그리 심하게 탓하지는 않으실 겁니다. 실은 이 미쓰하루도 사카모토 근처에 머물고 있으면서 아직 한 번도 산에는 가보지 못했습니다. 오늘 나리를 모시고 곳곳을 둘러보는 것도 한때의 행복일까 싶어 뒤따라온 것입니다. 겐에몬, 앞장서기 바라네."

미쓰하루는 미쓰히데와 말 머리를 나란히 한 채 그가 따분해하지 않도록 곳곳에 보이는 풀꽃에 대해 설명하기도 하고, 푸른 신록에 대해 이야기하기도 하고, 각종 새들의 소리를 구분해 새의 습성을 들려주기도 하는 등 마치 낙을 잃은 환자의 마음을 달래주려는 아낙네처럼 세심한 부분에까지 신경을 썼다.

"그렇군. ……흠, ……과연."

미쓰히데는 미쓰하루의 노력에 차가운 표정을 지을 수 없었다. 다만 미쓰하루가 하는 말은 대부분이 인간사가 아닌 자연의 풍물에 관한 것이었다. 그러다 보니 미쓰히데의 마음에는 아무래도 스며들지 못했다. 미쓰히데라고 결코 자연의 아름다움이나 정취를 모르는 것은 아니었으나, 그의 마음은 잠을 잘 때나 깨어 있을 때나, 또 붓을 쉬고 그림을 그려보아도 언제나 사람과 사람 사이의 갈등 속에 있었으니 어쩔 도리가 없는 일이었다. 그의 마음은 어지러이 서로 대립하는 인간 사회에 있었다. 그리고 분노하고 원망하는 불꽃 속에 있었다. 낮에도 두견이가 우는 이 산길에 접어들어서도 그의 관자놀이에는, 아즈치에서 물러난 이후 굵게 튀어나온 핏발이 여전히 불거져 있었다.

약초 채취

본능사本能寺(혼노지)의 해자에 미친 병사들의 활이 날아들고 반역의 맹렬한 불길이 하룻밤의 하늘을 불태우고 나자 세상 사람들은 하나같이 새삼스럽게 미쓰히데의 마음을, 그 변심의 시기와 동기를 여러 가지로 미루어 짐작해보았다.

"그는 이미 오래전부터 역심을 품고 있었다."

어떤 사람은 그렇게 말했으며, 또 다른 사람은 예증을 통해 이렇게 말하기도 했다.

"아니, 아즈치에서 물러나 가메야마 성으로 돌아가고 난 뒤다."

조금 더 깊이 파고든 사람은 장황하게 설명하기도 했다.

"가메야마로 돌아간 뒤 어느 날 밤, 아타고愛宕의 신사에 머물며 참배를 하던 중 신점을 보았을 때 걷잡을 수 없이 솟구쳐 오른 감정이다. 그 증거로 그날 밤 이후부터 그의 태도가 바뀌었다. 그날 밤 연가사連歌師[31] 조하紹巴

---

31) 렌가시. 연가란 두 사람 이상이 일본 정형시의 상구와 하구를 번갈아가며 읽어나가는 형식의 노래. 연가사는 전문적인 연가 작가.

등을 불러 시회詩會를 연 자리에서도 '때는 바야흐로 하늘이 하계를 살피는 오월이구나時は今天が下知る五月哉[32]'라고 대담하게 속내를 털어놓았고, 또 그날 밤 같은 방에서 잠을 잔 조하가 몇 번이나 깨웠을 정도로 밤새도록 가위에 눌렸다는 점을 봐도 그때 그의 가슴속에서 엄청난 역심이 빚어졌다고 할 수 있을 것이다."

사람들의 말은 하나같이 수긍이 가는 이야기뿐이었다. 그렇다면 그들 중 어느 한 가지 이야기가 미쓰히데의 본심과 그 변화를 맞혔는가 하면, 이 역시 무조건 그렇다고 결정할 수 있는 것이 아니었다. 무릇 사람 마음의 움직임이란 신비한 것이었다. 총명하고 중년의 분별력도 있으면서 굳이 만년의 생애를 역적이라는 이름으로 떨어뜨릴 망동을 하게 했던 원인은 무엇이었을까? 이러한 의문과 마찬가지로 그의 변심이 언제 어떤 순간에 시작된 것인지는 아마도 그의 가슴에 자리한 악마 외에는 알 수 없는 일이라고 해도 좋을 것이다. 하지만 지금까지의 사가들을 보면 역사적 증거에만 의존하여 추정한 몇몇 시기 중 어느 한 시기에 역심을 품었다고 보는 것 역시 경솔하다고 하지 않을 수 없다. 왜냐하면 종전의 역사가들이 미쓰히데의 심경에서 가장 중요한 때인, 아즈치에서 물러난 5월 17일 밤부터 사카모토에 머물렀던 5월 26일까지의 열흘 동안을 완전히 등한시했기 때문이다.

전날 밤의 사정과 작전의 상투성으로 봤을 때, 미쓰히데의 반역이 명백한 폭거로 오랜 기간에 걸친 계획하에 행해진 것이 아니라는 사실은 분명하다. 그렇다면 아즈치에서 물러난 뒤 그의 가슴에 악마가 자리 잡기 시작했을 것이다. 그때 그가 평생 쌓아온 수양과 이성이 산산이 부서지면서

---

32) '때는 지금 (오다 노부나가가) 천하를 지배하는 5월이구나'라는 뜻이나 앞의 때(일본어로는 도키. 미쓰히데는 도키 씨의 일족이다)를 미쓰히데 자신이라 해석하여 '도키 씨가 천하를 지배하는 5월이구나'라는 의미로, 역심을 드러낸 시라고 해석하기도 한다.

충동이 일어났을 것이다. 귀국 도중 사카모토 성에서 열흘 동안 있었을 때 아침저녁으로, 시시각각으로 악마는 그의 주위를 맴돌며 번뇌가 되고 요물이 되어 정사正邪 두 갈림길의 기로에서 오른쪽으로 가야 할지, 왼쪽으로 가야 할지 밤낮으로 고뇌하게 했을 것이다.

미쓰히데는 지금 그런 날 가운데 하루를 히에이 산에 오르는 데 쓰고 있었다. 물론 산에 오르는 동안에도 그의 마음은 한시도 어느 한쪽 길에 머물 수가 없었다. 가는 길 내내 미혹의 기로를 비교해보고 있었다.

이 산이 번성했던 때를 생각해보면 적막함이 느껴질 정도였다. 곤겐權現 강을 따라 동탑東塔 언덕을 오르는 동안에도 사람의 모습은 거의 찾아볼 수가 없었다.

변함없는 것은 새들의 소리뿐이었다. 이곳은 예로부터 새들의 선경仙境이라 불릴 정도로 매사촌의 소리도 들리고 파랑새 소리도 가끔 들려왔다. 귀를 기울이면 큰유리새, 노랑턱멧새, 검은지빠귀, 울새, 직박구리가, 그리고 낮에는 두견이까지 메아리치듯 울어댔다.

"스님 한 분 안 보이는구나."

문수당文殊堂 터에 섰을 때 미쓰히데가 망연한 듯 중얼거렸다. 노부나가의 위세와 그 무력에 의한 철저한 토벌에 새삼 놀란 듯한 얼굴빛이었다.

"사마노스케."

"피곤하실 텐데."

"아니다. ……어찌 된 일이냐? 이 산 위에는 사람이 없는 게 아니냐? 본당 쪽으로 가보자."

무슨 이유에서인지 미쓰히데는 적잖이 실망한 모습이었다. 아무리 노부나가가 표면적으로 제압을 했다 할지라도 산속에 숨은 세력이 좀 더 눈에 띄게 활동하고 있으리라 생각했던 모양이었다. 하지만 본당도 불타고 남은 흔적 그대로였고, 대강당과 산노인, 정토원 부근을 둘러보아도 예전에 생긴 봉긋한 초토가 그대로 남아 있을 뿐이었다. 단 승려가 수학하는 곳 부근에 움막과 다를 바 없는 건물이 몇 채 있고 향 냄새가 나서 아마노 겐에몬을 시켜 안을 들여다보게 했으나 네다섯 명의 스님이 화로 위에 놓인 죽 냄비를 둘러싸고 앉아 있을 뿐이었다. 그들이 미쓰히데 일행을 향해 말했다.

"아무리 찾으셔도 요카와의 료신 아자리는 여기에 없습니다."

"요카와의 스님이 안 계시다면 예전의 석학이나 장로도 안 계신가?"

미쓰히데가 겐에몬에게 시켜 다시 묻게 하자 그중 한 사람이 대답했다.

"산에 그런 분은 한 분도 안 계십니다. 산에 오려 해도 일일이 교토에 있는 관리나 아즈치의 허락을 받아야 하고, 또 산속에 머물 수 있는 것은 한정된 평승平僧이나 불사를 집행하는 승려뿐으로 그 외에는 지금도 여전히 허락하지 않는 것이 규율입니다."

그 말에 미쓰히데가 말했다.

"물론 규율이야 그럴 테지만, 종문의 열의라는 건 물을 끼얹으면 꺼지는 불과 같은 것이 결코 아닐세. 아마도 우리를 아즈치의 무사라 생각하여 굳게 숨기고 있는 것 같네. 요카와의 스님을 비롯하여 살아남은 장로들은 지금도 여전히 산속 어딘가에서 살며 평소에는 사람의 눈을 피하고 계신 것이 틀림없네. ……결코 그런 걱정을 할 필요가 없는 사람이라고 잘 타일러서 다시 한 번 물어보게."

"네."

겐에몬이 다시 물으려 하자 미쓰하루가 그를 막으며 말했다.

"내가 물어보지. 겐에몬이 거칠게 질문하면 산승들이 더욱 입을 다물고 말 테니, 제가 정중히 물어보도록 하겠습니다."

미쓰하루는 미쓰히데가 고개를 끄덕이자 움막 쪽으로 발걸음을 옮겼다. 그때 미쓰히데는 만나려고 하지 않았던 인물을 뜻밖에도 만나게 되었다. 그 노인은 연둣빛 두건에 같은 색 도복을 입고 하얀 각반에 짚신을 신고 있었다. 나이는 일흔을 넘겼으나 입술은 소년처럼 붉고, 눈썹은 백설처럼 하얗고, 마치 학에 도복을 입혀놓은 것처럼 보였다. 그는 두 하인과 동자 한 명과 함께 시메이가다케의 계곡 길에서 지금 막 올라오는 중이었다.

"오오, 휴가 나리 아니십니까?"

노인은 문득 미쓰히데의 모습을 보고 한눈에 알아보았는지 함께 온 사람들을 뒤에 남겨둔 채 거리낌 없이 곁으로 다가와 말을 걸었다.

"오랜만에 뵙습니다. 아아, 이거 전혀 뜻밖의 장소에서 생각하지도 못했던 분을 뵙게 되었습니다. 아즈치에서 한시도 쉴 새 없이 일을 하신다 들었는데 오늘은 또 무슨 일로 이처럼 아무도 없는 산에 오셨습니까?"

노인은 나이에 어울리지 않게 목소리가 매우 쩌렁쩌렁했다. 그리고 허연 눈썹과 입가에는 천진한 미소를 머금고 있었다. 그와는 달리 미쓰히데는 적잖이 당황한 모습이었다. 밝은 노인의 눈썹 때문인지 눈이 부신 듯 시선을 둘 곳을 찾지 못했으며, 대답도 평소와는 달리 흐트러져 있었다.

"아, 누구신가 했더니…… 마나세曲直瀬 님. 이 미쓰히데에게도 적적한 날은 있는 법입니다. 요 며칠 사카모토 성에 머물고 있습니다만, 산이라도 좀 돌아다니면 끈적한 장마철의 울적함도 조금은 흩어질까 하여."

"가끔 큰 산에 올라 자연을 만나고 마음을 닦는 것은 마음을 기르는 데 무엇보다 좋고 몸에도 약이 됩니다. 예전보다 몸도 마음도 지치신 듯 보입니다. 병 때문에 말미를 얻어 귀국하던 길은 아니신지 모르겠습니다."

노인은 눈을 바늘처럼 가늘게 뜨며 말했다. 어떤 이유에서인지 그의 눈앞에서는 거짓말을 할 수 없을 것 같다는 느낌이 들었다. 그는 마나세 도산道三, 이름은 마사모리正盛, 자는 잇게이一溪로 당대의 이름 높은 명의였다. 아시카가 요시테루足利義輝가 아직 무로마치室町 쇼군으로 건재했던 무렵부터 도성에서 의원 도산의 이름은 이미 높았으며 그 총애도 두터웠다. 간

료관^{料管}³³⁾인 호소카와^{細川}와 마쓰나가 단조^{松永彈正}, 미요시 슈리^{三好修理} 모두 그의 치료를 받았으며, 특히 폐하의 신임도 두터워 시간이 날 때면 시약원^{施藥院}의 업무에도 종사했고, 또 후배들을 위해 학사를 열어 칠십 세가 넘은 고령임에도 쉬지 않고 일을 했다.

한동안 만나지 못했으나 미쓰히데는 아즈치 성안에서 이 이름 높은 의원과 몇 번 자리를 함께한 적이 있었다. 그중 두 번 정도는 다도의 자리였다. 노부나가는 함께 차를 마시기 위해서도 그를 곧잘 불렀으나 병에 걸렸다 싶으면 몸져눕기 전부터 도산을 불러오라고 말했을 정도로 평소 좌우에 있는 전의보다 그를 더 신뢰했다. 하지만 권력자를 섬기는 것은 도산의 성격에 맞지 않았으며 집도 교토에 있었기에 부를 때마다 아즈치까지 가는 것은 아무리 선강한 몸이라 할시나도 그리 쉬운 일은 아니었던 듯하나.

미쓰하루는 움막까지 가지 않고 다시 되돌아왔다. 아마노 겐에몬이 급히 부르러 왔기 때문이다.

"좀 골치 아픈 사람을 만났습니다."

겐에몬이 함께 걸으며 작은 목소리로 속삭였으나 미쓰하루는 곧 마나세 도산의 모습을 보고는 오히려 다행이라는 듯 말했다.

"잇케이 어르신 아니십니까? 여기에는 어쩐 일이십니까? 언제나 장정보다 더 건강하십니다. 오늘은 교토에서 올라오셨습니까? 산속을 거닐기 위해 오신 것입니까?"

미쓰하루는 평소의 친밀함을 드러내며 미쓰히데와의 대화 사이에 끼어들었다. 담소 나누기를 좋아하는 도산은 이 산속에서 뜻밖의 지기를 만나 참으로 유쾌하다는 듯 말했다.

"봄부터 4, 5월의 여름, 늦가을인 9, 10월 무렵에는 매해 이렇게 산에

---

33) 무로마치 시대의 직명. 쇼군을 도와 정무를 총할하던 벼슬.

오르기를 거른 적이 없소. 이 산 곡곡의 풀 가운데는 귀중한 약초가 안타까울 정도로 많기에."

도산은 멀리 있던 동행 중 하나를 손짓해 불러 들고 있던 바구니 속에서 채취한 백합과와 용담과, 난과 식물 등의 약초를 종류별로 꺼내놓고 그 약효를 설명하기도 하고 또 풀의 유래를 들려주기도 했다.

"노부나가 공께서는 무엇이든 새로운 것을 좋아하시고, 특히 외국 문명에 민감한 분이시기에 아즈치의 남만南蠻 학교에 있는 홍모인紅毛人[34]의 사에게 명령하여 이부키伊吹 산기슭에 약원을 설치하고 서양 약초를 칠팔십 종이나 심게 하셨습니다. 하지만 그렇게까지 할 필요도 없이 이 히에이 산에만 해도 아직 눈에 띄지 않은 신비한 약종이 얼마나 있는지 알 수 없을 정도입니다. 먼 옛날, 이 산의 고승이 찾아낸 온갖 약초를 백 수의 노래로 읊은 《천대채약가天臺採藥歌》라는 책자가 본당에 소장되어 있다고 들었기에 꼭 한번 보고 싶었습니다만, 그사이에 겐키 2년의 전화로 이렇게 모두 불타버리고 말았습니다. ……그 《천대채약가》를 보지 못한 것은 두고두고 한이 됩니다."

도산은 그칠 줄 모르고 이야기했다. 하지만 그는 시종일관 입을 다물고 있을 뿐 아니라 이야기하는 중에도 어딘가 공허함이 느껴지는 미쓰히데의 모습에 자꾸만 신경이 쓰였는지 그의 옆얼굴을 종종 의원다운 눈빛으로 바라보았다. 이에 화제는 어느 틈엔가 다시 미쓰히데의 건강에 이르게 되었다.

"미쓰하루 나리께 듣자 하니 휴가 나리께서는 곧 주고쿠로 출진하신다든데, 건강에 각별히 신경 쓰시기 바랍니다. 인간 오십을 넘기면 아무리 건강하다 할지라도 자연의 생리는 거스를 수 없는 법이기에 몸에 여러 가

---

34) 머리털이 붉은 사람이라는 뜻으로 서양인을 낮춰 부르던 말.

지 변화가 일어나는 계기가 되니……"

도산은 말보다 더 근심스러운 표정으로 간곡히 주의를 주었다.

"그렇습니까?"

미쓰히데가 억지로 일소에 부치며 도산의 경고에 남 일처럼 대답했다.

"얼마 전 가벼운 감기 기운이 있었습니다만, 워낙 건강한 편이라 이렇다 할 병은 없는 듯합니다."

"아니, 장담할 수 없는 일입니다."

도산은 자신의 의학 경험을 앞세워 미쓰히데의 말을 부정했다.

"병을 병이라 느끼고 있는 환자는 늘 주의를 기울이기 때문에 그나마 괜찮습니다만, 나리처럼 건강을 과신하면 커다란 화를 입게 되는 법입니다. 충분히 신경 쓰시기 바랍니다."

"그렇다면 어디가 안 좋습니까?"

"얼굴빛을 보고 목소리만 들어도 건강한 용태가 아니라는 사실은 바로 알 수 있습니다. 어디 특별한 곳이 좋지 않은 것이라면 그나마 낫겠습니다만, 아마도 오장이 모두 피로에 지친 듯합니다."

"피곤하냐고 물으신다면, 그야 저도 수긍할 수밖에요. 계속되는 전투에 주군 곁에서 끊임없이 일을 봤으니, 그야말로 무리에 무리를 거듭한 몸일 테니까요."

"휴가 님 같은 지식인 앞에서 이런 말씀은 공자 앞에서 풍월 읊기입니다만, 부디 몸조심하시기 바랍니다. 간장, 심장, 비장, 폐장, 신장, 이 오장은 오지五志, 오기五氣, 오성五聲에 드러나기에 혈색으로도 드러나고 말에서도 숨길 수 없는 법입니다. 예를 들어 간장이 좋지 않으면 눈물이 많이 나고, 심장이 좋지 않으면 불안해서 두려움을 느끼게 되고, 비장이 상하면 사사건건 화를 내기 쉬우며, 폐장이 좋지 않으면 허할 때 우울함을 느끼게 되어 이를 해소할 힘이 떨어집니다. 그리고 신장이 약해지면 감정의 기복이 심해집니다."

도산은 미쓰히데의 얼굴을 가만히 살펴보았다. 아픈 곳이 없다고 자신하던 미쓰히데는 그의 말을 들으려 하지 않았다. 애써 웃어 보였지만 불쾌하고 불안해 보였으며 이유도 없이 초조해하기만 했다. 그러다 보니 굳이 대답하지 않고 도산과 얼른 헤어질 기회만을 엿보았다. 하지만 마나세 도산은 자신이 하고 싶은 말을 중간에서 결코 흐리는 법이 없었다. 그런 미쓰히데의 눈빛과 기색을 깨달았으면서도 계속 간곡히 충언했다.

"나리를 뵌 순간부터 피부색이 마음에 걸렸습니다. 무엇을 근심하고, 무엇을 두려워하고 계시는지. 게다가 눈에는 노기가 서려 있으며 필부의 분노와 아낙과도 같은 눈물을 눈 안에 머금고 계십니다. 밤이면 손끝, 발끝이 어는 것처럼 한기가 느껴지지 않으십니까? 거기에 이명이 들리고 침이 마르고 입안에 가시를 씹는 것 같은 느낌이 들지 않으십니까?"

"좀처럼 잠들지 못하는 밤도 있기는 합니다만, 어젯밤에는 잘 잤습니다. 여러 가지로 충고해주셔서 참으로 고맙습니다. 출진한 뒤에 적당한 약을 쓰도록 하겠습니다."

미쓰히데는 미쓰하루와 겐에몬을 돌아보며 그만 가볼까, 하고 길을 재촉했다. 그리고 다시 마나세에게 말했다.

"조만간 사람을 보낼 테니 가지고 계신 약을 좀 나눠주시기 바랍니다. 이거, 길 가시는 데 여러 가지로 실례가 많았습니다."

미쓰히데는 달아나듯 길을 재촉해 갔다.

시라白 강 도하

　　그날 아케치의 가신인 신시 사쿠자에몬進士作左衛門은 잔무를 처리하고 저택을 정리한 뒤 한걸음 늦게 소대원들을 이끌고 사카모토 성으로 들어갔다. 주인인 미쓰히데가 갑작스럽게 아즈치에서 물러났기 때문이다.

　　사쿠자에몬이 여장을 풀자마자 마치 기다렸다는 듯 쓰마키 가즈에妻木主計, 후지타 덴고, 나미카와 가몬並河掃部, 시호덴 마사타카, 미야케 도베三宅藤兵衛, 무라카미 이즈미노카미村上和泉守 등이 한 방에서 그를 둘러싸고 앉아 이런저런 질문을 던졌다.

　　"그 후의 정세는 어떤가?"

　　"나리께서 물러나고 난 뒤, 아즈치에서는 어떤 말들이 오가고 있나?"

　　사쿠자에몬이 이를 갈며 말했다.

　　"지난 17일 이후 오늘 25일까지 겨우 팔 일 동안이었지만 아케치 가의 녹을 먹는 몸으로서는 삼 년 동안 바늘방석에 앉아 있는 기분이었소. 그 뒤 아즈치의 신분이 낮은 자나 서민들까지 갑자기 텅 비어버린 향응실 문밖을 지나면서 '여기가 휴가 님의 빈집이로구먼. 어쩐지 썩은 생선 냄새가 나더라. 이렇게 계속 실수를 하고 인색해서야, 이제 나팔꽃 머리도 이쯤에서 시들어버리겠군'이라고 거리낌 없이 농담을 지껄이는 소리가 귀를 막아도 아침저녁으로 들려오질 않나…….”

“그토록 평판이 좋지 않은가?”

“아즈치 안에서 살고 있는 무리는 누구 하나 노부나가 공의 처치가 억지스럽다고도 잘못되었다고도 생각하지 않소. 오로지 나리에 대한 비방뿐이오.”

“상층부 사람들 중에는 조금이나마 분별 있는 사람도 있겠지. 그쪽은 어떤가?”

“아니, 이후 며칠 동안은 오로지 귀빈이신 도쿠가와 나리를 대접하느라 아즈치 성안이 떠들썩했소. 갑자기 향응을 맡은 사람이 바뀌니 도쿠가와 나리가 이상히 여겨 노부나가 공에게 ‘아케치 님이 보이지 않는데, 어찌 된 일입니까?’ 하고 여쭤보았다고 하더군. 그러자 노부나가 공께서 ‘별일 아닙니다. 자신의 나라로 돌려보냈습니다’ 하며 안중에도 없다는 듯 대답했다고 하더군.”

“……”

그곳에 있는 사람들 모두 입술을 씹었다. 신시 사쿠자에몬은 다시 입을 열어 아즈치의 중신 중에는 주인 미쓰히데의 실의를 오히려 기뻐하는 사람도 있다는 사실, 또 우리 주인이 다시 옛날처럼 노부나가의 총애를 받을 수 없을 뿐 아니라 아케치 가의 영지까지 다른 벽지로 옮길 수도 있다는 사실 등을 이야기했다.

모든 게 다 소문일 수 있지만 아니 땐 굴뚝에서는 연기가 나지 않는 법이다. 아즈치의 소샤奏者[35] 모리 란마루는 예전에 사카모토에서 전사한 모리 산자에몬森三左衛門의 차남인데, 지금의 영지인 미노美濃에서 사카모토로

---

[35] 무가에서 안내 역할을 맡은 사람.

영지를 바꾸고 싶다는 희망을 은밀히 품고 있었다. 게다가 이미 노부나가 공으로부터 묵약默約을 받았다는 소문까지 있었다.

그러다 보니 노부나가 공이 미쓰히데에게 산인 도로로 출군 명령을 한 것은 산인 지방을 공략한 뒤 그곳에 아케치 가를 봉하고 후에 아즈치 바로 옆에 있는 사카모토 부근을 란마루에게 주려고 한 것이라고 관측하는 사람도 결코 적지 않았다.

"그 증거로."

사쿠자에몬은 지난 19일에 노부나가가 아케치 가에 전달한 군령을 예로 들며 눈을 더욱 부라렸다. 신시 사쿠자에몬의 말을 들을 필요도 없이 지난 19일에 아즈치에서 아케치 가에게 내린 군령장은 미쓰히데뿐만 아니라 모든 가신의 분노를 살 만한 것이었다. 그 전문은 다음과 같았다.

> 각 선발 부대는 이번에 빗추로의 지원을 위해 가까운 시일 안에 나보다 앞서 전장으로 나가 하시바 지쿠젠노카미의 지도를 받기 바란다.
>
> 이케다 소사부로池田惣三郎, 이케다 기이노카미紀伊守, 이케다 산에몬三右衛門, 호리 규타로, 고레토 휴가노카미, 호소카와 교부다유, 나카가와 세베中川瀬兵衛, 다카야마 우콘高山右近, 아베 니에몬阿部仁右衛門, 시오카와 호키노카미塩川伯耆守.
>
> 덴쇼 10년(1582년) 5월 19일
>
> 노부나가

군령장이 잘못됐을 리 없었다. 또 서기의 개인적인 감정에 따라 좌우될 리도 없었다. 아케치 가의 모든 사람들은 이 군령장을 보고 노부나가 공의 명령으로 고의적인 것이 명백하다면서 노여움의 눈물을 흘리며 원망했다.

"이 집안은 당연히 이케다나 호리보다 높은 지위에 있고, 지금까지 하시바, 시바타柴田와 동격으로 대접을 받았다. 그런데 이들 각 장수들 밑에 주군의 이름을 적고, 더구나 히데요시의 지휘를 받으라니 무문에 가할 수 있는 가장 커다란 모욕이다. 향응 역 박탈의 치욕을 군령장에까지 드러내고, 아케치 가의 굴욕을 전장에서까지 내보이려는 가혹한 처사라고 할 수밖에 없다."

신시 사쿠자에몬은 아즈치의 일반 사람들도 이 사실에 상당히 주목하고 있다는 이야기를 자신의 생각을 덧붙여 설명했다.

"틀림없이 영지를 바꾸어 사카모토 네 개 군을 결국 란마루에게 내리실 것이라는 풍문도 군령장에 나타난 강등의 뜻을 모두 민감하게 읽어냈기에 떠들고 다닐 수 있는 것이오. ……어쨌든 참으로 뜻밖의 일이오. 분하기 짝이 없소."

사쿠자에몬은 무릎 위의 굳게 쥔 주먹을 몇 번이고 눈가로 가져갔다.

마침 저물녘이라 그곳에 앉은 사람들과 벽에 저녁 어스름이 짙게 내리고 있었는데, 그 뒤로는 누구 하나 입을 여는 사람 없이 그저 뺨을 타고 흐르는 눈물만이 하얗게 보일 뿐이었다. 그 순간 복도에서 무사들의 발소리가 들려왔기에 사람들은 주군이 돌아왔다며 앞다투어 마중을 나갔다.

신시 사쿠자에몬만 여장도 풀지 않고 명령을 기다리고 있었다. 하루 종일 산을 돌아다니다 돌아온 미쓰히데는 목욕을 마치고 식사를 한 뒤 사쿠자에몬을 불러들였다. 그 자리에는 사마노스케 미쓰하루밖에 없었다.

사쿠자에몬은 가신들에게 아직 말하지 않은 사실 하나를 비로소 이야기했다. 그것은 노부나가가 이번 달 말인 29일에 마침내 아즈치를 출발해 교토에서 하룻밤 묵고 바로 서쪽으로 내려갈 것이라는 일정과 그에 대한 준비 상황이었다.

벌써 25일이었다. 미쓰히데는 29일에 노부나가가 아즈치를 떠날 것이라는 말을 듣고는 사카모토에서 머물렀던 칠 일을 돌아보게 되었고 조급한 마음이 들지 않을 수 없었다.

"그렇다면 아즈치 본성을 지킬 사람들도 결정된 듯하던가?"

사쿠자에몬이 대답했다.

"쓰다 겐주로津田源十郎 나리, 가모우 우효에타유蒲生右兵衛大輔 나리, 노노무라 마타에몬野 村又右衛門 나리, 마루모 효고노카미九毛兵庫守 나리 등이 혼마루를 지키고, 니노마루의 각 방면까지 수십 명의 장수에게 명을 내리셨다는 말을 들었습니다."

가만히 이야기를 듣고 있는 미쓰히데의 귀와 눈동자를 보면 그가 얼마나 총명하고 관찰력이 뛰어난지 알 수 있었다. 미쓰히데는 사쿠자에몬의 한마디, 한마디에 고개를 끄덕인 뒤 물었다.

"그렇다면 함께 출진하는 장수는?"

"누구라고 하나하나 자세히 듣지는 못했습니다만, 좌우의 근신 몇 명과 시동 삼사십 명 정도만 데리고 가실 것이라고 들었습니다."

"뭣이, 겨우 사오십 명만 데리고 교토로 들어가신다고?"

노부나가가 움직이는 것치고는 너무 적은 수였다. 미쓰히데는 오히려 의심해야 하는 것이 아닐까 하며 갈피를 못 잡겠다는 듯 순간 촛불을 옆으로 바라보았다.

미쓰하루는 한 마디도 하지 않고 앉아 있다가 미쓰히데가 더는 말을 하지 않고 침묵만 지키자 신시 사쿠자에몬의 노고를 치하했다.

"그만 물러나서 여장을 풀고 야식이라도 좀 들도록 하게."

이제는 미쓰하루와 미쓰히데 두 사람만 남게 되었다. 미쓰히데는 자신의 분신과도 다를 바 없는 골육에게 마음을 터놓고 무슨 말인가를 하고 싶어 하는 눈치였으나, 미쓰하루의 말은 미쓰히데에게 그것을 이야기하지 못하게 했다. 게다가 한시라도 빨리 주고쿠로 출진하여 더 이상 노부나가 공의 심기를 건드리지 않도록 하라며 말끝마다 노부나가, 노부나가, 오로지 복종과 봉공만을 권할 뿐이었다. 이처럼 오로지 정도만을 걷는 사촌 동생의 성격 덕분에 미쓰히데는 사십 년 동안 미쓰하루를 듬직하게 여기며 의지하기도 하고 사랑하기도 했다. 바로 그렇기 때문에 지금도 '우리 일족 중 가장 뛰어난 인물'이라며 신뢰하고 있는 것이었다. 그러다 보니 미쓰히데는 미쓰하루의 태도가 아무리 마음에 들지 않는다 해도 화를 내거나 압박을 할 수 없었다. 한동안 깊은 침묵을 지키다 미쓰히데가 갑자기 입을 열었다.

"그래, 오늘 밤에라도 사람을 먼저 보내 가메야마의 가신들에게 얼른 진용을 갖추라고 해야겠군. 사마노스케, 일을 좀 처리해주게."

미쓰하루는 기꺼이 자리에서 일어났다.

그날 밤 바로 나미카와 가몬, 무라카미 이즈미노카미, 쓰마키 가즈에, 후지타 덴고 등의 장수가 한 무리의 부대를 이끌고 서둘러 가메야마 성으로 갔다.

사경[36] 무렵, 미쓰히데는 벌떡 일어났다. 꿈이라도 꾼 것인지, 아니면 무엇인가 또 다른 생각이 든 것인지, 잠시 뒤 다시 이불을 머리까지 뒤집어쓰고 애써 잠을 청했다.

안개인지, 비인지, 호수의 물결 소리인지, 바람 소리인지……. 밤새도록 산의 기운이 대전大殿의 차양을 감싸고 있었다. 머리맡의 촛불은 바람도 없는데 기척에 흔들려 미쓰히데의 감은 눈꺼풀 위에 너울너울 그림자를 던지고 있었다.

미쓰히데는 몸을 뒤척였다. 밤이 짧은 계절이라고는 하지만 그에게는 너무 긴 밤이었다. 그러다 보니 마침내 잠들었나 싶다가도 갑자기 이불을

---

36) 새벽 1시에서 3시 사이.

젖히고 몸을 벌떡 일으켰다.

"오코於香, 오코 있느냐!"

미쓰히데가 시동들의 방을 향해 외쳤다.

멀리 있는 장지문이 열렸다. 숙직을 하고 있던 야마다 고노신山田香之進
이 소리도 없이 들어와 엎드렸다.

"마타베又兵衛에게 얼른 오라고 전해라."

미쓰히데는 한마디 명령을 한 뒤 다시 깊은 생각에 잠겼다.

무사들 모두 잠자리에 들어 있었다. 하지만 한 무리의 동료가 그날 밤
이미 가메야마로 떠났고, 주인 미쓰히데도 뒤이어 언제 출발할지 모르는
일이라 평소와 달리 긴장 속에서 각자의 여장을 머리맡에 놓고 잠을 자고
있었나.

"부르셨습니까?"

시호덴 마타베가 바로 들어왔다. 그는 힘이 아주 센 젊은이로 시호덴
마사타카의 조카이며 미쓰히데가 관심을 갖고 지켜보던 무사였다. 미쓰
히데는 그에게 좀 더 가까이 오라고 눈짓으로 부른 뒤 작은 목소리로 무
엇인가를 명령했다.

"다녀오겠습니다."

뜻밖에도 미쓰히데로부터 직접 비밀스러운 명령을 받은 젊은이는 주
인의 신뢰에 크게 감격하여 온몸으로 대답했다. 그러자 미쓰히데가 그런
젊음이 듬직하기도 하고 걱정이 되기도 한다는 듯 말했다.

"날이 밝기 전에 얼른 가도록 해라. 아케치의 무사는 많은 사람이 지켜
보고 있다. 빈틈이 있어서는 안 된다. 실수를 해서도 안 된다."

마타베가 물러난 뒤에도 날이 밝기까지는 아직 시간이 있었다. 미쓰히
데가 제대로 잠에 든 것은 그 이후인 듯했다.

미쓰히데는 평소와 달리 해가 중천에 뜰 때까지도 침소에서 나오지 않

왔다. 틀림없이 오늘 가메야마로 출발할 것이라고, 그것도 이른 아침부터 말이 있을 것이라고 생각하여 대기하고 있던 가신들에게는 주군이 평소와 다르게 늦잠을 자는 게 뜻밖인 듯했다.

"어제는 하루 종일 산을 거닐었고 밤에는 근래 없이 잠을 잘 잤다. 그 때문인지 오늘은 참으로 기분이 좋구나. 감기도 완전히 떨어진 듯하다."

정오 무렵, 미쓰히데의 밝은 목소리가 넓은 방으로 들려왔다. 그러자 가신들 사이에서는 자신들의 건강이 회복된 듯 기뻐하는 분위기가 감돌았다. 그로부터 얼마 지나지 않아 측신이 이런 명령을 전달했다.

"오늘 밤 유시酉時(오후 5~7시)에 이곳을 출발하여 시라 강을 건너 교토 북쪽을 지나 가메야마로 돌아가겠다. 준비에 소홀함이 없도록."

가메야마로 함께 갈 장사將士는 삼천 명이 넘었다. 저녁이 다가오자 미쓰히데도 여장을 꾸렸다.

"떠나시는 길을 축복하기 위해 안사람과 노인들이 정성껏 음식을 만들었습니다. 차린 것은 별로 없지만 그들의 마음을 생각하시어 드시고 가셨으면 합니다."

사마노스케 미쓰하루가 청했다.

"주고쿠에 출진하면 또 언제 오게 될지 알 수 없으니 오늘은 오랜만에 가족들과 함께 먹기로 할까."

미쓰히데는 미쓰하루의 마음에 대한 답례로 출발 직전에 갑자기 단란한 시간을 보내게 되었다.

미쓰하루의 아내는 쓰마키 가즈에의 딸이었다. 미쓰히데의 가정은 자식이 많기로 유명했으나, 미쓰하루와 그의 아내 사이에는 여덟 살이 된 오토주마루乙壽丸밖에 없었다. 그리고 그 자리에는 숙부 초칸사이 미쓰카도長閑齋光廉가 있었다. 풍류를 아는 노인으로 올해 예순일곱 살이 되었는데 병도 없고 언제나 농담을 즐겼다. 지금도 오토주마루를 곁에 앉혀놓고 장난을 치고 있었다. 이 다정한 노인만이 아케치 일족이 직면한 암초도 모르는 채 봄의 바다로 가는 배에 나이 든 여생을 맡기고 안심하는 사람인 듯 보였다.

"떠들썩한 것이 벌써 우리 집에 온 것 같은 느낌이구나. 작은아버지, 이 잔을 미쓰타다에게 건네주기시 바랍니다."

미쓰히데가 두어 잔 마신 뒤, 그것을 옆에 있던 미쓰카도뉴도^{光廉入道}에게 건네주자 미쓰카도가 그것을 옆에 있던 조카 아케치 지에몬 미쓰타다^{明智次右衛門光忠}에게 넘겨주었다. 미쓰타다는 야카미^{八上}의 성주로 오늘 막 도착했다. 세 사촌 형제 가운데서 가장 나이가 어렸다.

"잘 마셨습니다."

미쓰타나는 미쓰히네 앞으로 나가와 술산을 돌러주있나. 미쓰하무의 아내가 술병을 들어 따랐다. 순간 미쓰히데의 손이 갑자기 흔들렸다. 북소리에 놀랄 미쓰히데가 아니었으나 밖에서 들려온 북소리와 함께 낯빛까지 변한 듯 보였다.

"집합 장소로 모이라고 알리는 북소리구나."

숙부인 미쓰카도가 말했다.

"알고 있습니다."

미쓰히데는 즐거운 기분을 모두 잊은 듯 대답하고는 마지막 잔을 쓸쓸하게 비웠다.

잠시 뒤, 미쓰히데는 말 위에 앉아 있었다. 별빛이 파란 밤하늘 밑, 삼천의 인마와 횃불이 구불구불 호반의 성에서 나와 솔숲을 뚫고 히에 언덕을 올라 시메이가다케의 기슭 쪽으로 모습을 감추었다.

미쓰하루는 성에서 그 모습을 바라보고 있었다. 그는 사카모토의 가신만으로 한 부대를 편성해서 훗날 가메야마의 본군과 합류할 예정이었다.

26일 밤, 날이 밝으면 27일이 될 무렵 미쓰히데가 이끄는 인마는 잠도 자지 않고 걸었다. 그리고 두 날의 경계가 되는 자정 무렵, 시메이가다케의 남쪽에서 서쪽의 분지 가운데 고요히 잠들어 있는 교토 거리를 볼 수 있게 되었다.

시라 강을 건너려면 그곳에서 우류瓜生 산의 능선 쪽으로 내려가 일승사一乘寺(이치조지)의 남쪽으로 나서는 길로 가야 했다. 여기까지는 오르막이었지만 지금부터는 내리막이었다.

"쉬어라."

지에몬 미쓰타다가 미쓰히데의 뜻을 받아 인마에게 명령했다.

미쓰히데도 말에서 내린 뒤 걸상에 앉아 한동안 그 봉우리의 정상에서 휴식을 취했다. 낮이라면 이곳에서 한눈에 내려다볼 수 있는 교토의 거리도, 특징적인 건물이나 탑, 커다란 강을 제외하고는 그저 어둠 속에서 희미하게 보일 뿐이었다.

"시호덴 마타베는 아직 따라오지 않았느냐?"

미쓰히데가 옆에 있던 시호덴 마사타카에게 물었다. 하지만 마사타카야말로 미쓰히데에게 그 조카의 행방을 묻고 싶었다.

"어젯밤부터 보이질 않는데, 나리께서 어떤 일을 시키신 것이 아닙니까?"

"맞네."

"어디로 보내셨습니까?"

"곧 알게 될 걸세. 혹시 돌아온 것을 보면 행군 중이어도 상관없으니 내게로 보내게."

"알겠습니다."

마사타카는 깊이 묻지 않았다. 무슨 일이든 숨기지 않던 주군이 말하고 싶어 하지 않으니 더는 묻지 않는 것이 도리라고 생각했기 때문이다.

미쓰히데는 입을 다물고는 다시 먹물처럼 새카만 교토의 지붕을 계속 바라보았다. 밤안개가 짙어지기도 하고 옅어지기도 하는 탓인지, 아니면 눈이 어둠에 익은 탓인지 점차 건물들이 눈에 들어오기 시작했다. 특히 니조二條 성의 하얀 벽은 다른 무엇보다 분명하게 보였다.

미쓰히데의 눈길은 당연히 그 하얀 점에 고정되었다. 그곳에는 노부나가의 아들, 산미노추조三位中將 노부타다가 있었다. 그리고 며칠 전 아즈치에서 물러나 교토로 들어간 도쿠가와 이에야스가 그곳에 머물며 수많은 사람에게 환대를 받았을 것이다.

"도쿠가와 나리는 이미 교토를 뜨셨을까?"

미쓰히데가 중얼거리자 마사타카가 대답했다.

"지금은 오사카에 계시는 것으로 알고 있습니다. 그럴 예정이라고 들었으니."

"……흠, 흠."

미쓰히데는 앞뒤를 분간할 수 없는 외마디만 내뱉을 뿐이었다.

"그만 가기로 하자. 말을 가져오너라."

미쓰히데가 갑자기 일어나자 장수들이 당황해했다. 평소와는 달리 그가 발작적으로 행동했기 때문이다. 앞서 마사타카에게 했던 앞뒤를 알 수 없는 말처럼 미쓰히데는 지난 며칠 동안 종종 한 성의 주인도 아닌, 한 무리의 우두머리도 아닌 일개 인간으로서 행동하는 모습을 보였다.

"내려가는 길은 빠르다."

"발밑을 조심해라."

장수들은 밤길에도 굴하지 않고 주군을 둘러싼 채 서로 주의를 주며 교토의 교외를 향해 길을 재촉했다. 줄을 지어 가던 삼천의 인마가 시모카모下加茂의 강가까지 와서 멈춰 섰을 때 사람들은 자신도 모르게 뒤를 돌아보았다. 미쓰히데도 뒤를 돌아보았다. 눈앞에 있는 가모加茂 강에서 붉게 타오르고 있는 물결을 보고 뒤쪽 삼십육 봉 너머로 아침 해가 솟아올랐다는 사실을 알았기 때문이다.

"여기 강가에서 아침을 드시겠습니까, 아니면 서진까지 가서 드시겠습니까?"

군량을 담당한 부장이 미쓰타다 옆으로 와서 아침 식사에 대해 물었다. 미쓰타다는 미쓰히데의 뜻을 묻기 위해 말을 조금 움직였으나, 그때 시호덴 마사타카와 미쓰히데가 말 머리를 나란히 한 채 지금 지나온 시라 강 쪽을 응시하고 있었기에 잠시 한쪽으로 물러나 있었다.

"마사타카, 저건 마타베가 아닌가?"

"그런 것 같습니다."

미쓰히데와 마사타카는 멀리서 급히 다가오는 말 한 마리를 기다리고 있는 듯했다.

"오오, 역시 마타베로군."

마타베의 그림자가 아침 안개를 뚫고 다가오자 미쓰히데는 그 자리에서 초조하게 기다리며 좌우의 장수들에게 명령했다.

"먼저 건너라. 나는 뒤따라 강을 건너겠다."

전방에 섰던 부대의 일부는 이미 가모의 얕은 곳을 골라 맞은편으로 건너가 있었다. 각 장수들도 미쓰히데 곁을 떠나 맑은 물속에 하얀 거품을 일으키며 차례로 강을 건넜다. 그때 미쓰타다가 기회를 봐서 물었다.

"도시락은 어디서 드시겠습니까? 서진에서 드시면 여러 가지로 편리할 듯합니다만."

"모두 배가 고플 테지만 마을에서 먹는 것은 좋지 않다. 기타노北野까지 가기로 하자."

그즈음 시호덴 마타베는 열 간쯤 떨어진 곳에서 말에서 내려 강가의 말뚝에 고삐를 묶고 있었다.

"미쓰타다와 마사타카는 내게 신경 쓰지 말고 먼저 강을 건너 기다리고 있어라. 곧 따라갈 테니.”

미쓰히데는 마지막 두 사람까지 떼어놓은 뒤 비로소 마타베 쪽으로 얼굴을 돌려 그를 불렀다.

“가까이, 더 가까이 와라.”

“……넷.”

“아즈치의 상황은 어떠하냐?”

“앞서 올렸던 신시 사쿠자에몬 나리의 보고와 다를 바가 없는 듯합니다.”

“너를 재차 보낸 것은 29일에 교토로 드시는지, 또 수행하는 사람들의 수는 얼마나 되는지 알아보기 위해서였다. 다를 바 없는 듯하다는 애매한 말 가지고는 아무런 도움도 되지 않는다. 확실한지 아닌지 분명하게 말해 보아라.”

“틀림없이 29일에 아즈치를 출발하십니다. 수행하는 사람들 가운데 주요한 대장의 이름은 없으며, 단지 시동들 사오십 명만 명령을 받았습니다.”

“그렇다면 교토에 머물 때의 숙소는?”

“본능사입니다.”

“뭐, 본능사?”

“네.”

“니조 성이 아니란 말이냐?”

“틀림없이 본능사라고 모두 말하고 있습니다.”

마타베가 다시 야단을 맞지 않도록 조심하며 분명하게 대답했다.

아타고 참배

거대한 산문을 중심으로 부근에 수많은 말사末寺가 있었는데, 각각 흙 담이 둘러져 있고 문이 있었다. 시야 가득 비질을 해놓은 것 같은 흙이 있는 이곳의 솔밭 전체가 하나의 선원을 이루고 있었으며, 나무 위로 쏟아지는 햇빛과 희미한 새소리에 더욱 정적이 감돌았다.

미쓰히데 이하 아케치 가의 장병들은 그곳에 말을 묶어놓고 아침과 점심을 겸한 도시락을 먹었다. 가모 강변에서 아침을 먹어야 했지만 기타노까지 참고 왔기에 그처럼 어중간한 시간이 되어버린 것이었다.

장병들은 모두 하루분의 휴대용 식량을 가지고 있었다. 생된장과 매실 장아찌와 현미밥으로 이루어진 간단한 것이었으나, 지난밤부터 굶은 사람들에게는 더할 나위 없이 맛난 음식이었다.

"고레토 휴가노카미 님의 부대가 아닙니까?"

묘심사妙心寺(묘신지) 탑두대령원塔頭大嶺院의 승려 서너 명이 그곳으로 차를 가져다주었다.

"괜찮으시다면 아무런 준비도 없습니다만, 절 안의 한 곳을 휴게소로 쓰시기 바랍니다. 곧 주지 스님께서 인사도 드릴 겸 안내를 위해 오실 것입니다."

승려들은 뜨거운 차를 시신들에게 건네주고 돌아가려 했다. 그때 미쓰히데는 짐꾼들이 간단히 쳐놓은 막 아래에서 걸상을 놓고 앉아 식사를 마쳤다. 그런 다음 서기에게 편지 한 통을 쓰라고 시킨 뒤 내용을 불러주던 중이었다.

"묘심사의 스님들이로구나. 마침 잘됐다. 불러오도록 해라."

시동에게 미쓰히데의 명령을 전해 들은 승려들이 멀리서 무릎을 꿇었다. 그러자 미쓰히데가 편지를 건네주며 말했다.

"연가사인 사토무라 조하里村紹巴의 집에 이 편지를 급히 전해줄 수 있겠는가?"

미쓰히데는 걸상을 거두게 한 뒤 말 옆에 서서 다시 말했다.

"급히 서둘러야 하는 길이기에 절의 스님들도 찾아뵙지 못하겠네. 말씀 좀 잘 전해주게."

미쓰히데는 말을 마친 뒤 바로 출발 명령을 내려 떠나버리고 말았다.

낮 동안에는 더웠다. 인화사仁和寺(닌나지)에서 사가嵯峨로 접어드는 평탄한 길은 특히 메말라 있다 보니 한여름과 같은 풀 냄새가 먼지와 함께 타올랐다. 미쓰히데는 시종일관 입을 다문 채 목마름도 호소하지 않았으며, 좌우의 사람들과도 이야기를 나누지 않았다. 하지만 그는 자신과 끊임없이 문답을 주고받았다. 천지간의 어떤 사람도 엿볼 수 없을 정도로 커다란 일에 대해 가슴속에서 자신과 대립하며 논쟁의 격류를 일으켰던 것이다. 그리고 그 일의 가능성과 세상의 여론, 그리고 실패했을 경우의 결과까지, 그 특유의 조심스러움으로 면밀하게 생각하고 있었던 것이다. 그것은 쫓아도 쫓아도 몰려드는 말파리 떼처럼 이미 마음속에서 몰아낼 수 없는 그의 백일몽이 되어 있었다. 그와 같은 악몽이 언제부터 그의 모공으로 스며들어와 온몸의 사악한 기운이 되었는지, 그의 총명함도 이제는 반성할 힘을 잃은 상태였다.

미쓰히데는 오십오 년을 살아오는 동안 지금처럼 자신의 총명함에 깊이 의지하고, 또 그것을 굳게 믿은 적이 없었다. 객관적으로는 그의 지성이 지금처럼 위험한 균열을 보인 적이 없었을 것이라 말할 수 있지만 그 자신은 그와 정반대라 믿었다.

'내 생각에는 물이 샐 정도의 착오조차 없다. 누가 나의 속마음을 알겠는가.'

미쓰히데는 사카모토에 있는 동안에는 혼자 면밀하게 세웠던 가슴속 기도를 실행해야 할지 말아야 할지 망설였지만, 오늘 새벽 시모카모 강변에서 시호덴 마타베로부터 두 번째로 정확한 보고를 듣고 나서는 온몸의 털을 곤두세우며 '지금이다'라고 마음속으로 결심하고 '하늘이 이 미쓰히데에게 이와 같은 때를 주신 것이다'라는 자아 맹신을 강하게 품게 되었다.

노부나가가 사오십 명의 수행원들만을 데리고 본능사에서 묵는다는, 다시없을 절호의 기회야말로 그의 마음을 사로잡은 악마의 속삭임이라고 해도 좋을 것이다. 소심하기 짝이 없는 미쓰히데가 아무리 대담한 사람이라 할지라도 꾸밀 수 없을 정도의 일을 순간적으로 실행하려고 하는 것은 미쓰히데가 아닌 그 외의 것이 미쓰히데를 움직이고 있는 것일 수도 있다.

인간은 각자의 의지에 따라 살아가기도 하고 움직이기도 한다고 생각할 수 있으나, 어쩌면 그 이상의 어떤 힘이 사람을 움직이고 있다는 우주의 섭리를 부정할 수는 없다. 지금의 미쓰히데도 그와 같은 생각을 하고 있었다. 그리고 그는 자신의 가슴속 계획을 하늘이 도와주고 있다고 느끼면서도 한편으로는 끊임없이 하늘을 두려워하고 있었다. 그러다 보니 시모카모에서 사가에 이르기까지 한나절 내내 마음속으로 그것만을 생각하고 있었다. 자신의 일거일동을 하늘이 보고 있는 것 같다는 생각에 공포에 가까운 감정을 느끼고 있었다.

"로쿠에몬, 로쿠에몬."

청량사淸凉寺(세이료지)를 지나 기타사가의 마쓰오松尾 신사 앞까지 왔을 때, 미쓰히데가 부하 중 아즈마 로쿠에몬東六右衛門을 불렀다.

"너는 지금부터 아타고 산으로 가서 위덕원威德院(이토쿠인)의 교유行祐 님께 말씀을 전하도록 해라. 내일 미쓰히데가 참배를 할 것이며, 밤에는 미쓰히데와 친분이 있는 사람을 네다섯 모아 시회를 열고 싶다고. 갑자기 찾아가 산방山房을 시끄럽게 만들고 싶지 않아서 미리 전하는 것이라 일러라. 그리고 너는 내일 밤까지 산 위에 머물도록 해라."

조금 전에는 교토의 조하에게 초대장을 보냈고, 지금은 아타고에 참배하러 간다는 일정을 미리 알렸다. 미쓰히데는 하늘이 자기편임을 믿으면서도 하늘의 눈을 속이는 데 총명한 두뇌를 사용하고 있었다.

대열은 가쓰라桂 강을 건너 마쓰오의 샛길을 지나 그날 저녁 해가 완전히 기울었을 무렵에야 가메야마의 본성으로 들어갔다. 성주가 돌아온 사실을 안 가메야마의 백성들은 밤하늘이 물들 정도로 횃불을 밝혀 경하하는 마음을 내보였다. 사실 이곳의 백성들은 옛 성주인 하타노波多野 시절보다 지금의 선정에 기쁜 마음으로 복종하며 미쓰히데의 덕을 칭송했다.

자네 보았는가
성의 정원은
언제나 도라지
꽃이 핀다네

민간에서 이런 노래가 불리기 시작한 것도 역시 아케치의 영지가 되고 난 뒤부터였다. 오늘 밤에도 성 밑의 노래가 해자 넘어, 성벽 넘어 혼마루까지 들려왔다.

"오래도록 성을 지키느라 고생 많았다. 나 역시 이렇게 건강하니 기뻐할 일일세."

미쓰히데는 성안으로 들어가자마자 널따란 방에서 사이토 구라노스케齋藤內藏助 이하 성을 지키는 사람들에게 인사를 받은 뒤 비로소 안채로 들어갔다.

미쓰히데뿐 아니라 전국 시대의 무장이라면 몇십만 석에 이르는 거처가 있다 할지라도, 떠들썩한 가족이 있다 할지라도 가정으로 돌아가 즐기는 날이 일 년 중에 손가락으로 꼽을 수 있을 만큼밖에 되지 않았다. 전투가 조금 길어지면 이 년이고 삼 년이고 돌아오지 않았다. 그러다 보니 아버지가 오랜만에 모습을 잠시 드러내는 밤이면 안채는 매우 분주해졌다. 아내도, 아이들도, 나이 든 숙부와 숙모까지도 기쁨으로 넘쳐났으며, 하녀들의 얼굴부터 등불 색에 이르기까지 화사하게 바뀌었고, 명절에 비할 수 없을 만큼 활기찬 모습이었다.

특히 미쓰히데는 슬하에 자녀가 많았는데, 여자아이는 일곱 명, 남자아이는 열두 명까지 있었다. 물론 자녀들의 삼분의 이 정도가 이미 시집을 갔거나 양자로 갔지만 아직 어린아이도 몇 명 있었으며 숙모의 아이들과 누구의 손자 되는 아이까지도 데리고 있었기에 아내 데루코照子는 언제나 웃으며 이렇게 말했다.

"대체 저는 언제까지 아이들을 돌봐야 하는 걸까요."

전사한 일족의 아이들도 있고 미쓰히데의 아이라 할지라도 그중에는 부인이 직접 낳지 않은 아이들도 있었다. 하지만 부인은 호소카와 후지타카細川藤孝가 늘 입에 침이 마르도록 칭찬하는 현모양처로, 나이 오십이 되어서도 그런 젖먹이나 장난꾸러기들에게 둘러싸여 있는 자신의 처지를 진심으로 감수할 뿐 아니라 오히려 평생의 기쁨으로 알았다.

예전에 미쓰히데가 강호를 떠돌며 병들어도 약값이 없고, 여비조차도 궁했을 때 그녀가 검은 머리를 잘라 돈으로 바꿔 위기를 넘기고 남편의 뜻을 격려한 적이 있었다. 하지만 그녀는 그런 이야기를 직접 한 적이 한 번도 없었다. 다만 셋째 딸인 가라샤伽羅沙의 남편 호소카와 다다오키細川忠興의 아버지 호소카와 후지타카가 술에 취하면 곧잘 그 얘기를 꺼내 미쓰히데로 하여금 쓴웃음을 짓게 했다.

미쓰히데는 사카모토 이후, 아니 아즈치 이후 비로소 안정을 되찾았다. 그날 밤 그는 편안하게 잠들 수 있었다. 이튿날에도 즐거워하는 아이들과 정숙한 아내의 미소가 그의 날선 마음을 얼마나 위로해주었는지 모른다.

"역시 집이 최고로구나."

미쓰히데는 지금의 행복을 한껏 음미했다. 하지만 하룻밤을 보낸 뒤 그의 마음속에 어떤 변화가 있을 듯했으나, 아무런 변화도 없었다. 오히려 가슴속의 은밀한 계획에 그 이상의 야망을 더해 더욱 용기를 내어 실행하기로 마음먹은 듯싶었다.

미쓰히데는 낭인 시절부터 함께해준 조강지처가 지금의 처지에 만족하며 아이들을 돌보는 일에 여념 없자 이런 생각을 했다.

'당신의 남편은 아직 여기서 끝날 사람이 아니오. 머지않아 쇼군 가의 안주인으로서 사람들이 우러를 수 있는 몸으로 만들어주겠소.'

미쓰히데는 일족 사람들을 바라보며 이런 공상에 빠지기도 했다.

'머지않아 천하인의 가족이라고 존경을 받게 될 사람들이다. 이런 촌스러운 집에서 아즈치에도 뒤지지 않을 만한 곳으로 옮겨 살게 하면 모두 기뻐할 게야.'

그렇게 미쓰히데는 자신이 그린 미래에 황홀감을 느꼈다.

그날 오후, 미쓰히데는 몇몇 사람들만 데리고 성에서 나왔다. 옷차림도 가벼웠으며 늘 좌우에 두던 중신들도 데려가지 않았다. 하지만 특별히 말하지 않아도 성문의 장병들까지 그가 성을 나선 목적을 잘 알고 있었다.

"오늘은 아타고로 참배를 가신다지?"

사람들은 미쓰히데가 주고쿠 출진에 앞서 아타고 산으로 가 참배하며 무운장구를 빌고, 더불어 평소의 벗들을 불러 연가를 지으며 마음을 기른 뒤 돌아올 것이라 생각했다. 그리고 어제 미쓰히데가 가메야마로 돌아오는 길에 한 이야기이기도 했다. 그러다 보니 특별히 말하지 않아도 집안 대부분의 사람들이 미쓰히데가 27일에 가메야마에 도착해서, 28일에 아타고를 참배하고, 29일에 성으로 돌아올 것으로 알고 있었다.

모두들 전승을 기원하기 위해 참배를 올리고, 풍류를 아는 벗을 도읍에서 불러 시회를 연다고 생각했지 미쓰히데의 마음을 의심하는 사람은 아무도 없었다. 평소 미쓰히데의 성품으로 봐도 충분히 있을 법한 일이라고 여겨졌다.

미쓰히데는 하인 스무 명 정도에 측신 대여섯 명만 데리고 다카노鷹野에 갈 때보다 더 가볍게 길을 나섰다. 호즈保津 강을 건너 단바에서 미즈노오水尾로 올라갔다. 길은 사가 촌의 본도로 오르는 것보다 훨씬 더 험했다.

어제 아즈마 로쿠에몬을 보내 위덕사에 말을 전해놓았기에 산의 승려와 신사 사람들이 미즈노오 촌으로 마중을 나와 있었다. 미쓰히데가 사람들에게 타고 온 말을 맡긴 뒤 교유에게 물었다.

"조하는 왔는가?"

"네, 산에서 기다리고 계십니다."

"뭐, 벌써부터 산에서 기다린다고? 그거 잘됐군. 그렇다면 교토에서 가인도 몇 명 데려왔겠지?"

제비뽑기

노래와 차를 즐기는 벗들 사이에는 예의와 계급을 초월한 마음과 마음을 나누는 친밀함이 있는 법이다. 교유는 조금 과장스러워 보이는 손짓으로 대답했다.

"아마 조하 님도 당황하셨을 겁니다. 어제저녁이 다 되어서야 초대장을 받았다고 하는데, 장소도 이렇게 불편한 곳이었으니……. 누구를 청하려 해도 너무 갑작스러워 마땅한 사람이 없어 어쩔 수 없이 아드님인 신젠心前 님과 제자인 겐뇨兼如와 인척이신 사토무라 쇼시쓰里村昌叱 님 그렇게 세 분만 데려오셨습니다. 어쨌거나 짧은 시간에 꽤나 무리한 청을 드린 듯싶습니다."

"하하하, 그런가? 그렇게 불평을 하던가?"

그런 일도 노래를 즐기는 벗들에게는 하나의 흥인 듯 미쓰히데는 사심 없는 모습으로 재미있어했다.

"무리한 청인 줄 알면서도 평소에는 가마나 말을 보내 매우 정중하게 모셨으니, 가끔은 풍류를 즐기는 벗답게 고생을 해서 모이는 것도 좋지 않을까 싶어 장소까지 정해 갑자기 모임을 청한 걸세. ……하지만 과연 사토무라 조하답군. 칭병稱病하지도 않고 사가에서부터 올라도 오십 정이 넘는 산을 황망히 오르다니, 거짓으로 풍류를 즐기는 사람은 아니야. 내 벗으로 삼기에 족한 사내야."

미쓰히데는 교유, 유겐有源 두 승려를 앞세우고 아즈마 로쿠에몬과 하인들을 뒤따르게 한 뒤 높은 돌계단을 올랐다. 그리고 평지를 조금 걸었나 싶었을 때 다시 높은 돌계단이 나타났다.

산에 오를수록 삼나무와 노송나무의 푸른 어둠이 깊어졌고, 여름 하늘이 보랏빛으로 물들기 시작한 것을 보니 곧 밤이 다가온 것 같은 느낌이 들었다. 그리고 발걸음을 옮길 때마다 산 위와 기슭의 온도 차가 크다는 것이 피부로 느껴졌다.

"잠시 잊고 있었습니다만, 조하 님께서 사과의 말씀을 전해달라고 하셨습니다. 도중까지 마중을 나오는 게 마땅하지만, 오늘은 무엇보다 기도를 올리러 산에 오르셨기에 산묘山廟에 참배를 마치실 때쯤 인사를 드리러 오시겠다고……."

위덕원의 객전客殿에 든 뒤 교유가 그렇게 말하자 미쓰히데는 말없이 고개를 끄덕였다. 그리고 더운 물 한잔을 마시자마자 바로 안내를 청했다.

"무엇보다 먼저 수호신께 기원을 드리고 저녁 어스름이 남아 있을 때 아타고 곤겐權現[37]을 참배하고 싶네."

길은 말끔하게 비질이 되어 있었다. 네기禰宜[38]가 먼저 사당으로 들어가 불을 밝혔다.

미쓰히데는 공손히 절을 한 뒤 조금 길게 기도를 올렸다. 신관이 상록수 가지로 미쓰히데의 머리 위에서 슥, 슥, 슥 세 번 바람을 일으켰다. 그리

---

37) 신의 칭호 중 하나.
38) 신사를 돌보는 신관 중 하나.

고 그 앞에 술이 담긴 토기를 놓았다. 그러고 난 뒤 미쓰히데가 신관에게 물었다.

"이 신사에서 불의 신을 모신다고 하던데 맞는가?"

"그렇습니다."

"불의 신에게는 불에 구운 음식을 금한 뒤 기원하면 영험하다고 하던데, 정말 그런가?"

"네, 말씀하신 대로 예로부터 그렇게 전해지고 있습니다만."

신관은 미쓰히데의 말에 분명히 대답을 못하고 오히려 그 질문을 미쓰히데에게 되물었다.

"불을 피하고 불에 구운 음식을 금하면 불의 신의 영험으로 소망이 반드시 이루어신다고 마을 사람들은 믿고 있습니다만, 그와 같은 선실은 대체 어디서 유래한 것일까요?"

절묘하게 화제를 돌린 신관은 어느 틈엔가 신사의 기원에 대해 이야기하고 있었다.

"저희 신사에는 조간貞觀 4년(862년) 무렵의 오랜 기록이 남아 있습니다. 그리고 이곳은 마쓰오 천둥 신의 별처로, 먼 옛날에는 단바 산성의 국경까지 포함하여 이 지방 일대를 '아타코阿多古'라고 부르며 아타코의 신성한 산으로 숭배되었으나, 언제부턴가 아사히가타케朝日ヶ嶽, 오와시가타케大鷲ヶ嶽, 다카오高尾 산, 가마쿠리鎌倉 산, 다쓰카미龍上 등의 봉우리마다 불사, 보탑이 세워진 뒤부터는 오대五臺 불지佛地로서 세상에 이름이 더욱 높아졌고, 수도를 하는 우바새優婆塞들이 덴구天狗[39]를 모시는 도장이 되기에 이르렀으며, 지금은 이처럼 신불神佛을 함께 모시는 곳이 되었습니다."

신관은 다시 덧붙여 말했다.

---

[39] 깊은 산에 산다는 괴물. 코가 높고 얼굴이 붉으며 신통력이 있어서 하늘을 날아다닌다.

"이미 알고 계실 테지만,《성쇠기盛衰記》에 '가키노모토栿本의 기노소조紀僧正는 일본 제일의 덴구가 되어 아타고 산의 다로보太郎坊라고 불린다'고 기록된 것이 바로 이 산에 있는 다로보의 기원입니다. 좀 더 거슬러 올라가면 다이호大宝[40] 연간에 엔노오즈노役の小角[41]가 사가 산 깊은 곳에 살았다고 알려져 있는데 그곳이 바로 이 산이라는 설도 있습니다. 그러다 보니 수련자들은 이 산에 아직도 덴구가 살고 있다고 하고, 진심으로 기적을 이야기하며 조금도 의심하지 않습니다."

미쓰히데는 신관이 긴 이야기를 하는 동안 듣는 건지, 마는 건지 사당 안쪽의 촛불을 바라보고 있었다. 그리고 말없이 일어나서는 서둘러 계단을 내려갔다. 이미 저녁 어스름이 깊어졌다. 그는 그길로 아타고 곤겐에게 참배한 뒤 승려들을 백운사白雲寺(하쿠운지) 앞에 남겨둔 채 이번에는 혼자 건너편에 있는 장군지장將軍地藏의 당으로 가서 참배했다. 그리고 그곳에서 승려에게 청해 제비를 뽑았다. 제비의 점괘는 흉凶이었다. 그는 다시 뽑았다. 두 번째 점괘도 흉이었다.

미쓰히데는 한동안 돌처럼 굳어서 움직이지 않았다. 그러다 직접 자신의 손으로 산통을 머리 위로 들어 올린 뒤 눈을 감았다. 그리고 산통을 흔들었다. 이번에는 대길大吉이라는 점괘가 나왔다.

미쓰히데는 당에서 벗어나 기다리는 사람들 쪽으로 걸어갔다. 사람들은 미쓰히데가 점괘를 뽑는 모습을, 무슨 변덕인가 싶어 흥미롭게 바라보고 있었다. 미쓰히데의 이념적인 성격으로 보나 스스로 지식인임을 자랑스럽게 여기는 것으로 보나 그가 어떤 일을 판별할 때 신점에 의지한다는 것은 있을 수 없는 일이라 생각했기 때문이다. 다로보의 손님을 맞는 방

---

40) 일본의 연호. 701~704년.
41) 나라 시대의 산악 주술사. 수도자들의 원조.

앞에 서니, 어린잎들 사이로 한층 밝은 촛불이 보였다. 조하와 나머지 무리들에게는 시회를 위해 먹을 갈며 훌륭한 시를 생각하는 것 말고는 아무런 관심도 없는 밤인 듯했다.

짧은 밤

서쪽 승방의 객실에서 미쓰히데를 중심으로 성찬의 밤이 시작되었다. 이 자리에는 조하와 그가 데려온 사람들, 그리고 산방의 주지들이 함께했다. 서로 허물없이 이야기를 나누며 크게 웃기도 했다. 한동안 술잔이 정신없이 돌고 이야기도 무르익어 시가 필요 없을 만큼 흥겨운 분위기가 되었다.

"여름밤은 짧습니다. 밤이 너무 깊으면 시회가 끝나기도 전에 날이 밝을 것입니다."

주지인 교유가 적당한 때를 가늠해서 더운 물에 만 밥을 내고 미리 준비해둔 자리로 사람들을 안내했다. 교유는 한 방에 시회를 위한 자리를 마련해놓았는데, 각 사람의 방석 앞에는 종이와 벼루가 놓여 있었고, 시를 마음껏 읊을 수 있도록 준비되어 있었다.

조하와 쇼시쓰는 이 방면의 달인이었다. 특히 사토무라 조하는 소기^{宗祇}, 소초^{宗長} 이래의 명인이라는 평판을 듣고 있는 당대 최고의 인물로 노부나가에게도 사랑을 받았고, 히데요시와도 친했으며, 다도에 있어서는 사카이의 소에키^{宗易}와도 절친이었다. 그만큼 발이 넓기로 따지면 비할 사람이 없는 사교계의 인물이었다.

"그럼 나리, 구(句)를 하나 내시기 바랍니다."

조하가 미쓰히데에게 권했다. 하지만 미쓰히데는 아직 종이에 손도 대지 않았다. 그는 팔꿈치를 사방침에 기댄 채 초여름 바람이 산들거리며 부는 어두운 정원을 바라보고 있었다.

"기록은 어느 분이 하십니까?"

조하는 시회에 익숙한 사람이었다. 여러 가지 일에 신경을 썼으며, 분위기가 가라앉지 않도록 노력했다.

구석 자리에 조그만 책상을 놓고 앉아 있던 아케치 가의 무사 아즈마 로쿠에몬이 조하에게 대답했다.

"부족하나마 주군의 명령을 어길 수가 없어서 제가 기록하기로 했습니다."

조하가 붙임성 있는 목소리로 말했다.

"무슨 겸손의 말씀을. 나리의 붓이라면 황송할 정도입니다. 여기 이 아이는……"

조하는 아들 신젠을 가리켰다.

"노래는 그럭저럭 흉내를 냅니다만, 공부가 부족해서 사람들 앞에 내놓기 부끄러운 글밖에 쓸 줄 모릅니다."

신젠이 아버지의 타박을 웃어넘기며 말했다.

"그건 당치도 않은 말씀이십니다. 아즈마 나리의 부군께서는 아케치가 최고의 명필이라 들었습니다. 그 아드님 아니십니까."

"그렇다면 너의 악필도 애비 탓이란 말이냐?"

"닮지 않는다면 자식으로서 불효라고 알고 있습니다."

"말은 잘하는구나."

조하가 쓴웃음을 지으며 미쓰히데에게 고자질하듯 말했다.

"나리, 이처럼 고약한 놈입니다. 야단을 좀 쳐주시기 바랍니다."

"……."

미쓰히데는 이쪽을 돌아보며 빙그레 웃었으나 부자의 농을 제대로 듣고 있었는지 어땠는지 애매한 낯빛을 하고 있었다. 오늘 밤 미쓰히데는 어딘가 좀 이상했다. 그래도 평소 과묵하고 진지한 편이었기에 누구도 그것을 이상하게 생각하지 않았다.

"시를 생각하고 계신 모양입니다."

"구를 내라."

"그렇습니다."

"그래, 됐소."

미쓰히데가 드디어 붓을 쥐었다. 우선 한 사람이 기쿠起句[42]를 읊으면 다음 사람이 와키쿠脇句[43]를 읊는다. 다시 그것을 받아 마에쿠前句[44]를 내면, 다른 사람이 시타노쿠下の句[45]를 더해나간다. 이런 식으로 백 운韻이나 오십 운까지 노래를 이어나가는 것이었다. 그리고 그것을 집필자가 종이에 적었다가 나중에 낭독했다.

그날 밤 시회는 미쓰히데가 구를 내어 시작되었고, 백 운에 이르렀을 때 마지막 아게구揚句[46]도 미쓰히데가 읊은 뒤 끝을 맺었다. 하지만 후세까지 전해진 것은 겨우 열 수밖에 되지 않는다.

"때는 지금 천하를 지배하는 5월이구나"라고 미쓰히데가 구를 내자, 위덕사의 교유가 "상류의 물 불어나는 정원의 여름 산"이라고 받았고, 이

---

42) 시나 문장의 첫 구.

43) 둘째 구.

44) 짝을 맞춰 부르는 시가에서 먼저 부르는 구.

45) 단가에서 넷째, 다섯째 구.

46) 노래의 결구.

어 조하가 "꽃 떨어지는 하류를 둑으로 막아"라고 읊었다. 그리고 그 뒤는 유겐이 "바람은 안개를 불어가는 바람"이라고, 쇼시쓰가 "봄과 종소리도 맑아지는구나"라고, 신젠이 "홀로 깔고 자는 한쪽 소매는 새벽의 안개"라고, 겐뇨가 "말라가는 풀 젖은 채로 베개 삼아"라고, 유키스미가 "귀에 익은 들판의 귀뚜라미"라고 이어 읊었으며 마지막으로 신젠이 "색도 향도 취기를 더하는 꽃 아래"라고 읊자 미쓰히데가 고심 끝에 "각국은 여전히 한가로운 때"라고 덧붙여 백 운을 마무리 지었다.

참배를 한 뒤 열린 시회이니 기록은 아타고 곤겐에 남아 있어야 하고 원래대로 하면 이 시는 세상에 전해졌을 것이다. 하지만 본능사의 변 이후 히데요시에게 문초를 받은 조하가 아타고에서 시를 기록한 종이를 가지고 가외 히데요시에게 보이며, "이처럼 틀림없이 밤새 백 운을 즐기며 보냈습니다. 휴가 님의 시를 나중에 보니 이때 이미 역심의 조짐이 있었다고 여겨지기는 하나, 허심탄회하게 시를 즐기는 자리였으니 누가 그런 커다란 변을 예감할 수 있었겠습니까? 심지어는 아케치 가의 가신들조차 대부분 본능사의 변이 있던 날 아침까지 휴가 나리의 흉중을 모르지 않았습니까?"라고 누누이 변증했을 것이다. 그러니 시를 기록한 종이가 히데요시의 손에 넘어갔을 것이고 이후 어떻게 되었는지는 분명하지 않다고 전해진다.

그날 밤 일은 모두 비밀로 부쳐졌는지 알려지지 않은 부분이 많다. 조하가 히데요시에게 내민 종이에는 미쓰히데가 읊은 첫 번째 구인 "……천하를 지배하는"이 "하늘이 아래가 되는"으로 고쳐 적혀 있었다고도 하는데 이 역시 사실인지 아닌지는 알 수 없다.

또 미쓰히데가 시를 생각하는 동안 대나무 잎에 말아서 찐 떡을 먹을 때 대나무 잎을 벗기지 않고 입에 넣었다는 둥, 조하에게 "본능사의 해자는 깊은가, 얕은가?"라고 묻자 조하가 "있는 듯 없는 듯합니다"라고 대답했다는 둥, 아주 그럴듯하게 들리지만 이런 이야기도 모두 사건이 일어난 뒤에 들리는 소문에 지나지 않을 것이다. 하루 만에 천하의 판도를 뒤엎은 사건이었으니 훗날의 소문은 진위와는 상관없이 항간의 참새들을 한바탕 떠들썩하게 만들었을 것이다. 그리고 조하가 한때, 그야말로 미쓰히데의 계획을 사전에 미리 알았던 유일한 사람으로 의심을 받았을 것이라고 쉽게 상상해볼 수 있다.

한편 시회가 끝난 뒤, 그날 밤은 모두 위덕원의 방에서 묵었는데, 방이 부족하다 보니 조하는 미쓰히데의 침실 옆에서 잠을 자게 되었다. 때는 여름이었고, 마음을 터놓고 지내는 시가의 벗이라 두 사람은 방 사이의 문을 열어두고 잠을 청했다.

"산 위에는 모기도 없으니 오늘 밤에는 기분 좋게 잘 수 있을 듯합니다. 아무래도 도읍에는 모기가 너무 많아서⋯⋯."

조하는 잠자리에 들기 전에 미쓰히데를 향해 속삭였다. 하지만 미쓰히데는 아무런 대답도 없었다. 절의 승려가 불을 끄고 물러나자 바로 잠이 든 듯했다.

머리를 베개에 대자 문밖의 산바람이 나무를 흔들고, 건물에 부딪치는 소리가 마치 덴구의 함성처럼 들려왔다. 미쓰히데는 불의 신을 모신 곳에서 들은 신관의 이야기가 문득 떠올랐다. 그는 새까만 우주를 뛰어다니는 덴구의 모습을 머릿속으로 그려보았다.

그의 머릿속에서는 덴구가 불을 문 채 날아다녔다. 커다란 덴구, 작은 덴구, 수많은 덴구가 모두 불이 되어 검은 바람에 날아다니다 그 불이 떨어져 불의 신이 있는 신사가 삽시간에 다시 활활 타오르는 횃불이 되었다.

'잠들고 싶다. 자자.'

미쓰히데는 생각했다. 그는 꿈을 꾸고 있는 게 아니었다. 그럼에도 불구하고 머릿속에는 그런 환상이 끊임없이 그려졌다. 몸을 뒤척였다. 그리고 '오늘은' 하고 생각했다. 날이 밝으면 29일이라는 생각이 들었다. 꿈은 덴구가 되고, 비몽사몽간에 아즈치를 생각했다. 29일, 29일……. 노부나가는 아즈치를 떠나 오늘 교토로 향할 것이다.

꿈과 현실의 경계가 사라져 갔다. 그는 잠이 든 것도 아니고 깨어 있는 것도 아닌 상태가 되었다. 그리고 비몽사몽간에 자신과 덴구도 구분할 수 없게 되었다.

덴구는 구름을 타고 천하를 내려다보고 있었다. 하루아침의 변란을 일으키면 천하가 어떻게 될지 면밀히 굽어보기 위해서였다. 덴구가 보기에는 모두 자신에게 유리한 일들뿐이었다.

'우선 주고쿠의 히데요시는 지금 깃카와, 고바야카와의 대군과 네 갈레로 맞선 청국으로 다가마쓰 성에 내딜려 있다. 만약 모리 가와 내통하여 그에게 도움을 준다면, 여러 해에 걸쳐 원정을 나가 있는 가엾은 하시바 히데요시 이하의 군은 주고쿠 땅을 무덤으로 삼아 두 번 다시는 교토를 돌아볼 수 없을 것이다. 지금 오사카에 있으리라 여겨지는 도쿠가와 이에야스는 더없이 처세에 능한 인물이다. 노부나가가 세상을 떠난 뒤라면 그의 향배는 오직 내가 어떻게 대우하느냐에 따라 달라질 것이다. 일단은 분노할 것으로 여겨지는 호소카와 후지타카도 나의 사위이자 오랜 벗이기도 하다. 싫다고는 하지 못하고 협력할 것이다.'

몸이 근질거리고 피가 끓었다. 오래도록 잊고 있던 청년의 피가 다시 되살아난 듯, 귀까지 뜨거워졌다. 덴구가 몸을 뒤척였다. 베개 소리와 함께 '으음' 하고 자신도 모르게 소리를 내고 말았다.

"……나리."

옆방에서 조하가 몸을 일으켜 말을 걸었다.

"나리……. 무슨 일 있으십니까?"

미쓰히데는 희미하게나마 조하의 목소리를 들었으나 일부러 아무런 대답도 하지 않았다.

조하는 다시 곧 잠들었다. 짧은 밤이 어느 틈엔가 밝아오기 시작했다. 미쓰히데는 자리에서 일어나자마자 사람들과 헤어져 아직 아침 안개가 짙은 산을 내려왔다.

무용無用의 용用

　　30일이 되자 사마노스케 미쓰하루가 사카모토에서 적지 않은 병력을 이끌고 가메야마로 왔다. 게다가 아케치의 부하들이 곳곳에서 각자의 직분에 맞는 병력과 아들들을 데리고 집합해 있었기에 성 밑은 병사와 말들로 가득하고, 거리마다 군수품을 나르는 마차가 폭주하여 길도 제대로 지날 수 없을 정도였다.

　　갑자기 한여름을 떠오르게 할 만큼 햇볕이 쨍쨍 내리쬐고 있었다. 행실이 좋지 않은 짐꾼들은 상점으로 몰려들어 정신없이 먹고 떠들었으며, 한편에서는 군량을 실은 소달구지를 사이에 두고 병사들끼리 말다툼이 벌어졌다. 부녀자들이 거리로 나와 그들을 둘러싼 채 구경을 했고, 말과 소의 똥에 꼬인 파리가 붕붕 소리를 내며 그들을 맴돌고 있었다.

　　미쓰하루는 말에 탄 채 그 광경을 바라보며 지나갔다. 이미 평소와 다른 분위기가 감돌고 있었다. 성문 안으로 한걸음 들어서자 그런 분위기가 한층 더했다.

　　"몸은 여전히 건강하십니까?"

　　미쓰하루는 우선 미쓰히데를 만났다.

"보면 모르겠는가?"

미쓰히데가 빙긋 웃어 보였다. 사카모토에 있을 때보다 훨씬 더 부드러운 모습이었다. 혈색도 좋아 보였다.

"떠나실 날은 정하셨습니까?"

"조금 뒤로 미루어, 월초에 출진하기로 했다. 모든 일이 시작되는 날, 초하루가 좋지 않을까 싶어서."

"6월 1일입니까? 그렇다면 아즈치에는?"

"그 뜻을 전달해두었다. 하지만 우다이진께서는 이미 교토로 가셨겠지?"

"29일 저녁에 무사히 교토에 도착하셨다고 합니다. 노부타다 공은 묘각사妙覺寺(묘카쿠지)를, 우다이진께서는 본능사를 숙소로 삼으신다고 합니다."

"그렇다고……."

미쓰히데는 낮은 목소리로, 말도 다 끝내지 않고 입을 다물었다.

이윽고 미쓰하루는 바로 자리에서 일어났다.

"안채의 아낙들과 아이들도 오래 만나지 못했으니 인사드리고 오겠습니다."

"우선 여장이라도 풀고 몸을 좀 쉬도록 해라."

미쓰히데는 그렇게 말하고는 자리에서 일어나 나가는 사촌 동생의 등을 하염없이 바라보았다. 그러고는 뱉지도 삼키지도 못할 가슴속 답답함을 얼굴 가득 드러내고 있었다.

그 옆옆 방에서는 허연 머리만 봐도 바로 알 수 있는 사이토 구라노스케 토시미쓰齋藤內藏助利三가 여러 장수들과 무릎을 맞대고 장부와 서류들을 펼쳐놓은 채 열심히 회의를 하고 있었다. 이윽고 그중 한 명이 미쓰히데를 찾아와 물었다.

"······말씀하신 크고 작은 짐들을 전날인 30일에 산인 지방으로 먼저 출발시킬까요?"

"짐? ······흠, 그 일인가? 아니, 전부를 먼저 보낼 필요는 없네. 일부만 보내면 될 게야."

그때 불쑥 미쓰하루와 함께 오늘 막 도착한 숙부 조칸사이가 안을 들여다보더니 두리번거리며 말했다.

"응? 안 계시는군. 사카모토의 나리께서는 어디로 가셨는가? 어디로?"

노인의 얼굴은 화가 날 정도로 늘 밝고 낙천적이었다.

아케치 조칸사이는 '출진 직전이든, 주군이나 집안에 무슨 걱정거리가 있든 언제나 변함없이 장난스러운 노인'이라고 여겨져 혼마루에 머무는 긴 징수들 사이에서는 쓸모없는 사람으로 취급되지만, 일단 방향을 바꾸어 휘적휘적 안채 쪽으로 얼굴을 내밀면 그곳에서는 부녀자들과 수많은 아이와 어린 하인까지 몰려들 정도로 인기가 많았다.

"오오, 할아버지께서 오셨다."

"할아버지, 언제 오셨어요?"

이렇듯 조칸사이 주변에는 앉으나 서나 즐거운 소리와 익살스러운 분위기가 떠나지 않았다.

"할아버지, 오늘 밤 여기서 주무실 거죠?"

"할아버지, 식사 아직 안 하셨어요?"

"할아버지, 차 드세요."

"할아버지, 안아줘요."

"노래 불러줘요."

"춤을 춰볼게요."

아이들은 그렇게 무릎 위로 오르고, 장난을 치고, 엉겨 붙었다.

"하~나, 두울."

"세엣, 네엣."

여자아이들이 귓구멍을 들여다보며 장단에 맞춰 털을 뽑고 있으면, 남자아이들은 등에 걸터앉아 하얀 머리를 짓눌렀다.

"말 태워주세요, 말이 돼서 히힝 울어주세요."

"히힝, 히힝, 히힝."

그러면 조칸사이는 즐거워하며 기기 시작했다. 그러다 재채기를 하는 순간 등 위의 아이가 떨어지고 말았다. 시녀들도 유모도 배를 움켜잡고 웃었다.

안쪽의 한 방에서 조용히 이야기를 나누던 미쓰히데의 부인과 사마노스케 미쓰하루도 조칸사이 쪽을 돌아보고 함께 웃었다. 밤이 되어서도 웃음소리는 그치지 않았다. 미쓰히데가 있는 혼마루와 이곳은 마치 빙설에 갇힌 겨울의 벌판과 봄을 맞은 세상만큼 차이가 났다.

"숙부님께서는 연세도 있으시니 전장에 나가시기보다 여기에 머물며 아이들과 아낙들을 돌보는 편이 더 낫겠습니다. 형님께도 제가 그렇게 말씀드리도록 하겠습니다."

미쓰하루가 안채에서 나가며 말했다.

"내가 할 수 있는 일은 그 정도일지도 모르겠구나. 보다시피 모두가 놔주려 하지도 않고."

조칸사이가 돌아보며 쓴웃음을 지었다. 밤이면 '옛날이야기'를 해달라며 조르는 사람들을 모아놓고 성쇠기 중 한 장면을 배꼽 빠질 정도로 재미있게 들려주었다.

출진까지 남은 날은 이제 겨우 하루였다. 오늘 밤쯤 총평의가 있을 것이라 생각했으나 혼마루는 정적에 잠겨 있었다. 미쓰하루는 니노마루로 들어가 잠자리에 들었다.

이튿날이 월말이었다. 미쓰하루는 하루 종일 기다렸으나 회의를 열겠다는 소식은 여전히 들려오지 않았다. 밤이 되어도 혼마루에서 아무런 움직임이 없자 미쓰하루는 가신을 보내 상황을 살펴보게 했다. 이윽고 가신이 돌아와 미쓰히데가 이미 침소에 들었다는 이야기를 전했다.

"……뭐라고?"

미쓰하루는 이상하다고 여겼지만 잠을 잘 수밖에 없었다.

푸른 사紗안

미쓰하루는 꽤 오래 잔 듯한 느낌이 들었다. 축시丑時(오전 1~3시)가 지 날 무렵, 사마노스케 미쓰하루는 번쩍 눈을 떴다. 소곤소곤 사람의 소리가 들려왔기 때문이다.

소리는 방 두 개 정도 떨어진 숙직실 부근에서 들려왔다. 이윽고 발소 리가 다가왔다. 그리고 조용히 방문이 열렸다.

"무슨 일이냐?"

잠을 자고만 있을 줄 알았던 미쓰하루가 먼저 묻자 숙직을 맡고 있던 무사가 당황해하며 황급히 바닥에 엎드려 말했다.

"미쓰히데 나리께서 혼마루에서 기다리신다고 합니다. 각별히 상의드 릴 일이 있다며 이 시각에 사람을 보내셨습니다."

"아, 그러냐."

미쓰하루는 아무런 망설임도 없이 곧 잠자리에서 나왔다. 세수를 하고 양치질을 하고 머리는 쪽을 졌다. 그리고 의복을 갖추며 물었다.

"지금 시간이 어떻게 되었느냐?"

"자초시子初時입니다."

"삼경이로구나."

미쓰하루는 방에서 나왔다. 마루는 어두웠다. 그는 먹물과도 같은 마루의 삼목 나무문 근처에 엎드려 있는 사람의 허연 머리를 보며 때아닌 시각에 부르는 걸 보니 심상치 않은 일일 것이라고 생각했다. 미쓰하루를 부르러 온 사람은 늘 미쓰히데의 곁에 있는 어린 무사가 아니었다. 노신인 사이토 구라노스케 토시미쓰였다.

"노인이신가."

"……오, 어서 오십시오."

"밤늦게 고생 많소."

토시미쓰가 등을 들고 앞장섰다. 몇 번이고 돌아야 하는 긴 복도였지만 미주치는 사람이 없었다. 혼마루 역시 깊은 잠에 빠져 있었다. 하지만 안쪽의 한 귀퉁이에만은 심상치 않은 기운이 감돌고 있었다. 두어 개의 방에서도 사람들이 깨어 있는 듯한 기척이 느껴졌다.

"어디 계시지?"

"침소에 계십니다."

토시미쓰는 침소의 복도 문 앞에서 등불을 껐다. 그리고 미쓰하루를 재촉하는 듯한 눈빛을 보이며 그곳의 묵직한 문을 열었다.

미쓰하루가 들어서자 문은 곧바로 닫혔다. 침실까지는 아직 세 개의 방이 더 있었다. 가장 안쪽에서만 희미하게 푸른빛이 새어나오고 있었다. 그곳에 미쓰히데가 있었다. 측신도 시동도 보이지 않았다. 그저 혼자 소매가 좁은 하얀 옷을 입은 채 큰 칼과 사방침을 옆에 놓고 앉아 있었다.

촛불이 더욱 파랗게 보인 것은 미쓰히데 주변에 푸른 사紗로 만든 모기장이 널따랗게 쳐져 있었기 때문이다. 잠을 잘 때는 모기장의 사방을 모두 내려쳤지만 지금은 앞쪽 한 면만을 열어 막처럼 걸어놓았다.

"사마노스케, 이리 바싹 다가오게."

"네."

미쓰하루가 무릎을 꿇은 채 앞으로 다가가 말했다.

"무슨 일이십니까?"

"긴히 할 얘기가 있네만……. 자네, 우선 이 미쓰히데에게 목숨을 주지 않겠는가."

미쓰하루는 아무런 대답이 없었다. 말문이 막힌 사람처럼 언제까지고 대답이 없었다. 그런 미쓰하루의 눈동자와 이상한 빛으로 가득한 미쓰히데의 눈동자가 촛불 하나를 옆에 두고 오래도록 응시했다.

"……."

"……."

목숨을 주지 않겠는가. 미쓰히데의 말은 간단하고 명료했다. 미쓰히데가 사카모토에 머물렀을 때부터 미쓰하루가 꿈속에서조차 남몰래 두려워했던 것은 언젠가 이런 말을 듣게 될 것만 같아서였다.

오늘 밤, 미쓰히데는 마침내 미쓰하루에게 그 말을 했다. 미쓰하루에게는 갑작스러울 것도 놀라울 것도 없는 일이었다. 하지만 온몸에 흐르는 피가 얼음처럼 응결된 것 같은 느낌에 사로잡힌 것만은 누가 뭐래도 부정할 수 없는 사실이었다.

'무서운 사람이다.'

미쓰하루는 새삼스럽게 미쓰히데를 바라보았다. 열두어 살 소년 때부터 의식주를 같이하고, 어른이 되어서는 전장의 생사도 함께해온 사이인데 오늘 그를 새롭게 알게 되었다는 것도 매우 한심한 일인 듯하나, 아케치 휴가노카미 미쓰히데라는 사람 속에 그와 같은 생각을 할 만한 소질이 있었는지 아무래도 믿을 수 없는 일이었다.

"……미쓰하루. 싫은가?"

미쓰히데의 침통하기 짝이 없는 마른 목소리가 이윽고 미쓰하루의 귀를 다시 때렸다. 미쓰하루는 여전히 대답이 없었다.

"……."

미쓰히데도 다시 침묵에 잠겼다. 미쓰히데의 얼굴은 한없이 창백했다. 이것은 푸른 사의 모기장 때문이 아니었다. 촛불이 흔들리기 때문이 아니었다. 미쓰히데의 마음속이 반영되어 나타난 것이었다.

만약 미쓰하루가 싫다고 거절한다면 미쓰히데는 진작부터 다짐하고 있던 일을 즉석에서 실행에 옮겨야 할 것이다. 깊이 생각할 것도 없이 미쓰하루 역시 그것을 직감하고 있었다. 너무나도 잘 알고 있었다.

모기장 너머이기는 하나 구 척짜리 커다란 침상 옆에는 무사가 숨는 조그만 공간이 있었다. 그 장지문의 금박 가루가 안에 숨어 있는 자객의 숨결과 살기로 섬뜩하게 반득이고 있나.

또 오른쪽의 커다란 장지문 옆에서도 소리는 들리지 않으나 조금 전 자신을 여기까지 안내해온 사이토 토시미쓰가 마른침을 삼키며 귀를 기울이고 있는 듯했다. 토시미쓰 외에도 창을 끌어안고, 칼을 쥔 사람 몇 명이 역시 몸을 숨기고 있는 것만은 틀림없는 사실이었다. 미쓰하루의 감각은 분명하게 그것을 꿰뚫어보고 있었다.

그러한 속으로 자신을 불러 농으로라도 단 한마디, 목숨을 주지 않겠느냐고 묻는 미쓰히데의 절박한 심정을 생각하자 미쓰하루는 그 무정함도, 그리고 그 음험한 행동도 원망할 마음이 들지 않았다. 그저 가엾다는 생각이 앞섰던 것이다.

'이렇게까지 절박했단 말인가? 총명했던 사람이. 이성으로 넘쳐나던 사람이. 내가 어렸을 때부터 보아왔던 아케치 주베라는 자는 어디로 사라져버렸단 말인가'

지금 미쓰하루는 미쓰히데의 껍데기만을 보고 있다는 생각밖에 들지 않았다.

"미쓰하루. 대답은?"

제정신이 아닌 듯한 모습으로 미쓰히데가 앉은 채 가까이 다가왔다. 미쓰하루는 미쓰히데의 숨결에서 중환자의 열기와도 같은 것을 느꼈다.

"제게 목숨을 달라니, 대체 어떤 뜻입니까? 무슨 말씀인지 잘 모르겠습니다."

미쓰하루가 처음으로 입을 열었다.

미쓰하루의 말은 결코 미쓰히데가 바라던 말을 교묘하게 빗겨가려 한 것도 아니었으며, 또 그의 가슴속을 꿰뚫고 있으면서 일부러 딴청을 부린 것도 아니었다. 미쓰하루에게는 아직 미련이 남아 있었다. 어떻게 해서든 미쓰히데를 폭거와 부덕한 생각에서 되돌리고 싶다는 마지막 희망을 버리지 못하고 있었던 것이다. 하지만 미쓰하루의 말 때문인지 미쓰히데의 눈초리는 관자놀이의 파란 힘줄과 더욱 하나가 되는 듯했다. 미쓰히데의 목소리도 평소와 달리 메말라 있었다.

"……너, 내게 그것을 묻는 것이냐? 아즈치에서 물러난 이후 이 미쓰히데의 가슴에 가득 드리워진 것이 있다는 사실을 네가 짐작하지 못했단 말이냐, 사마노스케."

"대충 짐작은 하고 있었습니다."

"그렇다면 어째서……. 더 많은 말은 필요 없을 것이다. 좋다, 싫다, 그것이면 충분하다. 우선 그 대답부터 먼저 해라."

"나리."

"……."

"나리……."

"……."

"나리야말로 어째서 입을 다물고 계십니까? 적어도 이곳에서의 한마디는 아케치 일족의 부침에만 관계된 것이 아닐 터입니다. 천하와 관계된 일일 터입니다. 나리야말로 분명히 대답해주시기 바랍니다. 형님!"

"무엇을 말이냐?"

"왜 이러십니까? 형님답지 않게……."

미쓰하루는 줄줄 눈물을 흘리며 손으로 바닥을 짚으려다 갑자기 미쓰히데의 무릎 옆까지 다가와서 말했다.

"그동안 저는 오늘 밤처럼 사람을 모른다고 생각한 적이 없었습니다. 우리 두 사람이 어린아이와 청년이었을 때, 아버지 댁에서 책상에 나란히 앉아 무엇을 읽고 무엇을 배웠습니까? 우리나라의 선현이 남긴 글 가운데 주군을 살해해도 된다는 말이 한 글자라도 있었습니까?"

"미쓰하루, 조용히 말해라."

"누가 듣기라도 한난 말입니까? 부사가 숨는 곳 안에도, 문 옆에도 형님의 명령을 기다리는 자객의 칼만이 있을 뿐입니다. 나리, 총명하신 우리 나리. 저는 단 하루도 형님의 예지를 의심해본 적이 없었습니다. 하지만 사카모토에 오셨던 날부터 형님은 마치 다른 사람처럼 변했습니다. 자기 자신에게 그토록 약하신 형님이 아니실 텐데……."

"이미 늦었다. 미쓰하루, 충언이라면 그만두도록 해라."

"해야겠습니다."

"소용없다."

"소용없더라도 말씀드리지 않을 수 없습니다. 안타깝습니다. 분합니다."

미쓰하루는 엎드려 몸을 떨며 흐느껴 울었다.

그때 무사가 숨는 곳에서 문이 덜컹하고 울렸다. 안에 숨어 있던 자객이 일이 어려울 거라고 생각해 팔을 움직였을지 모를 일이다. 하지만 미쓰히데의 입에서는 여전히 아무런 신호도 떨어지지 않았다. 미쓰히데는 자기 앞에 엎드려 울고 있는 미쓰하루를 보지 않으려는 듯 얼굴을 돌린 채 가만히 앉아 있었다.

"누구보다도 책을 많이 읽었고, 누구보다도 이성으로 넘쳐나며, 세상을 알 나이도 지났고, 무슨 일에나 분별력이 있는 형님이시니…… 우둔한 저로서는 하고 싶은 말이 있어도 어떻게 말해야 할지 모르겠습니다. 하지만 저 같은 놈조차 충효 두 글자만은 읽어서 마음에 새겨두었으며, 핏속에 넣어두었습니다. 설령 만 권의 책이 가슴속에 있다 할지라도 이것을 잊어서는 아무런 도움이 되지 않습니다."

"……."

"나리, 듣고 계십니까? 명문가인 도키겐지土岐源氏의 혈통을 물려받은 저희 두 사람의 피는 하나라고 믿고 드리는 말씀입니다. 한번 가문의 이름을 더럽히면 조상님의 영에도, 낳아주신 부모님께도 커다란 불효 아니겠습니까? 그리고 형님은 지금 자녀를 몇 명이나 둔 아버지이십니다."

"……."

"시집간 아이들과 다른 집안에 양자로 들어간 아이들과 또 몇 명인가의 어린아이들까지, 아니 자자손손에 이르기까지 형님의 마음 하나로 인해 세상 끝까지 얼마나 수치심을 느끼며 살아가야 할지를……."

"헤아리면 끝도 없을 것이다. 사마노스케, 이 미쓰히데의 생각은 모든 것을 초월했다. 그런 것도 모두 알고 있다. 그래도 나는 생각을 바꾸지 않을 게야. 인내에 인내를 거듭하고, 생각에 생각을 거듭한 끝에 내린 결론이다. 그만두어라. 쓸데없는 충언은 그만둬. 네가 말한 정도의 일은 나 역시도 밤이면 밤마다 거듭 생각했던 것이다. ……아아, 딱 한마디, 오십오 년 동안의 길을 돌아보면, 이 몸이 무문에서만 태어나지 않았더라면 이렇게 고민하지도 않았을 텐데, 또 이와 같은 생각도 하지 않았을 텐데."

"아니, 바로 그 무문이기 때문입니다. 설령 아무리 참아야 하고 아무리 어려운 일이 있다 할지라도 주군에 맞선다는 것은."

"노부나가도 아시카가 요시아키足利義昭를 내몰았다. 또 히에이 산의 화공과 같이 수많은 악업을 저질렀다는 것을 사람들도 이미 알고 있다. 한번 보아라. 대대로 그의 집안을 섬겨왔던 하야시 사도, 사쿠마 우에몬佐久間右衛門 부자, 아라키 무라시게荒木村重만 봐도 사람의 말로라고는 여겨지지 않는다."

"아아, 나리. 단바 육십만 석을 주시고 고레토라는 성까지 내리시고 일문에 부족함이 없으니 그와 같은 은혜를 생각하시면."

미쓰하루의 말은 지금까지 우물 속의 물과도 같았던 미쓰히데를 단번에 범람하는 물과 같은 표정으로 만들었다.

"그따위 은록이 무엇이란 말이냐! 미쓰히데에게 재능이 없었다면 그깟도 없었을 것이다. 그런데 그 맡은 일을 마치고 나면 그의 눈에는 아즈치에서 기르는 개나 쓸모없는 물건으로밖에 보이지 않게 된다. 나를 히데요시 따위의 아래에 두고 산인을 공격하라는 명령은 머지않아 다가올 아케치 가의 운명을 예고하고 있는 게 아니고 무엇이냐? 몸은 무문에서 자랐고, 남자로서 도키겐지의 피를 물려받았는데 어찌 노부나가 따위의 부림에 몸을 굽힌 채 일생을 마치겠느냐. 미쓰하루, 너는 노부나가의 검은 속내를 읽지 못하겠단 말이냐?"

"……."

미쓰하루가 한동안 입을 다물고 있다 미쓰히데에게 물었다.

"형님의 뜻을 가신 중 누구에게 밝히셨습니까?"

"……그건, 너를 제외하면 미쓰타다, 미쓰아키……."

미쓰히데는 한숨을 쉰 뒤 다시 말을 이었다.

"심복이라 할 수 있는 쓰마키 가즈에, 후지타 덴고, 시호덴 마사타카, 나미카와 가몬…… 무라카미 이즈미노카미, 오쿠다 사에몬奧田左衛門, 미야케 도베, 이마미네 다노모今峰賴母…… 그리고 미조오 쇼베溝尾庄兵衛, 신시 사쿠자에몬, 사이토 구라노스케 토시미쓰…… 등에게도 이야기했다."

"그 열세 명뿐입니까?"

"아마노 겐에몬에게도 얘기했던가? 아직인가? ……겐에몬에게도 뜻을 전한 듯하구나. 아직 젊기는 하지만 특별한 심부름을 시킨 적이 있었으니 시호덴 마쓰베도 내 마음속을 어느 정도는 눈치챘을 것이라 생각된다."

"아아……."

이야기를 들고 난 사마노스케 미쓰하루는 길게 탄식하며 천장을 올려다보았다.

"이제 와서 무슨 말씀을 올리겠습니까? 저 외에도 그렇게 많은 이에게 이미 말씀하셨다니."

미쓰히데의 무릎이 갑자기 불쑥 미쓰하루의 무릎 가까이 다가왔다. 그리고 미쓰히데는 왼손으로 미쓰하루의 멱살을 잡으며 말했다.

"싫으냐?"

오른손으로는 작은 검의 손잡이를 무시무시한 힘으로 움켜쥐었다.

"함께하겠느냐?"

"……."

미쓰히데가 밀칠 때마다 미쓰하루의 목은 뼈가 없는 것처럼 위를 향한 채 좌우로 움직였다. 미쓰하루의 얼굴에서 구슬 같은 눈물이 흘러내렸다.

"이렇게 된 이상 좋고 싫고가 어디 있겠습니까? ……나리께서 다른 사람에게 아직 말씀하지 않으셨다면 모르겠습니다만."

"그럼 함께하겠다는 말이냐? ……나와 함께 일어서겠느냐?"

"형님과 미쓰하루는 두 사람이지만 한 몸이나 다를 바 없습니다. 형님 없이 살아갈 수 있는 미쓰하루가 아닙니다. 주종 관계에 있어서도, 혈연관계에 있어서도 같은 뿌리이며 같은 삶을 살아가고 있습니다. 지금까지의 삶도 함께해왔으니, 앞으로의 운명도 애초부터 함께할 각오였으니…….

아아, 그렇다 해도."

"걱정할 것 없다, 미쓰하루. 운명을 건 승부, 성공하느냐 실패하느냐 둘 중 하나다만, 이렇게 모두에게 이야기하고 이 휴가가 일어선 것은 가슴 속에 승산이 있기 때문이다. 이 일을 성공한다면 네게도 조그만 사카모토 성 하나만을 가지고 있게 하지는 않겠다. 적어도 내게 버금가는 직위와 수많은 나라의 태수 자리를 약속하겠다."

"아니. 그, 그런 문제가 아닙니다!"

미쓰하루는 자신의 멱살을 잡고 있는 손을 떨쳐내더니 미쓰히데의 몸을 바닥으로 밀쳐 쓰러뜨렸다.

"저, 저는…… 저는 울고 싶습니다. ……나리, 울게 해주십시오."

"무엇이 슬프다는 게냐. 한심한 너석."

"아아……. 한심한!"

"한심한!"

"하, 한심한!"

"한심하구나, 너는."

"한심합니다! 형님은."

둘은 소리를 지르며 사나이의 힘으로 서로를 힘껏 끌어안고 울었다. 그대로 통곡했다.

무사가 숨은 곳에서도, 장지 뒤에서도 흐느끼는 소리가 들려왔다.

오이노老 언덕

본격적인 여름이 시작되었다. 특히 6월 1일에는 근례 없는 더위가 찾아왔다. 아침부터 구름 한 점 없이 햇볕이 내리쬐다 정오를 지나면서부터 북쪽 하늘이 구름에 뒤덮였으나 저녁 해의 열기와 빛은 해가 질 때까지 단바의 산하를 태웠다.

이날을 기점으로 가메야마 거리는 텅 빈 상태가 되고 말았다. 그렇게도 많던 병마와 치중이 단번에 성 아래 바깥쪽으로 옮겨갔기 때문이다. 거리의 사람들과 향토의 노소들은 창과 총을 든 행렬과 총알, 화약 외의 군용품을 실은 수송부대가 땀이 흐르는 얼굴에 열을 가하는 듯한 검은 철투구를 쓰고, 깃발을 짊어지고, 무사용 짚신을 신고 본국을 떠나는 모습을 보고는 연도로 몰려나왔다. 그들은 평소 출입하던 저택의 은인이나 지기를 찾아 커다란 목소리로 무운을 빌고 훈공을 독려하며 '내가 만약 길거리 서민만 아니었어도 저 대열을 따라나서는 건데' 하는 마음으로 환송의 손을 흔들었다.

"아아, 길모퉁이 저택의 지로마루次郎丸 님도 가신다. 연못 앞집의 나리께서도 말을 타고 가시는구나."

"무라코시村越 님도 저 연세에."

"오이카와笈川 님도 저 어린 나이에."

하지만 그 누구도 상상할 수 없었다. 이때는 보내는 사람도 환송을 받는 장병들도 이 출진이 주고쿠를 공략하기 위한 것이 아니라, 본능사를 치기 위한 첫걸음이었다는 사실을 아무도 알지 못했다. 미쓰히데와 막하의 열서너 명의 장수 외에는 아직 그 누구도 아는 사람이 없었다.

성 밖 동쪽에 평평한 논밭이 있었다. 먼 옛날에는 오에大枝 산에서 이쿠노生野를 지나 일본해에 면한 지방으로 가는 역로驛路가 있던 곳이었다. 시누무라 하치만篠村八幡[47]의 숲을 중심으로 이 부근을 노시누바타케能篠畑라고 부르기도 하고, 혹은 시누노篠野의 마을이라 부르기도 했다.

북쪽의 호즈 강 너머로 이다고 신과 류가타케龍ヶ嶽의 여러 봉우리가 보였으며, 남쪽으로는 묘진가타케明神ヶ嶽, 동쪽으로는 오에다 산에 둘러싸인 분지가 보였다. 가메야마에서 빠져나온 군마의 흐름, 깃발의 행렬이 속속이 한 지점으로 모여들었다.

때는 신시申時(오후 4시) 무렵, 핏덩이처럼 빨간 석양이 깔리고 풀냄새 속에서 뿔피리 소리가 높고 낮게 잉, 잉 호응하듯 들려왔다. 그때까지는 그저 군데군데 무리 지어 있었던 병력이 곧 풀을 밟고 일어나 대열을 삼단으로 나누어 정연하게 위용을 드러냈다.

노시누바타케의 지면은 병사와 깃발과 말로 뒤덮였다. 일순 천지가 숨을 죽인 듯 말의 울부짖는 소리 외에 아무 소리도 들리지 않았다. 사방 산속 깊은 숲의 연둣빛 잎이 반짝이듯 흔들리고 사람의 폐 속까지 물들일 것만 같은 푸른 저녁 바람이 수많은 얼굴을 스쳐 지나갔다.

---

47) '시누무라에 있으며 아시카가가 의군을 일으킨 고적으로 무로마치 막부 시절에 특히 숭경하는 사당이었다'고 고서에 기록되어 있다. 미쓰히데 역시 여기서 세력을 규합했다.

맞은편 숲 속에서 다시 뿔피리 소리가 들려왔다. 잠시 뒤 그곳의 시누무라 하치만 경내에서 미쓰히데 이하 막료들이 서쪽 해를 비스듬히 받아 눈부신 모습으로 각 부대를 열병하며 점차 다가오는 것이 보였다.

미쓰히데가 열병하는 동안 장병들의 대열은 검은 쇳덩이 그 자체였다. 그리고 눈앞에서 미쓰히데를 올려다본 병사들은 말단에 이르기까지 '좋은 대장을 섬기게 되었다. 좋은 주인을 따르고 있구나'라는 사실을 새삼 자랑스럽게 느끼며 행복해했다.

미쓰히데는 하얀 바탕에 은난초를 수놓은 망토를 걸치고 검은 가죽으로 만든 갑옷을 입고 있었다. 갑옷의 미늘을 엮은 실은 연둣빛이었다. 대검도 아름다웠으며, 좋은 안장 위에 앉아 있었다. 평소보다 훨씬 더 젊어 보였다. 물론 그뿐만이 아니었다. 일단 몸에 갑옷을 걸치면 무장에게 나이는 없었다. 싸움에 처음 나서는 열예닐곱 살의 무사와 함께 있어도 '나이든 모습은 보이지 않겠다, 늙었지만 뒤지지 않겠다'는 마음으로 무장하는 것이 무문의 사람들이었다.

특히 그날 미쓰히데는 가슴속으로 그 누구보다 더 필사적으로 맹세했다. 따라서 병사 하나하나를 바라보는 눈빛에도 처참한 기운이 어려 있었다. 총사령관의 기백은 당연히 전군의 병사에게도 전달되었다. 지금까지 아케치 군이 출전했던 스물예닐곱 번의 크고 작은 전투 때보다 더 온몸의 털이 곤두설 것 같은 긴장감에 사로잡혔다. 병사들은 무언중에 심상치 않은 전장으로 나간다는 느낌을 받았다. 평소의 전장에 나갈 때와는 달리 살아 돌아올 거라는 기약이 없는 출진을 앞둔 상태에서는 모든 병사들이 그 정도의 영감은 갖게 되는 법이다. 그리고 그러한 영감은 안개처럼 소슬한 기운을 감돌게 했으며, 각 부대 위에서 펄럭이는 물빛 도라지의 아홉 개 깃발에도 구름이 깔린 듯한 느낌을 주었다.

미쓰히데가 말을 멈추고 곁에 있는 사이토 토시미쓰에게 물었다.

"총인원은 몇 명 정도인가?"

"일만 칠백, 크고 작은 짐을 나르는 자까지 더하면 일만 삼천에 달할 것입니다."

미쓰히데가 고개를 끄덕인 뒤 이윽고 다시 말했다.

"각 부장들을 이리로 부르게."

창을 든 부대와 조총 부대, 검을 든 부대의 부장들이 각자 자기 부대의 선두에서 이탈하여 미쓰히데의 말 앞에 모였다.

미쓰히데는 말을 뒤로 물렸다. 대신 일족인 아케치 미쓰타다가 시호덴 마사타카와 쓰마키 가즈에를 좌우에 대동하고 앞으로 나섰다.

"이것은 어젯밤에 교토의 모리 오란森於蘭 님으로부터 온 서찰이네만, 알아두어야 할 것 같아 각 부장들에게도 전달하겠나."

미쓰타다는 말 위에서 서찰 내용을 말했다.

"우후 님께서, 주고쿠 출진 준비가 다 되었으면 집안의 병마, 기치의 모습을 보고 싶으니 바로 군대를 이끌고 상경하기 바란다고 말씀하셨소."

그리고 다시 말을 이었다.

"따라서 길은 시누노에서 오에 산, 오이노 언덕을 넘기로 하겠소. 출진은 유시(오후 5시). 시간이 얼마 없으니 밥을 먹고 말에게도 먹이를 먹인 뒤 잠시 쉬며 허술함 없이 때를 기다리시오."

들판에서 일만 삼천 명에 이르는 인원이 밥을 먹는 모습은 가히 장관이라 할 수 있었으며, 어찌 보면 한가로워 보이기도 했다.

잠시 뒤 전령이 다시 이야기를 전했다.

"히다 다테와시比田帶刀 나리, 부르십니다."

"호리 요지로堀与次郎 나리, 본진에서 부르십니다."

"무라코시 산주로村越三十郎 나리, 오시라는 명입니다."

조금 전 말 앞으로 불려갔던 부장 중 주요한 인물들이 다시 미쓰히데가 있는 하치만 숲 속으로 불려갔다. 그곳은 장막이 드리운 그림자와 매미 소리 때문에 차가운 물속에 있는 것처럼 시원했다. 그때 신사의 본전 쪽에서 손뼉 치는 소리가 들려왔다. 미쓰히데 이하 막료들이 모여 신사에 참배를 드리고 있는 모양이었다.

시누무라 하치만은 옛날 겐코元弘[48] 시절에 아시카가 다카우지足利高氏가 기원을 한 곳이기도 하다. 다카우지는 이곳에 와서 기치를 든 뒤, 칙명에 따라 일어선 것이라 성명하고 일거에 교토로 들어가 로쿠하라六波羅[49]를 점령했다. 다카우지의 부하가 화살을 묻었다는 야즈카矢塚도 멀지 않은 곳에 있었다. 적은 다르지만 미쓰히데의 가슴속에는 이곳이야말로 아시카가 씨가 십여 대에 걸친 무로마치 시대의 기반을 다진 발족의 땅이라는 생각이 반드시 있었을 것이다. 무로마치 막부는 대대로 이 신사를 고적으로 여겨 특별히 숭경하고 보호했다.

미쓰히데가 그런 사실을 몰랐을 리 없다. 그러다 보니 그가 밝은 신 앞에서 자신을 얼마나 부끄러움 없는 존재로 보이려 했을지 짐작이 된다. 심복인 가신들이 아무리 눈물을 흘리며 이번 거사를 권했다 할지라도 그와 노부나가 사이에 쌓인 사사로운 분노와 원한을 부인할 수는 없을 것이다. 미쓰히데는 언젠가 자신도 아라키 무라시게나 사쿠마 부자 같은 말로를 맞이하게 될지 모른다는 위기감과 불안이 들었을 것이다. 그리고 궁지에 몰린 쥐처럼 살아남기 위해 이처럼 선수를 쳤을 것이다. 하지만 그러한 자기변호도 자신의 양심을 납득시킬 만큼의 이유는 되지 못했다.

이곳에서 겨우 오십 리. 바로 코앞에 그 원한의 적이 허술한 경호 속에 머물고 있다. 미쓰히데가 절호의 기회, 더할 나위 없는 천운이라 생각하며

---

48) 일본의 연호. 1331~1334년.
49) 가마쿠라 막부가 교토에 설치하여 궁궐의 경호와 교토 부근 지방의 정무를 총괄시켰던 기관.

즉흥적인 야망을 품었다면 더더욱 신 앞에 기원을 올리지 못했을 것이다. 하지만 그는 이러한 모든 이유 외에도 자신을 정당화할 만한 이유를 찾는 데 그리 어려움을 겪지 않았다. 지난 이십여 년 동안 노부나가가 보여준 좋지 않은 면만을 죄상으로 들어도 될 정도였다. 특히 노부나가의 극단적인 문화 파괴와 구제도의 변혁을 가장 커다란 죄로 들어 세상에 물으면 될 일이었다.

문화인이며 지성인라고 자부하는 미쓰히데는 그동안 노부나가의 부장으로 일해왔으면서도 옛 문화와 구제도에 대한 애석한 마음을 씻어내지 못한 채 살아왔다. 그리고 그 파행적 정신을 천하 일반의 것인 양 오인해왔으며, 자신의 지성이 좁은 지성의 연못에 빠져 있다는 사실을 깨닫지 못했다.

각 부대의 부장들은 무슨 일로 거듭 부른 것일까 이상히 여기며 부름을 받은 막사 안에 빼곡히 들어앉아 있었다. 아직 미쓰히데의 모습은 보이지 않았다. 지금 신전에 기원 중이니 곧 이곳으로 건너오실 것이라고 시동이 말했다.

잠시 뒤 미쓰히데의 측근인 중신들이 장막을 들어 올리고 인사를 하며 차례차례 안으로 들어왔다.

"모였군."

"어서들 오게."

나미카와 가몬, 신시 사쿠자에몬, 쓰마키 가즈에 등이 들어왔고, 마지막으로 미쓰히데가 노신 사이토 토시미쓰, 일족인 미쓰하루, 미쓰타다, 미쓰아키 등과 함께 모습을 드러냈다.

"부장들은 여기 모인 사람들뿐인가?"

"그렇습니다."

미조오 쇼베가 대답했다.

그때 미야케 도베와 이마미네 다노모가 오쿠다 사에몬노조를 돌아보며 무언가 눈짓을 했다. 그리고 세 사람 모두 불쑥 막사 밖으로 나갔다. 무슨 일일까 이상히 여기는 사이에 한 무리의 병사들이 막사 바깥을 둘러싼 모양이었다. 미쓰히데의 얼굴을 봤을 때 미리 준비되었던 일이라는 것을 알 수 있었으며, 노장들의 눈에서도 무언의 경계심을 읽을 수 있었다. 마침내 미쓰히데가 입을 열었다.

"집안사람들, 특히 나의 수족이라 여기는 사람들에게 이와 같은 대비를 하고 담합에 들어가는 것을 섭섭하게 여길지 모르겠으나 천하의 대사, 우리 집안의 부침과 관계된 대사를 밝히기 위해서이니 너무 이상히 여기지 말게."

미쓰히데는 그렇게 운을 뗀 뒤, 엄숙하게 의중을 밝히기 시작했다.

"나는 겨우 삼천 석을 받던 몸에서 일약 이십오만 석을 받게 되었으며, 이후 오우미近江와 단바에 걸친 이 영지를 주신 무거운 은혜, 우다이진께서 이 미쓰히데에게 베푸신 은혜를 결코 잊은 것은 아니나."

미쓰히데는 그렇게 말한 다음 아케치 가가 세운 여러 가지 공을 늘어놓더니, 다시 신슈의 가미노스와上/諏訪에서 꾸지람을 들었던 일, 이후 마음이 거듭 불편했던 일, 고관대작들 앞에서 참을 수 없는 치욕을 당한 일, 그리고 얼마 전 이에야스를 접대하는 역에서 물러나게 하여 세상 사람들의 웃음거리로 만든 일 들을 말했다. 그리고 주고쿠에 출진해서 히데요시 아래로 들어가라는 군령을 받기에 이르렀기에 무문으로서 더는 참을 수 없는 절박한 심정을 품게 되었다는 사실을 말했다. 그런 다음 노부나가를 위해 수년 동안 공로를 세웠으나 자멸해간 사람들의 선례를 들고, 그의 잔혹하고 격한 성격의 일면을 이야기하기 위해 히에이 산에 화공을 가했을 때의 일, 요시아키를 추방한 일을 말하고, 그 외에 그가 패도적覇道的인 마음을 품고 맹진하고 있음을 밝힌 뒤, 노부나가야말로 도의道義의 적, 문화의 파괴자, 제도와 전통을 문란케 하는 국적國賊이라고 지적했다. 그리고 마지막으로 이렇게 덧붙였다.

"이에 미쓰히데는 모든 상념을 끊고 이런 노래를 한 수 읊었다네. 자네들에게는 어떻게 들리는가? '마음을 모르는 자 떠들고 싶은 대로 떠들게, 몸을 아끼지 않고 이름도 아끼지 않을 테니'……."

미쓰히데는 자신의 노래를 읊으면서 스스로 가엾다는 생각이 들어 눈물을 줄줄 흘렸다. 노장과 젊은 장수, 주위에 있는 모든 사람들이 오열하기도 하고 흐느껴 울기도 했다. 개중에는 갑옷의 소매를 물고 엎드려 우는 사람도 있었다. 그러한 가운데 울지 않는 사람이 한 명 있었다. 바로 노장 사이토 토시미쓰였다.

그는 치음부터 미쓰히데의 말을 귀 기울여 듣고 있었다. 그러는 사이 그는 미쓰히데의 말에 아직 부족함이 있다고 느꼈다. 전군의 중견이라 할 수 있는 부장 모두 이 자리에서 천지신명에게 맹세를 해야 할 터인데, 미쓰히데의 말은 너무나도 술회적이고 이론에만 치우쳐 있었으며, 감정적인 면이 부족했다. 이에 구라노스케 토시미쓰는 일동의 눈물과 분한 마음을 피의 맹세로 묶기 위해 돌연 이렇게 제언했다.

"어떻소, 여러분. 우리같이 하찮은 자들도 믿음직한 무리라 생각하셨기에 마음을 열어 큰일을 밝히신 것이라 생각하오. 군君이 치욕을 당하면 신臣은 목숨을 아끼지 말아야 하는 법. 어찌 나리 홀로 괴로움을 맛보시도록 할 수 있겠소. 다른 사람들은 어떨지 모르겠으나 이 구라노스케 토시미쓰는 여생도 얼마 남지 않은 늙은 몸, 단 하룻밤이라도 우리 주군을 천하 일인자로 우러르고, 나아가 원한이 쌓인 우후 노부나가 공의 멸망을 이 눈으로 볼 수만 있다면 죽어도 여한이 없을 것이오. 여기 모인 젊은 분들은 어떻게 생각하시오?"

그러자 바로 사마노스케가 외쳤다.

"예로부터 천지지지아지자지天知地知我知子知[50]라 하였소. 여기 있는 자 모두 나리의 집안사람들이라고는 하나 이렇게 많은 사람에게 일단 말씀하신 이상 어찌 그 말을 세상에 숨길 수 있겠소? 그러니 더 이상 논의할 것도 없소. 앞에 놓인 길은 오로지 하나밖에 없소. 사이토 나리에게 뒤질 만큼 죽음을 두려워하는 자는 아무도 없소. 여러분, 안 그렇소?"

그곳에 모인 사람들은 이구동성으로 '넷!' 하고 대답했다. 사람들은 '넷!' 하고 한마디로 대답하는 것 외에는 다른 말은 알지 못한다는 듯 눈동자로, 굳게 다문 입술로, 부풀어 오른 코로, 숨결로, 부들부들 떠는 손발로 말하고 있었다.

"됐소."

미쓰히데가 의자에서 몸을 일으키자 사람들도 그 감동에 휩싸여 몸을 움직였다. 중신들은 출진을 앞두고 길조라며 저마다 이야기했다.

"경하해야 할 뜻을 세우셨으니 일은 틀림없이 성취하실 것입니다. 무로마치 막부 집안의 신심이 얕지 않았던 하치만 신사에서 기원을 하셨으니 더는 의심할 것도 없습니다."

중신들은 미쓰히데에게 축하의 말을 전했다. 시호텐 마사타카는 떠나기 전 사람들의 마음을 다잡기 위해 하늘을 올려다보며 말했다.

"벌써, 유시. 여기서 산길과 들길을 지나 교토까지는 오십 리, 늦어도 새벽녘에는 본능사를 포위할 수 있을 것입니다. 오각(오전 8시) 전에 본능사에서의 일을 마무리 짓고, 한 무리의 부대를 내어 니조의 숙소까지 친다면 모든 일이 아침을 먹기 전에 마무리될 것입니다."

마사타카는 미쓰히데와 미쓰하루에 대해서도 확신에 찬 말투로 이야

---

50) 하늘이 알고, 땅이 알고, 내가 알고, 그대가 안다는 뜻. 보이지 않는 곳에서 행한 일도 곧 세상에 알려진다는 뜻이다.

기했다. 물론 그의 말은 여기서 처음 나온 책략도 논의도 아니었다. 다만 천하는 이미 우리 수중에 있다고 들려줌으로써 중견 부장들의 사기를 돋우기 위한 것이었다.

유시도 절반이 지났다. 산길은 이미 어두웠다. 철갑을 두른 인마 일만 삼천이 줄을 지어 어두운 오지王子 촌을 지나 오이노 언덕으로 접어들었다. 그날 밤하늘에는 수많은 별이 떴다. 교토도 같은 하늘 아래 있었다.

본능사 부근

　본능사의 물이 없는 마른 해자에 저녁 해가 빨갛게 떨어졌다. 6월 1일은 교토에도 하루 종일 뙤약볕이 쏟아져 해자의 깊은 바닥까지 말라버리고 말았다.

　동서의 흙담은 한 정, 남북의 흙담은 두 정이었다. 해자는 흙담과 수평으로 파여 있었는데 폭은 두 간이 넘었으며, 흙담도 일반적인 것보다 높았다.

　본산 니치렌슈日蓮宗 핫폰하八品派의 사찰은 마을 속의 성곽과 같은 양식이었다. 그랬기에 거리에서는 겨우 중심의 가람과 십여 개가 넘는 건물의 커다란 지붕만 보일 뿐 안을 엿볼 수 없었다. 단 사찰의 한쪽 구석에 있는 유명한 '쥐엄나무'만 먼 곳에서도 잘 보였다. 그 교목을 가리켜 '본능사의 숲'이라고도 했으며, 또 '쥐엄나무 숲'이라고도 했는데 동쪽 사찰의 탑만큼이나 좋은 표식이 되었다.

　그 높다란 가지 끝이 저녁 해에 물들 때면 언제나 수많은 까마귀가 한바탕 울어댔다. 기품 있는 사람들이 아무리 청결하게 풍치 있고 우아한 모습을 지켜도 밤의 들개와 저물녘의 까마귀와 아침의 소똥만은 없앨 수가 없었다. 하지만 그것이 지금의 교토를 나타내는 문화의 맨얼굴이라고 할 수 있을지도 모르겠다. 본능사 자체도 외관은 잘 꾸며져 있는 듯했으나 내부에는 아직 수많은 공터가 남아 있었다. 덴분天文[51] 시절의 화재로 소실되었다고 하는 이십 방사坊舍의 아름다운 건물을 완성하기에는 앞으로 수많은 공사가 필요했으며 현재 건축 중인 부분도 있었다. 그리고 본능사 밖을 둘러보아도 마찬가지였다. 본능사의 대문 앞길에서 시조四條 쪽으로 면한 길은 쇼시다이所司代[52]의 저택도 있고 무가의 골목도 있고 거리도 정비되어 있어서 도읍다운 모습을 띠고 있었다. 하지만 북쪽의 니시키코지錦小路 부근은 여전히 정비되어 있지 않은 빈민굴이 무로마치 시절의 모습 그대로 섬처럼 남아 있었다. 그곳의 좁은 길은 지금도 예전에 불리던 대로 '오줌 골목'으로 통하고 있었다. 《우지슈이宇治拾遺》[53]에도 다음과 같은 기록이 남아 있다.

세이토쿠清德라는 성인이 있었다. 대식가로 시조의 북쪽 골목에 소변을 흩뿌리면 하급관리들도 더러워하여 오줌골목이라 불렀다.

관에서는 시조의 남쪽에 아야코지綾小路가 있으니 그와 대비해서 니시키코지라 불러야 한다고 명령을 내린 적도 있었던 듯하다. 하지만 지금도 여전히 그 모습만은 잃지 않고, '쥐엄나무'의 까마귀와 밤낮으로 시끌벅적한 생활력을 보이고 있었다.

"바테렌Padre[54]이 왔다."

---

51) 일본의 연호. 1532~1555년.
52) 중요 정치 기관의 장관 대리.
53) 설화집의 제목. 1212~1221년 무렵에 성립.
54) 포르투갈어로 신부를 뜻하는 말인 파드레이를 이렇게 불렀다.

"바테렌이 간다."

"남만사南蠻寺의 스님이 아름다운 새장을 들고 지나가신다."

한껏 휘어진 판잣집의 차양 밑이나 흙을 바른 벽과 벽 사이의 골목길에서 아이들이 땀띠와 종기와 콧물로 번뜩이는 얼굴을 한 채 날개가 튼튼한 벌레처럼 뛰어나왔다.

세 바테렌은 아이들의 목소리를 듣고는 친구를 기다리듯 미소를 지으며 발걸음을 늦췄다.

남만사는 여기서 멀지 않은 시조보몬四條坊門에 있었다. 이 부근의 빈민굴에는 아침이면 본능사의 독경 소리가 들려왔으며, 저녁이면 남만사의 종소리가 울려 퍼졌다.

본능사의 문은 위압감을 주고 승려들은 모두 무서운 얼굴로 돌아다니지만, 남만사의 바테렌들은 이 지저분한 뒷길을 걸을 때도 미소를 지으며 지났다.

종기가 난 아이를 보면 머리를 쓰다듬으며 치료법을 가르쳐주었고, 병자가 있는 집에도 가끔 문안을 가서 도움을 주었다. 부부 싸움은 칼로 물 베기라고 하지만 남만사의 바테렌들은 부부 싸움까지 끼어들어 신중하게 시비를 가려주었다. 부부 싸움 당사자들에게는 특별히 고마울 것도 없는 일이지만, 호기심이 많은 동네 사람들이나 주위의 구경꾼들은 감탄하기 그지없었다.

"바테렌은 친절하다. 이해심이 깊다. 진심으로 세상을 위해 일한다. 아무나 할 수 있는 일이 아니다. 역시 신의 사도답다."

평소에도 사람들은 진심으로 바테렌에게 감탄하고 있었다. 바테렌의 사회구제사업은 교토 내외의 들판이나 다리 밑에 있는 빈민과 병자들에게까지 미쳤으며, 절 안에 시료소施療所와 양로원 같은 조직까지 설치되어 있었기 때문이다. 게다가 그곳의 바테렌들은 모두 아이들을 좋아했다. 그러니 아이들의 부모들은 당연히 바테렌을 신처럼 생각할 수밖에 없었다. 그런데 이런 바테렌도 길을 가다 우연히 본능사의 승려들과 마주치기라도 하면 아이들에게 보이는 것과 같은 친절을 좀처럼 보이지 않았다. 적국 사람을 맞닥뜨린 것처럼 푸른 눈으로 한번 노려보고 지나갈 뿐이었다. 그러다 보니 바테렌들은 오줌골목의 좁은 길을 멀리 돌아가더라도 가능한 한 본능사 문 앞으로는 지나가려고 하지 않았다. 하지만 어제와 오늘만은 그 본능사 안으로 몸을 숙이고 들어가 참배를 할 수밖에 없었다. 그끄저께인 29일 밤부터 본능사가 우다이진 노부나가의 숙소가 되어, 그들이 일본에서 가장 무서워하는 사람이 바로 코앞에서 묵고 있는 거나 다름없었기 때문이다.

지금도 세 바테렌이 이름 모를 남방의 새를 금색 새장에 넣고, 본국에서 데려온 요리사가 만든 남만 과자를 그릇에 넣어 노부나가에게 헌상하러 본능사로 가는 중이었다.

"바테렌 님. 바테렌 님."

"그 새 이름이 뭐예요?"

"그 광주리 안에 뭐가 있어요?"

"과자라면 저도 주세요."

"주세요, 바테렌 님."

오줌골목의 아이들이 길을 막고 다가섰지만 세 바테렌은 귀찮다는 표정도 짓지 않았다. 오히려 생글생글 웃으며 어눌한 일본어로 달래면서 지나갔다.

"이건 우다이진 님께 드릴 거야. 미안해. 너희에게는 남만사로 어머니와 같이 오면 줄게. 지금은 없단다."

그래도 아이들은 여전히 뒤를 따르기도 하고 앞장서기도 하며 바테렌들을 둘러싼 채 줄줄이 따라갔다. 그러다 그중 한 아이가 본능사의 마른 해자 속으로 개구리처럼 퐁당 떨어지고 말았다. 물이 없어 익사할 염려는 없었지만 해자 밑은 늪과 다를 게 없는 진흙탕이었다. 해자 위에서 우왕좌왕 소리를 지르는 동안 떨어진 아이는 미꾸라지처럼 몸부림을 쳤고 이윽고 목숨이 위험해지고 말았다.

어른이라 할지라도 그곳에 빠지면 쉽게 올라올 수 없었다. 널따란 본능사의 경내를 몇 척이나 높일 정도로 흙을 파내 만든 도랑이었다. 또 만일의 사태에 중요하게 쓰기 위해 깊으면 깊을수록 좋았다. 비 오는 밤, 물이 고여 있을 때면 술에 취한 사람이 떨어져 익사하는 일까지 있었다.

"큰일 났다."

"이 집의 말썽꾸러기가 본능사의 해자에 떨어졌대."

누군가가 잽싸게 아이의 집으로 달려가 알린 모양이었다. 오줌골목에 솥이 끓는 것 같은 소동이 일었으며, 아이의 부모가 맨발로 달려 나왔다. 옆집 부부와 뒷집의 노인도 나왔다. 처녀들도 나오고 개들도 따라나왔다. 그야말로 일대 소동이었다. 하지만 아이의 부모가 해자 부근까지 왔을 때, 아이는 이미 목숨을 건진 뒤였다. 이제 막 캐낸 연뿌리처럼 건져져서 엉엉 울고 있었다. 그리고 바테렌 두 명의 팔과 옷이 진흙투성이가 되어 있었다. 나머지 바테렌 한 명은 순간적으로 해자 속에 뛰어들어 간신히 기어나왔는데 팔과 얼굴을 거의 알아볼 수 없을 정도가 되어 있었다.

"와아, 바테렌 님이 메기가 됐다. 빨간 수염도 흙투성이다."

아이들은 그 모습을 보고 놀리기도 하고 손뼉을 치기도 하며 기뻐했다. 하지만 목숨을 건진 아이의 부모는 결코 신도가 아니었을 텐데 "신이시여!"를 외치며 메기가 된 바테렌 발밑에 엎드려 손을 모은 채 감사의 눈물을 흘렸다. 그리고 검은 산처럼 모여든 사람들 사이에서도 저마다 바테렌의 덕을 칭송하는 소리가 들려왔다. 순박한 사람들은 사심 없이 다 함께 기뻐했다.

"다행입니다. 이 아이에게는 천주님의 가호가 있었습니다."

바테렌들은 기껏 여기까지 왔는데 하는 아쉬움도 안타까움도 보이지 않고 못쓰게 된 헌상품들을 들고 그대로 발걸음을 돌렸다. 그들의 파란 눈에는 일개 노부나가도, 골목의 일개 어린아이도 같은 존재에 지나지 않았다. 그리고 그들은 그 일이 이야깃거리가 되어 집에서 집으로 전해질 것이며, 훗날 얼마나 커다란 감동의 파도가 될지 잘 알고 있었다.

"소탄宗湛, 보았는가?"

"정말 감동했습니다."

"무섭구나, 저 종문宗門은."

"무섭습니다. 여러 가지를 생각하게 만듭니다."

사람들이 떠난 뒤 해사 옆에서 얼굴을 마주 본 채 탄성을 내뱉으며 이야기를 주고받는 목소리가 들려왔다. 한 사람은 서른 살 전후, 다른 한 사람은 훨씬 더 나이가 많은 노인이었다. 보기에 따라서는 부자 사이로 보이기도 했다. 사카이 지방의 거물과는 조금 다른 정취가 느껴졌지만, 어딘가 대범해 보이면서도 교양이 느껴졌다. 하지만 두 사람 모두 얼핏 보기에는 평범한 서민들이었다.

일단 노부나가가 묵기 시작하면 절도 그냥 절이 아니게 되었다. 29일 밤 이후부터 본능사의 대문 앞은 드나드는 수레와 가마 때문에 혼잡하기 그지없었다.

사람들은 노부나가를 한번 만나는 것이야말로 천하의 대사라고 생각했다. 그리고 노부나가의 말 한마디, 혹은 웃음소리 한 번이라도 듣고 물러나면, 헌상물로 가져온 진귀한 그릇이나 보물이나 집기, 미주 가효美酒佳肴의 백배, 천배에 해당하는 것을 얻은 것과 같은 기쁨을 품고 돌아가는 것이라고 느꼈다. 이른바 위광이라고 해야 할지, 인간계에 흔치 않은 사람에게 자연스럽게 따라오는 덕망이라고 해야 할지, 어쨌든 본능사 대문에서

기와지붕까지 신기할 정도로 반짝이는 인기의 오색 기운이 드리워져 있는 것만은 사실이었다. 그곳에서 일어나 밤안개에 비쳐 하늘로 퍼지는 빛은 오줌골목의 초라한 마을에서도 올려다볼 수 있을 정도였다.

그리고 지난 이삼 일 동안 방문한 사람 중에는 교토의 이름 높은 귀족이 망라되었다고 해도 과언이 아니었다. 기쿠테이 하루스에菊亭晴季를 비롯하여 도쿠다이지徳大寺, 아스카이飛鳥井, 다카쓰카사鷹司 등의 벼슬아치들이 찾아왔고, 구조九條, 이치조一條, 니조에 있는 집안에서도 찾아왔으며, 오늘 1일 오후에는 고노에 사키히사近衛前久 부처가 함께 찾아오기도 했다. 이들은 상당히 오랜 시간 머물다 돌아갔는데 그사이에도 성호원聖護院(쇼고인)의 주지, 각 산의 승려, 교토 내의 부호와 여러 직종의 이름 있는 사람들이 개인적으로 오기도 하고 공인 자격으로 오기도 했다.

"숙부님, 여기서 잠시 기다리시지요. 누군가 또 문으로 들어갈 모양입니다."

"슌초켄春長軒 나리인 것 같구나. 수행원들을 보니 그런 것 같다."

두 사람은 발걸음을 멈췄다. 그들은 조금 전 해자 옆 모퉁이에서 수많은 구경꾼 속에 섞여 있다가, 오줌골목 아이들과 바테렌들이 떠나자 다시 천천히 해자를 따라 대문 쪽으로 걸어가는 중이었다.

대문 앞에는 쇼시다이인 무라이 나가토노카미村井長門守(슌초켄)가 수행원들을 데리고 서 있었다. 마침 안에서 나오는 귀인의 가마를 위해 길을 비켜준 모양이었다. 잠시 뒤, 가마의 행렬에 뒤이어 훌륭한 무사 차림의 사내가 두어 필의 말을 끌고 나왔다. 무사들은 나가토노카미의 얼굴을 보자 말의 고삐를 한손에 쥐고 인사를 한 뒤 지나갔다.

그 뒤 나가토노카미의 모습은 문 안쪽으로 사라졌다. 멀리서 그 모습을 지켜본 두 사람도 다시 천천히 그곳으로 향했다. 물론 문의 경비는 매우 삼엄했다. 출입하는 사람들의 모습에서는 볼 수 없는, 마치 전시 상황에서나 볼 수 있는 눈빛이 창이나 칼과 함께 번뜩이고 있었다. 위병들 모두 갑주를 걸치고 있었으며, 수상하다 싶으면 바로 커다란 소리로 검문을 시작했다.

"멈춰라! 어디로 가는 거냐?"

두 사람도 이런 검문을 받았다. 나이 많은 노인이 공손히 머리를 숙이며 먼저 대답했다.

"하카타博多의 소시쓰宗室입니다."

뒤이어 젊은이도 노인을 따라 대답했다.

"하카타의 소탄이라고 합니다."

위병들은 이름만으로는 누군지 모르겠다는 표정을 지었으나, 안쪽 초소 앞에서 조장이 나가와 '어서 드십시오'라고 말하며 웃는 얼굴로 통행을 허락했다.

밤의 담소

　건축의 중심은 앞쪽의 불당이었으나, 사람들의 중심은 노부나가가 앉아 있는 곳이었다. 본당의 본존을 모신 곳 옆에 있는 다리 모양의 복도를 건너, 다시 넓은 복도를 따라 묵화의 방, 금벽의 방 등 몇 개나 되는 방들을 지나지 않으면 그의 목소리를 들을 수 없었다.

　노부나가의 목소리가 들리는 곳 바깥 정원에는 샘물이 졸졸 흐르고 있었으며, 맞은편 몇몇 건물에서는 때때로 여자들의 교태 섞인 웃음소리가 바람에 실려왔다. 그런 소리는 방문객들의 귀에도 편안하게 들릴 뿐 아니라 준엄하기로 유명한 주인에게도 다소 친밀감을 갖게 했다.

　"그런가? 내일 아침이면 스미요시住吉의 항구를 떠난단 말이로군. 노련한 고로사伍朗左가 보좌한다고? 모든 면에서 안심하고 있다고 고로사에게도 전해주기 바라네. 노부타카信孝에게도 말하고. 곧 주고쿠에서 만나게 될 게야. 나도 머지않아 내려갈 테니."

　노부나가의 말에 무사는 머리를 방바닥에 붙인 채 올려다보지도 못했다. 그는 지금 막 이곳으로 노부나가의 셋째 아들인 노부타카와 니와 나가히데의 편지를 가져온 오사카의 사자였다.

사자는 간베 노부타카神戶信孝, 니와 고로사에몬, 쓰다 노부스미津田信澄 등의 일군이 모든 준비를 갖추고 이튿날 아침 병선으로 스미요시에서 아와阿波로 건너갈 예정이라고 보고했다. 그리고 며칠 전 오사카를 떠나 사카이로 들어간 뒤 여행 중인 도쿠가와 이에야스의 상황을 함께 보고했다.

"그럼 물러가도록 하겠습니다."

사자는 노부나가와 노부나가 앞에 마주 앉아 있는 오다 가의 적자嫡子 노부타다를 향해 예를 표했고, 무릎의 방향을 조금 바꿔 한 단 낮은 곳에 있는 쇼시다이 무라이 나가토노카미에게도 인사를 하고 물러났다.

노부나가가 갑자기 깨달았다는 듯 어두워져가는 주변을 둘러보며 시동에게 말했다.

"서물있구나, 서쪽西쪽 장의 발을 올려라."

그리고 노부타다에게 물었다.

"네 숙소도 덥냐?"

노부타다는 아버지보다 조금 먼저 교토로 들어와 니조 성 옆에 있는 묘각사를 숙소로 삼고 있었다. 그는 아버지가 교토로 들어온 날 저녁에도, 어제도, 오늘도 이곳에 머물고 있었기에 조금 피곤한 상태였다. 그래서 그만 물러날까 했는데, 노부나가의 말에 더 있을 수밖에 없었다.

"오늘 밤에는 둘이서 조용히 차라도 마시자. 어제와 그제 이틀 동안은 밤늦게까지 손님이 있었다. 너무 여유 없는 생활은 정신에 빈곤을 가져다준다. 놀다 가거라, 재미있는 사람을 만나게 해줄 테니."

노부나가의 말에 노부타다는 싫다는 말도 못하고 기다려야 했다. 하지만 아들로서 솔직한 심정을 털어놓으면 노부타다는 "저는 당년 스물여섯 살, 아직 아버지처럼 차를 이해하지는 못합니다. 특히 이러한 전국 시대에 한가로이 시간을 내서 유유히 풍류만 즐기는 다인茶人을 극히 혐오합니다. 누군지는 몰라도 다인이라면 만나봐야 별로 반갑지 않습니다. 솔직히 말씀드리면 무사로서 동생 노부타카에게 뒤지지 않도록 한시라도 빨리 주고쿠의 전장으로 나가고 싶은 마음이 앞설 뿐입니다"라고 말하고 싶었을 것이다.

나가토노카미도 오늘은 쇼시다이로서가 아니라 슌초켄이라는 일개 지인으로 노부나가에게 부름을 받았지만 역시나 군신 관계라는 긴장감과 직무를 벗어나지 못하다 보니 좌담을 나누는 동안에도 어딘가 어색하기만 했다. 이러한 어색함은 노부나가가 싫어하는 것 중에 하나였다. 병마를 부리고 다망한 정무를 보고 많은 문객을 만나고 온갖 공인적 규범을 지키느라 잠잘 시간도 없이 바쁜 일상에서 잠시 벗어나 한숨 돌리는 사이 미쓰히데처럼 정중한 태도를 취하는 사람을 만나면 참을 수 없는 기분이 드는 모양이었다. 노부나가의 머릿속에는 문득 히데요시가 떠올랐다. 노부나가는 거리낌이 없는 히데요시가 그리워지기까지 했다.

"나가토."

"네."

"아들은 어디 있는가? 오지 않았는가?"

"데려오기는 했습니다만 여러 가지로 부족한 몸, 일부러 들어오지 못하게 했습니다."

"쓸데없는 짓을 했구먼."

노부나가가 오늘 밤에 아들을 데려오라고 한 것은 마음 편하게 이야기를 나누기 위해서였다. 군신의 접견이 아니었던 것이다. 그렇다 해도 노부나가는 굳이 아들을 부르라는 말을 하지 않았다.

"그런데 하카타의 손님들은 어떻게 된 게지?"

노부나가는 노부타다와 나가토를 자리에 남겨둔 채 일어나 안쪽 방으로 들어갔다.

시동들의 방에서 보마루坊丸의 목소리가 들려왔다. 형인 란마루로부터 잔소리를 듣고 있는 모양이었다. 란마루 형제 셋은 모두 시동으로 있었다. 그것이 곧잘 형제 사이에 싸움의 원인이 되기도 했다. 노부나가는 새삼스럽게 '모리 산자에몬의 아들들도 모두 성인이 되었구나'라고 생각했다. 요즘 란마루가 아버지의 영지였던, 지금은 아케치의 영지인 사카모토 네 개 군을 차지하고 싶어 한다는 풍문이 얼핏얼핏 들려오고 있었다. 지금 이 순간에도 노부나가는 당치도 않은 일이라고 생각하고 있었다. 하지만 세상의 오해를 풀기 위해서라도, 또 자신을 위해서라도 언제까지고 어린 시동으로 곁에 두는 것은 좋지 않다고 반성하기도 했다.

"정원으로 나가시겠습니까?"

마루에 서 있는 노부나가를 본 란마루가 바로 시동들의 방에서 달려나와 섬돌에 신을 가지런히 놓으며 말했다. 이렇듯 기지가 있고 싹싹하다 보니, 노부나가는 란마루를 벌써 십여 년이나 옆에 두고 부리고 있었다. 노부나가가 란마루를 바라보며 말했다.

"아니, 정원에 나가려는 게 아니다. 그냥 두어라. 오늘은 꽤 덥더구나."

"햇살이 정말 따가웠습니다."

"마구간의 말들은 모두 건강하냐?"

"말들도 조금 지친 듯합니다."

"그렇겠지. 촉의 유비처럼 노부나가의 허벅지에도 살이 붙었으니."

노부나가는 문득 주고쿠의 하늘이라도 생각하는지 저녁별을 올려다보며 깊은 눈을 반짝였다. 란마루는 별 생각 없이 그런 노부나가의 옆얼굴을 언제까지고 가만히 올려다보았다.

어느새 노부타다가 다가와 뒤쪽에 서 있었으나, 노부나가는 그런 사실도 잊은 채 마치 이번 생의 작별이라도 되는 양 저녁별을 바라보았다.

만약 그의 영적 능력이 좀 더 발휘되었다면, 왠지 소름이 돋을 만한 신비스러운 느낌을 더 의식했을 것이다. 나중에 헤아려보니 바로 그 무렵,

아케치 미쓰히데 군은 시누무라 하치만을 출발하여 노이노 언덕 기슭 부근에 와 있었다.

큰 부엌에서 뿜어져 나오는 저녁연기가 절 안에 자욱이 내려앉기 시작했다. 음식을 하고 밥을 짓는 일부터 목욕물을 데우는 것까지 장작을 때어 해결하고 있었다. 이 시각이면 이곳뿐 아니라 교토의 안팎에서 밥 짓는 연기가 피어올랐다. 이를 히가시* 산에서 내려다보면 가히 장관이었다.

노부나가는 욕실에서 몸에 물을 끼얹고 있었다. 그곳은 지붕이 있는 증기욕실로, 땀을 내고 나온 뒤에 물을 뿌릴 수 있었다. 몸을 씻는 곳은 열 평 정도로 넓었으며, 높은 곳에 있는 창문의 대나무 살 사이로 박 덩굴이 하얀 꽃을 한 송이 내보이고 있었다.

시동들은 욕실의 방 두 칸에서 대기하고 있었다. 노부나가는 그곳에서 의복부터 머리까지 상쾌하게 새로 단장하고 다리 모양의 복도를 건너왔다. 순간 복도 밑에서 개처럼 뛰어나와 저녁 어둠이 깔린 정원에 무릎을 꿇고 앉은 사람이 있었다. 그 사람의 얼굴이 저녁 어둠보다 검어서 이만 하얗게 보였다.

"누구냐?"

노부나가는 자신도 모르게 발걸음을 멈췄다. 그러자 시동이 뒤에서 웃으며 대답했다.

"검둥이 하인입니다."

"그 검둥이 하인 말이냐. 저 검둥이에게는 나도 가끔 놀라는구나."

노부나가가 쓴웃음을 지으며 말했다.

육 개월 전쯤, 새로 일본에 온 바테렌 일행이 남쪽에서 데려온 흑인 노예를 아즈치에 헌상했다. 사람이 사람을 헌상하다니 참으로 진기한 일이었다. 노부나가는 당시 좌우의 사람들에게 만약 자신이 흑인국의 왕이었다면, 설령 아무리 가난한 집의 아이라 할지라도 외국에 건네는 선물로 자기 백성을 주지는 않을 것이라고 말했다. 하지만 젊은 흑인이 꽤나 애교 있는 사람으로 보였기에 하인으로 두고 외출할 때면 그 남만의 갓에 모직물로 지은 하오리羽織[55]를 입혀 데리고 다녔다.

란마루가 와서 알렸다.

"하카타의 소시쓰 님과 소탄 님 두 분이 나리를 뵙기 위해 다실 쪽에서 기다리고 계십니다."

"벌써 왔느냐?"

"날이 저물기 전부터 오셔서 다실과 노지露地의 청소는 물론 마루의 걸레질까지 사람들의 손을 빌리지 않고 두 분이서 직접 하셨습니다. 소시쓰 님께서는 물을 뿌리고 꽃을 꽂으시고, 소탄 님께서는 친히 부엌으로 가셔서 나리께 올릴 상에 대해 시노를 하시는 둥 옆에서 보기에도 이만저만 마음을 쓰시는 게 아니었습니다."

"왜 미리 알리지 않았느냐?"

"그게, 두 분께서 '자리는 나리의 숙소라 할지라도 초대는 우리가 하기로 되어 있으니 주인으로서의 준비가 끝날 때까지는 말씀을 올리지 마시게'라고 하셨기에 일부러 말씀드리지 않았습니다."

"또 뭔가 운치를 더할 모양이로구나. 노부타다에게도 알렸느냐? 나가토에게도?"

"지금 말씀드리러 가겠습니다."

란마루가 떠나자 노부나가는 한 방에 들어갔다가 그 걸음을 곧바로 한 승방에 있는 다실 쪽으로 옮겼다.

특별히 다실처럼 보이는 건물은 없었다. 자리는 서원이었으며, 병풍을 둘러 조그만 공간을 만들었다.

---

55) 일본 옷 위에 입는 짧은 겉옷.

손님은 노부나가, 노부타다, 무라이 슌초켄 부자였다. 촛불은 환하게 밝혀 있었고, 병풍 안은 사람이 없는 듯 조용했다. 하지만 다도가 끝나고 넓은 방으로 자리를 옮기자 손님도 없고 주인도 없을 정도로 이야기가 한없이 무르익어 밤이 깊어가는 것조차 잊은 듯했다. 그 순간만큼은 차의 '법도'도 '삼가야 할 말'도 없었다. 손님과 주인 모두 편안한 마음으로 허물없이 대하다 보니 자연스럽게 여러 가지 이야기가 나왔다.

평소 노부나가는 먹음새가 좋았다. 다실에서 대충 배를 채웠을 텐데 자리를 옮기고 나서도 자기 앞에 있는 나무 접시와 굽 달린 그릇을 거의 비운 상태였다. 특히 홍옥을 녹인 듯한 포도주를 즐겨 마셨으며, 때때로 과자 그릇에 담긴 남만 과자를 집어 먹으며 이야기를 했다.

"소시쓰를 안내자로 삼아 한번쯤은 소탄을 데리고 남쪽을 꼭 돌아보고 싶소. 소시쓰는 틀림없이 몇 번이나 돌아본 적이 있겠지?"

"그게, 이 나이가 되도록 아직 한 번도."

"없단 말인가?"

"생각은 있습니다만 나서질 못했습니다."

"소탄은 젊고 건강한 듯 보이는데, 자네는 가본 적이 있는가?"

"저도 아직 가보지 못했습니다."

"둘 모두 아직 남쪽을 모른단 말이오?"

"네. 저희 배의 뱃사람들이나 상점에서 일하는 자들은 끊임없이 왕래하고 있습니다만."

"그래서는 장사하는 보람이 없지 않은가? 나는 가고 싶어도 아직 일본을 벗어날 수 있을 만한 날을 얻지 못해 어쩔 수 없지만, 자네들은 배도 있고, 그곳에 상점도 있는데 어찌 가지 않는 겐가?"

"천하를 다스리는 일과는 비할 수 없겠지만, 이래저래 집안일 때문에 일 년, 이 년씩 나라를 떠날 수 없었습니다. 곧 천하의 일이 일단락 지어지면 소탄과 제가 우후 님을 안내해서 한 바퀴 둘러보시게 하겠습니다.”

“꼭 가기로 하세. 숙원 중 하나로 남겨두겠네. 그런데 소시쓰, 그날까지 자네 살아 있겠는가?”

노부나가가 시동에게 포도주를 따르게 하며 노인인 그를 놀리자, 소시쓰도 지지 않고 말했다.

“그러니 모쪼록 제가 살아 있는 동안에 나리의 통업을 하루라도 빨리 천하에 분명하게 보여주시기 바랍니다. 그 일이 너무 늦어지면 저도 끝내 기다리지 못하고 떠날 수 있습니다.”

노부나가가 ‘얼마 남지 않았어’라고 말하는 듯 웃어 보였다. 소시쓰로부터 역습을 당한 형국이었으나 이처럼 허심탄회하게 하는 이야기는 때때로 노부나가를 매우 유쾌하게 했다. 그 외에도 소시쓰는 좌담 중에 노부나가의 숙장이라 할지라도 감히 하지 못할 과감한 직언이나 넌지시 에둘러서 하는 말을 아무렇지도 않게 했다. 아직 젊은 나이인 소탄도 꽤나 신랄한 말들을 했다. 그럴 때면 아들 노부타다와 쇼시다이 무라이 슌초켄은 마음이 조마조마해 ‘저런 말씀을 올려도 괜찮은 건가’ 하며 노부나가의 안색을 살폈다.

이쯤해서 하카타의 평민이라는 소시쓰와 소탄 두 사람이 대체 어떻게 노부나가의 믿음과 총애를 얻은 것인지 주의 깊게 살펴보지 않을 수 없었다. 단지 다인으로서, 차를 마시는 벗이기에 노부나가가 그들과 허물없이 지내는 것이라고는 여겨지지 않았다.

남방

물론 노부나가는 잘 알고 있는 듯했으나, 그들을 아즈치에서 우연히 마주쳤거나 소문으로 들었거나 다실에서 만난 정도의 사람들은 이 두 사람이 대체 어떤 이유로 여러 제후들 이상으로 노부나가의 총애와 신용을 얻고 있는지 그 내력과 본질을 이해하지 못했다.

'오늘 밤에는 재미있는 사람을 만나게 해주겠다.'

미리 언질을 받았던 노부타다조차 때로는 전혀 재미없다는 듯한 표정을 지어 보였다. 단, 노부나가와 그들 사이에서 일단 남방에 대한 이야기가 무르익으면, 노부타다도 흥미를 느꼈다. 모든 것이 새롭게 들리는 이야기는 그의 젊은 꿈과 큰 뜻을 자극했다.

깊이 이해하느냐 못하느냐를 떠나서 남쪽은 지금 지식인들의 관심거리 중 하나였다. 눈을 뜨기 시작한 덴쇼天正[56]의 문화는 일본성으로 급격하게 유입된 외국 문화에 자극을 받고 있었다. 총포 도래 이후 보인 눈부신 사회 변화도 바로 그것에 영향을 받은 것이었다. 포르투갈, 이스파니아 등

---

56) 일본의 연호. 1573~1592년.

에서 잇따라 들어온 수많은 바테렌이 그 매개자였다.

대부분 사람들이 바테렌들에 의해 남방의 지식을 얻었으나 오늘 밤 이곳에 있는 시마이 소시쓰島井宗室와 같은 사람들은 그들로부터 시사를 얻어 지금의 가업을 일으킨 게 아니었다. 가미야 소탄神谷宗湛의 아버지인 쇼사쿠紹策는 이미 덴분 초년(1532년)부터 조선에도 건너간 적이 있었으며 중국으로 가서 아모이廈門[57], 캄보디아 등과도 교역을 했다. 그 이전에는 광산사鑛山師가 가업이라 오로지 이와미石見에서 은만을 채굴했으나 이왕 부를 캐려면 외국의 무한한 천지에서 캐야 한다며 무역으로 전업한 것이었다.

"바다를 건너야 해. 물건은 남방에 있어."

쇼사쿠에게 거듭 이야기를 들려준 사람은 나중에 서방에서 온 바테렌들이 아니라 지리상 당연히 규슈 하카타의 한쪽 끝자락을 근거지로 삼고 있는 왜구 무리들이었다. 그리고 지금은 소탄이 아버지의 유업을 물려받아 루손, 시암[58], 캄보디아의 곳곳에 지점까지 두고 있었다. 그는 중국 남부의 황로黃櫨 열매를 들여와 초를 만드는 법을 개발해서 밤의 등화를 더욱 밝게 했으며, 외국의 야금술冶金術을 들여와 개량을 해서 이른바 남만철 제련을 할 수 있게 했다. 하지만 그는 사람들이 그 공을 치하하면 오히려 부끄럽다는 듯 언제나 자신을 낮췄다.

"그런 작은 일 가지고는 칭찬을 들을 만한 자격이 없습니다."

시마이 소시쓰 역시 해외무역을 업으로 삼고 있는 사람으로서 소탄의 친척이었다. 규슈의 여러 다이묘大名[59] 가운데 이 집안에서 돈을 빌려 쓰지 않은 사람이 없을 정도였다. 항구에는 십여 척의 커다란 배와 수백 척의

---

57) 중국 샤먼의 옛 이름.
58) 타이의 옛 이름.
59) 넓은 영지를 가진 무사.

조그만 배가 있었으며, 집에서는 언제나 수많은 무사와 뱃사람인지 상인인지 잘 분간이 가지 않는 사내들이 있었다. 그들은 오래전에 해적의 깃발을 내렸지만 바다를 평야처럼 볼 정도로 대담하고 작은 일에 연연하지 않았다. 반짝이는 눈을 끊임없이 바다 너머로 향하며 남아의 업은 그곳에 있다고 여기는 기질만은 지금도 여전히 변하지 않았다.

어쨌든 시마이 소시쓰도, 가미야 소탄도 이곳에서는 일개 다인에 지나지 않았지만, 규슈의 집에서는 그런 사업을 하고 있는 사람들이었다. 무릇 오로지 무문에만 인물이 있는 게 아니라, 덴쇼라는 지금의 시대를 둘러보면 평민 중에도 인물이 있었다. 무문에 노부나가, 히데요시, 이에야스가 있다면 저잣거리에는 평민 노부나가, 평민 히데요시, 평민 이에야스가 있었다. 그것도 규슈의 하카타뿐 아니라 사카이에는 이른바 사카이 상인이라는 말이 있을 정도로, 덴노지야 소큐天王寺屋宗及, 센소에키千宗易, 마쓰이 유칸松井友閑 등 당대의 무장과 견주어도 인물과 식견이 결코 뒤지지 않는 걸물이 얼마든지 있었다.

그 지세 때문에 하카타 사람들은 진취적인 기개와 바다를 두려워하지 않는 호기가 뛰어났으며, 사카이 사람들은 경영의 재주와 문화가 풍부하고 또 그것을 정치와 연결 짓는 재주가 뛰어났다.

무역가, 또는 정상政商이라고 할 수 있는 평민들을 노부나가는 표면적으로 다도를 통해 만나고 있었다. 그리고 노부나가는 그들에게 전국 시대의 경제부터 문화 정책, 대외의 여러 문제까지, 예를 들면 바테렌에 대한 대책, 혹은 장래의 해외 웅비에 대한 포부 등을 자문하고 있었다. 노부나가의 해외 관련 지식은 대부분 그들과 차를 마시며 배운 것이라고 해도 과언이 아니었다. 지금도 노부나가가 이야기에 정신이 팔려, 자꾸 손을 뻗어 남만 과자를 몇 개고 먹는 것을 보고 시마이 소시쓰가 주의를 주었다.

"거기에는 설탕이라는 것이 들어 있으니 주무시기 전에는 너무 많이 드시지 마십시오."

그러자 노부나가가 물었다.

"설탕은 몸에 좋지 않은가?"

소시쓰가 대답했다.

"독은 되어도 약은 되지 않을 겁니다. 무릇 남만의 물건은 농후하고, 일본의 물건은 담박합니다. 과자만 해도 곶감이나 떡의 단맛으로 충분히 만족을 느꼈던 혀가 일단 설탕에 익숙해지면 일본의 것으로는 만족할 줄 모르게 됩니다."

"규슈에는 설탕이 이미 많이 들어와 있는가?"

"그렇게 많이 들여오지는 않습니다. 자카르타 설탕 한 근을 황금 한 조각과 비기니, 너무나도 수지가 맞지 않습니다. 조만간 사탕수수를 배로 싣고 와서 따뜻한 지방에 이식해볼까 생각하고 있습니다만, 담배와 마찬가지로 이것 역시 국내에 보급해도 좋을지 어떨지 생각해볼 문제입니다."

"자네답지 않구먼."

노부나가가 한바탕 웃었다.

"너무 외곬으로만 생각하지 말게. 좋은 것과 나쁜 것 일괄해서 배에 싣고 오는 것이 문화의 특질일세. 낮은 곳으로 물이 흐르듯. 당분간은 서양, 남양으로부터 여러 가지 잡다한 것들이 거침없이 들어올 게야. 그것들이 동쪽으로 흘러 들어오는 기세는 막을 수가 없어."

"그처럼 넓은 기상은 이해할 수 있습니다만, 그냥 거기에만 맡겨둬도 되는 것인지……. 그렇게 한다면 저희의 장사는 매우 흥할 것입니다만."

"되고말고. 새로운 문물은 거침없이 들여오는 게 좋네."

"네."

"대신 씹고 뱉도록 하게."

"뱉으라니요?"

"잘 씹어서 좋은 것은 배 속으로 삼키고, 찌꺼기는 뱉어버리란 말일세. 사민四民이 그것만 마음에 새기고 있다면 무엇을 들여와도 큰 탈은 없을 게야."

"안 됩니다. 안 됩니다."

소시쓰는 손을 저었다. 전적으로 반대인 모양이었다. 노부나가의 말에 대해서, 그것도 국정의 방침에 대해서 그는 거침없이 사견을 이야기했다.

"천하인의 커다란 마음으로는 마땅히 그래야 한다고 생각합니다만, 최근 아픈 마음을 달랠 길 없는 모습을 보았기에 갑자기 동의할 수 없습니다."

"무엇을 보았는가?"

"이교의 만연입니다."

"바테렌 문제인가? 소시쓰, 자네도 절의 부탁을 받은 겐가?"

"너무 얕잡아보시는 것 아닙니까? 대덕사大德寺(다이토쿠지) 등도 저희의 소중한 고객입니다. 진심으로 나라를 걱정해서 드리는 말씀입니다."

소시쓰는 진지하게 국정에 관한 진언을 했다. 오늘 소탄과 함께 본능사로 오는 길에 마른 해자에 떨어진 아이를 본 사실을 예로 들었다. 그에 대한 세 바테렌의 행동이 얼마나 순교적이고, 서민을 감동시켰는지를 이야기한 뒤 다시 말을 이었다.

"겨우 십 년도 되지 않아서 오무라大村, 나가사키長崎는 물론 규슈, 시코쿠四國 부근, 그리고 오사카, 교토, 사카이 등에 걸쳐 조상 대대로 내려온 불단을 버리고 야소교에 귀의한 사람이 얼마나 많은지 모릅니다. 우후 님께서는 조금 전에 무엇이든 일본에 싣고 들어와서 씹은 뒤 뱉으면 된다고 말씀하셨으나 종문의 교리만은 그렇게 하지 못할 것입니다. 씹으면 씹을수록 영혼까지 이교의 풍습에 동화되어, 책형을 당하든 참수를 당하든 이교를 버리지는 않을 것입니다."

노부나가는 입을 다물어버리고 말았다. 문제가 너무 심각해서 한마디로 말할 수 없다는 표정이었다. 그는 히에이 산을 불태우고 네고로根來를 공격하여 일본 전통의 교단에 대해서는 예전의 헤이쇼코쿠平相國[60]조차 하지 못했던 폭행으로 습복慴伏시켜왔다. 흔히들 말하는 탄압 같은 느슨한 것이 아니었다. 불을 지르고 칼로 목숨을 빼앗아 그것으로 일단 처리가 된 듯 보였으나, 그 원한은 노부나가가 있는 지상에서 결코 사라지지 않을 것이라는 사실을 누구보다 그 자신이 잘 알고 있었다. 그에 반해 선교사에게는 남만사 건립을 허락하고, 포교를 공인하고, 때때로 향연에도 불렀다. 이를 다카노高野나 네고로의 승려들이 봤다면 틀림없이 그들은 '대체 어느 쪽을 이국인으로 보고 있는 거냐'며 큰 소리로 외쳤을 것이다.

---

60) 헤이안 시대 말기의 무장. 다이라노 기요모리平清盛(1118~1181년)를 말함. 자신의 딸이 낳은 아이를 왕으로 세워 정치권을 장악했으나 귀족, 승려, 무사들의 반발에 부딪쳤다.

등불의 정, 바람의 마음

노부나가는 무슨 일이든 끝까지 설명하는 것을 싫어했다. 사람과 사람 사이의 직감을 존중하기보다 즐겼다.

"소탄."

노부나가가 시선을 돌려 새로운 상대에게 물었다.

"자네의 생각은 어떤가? 자네는 젊네. 나이 든 소시쓰와는 당연히 생각이 다르겠지?"

소탄은 신중한 표정으로 한동안 촛불을 바라보다 분명하게 대답했다.

"역시 우후 님의 말씀처럼 이교에 관해서도 씹다 뱉으면 되지 않을까 싶습니다. 아니, 지금 막 그렇게 깨달았습니다."

"바로 그거요."

노부나가는 지원군을 얻은 듯한 표정으로 시선을 소시쓰 쪽으로 돌리며 말했다.

"걱정할 것 없소. 크게 생각하도록 하게. 미치자네菅原道眞[61] 공이 화혼한

---

61) 845~903년. 헤이안 시대의 귀족, 학자, 시인, 정치가. 지금은 학문의 신으로 숭상받고 있다.

336

재和魂漢才[62)를 주창하여 당시 사람들의 폐풍弊風과 견당사遣唐使 제도를 금한 적이 있었으나 당나라 풍습의 이입도, 서양 문물의 유입도 봄이 오면 봄바람이 불고 가을이 오면 가을바람이 부는 것처럼 우리나라 매화와 벚꽃의 색은 변하지 않을 걸세. 오히려 연못물에 비가 내리면 연못을 새롭게 한다네. 본능사의 해자로 해양을 측량하려 하기에 착오가 생기는 걸세. 안 그런가, 소시쓰?"

"예, 알겠습니다. 해자는 해자입니다."

"바다 바깥은 바다 바깥일세."

"나이를 먹더니 시마이 소시쓰도 어느 틈엔가 해자 안의 개구리가 되어버린 걸까요?"

"아니, 자네는 고래일세."

"아니, 참으로 시야가 좁은 고래인 듯합니다."

해자라는 말이 나와 문득 주위를 둘러보니 가람의 천장은 높고 밤이 깊어 멀리 해자에서 개구리 우는 소리가 들려왔다.

"누가 더운 물을 좀 가져오너라."

뒤에서 졸고 있는 시동에게 명을 내리는 노부나가의 얼굴은 여전히 밤이 질리지도 않은 듯 생생해 보였다. 더는 먹지도 마시지도 않고, 이제는 밤에 나누는 이야기의 흥만이 있을 뿐이었다.

"아버지."

노부타다가 무릎을 움직이며 말했다.

"밤이 꽤 깊었습니다. 저는 이만 물러나도록 하겠습니다."

"조금 더 있어라, 조금 더 있어."

---

62) 일본 고유의 정신과 중국의 학문이라는 뜻으로 양자의 융합을 말한다. 일본 고유의 정신으로 중국에서 건너온 학문을 활용하는 것의 중요성을 강조한 말.

평소와 달리 노부나가가 만류했다.

"니조 아니냐? 밤이 깊었다고 해도 가까운 곳이다. 슌초켄은 바로 문 앞. 하카타의 손님들은 하카타로 돌아갈 수도 없을 테고."

"아니, 저는 이만."

시마이 소시쓰가 돌아가려는 듯한 모습을 보이며 말했다.

"내일 아침에 만나기로 약속한 자가 있어서."

"그럼 묵고 가는 것은 소탄 한 사람뿐인가?"

"저는 묵도록 하겠습니다. 다실의 뒷정리도 아직 남아 있으니."

"소탄이 묵는 건 노부나가를 위해서가 아니로군. 소중한 도구를 가져 왔기에 그 도구를 지키기 위해 남는 거겠지."

"현명하신 성찰은 당할 수가 없습니다."

"솔직히도 말하는구나."

노부나가는 한바탕 웃고는 문득 뒤쪽으로 시선을 돌려 벽 사이에 걸린 그림 한 폭을 언제까지고 바라보았다.

"……과연 목계牧谿[63]로구나. 간만에 눈이 호강을 하는군. 노부타다도 잘 보아두어라. 이것이 그 유명한 목계의 원포귀범지도遠浦歸帆之圖다. 소탄 은 샘이 날 정도로 귀한 그림을 가지고 있구나. 하나, 소탄 같은 사내가 이런 명화를 과연 감당할 수 있을지?"

소탄이 갑자기 큰 소리로 웃었다. 눈앞에 있는 노부나가도 보이지 않는다는 듯한 웃음이었다. 이것으로 그의 면모를 여실히 알 수 있었다.

"소탄, 왜 웃는 겐가?"

노부나가의 질문에 소탄이 주위 사람을 둘러보며 말했다.

"보십시오. 우후 님께서는 또 그 귀신같은 계략으로 제가 가지고 있는

---

63) ?~?. 13세기 후반 송말, 원초의 승려. 수묵화가로 이름이 높았다.

목계의 그림 한 폭을 거두어들이려 하고 계십니다. '이 사내가 원포귀범 같은 그림을 감당할 수 있을까?'라고 하신 말씀은, 가만히 파란을 일으켜 적국을 교란시키려 하는 것과 다를 바 없습니다. 숙부님, 숙부님이 아끼시는 졸참나무 차통도 조심하시기 바랍니다."

소탄은 여전히 웃음을 그치지 않았다.

그의 말은 틀린 말이 아니었다. 아까부터 노부나가는 그것들을 갈망하고 있었다. 하지만 시마이 가의 졸참나무 차통도, 가미야 가에 전해 내려오는 목계의 원포귀범도 모두 하카타의 명물인 만큼 무턱대고 달라고 말을 꺼낼 수 없었던 것이다. 그런데 지금 주인인 소탄이 먼저 그 이야기를 꺼냈다는 것은 '그렇게 원하시면 진상할 수도 있습니다'라고 약속한 것이나 다를 바 없었다. 방약무인할 정도로 사람을 앞에 두고 웃어놓고 그 사람이 원하는 물건을 주지 않는다는 것은 정리情理상 있을 수 없는 일이기 때문이다.

"하하하하, 이거 소탄도 허투루 볼 수 없겠군. 내 나이쯤 되면 마침내 원포귀범의 주인에 걸맞은 다인이 될 수 있을 게야. 그때까지는 아즈치에 맡겨두도록 하게."

노부나가도 농담 속에 진심을 담아 말했다.

"이것을 어디에 두는 것이 옳을지, 며칠 뒤 사카이의 소에키 님, 소큐 님과 만나 함께 깊이 논의하겠습니다. 원래대로 하면 필자인 목계에게 묻는 것이 가장 좋을 테지만요."

노부나가의 기분은 더욱 좋아졌다. 그 뒤 더운 물만 마시면서도 시신이 초의 심지를 여러 차례 잘라낼 정도로 시간 가는 줄 몰라 했다.

여름밤이라 가람의 덧문과 방문이 모두 열려 있었다. 그 때문인지 등화의 불빛은 끊임없이 흔들렸으며, 밤안개가 희미하게 깔린 탓에 목계의 원포귀범에까지 물기가 배어날 것처럼 습도가 높았다. 만약 누군가 등화로 점을 칠 줄 아는 사람이 보았다면, 밤안개와 등불의 명암 속에서 이미 어떤 흉조가 있음을 점쳐냈을지도 모를 일이다.

그때 절의 문을 두드리는 소리가 났다. 이윽고 신하 한 명이 주고쿠 전장에서 지금 막 전령이 도착했다는 소식을 전했다. 그것을 계기로 노부타다가 자리에서 일어났으며, 소시쓰도 인사를 하고 일어섰다.

"……돌아가려는가?"

노부나가도 함께 자리에서 일어나 다리 모양의 복도 건너편까지 발걸음을 옮겼다.

"편안히 주무십시오."

노부타다는 다리 모양의 복도에서 다시 한 번 아버지의 모습을 돌아보았다. 무라이 슌초켄 부자는 그 옆에 등롱을 들고 서 있었다. 물론 어떤 예감이 있었던 것은 아니었으나 부자가 이번 생의 영원한 작별을 안타까워하기에 등롱이 잠시 밤바람에 불타고 있는 것처럼 보였다.

십여 개의 본능사 당사와 가람은 먹물처럼 고요히 잠들었고, 밤은 자시(오전 1시)를 지나고 있었다.

아홉 개의 깃발

오이노 고개부디는 야마시로노구니山城國였다. 난바 쪽에서 성상에 올라 오른쪽으로 돌아들면 야마사키 덴진바바山崎天神馬場에서부터 셋쓰攝津 가도를 따라 빗추 국으로 들어갈 수 있었다. 왼쪽으로 내려가면 구쓰카케沓掛, 가쓰라桂 강을 건너 그대로 교토로 들어갈 수 있었다.

미쓰히데는 그곳에 서 있었다. 바로 그 정상이었다. 마치 그의 인생처럼 여기까지 올라왔다. 길은 두 줄기였다. 그의 앞에는 어느 쪽으로도 선택할 수 있는 두 길이 갈라져 있었다. 하지만 한눈에 들어오는 야경은 더 이상 그에게 아무런 반성도 요구하지 못하고 있었다. 오히려 우주는 이 일개 인간에게 부여된 숙명으로, 내일부터 일어날 일대 변혁을 기약하기라도 하듯 조용히 별을 반짝이고 있었다.

"……"

쉬라는 명령을 내리지는 않았으나 미쓰히데가 말을 멈추고 안장 위에 앉아 한동안 움직이지 않고 하늘의 별을 가만히 바라보자 각 장수들의 갑주도, 뒤따르던 수많은 철갑의 그림자도, 깃발도, 마필의 그림자도 거뭇거뭇 멈춰 서서 땀을 닦고 짚신의 끈을 고쳐 매고 말의 고삐를 고쳐 쥐었다.

"졸졸 물소리가 들리는 걸 보니 근방에서 샘물이 솟는 모양인데."

일만 삼천 명이라는 대부대였기에 대열의 마지막 쪽은 아직 정상에서 먼 언덕길 도중에 발걸음을 멈추고 서 있었다. 각 조의 부장들은 당연히 가까이 있었으나, 중군의 장수들이나 미쓰히데의 모습은 몸을 뻗어 까치발을 해보아도 보이지 않았다. 그러다 보니 병사들은 명령도 없이 무엇 때문에 행군을 멈춘 것인지 알 길이 없었다.

"있다. ……물이 있어."

한 사람이 길을 따라 이어진 절벽 부근을 살펴보다 마침내 어둠 속 바위 아래서 조그만 샘물을 발견했다. 그러자 너도나도 그곳으로 다가가 대나무 물통에 맑은 물을 채웠다.

"이것으로 덴진바바까지 갈 수 있을 거야."

"식사는 야마사키에서 하겠지. 아니, 밤이 짧으니 해인사海印寺(가이인지) 부근에서 먹게 될지도 모르겠군."

"낮에는 말도 지칠 테니 가능한 한 밤과 아침에 길을 재촉하려는 게 아닐까?"

"주고쿠까지 그렇게 해주면 좋겠어."

병사들은 물론이고 무사들도, 각 조장 격인 부장 이외에는 아직 아무것도 모르고 있었다. 아직 전장까지 가려면 멀었다고만 생각했다. 조장의 귀에 들리지 않을 정도의 속삭임과 웃음소리가 그러한 여유를 나타내고 있었다. 그중에 한 명, 복통을 호소하는 병사가 있었다. 출발한 지 얼마나 됐다고 벌써부터 아프다니 어떻게 된 일이냐고 동료들이 타박하기도 하고 격려하기도 하자 그가 말했다.

"아니, 두 달 전부터 장이 좋지 않았는데 아직 다 낫지 않은 거야. 그래도 출진에 빠질 수 없다고 생각했기에 이를 악물고 나온 거야. 집에 돌아가서 나이 드신 부모님과 처자식들에게 공을 세운 이야기도 들려주고, 한

홉의 녹미祿米라도 더해 기쁘게 해주고 싶으니까."

앞쪽 대열이 움직이기 시작했다. 행군이 다시 시작된 것이다. 그 무렵부터 덮개를 벗긴 창을 든 부장들이 한층 더 커다란 발걸음으로 끊임없이 부대 옆쪽을 감시하며 전진했다. 왼쪽으로, 왼쪽으로. 그것도 묵묵히.

군마는 오이노 고개의 분수령에서 동쪽을 향해 내려갔다. 서쪽, 주고쿠로 이어진 길로 꺾어진 사람은 아무도 없었다.

'이상한데……'

의심의 빛이 눈에서 눈으로 번졌다. 하지만 이상히 여기는 사람들 역시 그대로 뒤를 따랐다. 말단 병사들은 그저 펄럭이는 깃발만을 올려다보았다.

'저 깃발이 가는 길에 어긋남이 있을 리 없다.'

찰그락, 찰그락, 찰그락, 돌멩이를 차는 말발굽 때문에 언덕길은 경사가 더욱 급해져갔다. 계곡으로 돌이 떨어질 때마다 울림이 매우 컸다. 일만여의 대열은 이제 무엇에도 방해받지 않고 도도하게 흐르는 급류와도 같았다. 가속도 때문에 발은 점점 더 빨라졌다. 막아도 멈출 수 없고 멈추려 해도 막을 수 없어, 이제는 갈 데까지 가야만 했다.

땀인지 이슬인지, 갑옷 안의 옷은 금방 젖어버리고 말았다. 말도 사람도 그 숨결에 활활 타오르는 듯했다. 오에의 산간을 휘돌아 다시 내려가다 보니 졸졸 흐르는 소리가 들려오는 계류 맞은편으로 마쓰오 산의 중턱이 벽처럼 눈앞에 들어왔다.

"쉬어라."

"허리에 찬 식량을 풀어라."

"말에게도 풀을 먹여라."

"불을 피워서는 안 된다."

명령이 연달아 전달되었다.

이곳은 아직 산중턱에 있는 구쓰카케 마을이었다. 나무꾼과 숯 굽는 사람들의 오두막이 겨우 십여 호 있을 뿐이었다. 그럼에도 불구하고 중군의 경계는 매우 삼엄했으며, 기슭 쪽과 지나온 길 쪽에 곧 초계 부대가 배치되었다.

병사가 물을 뜨러 가는데 벼랑길에서 갑자기 목소리가 들려왔다.

"어디 가는 게냐?"

"물을 뜨러 계곡으로 내려갑니다."

"대오에서 벗어나서는 안 된다. 다른 자의 물통에서 받도록 해라."

병사들은 허리에 찼던 식량을 풀어 묵묵히 먹기 시작했는데 밥을 먹는 동안 여기저기서 서로 속삭이는 소리가 들려왔다.

"이런 산속에서 때아니게 배를 채우다니, 무엇 때문일까?"

병사들은 이상하게 생각했다. 이미 저녁에 시누무라 하치만을 떠나면서 밥을 먹었다.

"어째서 야마사키나 하시모토橋本에서 날이 밝을 무렵, 마을에 말을 묶으면 안 되는 걸까?"

병사들은 의문을 풀지 못한 채 지금도 여전히 주고쿠를 향해 가고 있다고만 생각했다. 주고쿠로 가는 길은 오이노 고개의 갈림길뿐 아니라, 이 구쓰카케에서도 오른쪽으로 꺾어지면 오하라노大原野를 지나 야마사키, 다카쓰키高槻로 나갈 수 있기 때문이다. 하지만 전군은 다시 그곳에서 출발하여 곁눈질 한번 하지 않고 곧장 쓰카하라塚原로 내려갔다.

가와시마川島 촌으로 나서자 눈앞에는 벌써 전군 대부분의 장병들이 참으로 생각하지도 못했던 가쓰라 강의 흐름이 사경四更(새벽 1~3시)의 하늘 아래 펼쳐져 있었다.

"아, 가쓰라 강이다."

"가쓰라 강?"

갑자기 병졸들이 수군거리기 시작했다. 당연히 여기로 도착하는 길을 걸어왔으면서도 어찌 된 영문인지 알 수 없다는 듯 눈을 둥그렇게 뜨고 한 줄기 시원한 바람에 부딪히자마자 전원 발걸음을 멈추었다.

"조용히 해!"

"서서 떠들지 마라. 함부로 입을 열지 말거라."

말 위에 앉은 장수들이 돌아다니며 동요하는 병사들을 향해 큰 소리로 외쳤다.

물에 반사된 빛에, 그리고 강바람에 물빛 도라지의 아홉 개 깃발이 기다란 깃대를 활 삼아 펄럭이고 있었다.

"겐에몬, 겐에몬."

말을 탄 한 장수가 손을 높이 들어 불렀다. 흰 부대의 부장으로 우익의 끝 쪽에 있던 아마노 겐에몬이 말을 병사들 속에 남겨두고 달려갔다.

미쓰히데는 강가에 서 있었다. 형형한 막장들의 눈빛이 겐에몬에게도 쏟아졌다. 머리가 허옇게 센 사이토의 얼굴, 가면이 아닐까 여겨질 정도로 비장한 기운을 띠고 있는 사마노스케의 얼굴, 그리고 스와 히다노카미諏訪飛駄守, 미마키 산자에몬御牧三左衛門, 아라키 야마시로노카미荒木山城守, 시호덴 다지마노카미四方田但馬守, 무라카미 이즈미노카미, 미야케 시키부三宅式部, 그 외의 간부들의 수많은 갑주가 몇 겹으로 미쓰히데를 감싸고 있어 마치 철통을 만들어놓은 것만 같았다. 이 간부들만이 잠시 뒤 이 각(약 한 시간)도 지나지 않아 천하에 어떤 일이 일어날지 알고 있었다. 천하의 그 누구도 알지 못하는 지이地異와 난을 사전에 알고 있다는 사실이 얼마나 두려운 일인지, 이곳에 있는 인물들이라 할지라도 눈가와 몸, 그리고 말의 음색에서 드러날 수밖에 없었다.

"가까이 와라, 겐에몬."

미쓰히데가 겐에몬을 불러 말했다.

"머지않아 날이 밝을 것이다. 너는 한 부대를 이끌고 먼저 강을 건너라. 니시시치조西七條에서 호리堀 강으로 나가도록 해라. 네가 해야 할 일은, 아군 속에서 빠져나가 본능사에 일을 알리러 가는 자가 있을 시에는 그 자리에서 그를 베어버리는 일이다. 또 아직 미명이라 할지라도 일찍 일어난 나그네나 교토에 드나드는 장사치는 벌써 왕래를 하고 있을지 모른다. 그들을 잘 감시해야 한다. 이상이다. 바로 떠나도록 해라."

"알겠습니다."

"아, 잠시만……."

미쓰히데는 다시 불러 세워 말했다.

"역시 경계를 위해서 이미 호즈에서 산속의 샛길을 지나 기타사카北嵯峨로 내려가 지장원地藏院(지조인)부터 서진의 길을 대비하면서 가는 아군이 있다. 타다아키忠秋, 후지타 덴고, 나미카와 가몬 등의 부대다. 안개 때문에 서로를 치는 일이 있어서는 안 된다. 도라지 깃발 하나를 꽂아 옆으로 들고 가도록 해라."

미쓰히데의 명령은 치밀했고, 목소리는 날이 선 것처럼 날카로웠다. 고도로 활동하고 있는 그의 두뇌와 터지기 직전까지 긴장하고 있는 그의 혈관들만으로도 어떤 상태인지 짐작할 수 있었다.

일만여 명의 병사들은 아마노 겐에몬의 수하 수백 명이 텀벙텀벙 가쓰라 강을 걸어서 건너는 모습을 보며, 날이 밝기 직전 깃발에 부는 바람 아래서 더욱 커다란 불안감을 느꼈다.

미쓰히데는 말 위에서 주위를 둘러보았다. 각 장수들도 속속 말에 올라탔다. 잠시 쉴 때라도 바로 말에서 내려 갑주의 무게를 덜어주는 것은 말에 대한 무장의 배려이자, 전장을 앞에 둔 사람이 할 수 있는 대비이기도 했다.

"명심해야 할 것이 있다. 흘려듣고 실수하는 일이 없도록."

미쓰히데 옆에서 부장 한 사람이 손으로 입을 감싸고 두어 번 커다란 소리로 되풀이했다.

"말의 편자를 모두 떼어버려라."

첫 번째 주의 사항부터 높다랗게 울려 퍼졌다.

"알겠느냐. 말의 편자를 모두 떼어버려라. 보병들은 지금 바로 새 짚신으로 갈아 신어라. 산길에 풀어진 끈을 그대로 두어서는 안 된다. 끈은 조금 느슨하게 매고 단단히 묶어라. 물에 들어가도 발에 파고들지 않을 정도로."

그 장수는 모두가 잘 알아들을 수 있도록 커다란 목소리로 몇 번이고 되풀이했으며, 바람 속에서 목소리가 갈라질 정도로 외쳐댔다.

"화승총 부대는 화승을 일 척 오 촌 길이로 잘라두어라. 각 병사들에게 불을 나누어주고 불 끝을 다섯 개씩 거꾸로 들되 무슨 일이 있어도 실수를 해서는 안 된다. 식량 주머니, 신변의 물건, 아무리 작은 것이라도 손발이 움직이는 데 짐이 되는 것은 훗날을 생각하지 말고 모두 강 속에 던져버려라. 오로지 무기 외에는 아무것도 들어서는 안 된다."

모든 전달이 끝났다.

전군의 얼굴에 놀라는 기색이 물결보다 더 뚜렷하게 움직였다. 그와 동시에 목소리인지, 몸을 움직이는 소리인지 알 수 없는 웅성거리는 소리가 들려왔다. 병사들은 오른쪽을 보고 왼쪽을 보았다. 사담이 금지되어 있었기에 그것은 얼굴과 얼굴로 주고받는, 말로 표현하기 어려운 소리 없는 소리였던 것이다.

하지만 어디를 둘러봐도 명령이 떨어지자마자 곧 행동으로 실행하고 있었다. 그것도 평소의 훈련보다 더 빠를 정도로 무척이나 신속하게 이루어졌다. 이러한 모습만 보면 장병들의 마음속에서 의심, 불안, 경악 등이 요동치고 있다고는 여겨지지 않았다.

말의 편자, 화승, 짚신의 끈, 차림새에 대한 준비까지 커다란 한 몸이 움직이듯 곧 마무리되었다. 그러자 사이토 구라노스케 토시미쓰가 백전 노장다운 무사의 목소리로 다음과 같은 명령을 글을 읽듯 전했다.

"모두 기뻐하라. 오늘부터 우리의 주군이신 고레토 휴가노카미 님은 틀림없이 천하인이 되실 것이다. 꿈에도 의심하지 마라. 말단의 병사까지 도 모두 기뻐하라!"

목소리는 그 자리에서부터 말단의 병사들이 있는 곳까지 뚜렷하게 들렸다. 죽은 사람처럼 모두가 숨을 멈추고 있었다. 하지만 이윽고 나타난 반응은 기쁨도, 환호도 아닌 우는 것과 같은 창백한 전율과 무언의 경직이 었다.

구라노스케가 눈을 감고 한층 더, 자신까지도 격려하려는 듯 질타에 가까운 목소리로 말했다.

"오늘이 아니고는 다시 오지 않을 바로 그날이 밝아오고 있다. 모두 공을 세우도록 하라. 무사들에게는 특히 부탁을 하겠다. 만약 전장에서 쓰러 진 자에게 형제, 자녀가 있다면 그 뒤를 잇게 하는 것은 물론, 형제, 자녀가 없는 자라 할지라도 연이 있는 자를 찾아내어 집안의 대를 이을 수 있도 록 은상을 내리겠다. 물론 이는 공의 많고 적음에 따라 처분할 것이다."

마지막에 이르렀을 때 구라노스케의 어투는 현저하게 힘이 떨어졌다. 이는 원래 미쓰히데의 명령에 의한 포고였는데, 어딘가 자신의 마음에 들 지 않은 부분이 있었던 게 아닐까 싶다.

"자, 건너라."

하늘은 아직 어두웠다. 가쓰라 강의 흐름은 순간 강을 건너는 병마의 둑에 가로막혀 대안까지 수많은 하얀 물줄기를 일으키며 거꾸로 소용돌 이쳤다. 돌아보니 가쓰라 강에 남아 있는 병사는 한 명도 없었다. 전군이 젖은 짚신을 털며 몸을 떨었다. 몸이 젖은 사람은 있어도 화승을 적신 사람은 없었다.

무릎 부근까지 담갔던 맑은 물은 얼음보다도 차가웠다. 그사이에 장병들은 강을 건너기 전 부장과 노신으로부터 들은 말에 대해 각자 여러 가지를 생각했을 것이다.

'이건 도쿠가와 이에야스를 치려는 것이로군.'

병사들은 대부분 그렇게 판단했을 것이다. 막연히 '이 근방에서 쳐야 할 자는 도쿠가와 이에야스밖에 없다'고 생각하면서 한편으로는 '오늘부터 우리 나리가 천하인이 되신다는 건 또 무슨 뜻이지?' 하고 생각했다. 거기까지 생각했으면서도 노부나가의 이름은 적으로 떠오르지 않을 만큼 아케치 일가의 장병들은 도의와 인륜에 철저한 사람들이었다. 어찌 보면 에둘러서 말한 것이라고 할 수 있지만, 도의를 굳게 지켜온 완고하고 한결같은 기질은 장수보다는 조장, 조장보다는 소대장, 소대장보다는 말단의 병사일수록 더욱 강했다. 이를 단순하고 무지하기 때문이라고 보거나 욕심에 끌려 따르는 것이라고 단정하기에는 마음이 아플 정도로 많은 병사가 그러했다.

"아아, 날이 밝기 시작했다."

뇨이가타케如意ヶ嶽와 히가시 산의 중간쯤이었을 것이다. 한 덩이 구름 주변이 붉은빛으로 물들었다. 눈을 부릅뜨면 교토의 거리도 새벽 어스름 밑으로 희미하게 보였다. 하지만 오이노 고개와 미쿠사三草의 단바 부근을 돌아보면 아직 선명한 별들을 볼 수 있었다.

"아, 시체다."

"여기도……."

"앗, 저기에도."

길은 벌써 교토의 니시시치조 초입에 가까웠다. 동쪽 절의 탑 아래까지도, 곳곳의 초가지붕과 숲을 제외하면 오른쪽은 밭, 왼쪽은 푸른 논, 전면이 안개에 둘러싸인 경작지였다.

그 길 옆 소나무의 뿌리 부근과 길 중앙 등 곳곳에 시체가 쓰러져 있었다. 모두 이 부근의 농민인 듯했다. 가지 꽃 속에 잠들어 있는 듯한 얼굴로 엎드려 소쿠리를 안은 채 단칼에 목숨을 잃은 젊은 아낙도 있었다. 지금 막 피를 흘린 듯했다. 핏빛이 새벽안개보다 더 신선했다. 아마도 본군에 앞서 달려 나간 아마노 겐에몬의 부대가 일찍 일어난 농민들의 모습을 보고 가엾이 여기면서도 대사와는 바꿀 수 없기에 도망가는 그들을 뒤쫓아 찔러 죽인 듯했다.

땅에서 선혈을 보고, 하늘에서 새빨갛게 물든 구름을 본 순간, 미쓰히데는 손의 채찍을 갑자기 치켜들고 발걸이의 가죽이 끊어져라 안장 위에서 몸을 일으키며 외쳤다.

"본능사로 서둘러라. 본능사를 포위하라. 미쓰히데의 적은 시조 본능사와 니조 묘각사 안에 있다. 가라! 서둘러라! 뒤처지는 자는 베겠다."

그것을 신호탄으로 물빛 도라지의 아홉 개 깃발은 세 개씩, 세 부대로 나뉘어 시치조 입구를 돌파해 나카마치^{中町}의 문들을 밟아 부수며 단번에 교토 안으로 밀고 들어갔다.

350

어지러운 북소리

그 무렵 아케치 군은 고조五條의 문, 시조와 산조三條의 문으로도 쇄도해 들어갔다.

아직 안개는 깊었으나 히가시 산 위쪽이 여명에 벌겋게 물들었을 때라 오가는 사람들을 위해 평소와 다름없이 각 문의 쪽문을 열어놓은 상태였다. 그 쪽문으로 말과 사람과 창과 조총이 서로를 밀치며 안으로 들어갔다. 깃발은 내린 채 지나가야 했다. 그 혼잡한 상황을 바라보던 부장이 말했다.

"밀지 마라, 서두르지 마라. 후속 부대는 잠시 쪽문 밖에서 기다려라."

우선은 억지로 병사들을 멈춰 세운 뒤 커다란 문의 빗장을 풀어 문을 활짝 열어젖혔다.

"자, 들어가라."

부장이 큰 목소리로 독려했다.

'본능사의 해자에 이르기까지 하무를 물어라. 절대 환성을 질러서는 안 된다. 깃발도 숨긴 채 가라. 말도 울게 해서는 안 된다'고 군령을 내렸으나 일단 문을 돌파하여 거리 안으로 몰려 들어가자 아케치 군은 이미 반쯤 광란 상태가 되고 말았다.

전방에서 와아 하고 이성을 잃은 듯 외치면 중간쯤에서 뒤따라 달려오던 무리도 와앗 하고 외쳤으며, 후방에서도 와앗 하고 호응했다. 그 함성의 소용돌이는 뭐라 표현할 길이 없는 병사들의 감정을 머금고 있었다. 성난 것 같은, 날뛰는 것 같은 함성 속에는 비통해서 우는 것만 같은 절규도 섞여 있었다.

거리는 아직 조용한 아침 안개에 휩싸여 잠들어 있었으며, 이곳에는 범해서는 안 될 성역이 있다는 것을 말단의 병사에 이르기까지 잘 알고 있었다. 어떤 필부, 천민이라 할지라도 도읍이라고 하면 관념 속에서 바로 대군大君이 계신 곳, 화려한 도시, 문화의 도시 등 온갖 의미의 평화와 전통에 대한 존경이 떠올랐다.

"가라, 본능사로!"

거역할 수 없는 주군의 명령에 따라, 또 무문 동지의 물러설 수 없는 기분에 떠밀려 일개 병사들은 각자 짓밟기 어려운 관념의 선을 눈을 질끈 감고 넘고 있었다. 와아 하는 목소리 속에 피가 섞인 듯한 목소리의 폭풍이 순간, 그들의 뇌리를 반미치광이 상태로 흥분케 한 것이었다.

"뭐야?"

"무슨 일이지?"

곳곳의 집에서 놀란 사람들이 문을 여는 소리가 들려왔으나 밖을 내다보고는 하나같이 목을 움츠리며 서둘러 문을 닫아버렸다.

시치조, 시조, 산조의 각 방면에서 본능사로 단번에 밀고 들어가는 몇몇 부대 가운데 본능사에 가장 먼저 접근한 것은 아케치 사마노스케 미쓰하루, 사이토 구라노스케 토시미쓰 등이 이끄는 부대였으며, 특히 그중에서도 토시미쓰의 부대는 상당히 전방에 자리하고 있었다.

"안개 긴 골목은 어둡다. 앞장서 나가려다 길을 잘못 들어서서는 안 된다. 본능사의 숲은 쥐엄나무가 표식이다. 커다란 대나무 숲을 구름 사이로 보고 목표로 삼아라. 저것이다. 저것이 바로 본능사의 쥐엄나무다."

늙은 무사는 오늘 아침이 마지막임을 맹세하듯 말 위에서 하늘을 찌를 것처럼 손을 흔들며 병사들을 지휘했다.

아케치 미쓰타다가 이끌고 있는 군은 산조 쪽의 길로 밀고 들어가 안개처럼 네거리를 건너 니조의 묘각사를 향해 포위하는 형태를 만들며 다가가고 있었다. 그곳에서 묵고 있는 노부나가의 장남 노부타다를 본능사와 동시에 치기 위해서였다.

묘각사와 본능사와의 거리는 얼마 되지 않았다. 그 무렵 이미 새벽어둠을 사이에 두고 본능사 쪽의 하늘에서는 말로 형용하기 어려운 소리가 들리기 시작했다. 잉잉 우는 나팔소리와 징과 북소리도 들렸다. 그것은 하늘을 흔들고 땅을 울릴 정도로 세상의 모습을 심상치 않게 만들었다. 그날 아침 교토 사람들은 잠결에 들려오는 소리에 놀라 일어나거나 집안사람의 커다란 목소리에 벌떡 일어나야만 했다.

궁궐의 각 문을 에워싼 공경들이 사는 조용한 저택 지역에서도 여러가지 소리와 사람들의 목소리가 떠들썩하게 들려왔다. 그러한 소리와 요란하게 북을 울리는 군마 때문에 순간 교토의 하늘이 울리는 느낌이 들었다. 하지만 교토 사람들이 당혹해하는 것은 찰나에 불과했다. 당상의 저택이나 일반 민중의 집 들은 사태를 깨달은 직후 오히려 잠을 자고 있을 때보다 더 조용해졌다. 물론 거리를 돌아다니는 사람도 없었다.

밖은 여전히 지척에 있는 사람의 얼굴을 간신히 알아볼 수 있을 정도로 어둑했기 때문에 묘각사로 향하던 제2군은 다른 골목으로 우회해온 아군의 그림자를 적이라 의심하기도 하고, 부장이 '명령이 있을 때까지는 쏘지 마라'고 굳게 주의를 주었으나 네거리의 모퉁이에 도착했을 때 잔뜩 흥분한 병사가 안개 속으로 총을 마구 쏘아대기도 했다.

화약 냄새를 맡자 병사들의 마음은 공연스레 더욱 거칠어지고 혼란스러워졌다. 이러한 상태는 수차례 전장을 경험한 병사라 할지라도 자신의 목숨을 완전히 포기하기까지 반드시 한 번은 겪어야 할 기분이었다.

"앗, 저쪽에서 나팔과 징 소리가 들려온다. 시작되었다, 본능사 쪽은."

"시작했구나."

"시작했어."

그들은 자신들의 발이 땅에 붙어 있는지 어떤지조차 알지 못했다. 달리면서도 여전히 그런 말이 누구의 입에서랄 것도 없이 나올 정도로 전면에 아무런 저항의 기운이 나타나지 않는 것에 온몸의 털이 곤두섰으며, 그 소름 돋은 얼굴과 손에 차가운 안개가 부딪쳐 감각조차 없어진 듯했다. 뭐라도 소리를 지르지 않고는 견딜 수 없었다.

그러다 보니 묘각사의 담을 보기 전부터 결국 와아 하고 함성을 지르고 말았다. 부대의 앞쪽에서도 갑자기 와아 하고 호응하며 다시 쇠북과 징을 빠른 박자로 울리기 시작했다.

미쓰히데는 제3군에 있었다. 그가 있는 곳을 본진이라고 해도 좋았다. 그 본진은 호리 강에 머물러 있었다. 미쓰히데는 일족인 주로사에몬타다아키十郎左衛門忠秋, 미마키 산자에몬, 아라키 야마시로노카미, 스와 히다노카미, 오쿠다 구나이奧田宮內 등에 둘러싸인 채 한시도 의자에 앉지 않았다. 그리고 온몸의 신경을 곤두세워 구름의 소리, 안개의 외침을 들으며, 끊임없이 니조 쪽 하늘을 바라보았다. 시시각각으로 아침 구름은 붉게 물들고 있었으나 아직은 불도 오르지 않았고 연기도 보이지 않았다.

한 국자의 물

노부카가는 문득 눈을 떴다. 특별한 자극이 있었던 것은 아니었다. 숙면을 취한 뒤 평소의 아침과 다를 바 없이 극히 자연스럽게 눈을 뜬 것이었다.

일찍 일어나는 것은 그의 습성이었다. 아무리 늦게 잠들어도 이른 아침에 눈을 뜨는 것은 젊었을 때부터 자연스럽게 몸에 밴 습관이었다. 그리고 그에게는 또 하나의 특유한 습성이 있었다. 눈을 뜬 순간, 아직 눈을 떴다고 분명하게 의식하기도 전, 물론 베개에서 머리도 들지 않은 순간부터, 그러니까 그것은 꿈에서 현실로 넘어오는 순간인데, 그의 머릿속에서는 실로 여러 가지 상념이 마치 전광석화처럼 오가는 것이었다.

대부분은 유년 시절부터 지금에 이르기까지의 온갖 체험과 현재의 생활을 반성하는 경우가 많았으나 장래에 대한 이상이나 내일에 대한 대비, 혹은 그날 해야 할 일 등을 비몽사몽간에 생각하곤 했다.

어쩌면 그것은 습성이라기보다 선천적인 것일지도 모른다. 유소년 시절부터 그는 이미 보기 드문 공상가였다. 하지만 어른이 되면서 가시밭길과도 같은 현실은 공상의 아들로 하여금 공상 속에서만 꿈을 꾸게 내버려

두지 않았다. 현실은 곤란, 또 곤란을 부여해서 그에게 가시밭길을 헤쳐나가는 쾌감을 가르쳤다.

시험을 극복하고 나면 다시 시험이었던 성장기에 그는 마침내 주어진 어려움을 정복하는 데만 그치지 않고 스스로 고난 속으로 뛰어들었다. 그 고난을 뒤돌아봤을 때 유쾌한 인생을, 인생 최고의 기쁨이라 여기게 되었다. 그리고 이를 통해 얻은 자신감으로 가득 찬 신념은, 언제부턴가 세상 사람들의 상식을 훨씬 초월한 곳에서 사는 것 같은 마음가짐을 갖게 했다. 아즈치에 자리 잡은 이후부터 무릇 그의 한계에, 아니 아직 구상 중인 생각의 세계 속에도 불가능은 없었다. 그가 지금까지 이룬 업적은 하나같이 세상 사람들의 상식에서 벗어나 불가능을 가능하게 해온 것들뿐이었기 때문이다.

오늘 아침도 잠에서는 깨어났으나 아직 의식은 분명하지 않은, 혈관 속에는 여전히 어젯밤의 술기운이 그대로 남아 있는 것 같은 꿈과 현실의 경계에서, 그는 머릿속으로 남방의 섬들과 고려의 연해와 명국을 향해가는 커다란 배의 대열과 그 선루에 선 자신의 모습, 소큐와 소시쓰의 모습까지도 그려보았다. 아니, 한 사람 더, 거기에는 히데요시가 꼭 있어야 한다고 생각하기도 했다. 평생에 한 번은 반드시 실현하리라 다짐했던 날도 머지않은 듯한 기분이 들었다. 그의 마음속에는 이미 주고쿠와 규슈를 통일하는 일 따위를 평생의 업으로 삼기에는 부족하다는 생각이 있었던 것이다.

"……날이 밝았구나."

노부나가가 중얼거리며 침소에서 나왔다.

마루로 나서는 곳에 있는 묵직한 삼나무 문에는 교묘하게 고안된 장치가 달려 있다 보니 문을 밀면 자연히 문지방에서 삐걱삐걱 소리가 났다. 멀리 떨어진 방에 있는 시동들도 그 소리를 들으면 바로 몸을 벌떡 일으켰다.

기름을 발라 닦아놓은 것 같은 굵은 기둥과 툇마루를 비추던 등불이 흔들리기 시작했다. 노부나가가 눈을 뜬 것을 알고 시동 모리 보마루森坊丸와 우오즈미 쇼시치魚住勝七, 소후에 마고마루祖父江孫丸 등이 부엌 옆 물 뜨는 곳으로 급히 달려갔다.

그사이에 침전의 북쪽에 있는 마루에서 덜컹하고 채광창의 덧문을 올리는 소리가 들려왔다. 시동들은 '나리?'라고 생각하고는 발걸음을 멈추고 엿보듯 그곳의 마루를 돌아보았다. 하지만 안쪽으로 보인 사람은 시원하고 커다란 무늬의 홑옷에 스미요시의 소나무와 요시노吉野의 벚나무를 수놓은 덧옷을 걸치고 등까지 검은 머리를 뒤로 늘어뜨린 여인이었다.

덧문을 연 창으로 도라지꽃 빛깔의 새벽하늘이 잘라낸 듯 보였다. 불어오는 바람에 여인의 검은 머리가 흔들려 시동들이 서 있는 곳까지 침향 냄새가 전해졌다.

"아, 저쪽에."

시동들은 달리기 시작했다. 부엌 쪽에서 물소리가 들려왔기 때문이다.

공양간의 스님들도 아직 일어나지 않았기에 천장의 창도 커다란 문도 아직 열어놓지 않았다. 게다가 굉장히 넓은 부엌의 토방과 판자 사이에는 아직 어젯밤의 어둠과 모깃소리도 그대로 남아 있었기에 여름 아침의 형용하기 어려운 온도와 습기가 훅 하고 얼굴의 기름을 훑었다.

노부나가는 상쾌하지 않은 순간을 조금도 참지 못했다. 그가 침소에서 나서는 순간 시동들이 달려가도 언제나 늦을 정도로 그는 양치질과 세수를 빨리 했다. 지금도 임시 편전에 들자마자 물을 끌어다놓은 커다란 항아리 옆으로 다가가 직접 작은 통을 쥐어 옻칠을 한 대야에 물을 붓더니 마치 할미새처럼 주위를 물바다로 만들며 성급하게 세수를 하고 있었다.

"아, 소매가 젖습니다."

"물을 갈아드리겠습니다."

시동들이 몹시 황공해하며 말했다. 한 시동은 다급히 노부나가의 뒤로 돌아가 하얀 비단의 소맷자락을 집었으며, 다른 시동은 물을 다시 펐고, 또 다른 시동은 수건을 들고 그 발밑에 무릎을 꿇었다.

같은 시각, 무사들도 숙직실에서 나와 건물 구석의 여닫이문을 열고 있었는데 마침 절 앞쪽에 있는 불당에서 심상치 않은 소리가 들린다 싶더니 멀리서 이 안쪽 건물을 향해 우르르 맹렬한 발소리가 들려왔다.

노부나가는 머리카락에 물을 묻힌 채로 돌아보았다.

"보고 오너라, 보마루."

노부나가는 성급하게 명령한 뒤 손에 들고 있던 헝겊으로 얼굴을 세게 문질러 닦았다.

"앞쪽 불당을 지키는 무리들이 싸움이라도 하고 있는 모양입니다."

그때 이미 노부나가의 뒤쪽에 줄지어 서 있던 야마다 야타로山田弥太郎, 이마카와 마고지로今川孫次郎, 스스키다 요고로薄田与五郎 등이 묻지도 않은 것에 대해 대답했으나, 노부나가는 아니라고도 말하지 않았고 고개를 끄덕이지도 않았다. 그리고 순간 그의 눈은 깊은 연못 물처럼 바깥의 빛을 구하기보다, 자신의 기억 속에서 무엇인가를 찾고 있는 듯 반짝였다.

그것은 실로 한순간이었다. 앞쪽의 불당뿐만 아니라 객전도, 십여 채가 연달아 이어져 있는 당사堂舍도, 지각에서 흔들리며 올라온 지진의 힘처럼 말로 표현할 수 없는 소리와 처참한 기운에 사로잡혔다.

"……?"

그 순간에는 그 누구라도 흔들리지 않을 수 없었을 것이다. 노부나가의 얼굴에도 핏기가 사라졌다. 주위에 있던 사람들의 얼굴도 순간 창백해졌다. 겨우 일곱 번이나 열 번 숨을 쉬었을 정도에 지나지 않은 짧은 시간이었다. 이윽고 근처의 마루를 굉장한 속도로 달려 지나가는 사람이 있었다. 그는 격렬한 목소리로 연달아 소리쳤다.

"나리, 나리!"

그의 핏발 선 눈이 엉뚱한 곳에서 사람을 찾고 있었다.

"모리 님, 모리 님. 나리는 여기에 계십니다."

시동들이 일제히 한목소리로 노부나가가 있는 곳을 가르쳐주었다.

"란마루, 란마루, 어디로 가는 게냐."

노부나가도 그를 불렀다.

"앗, 거기에 계셨습니까?"

모리 란마루였다. 앞으로 고꾸라지듯 무릎을 꿇은 그의 모습을 본 것만으로도, 노부나가는 이미 온몸으로 느끼고 있던 이상한 기운이 결코 앞 쪽 볼딩에 있는 무사들의 나툼이나 마+산에 있는 사람늘의 싸움처럼 간단한 문제가 아니라는 사실을 더욱 강하게 깨달을 수 있었다.

"란마루, 무슨 일이 일어난 게냐? 대체 왜 이렇게 소란을 피우는 게냐?"

노부나가가 빠른 어조로 묻자, 란마루 역시 빠른 어조로 대답했다.

"아케치의 무리가 함부로 난입해 들어오고 있습니다. 도라지 깃발을 어지러이 흔들며 오고 있습니다. 틀림없습니다."

"뭣, 아케치?"

순간 노부나가 입에서 튀어나온 말속에는 전혀 예측도 상상도 하지 못했다는 놀라움이 여지없이 드러나 있었다. 하지만 그로 인해 일어난 육체의 이상한 충동과 감정의 격분은 모두 그의 입가에 굳게 묶여 표면상으로는 평소의 노부나가와 크게 다를 바 없을 정도로 평정을 유지했다. 잠시 뒤 그 입술로 한마디를 중얼거리듯 내뱉을 뿐이었다.

"아케치라……. 어쩔 수 없구나."

노부나가는 몸을 돌려 방 안으로 달려 들어갔다. 란마루도 그 뒤를 따르려다 대여섯 걸음 돌아와서 허둥지둥하고 있는 시동들을 꾸짖었다.

"너희는 얼른 싸울 준비를 해라. 보마루에게 마루의 문을 함부로 열지 말라고 명령해두었다. 각 문을 지키고 서서 나리 곁으로 적들이 오지 못하도록 해라."

그 말이 채 끝나기도 전에 굵은 빗줄기가 바람에 날려 들이치듯 화살과 총알이 부엌의 문과 창 등에 후두둑, 후두둑 쏟아지기 시작했다. 판자문 깊숙이 박힌 화살들이 실내에 있는 사람들을 향해 싸움을 알렸다.

〈7권에 계속〉

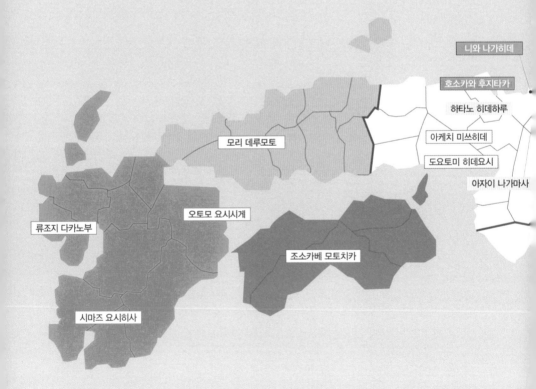

❖ **오다 노부나가 시대의 세력 지형도**(1549~1582)

노부나가가 멸망시킨 전국시대 다이묘

노부나가 군의 사령관

유력 전국시대 무장

노부나가의 유력 무장

오다 노부나가의 최대 세력 범위

니와 나가히데

호소카와 후지타카

하타노 히데하루

아케치 미쓰히데

도요토미 히데요시

아자이 나가마사

모리 데루모토

오토모 요시시게

류조지 다카노부

조소카베 모토치카

시마즈 요시히사

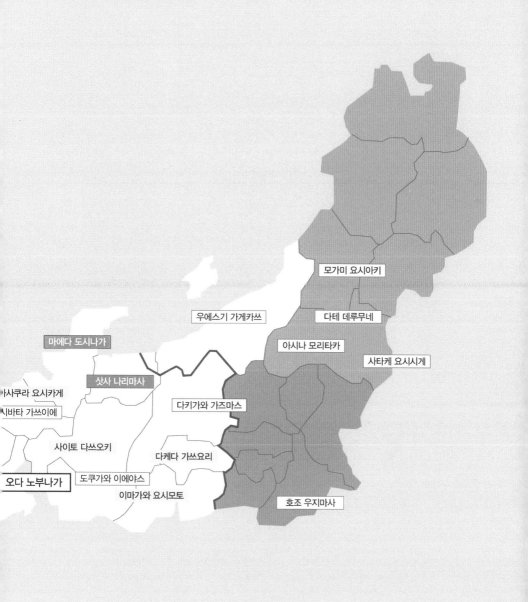

모가미 요시아키

우에스기 가게카쓰

다테 데루무네

마에다 도시나가

아시나 모리타카

사타케 요시시게

삿사 나리마사

아사쿠라 요시카게

다키가와 가즈마스

시바타 가쓰이에

사이토 다쓰오키

다케다 가쓰요리

오다 노부나가

도쿠가와 이에야스

이마가와 요시모토

호조 우지마사